Sparkys Edition

D1728418

ZUM BUCH

Julia, eine Managerin wie aus dem Bilderbuch: top erfolgreich, immer auf dem Weg steil nach oben. Nichts ist zu viel, nichts zu schwierig, immer wild am Rodeo-Reiten in der Arena der Erfolgreichen. Mann, Kinder, Geliebter, Macht, Geld, Haus, Rasen mit Gartenzaun drum herum, alles vorhanden. Es könnte wunderbar so weitergehen. Wenn nicht alles aus ihr herausgebrochen wäre, an jenem fatalen Tag auf dem Flughafen in Amsterdam. Sie dreht durch, rastet aus. Zerstört damit ihr bisheriges Leben und wagt den Schritt hinaus in eine vollkommen neue Welt, die ihr alles nimmt und vieles gibt. Vor allem wird sie mit den dunklen Seiten ihrer Vergangenheit konfrontiert.

Julia - die Suche ist die Geschichte einer Frau, die auf dem vermeintlichen Scheitelpunkt ihres Lebens mit ihrer Sinnfrage konfrontiert wird. Die keine Antworten darauf hat, was das bisherige Dasein ihr gegeben hat und ob dies für ein erfülltes Leben ausreichend ist. Mit der Figur der Merle begegnet sie auf ihrer Suche in der Wildnis der Alpen einer mystischen Frau, die sie und ihren Begleiter Sven aufrüttelt, bewegt und in Konflikte stößt.

Julia – die Suche stellt den eigenständigen Perspektivwechsel zum Buch *Marcs Suche* dar, indem ihre Geschichte aus dem Blickwinkel der weiblichen Hauptfigur erzählt wird.

Paul Steinbeck

Julia - Die Suche

Roman

Alle Handlungen und Personen sind frei erfunden. Ähnlichkeiten mit lebenden Personen oder Institutionen sind reiner Zufall.

Alle Rechte unterliegen dem Urheberrecht. Verwendung und Vervielfältigung von Text und Bild nur mit ausdrücklicher Genehmigung des Verlages.
E-Mail: service@sparkys-edition.de
Lektorat: Susanna Kando, Stuttgart
Korrektorat: Hubert Romer
Umschlaggestaltung: Designwerk-Kussmaul,
Weilheim/Teck, www.designwerk-kussmaul.de

© 2023 Sparkys Edition
Herstellung und Verlag: Sparkys Edition,
Zu den Schafhofäckern 134, 73230 Kirchheim/Teck

ISBN Softcover: 978-3-949768-12-5

INHALT

„Suchst du den Ursprung?
Dann finde das Licht in dir.“
(Merle)

UNTERGANG

Schweißgebadet und mit rasendem Herzschlag wachte ich auf. Ich wollte mich aufrichten, schaffte es aber nur bis zum Rand unserer Grube. Dann schlug ich mit dem Kopf gegen etwas Hartes. Ich wurde wieder zurückgeschleudert, fiel auf Sven, der mit einem wütenden Aufschrei auf mich einboxte. „Bist du des Wahnsinns!“, brüllte er mich an. Doch ich war sprachlos, in Anbetracht der Ahnung, die mich überkam. Erst jetzt fiel mir auf, wie stockfinster es um uns herum war - und vor allem so ruhig. Wir waren - verschüttet! Unter unserer eingestürzten Hütte. Und vermutlich unter Massen an Schnee. Blankes Entsetzen packte mich. Unser Nachtlager war zu unserem Sarg geworden. „Julia, sag mir nicht, dass es das ist, was ich befürchte!“ Sven sprach aus dem Dunkeln zu mir. Ich hörte, wie seine Hände auf dem Holz über ihm umhertasteten. Ein großer Teil des Daches musste uns begraben haben. „Sie treibt ihr Spielchen mit uns“, schoss es mir durch den Kopf. Wut packte mich. Meine Faust schoss nach oben, wurde vom Deckel unseres Gefängnisses schmerzvoll abgefangen. Ich fluchte, aber mein Widerstand war geweckt. „Tot sind wir noch nicht. Somit haben wir eine Chance. Lass uns kämpfen!“

ABWÄRTS

Circa neun Monate zuvor.

„Ich bin die Welle. Ich bin die Welle." Immer und immer wieder flüsterte ich unmerklich diesen Spruch vor mich hin. „Ja Julia, du bist die Welle, sie müssen nach deiner Pfeife tanzen, wenn sie darauf surfen wollen", antwortete die Stimme in mir. Aus den Augenwinkeln heraus beobachtete ich die Menschen, die mit mir in diesem eiskalten Gefängnis unter der Langeweile litten. Blickte in die Gesichter der Frauen und Männer, die genauso umherschauten wie ich. Nach Ablenkung suchend. Es waren derer gut zehn in diesem langgezogenen Konferenzraum hoch über Berlin – oder war ich gerade in Hamburg? Nein, keine Sorge. Natürlich war es Berlin. Das wusste ich dann schon noch. Aber, in diesem vollkommen abgedunkelten Zimmer war alles ohne Zeit und ohne Ort. Kein Unterschied. Diese Meetings unter eitlen Fratzen, waren lästiger als alle Mückenschwärme der Welt. Ihr Serum wirkte nervtötender als alles andere in der Natur. Wir waren gelähmt und nur Wenige in diesem Raum waren mit Eifer bei der Sache, krallten sich an die Situation und die langweiligen Inhalte. Wie ein Ertrinkender sich an einem Strohhalm festzuhalten versucht. „Ich bin die Welle", murmelte ich erneut. Das gebetsmühlenartige Wiederholen tat mir gut. Die Botschaft bedeutete nichts anderes, als dass die anderen sich nach mir zu richten hatten. Sie mussten meine Gesetzmäßigkeiten beachten. Hätte ich zumindest gerne so gehabt, doch das klappte leider nicht immer. Warum musste ich gerade jetzt transpirieren? Der Schweiß schien in kleinen Bächen unter meinen Achseln hervorquellen zu wollen.

Für mich sonst ein sichtbares Zeichen von Schwäche bei meinen Gegenübern. Mein Unwohlsein steigerte sich. Alles so künstlich, so anstrengend, so zerreibend. Die Luft war zum Schneiden. Mein Instinkt sagte mir, dass die Stimmung nur vorgetäuscht war, wie sie Lähmung vortäuschte. Alle in diesem Raum suchten ein Opfer, auf das sie einschlagen konnten. Suchten den weichen Knorpel, den man zermahlen würde. Als Präsentatorin war ich grundsätzlich prädestiniert für solche Rollen. Ich wollte von ihnen Geld. Sehr viel Geld. Für unsere Konzepte und Großprojekte. Für meine zahlreichen Unternehmen, für die ich in unserem Unternehmensverbund zuständig war. Man konnte sie inzwischen nicht mehr an einer Hand abzählen. Deshalb musste ich mich doppelt und dreifach anstrengen, um gerade nicht dieses Opfer zu sein. Besonders als Frau. Ich durfte keine Schwäche zeigen. Im Gegenteil, mit heruntergezogenem Visier musste ich als erste angreifen, bevor es die anderen taten. Mir gelang das auch so gut wie immer. Sicher, der Preis war hoch, aber für den Sieg in jedem Fall wert. Nur, warum leitete niemand diese Sitzung? Wer wartete auf wen? Zeit zum Handeln! Ich schoss aus der Tiefe meiner Versenkung nach oben, katapultierte mich aus dem Stuhl heraus und wanderte in Richtung des Großbildschirmes. Die Fernbedienung jonglierte in meiner Hand, wie ein rotierender Colt. Immer bereit zu schießen, mit einem süffisanten Lächeln im Gesicht. Die Aussicht auf den Sieg, diese Wollust, erfüllte mich in solchen Momenten mit Glückshormonen, die ich zwingend brauchte. Ich legte mir in meinem Kopf die Munition zurecht, die ich gleich auf meine Opfer abfeuern wollte. Doch irgendwie hatte ich heute Ladehemmung.

Die Worte wollten nicht so schnell aus meinem Mund hervorschnellen, wie ich es jetzt bräuchte. Ich stotterte beinahe. Jemand gähnte im Raum. Ein schlechtes Zeichen. Die Konferenzplörre tat ihr Übriges. Dieses Gesöff durfte sich nicht im Entferntesten als Kaffee bezeichnen. Nicht nur ich blickte angewidert in die weiße Porzellantasse. Schon wieder. Jemand zweites gähnte! Ich drückte meinen Rücken gegen die Kante des Schrankes hinter mir, um irgendetwas Lebendiges zu spüren. Unglücklicherweise verhakte sich mein Blazer an einem der kantigen Griffe. Ich musste mich freikämpfen. Das kostete Konzentration. Meine Jacke gab nach und ein Reißen auf Höhe des rechten Schulterblattes verhieß nichts Gutes. Ich fluchte, was das Zeug hergab. Erst jetzt bemerkte ich, dass alle Blicke auf mich gerichtet waren. „Alles gut?" Eine in edlen Zwirn gehüllte Dame versuchte besorgt zu wirken, konnte aber ihre Ungeduld nicht verstecken. Schnell nickte ich und bestätigte: „Aber sicher. Ich habe nur nach der richtigen Formulierung gesucht, um Ihnen von der gigantischen Projektidee in der gebührenden Weise zu erzählen." Sie lächelte gnädig und ich beeilte mich, die Präsentation, die an der Wand aufleuchtete, so schnell wie möglich zum Höhepunkt zu bringen. Ich wäre nicht jene erfolgreiche Unternehmerin Julia Maier, wenn ich mich nicht zum rechten Zeitpunkt zusammenreißen könnte, um alle Energie für den Höhepunkt zu sammeln. Schnell zog ich einen Joker aus dem Ärmel, benahm mich wie eine Magierin, die gleich Geschenke hervorzaubert und versuchte mit versteinertem Lächeln die Runde für mich zu gewinnen. Meist war es die Aussicht auf Rendite oder gute Geschäfte. An diesem Tag aber ging es ums Renommee des Konzerns, sprich Gutmenschentum. Hier das Corporate Social Responsibility.

Ach was! Bei uns sagte man richtigerweise CSR. Und dieses Ding, das brauchte jetzt diese Firma. Denn sie hatte gerade einen wirklich miesen Ruf in der Öffentlichkeit. Ist ja auch nicht verwunderlich, wenn man mitten in der Umweltschutzdebatte, Fridays for Future-Demonstrationen und Klimawandel meint, schnell noch einige Milliarden mehr an Gewinnen mit fossilen Rohstoffen zu machen. Die Kraftwerke wurden gleich mitgeliefert. Mit dem Segen der Politik. Natürlich geschmiert. Ach Gott, wie liebte ich diese jungen Demonstranten, die die Welt besser machen wollten. Seit es diese gab, klingelten bei uns nur so die Kassen. Denn wir lieferten jedem Auftraggeber exakt jenes Image, das er brauchte. Besser gesagt, ich! Denn ich war die Queen des Greenwashing. Sicher, billig war das nicht. Aber, umsonst ist ja nicht mal der Tod und es traf ja keine Armen. Ich kam zum Höhepunkt meiner Zaubershow. Sprach von der Sonne, die fortan in die Gesichter der Menschen strahlen würde, wenn sie den Blick auf das Logo dieses Konzerns hier richteten. Erzählte von einer Glückseligkeit, die die Firmenvertreter beim Lesen der Zeitungsreportagen über die Wohltätigkeit just ihres Unternehmens überkäme und dass die Manager des so mildtätigen Konzerns als gern gesehene Gäste von einer Talkshow zur anderen reisen würden. Vorausgesetzt, dieses wunderbare Konzept, das einem Glückselixier gleichkäme, würde umgesetzt. Dafür müssten sie nur ein paar Millionen in ein nachhaltiges Projekt investieren, das zufälligerweise eine meiner Firmen betreute. Eine echte Win-Win-Situation sozusagen. Dankbar nahm die Runde mein verbales Feuerwerk auf, während dessen ich vor der Projektionswand einen wilden Präsentationstanz vollführte.

So bewahrte ich mit dieser rituellen Handlung sie und mich

vor dem Einschlafen. Dankbarkeit war mein Lohn. Ausgedrückt durch das Klopfen der Teilnehmer mit den Handknöcheln auf den langgezogenen Konferenztisch. Die Intensität erlaubte mir, den Erfolg zu messen. Verlogenes Händeschütteln vom Chef, sogar mit beiden Händen um die meinen, folgte. Leere Worthülsen des Lobes umhüllten mich. Die Endorphine aber wurden mit den Worten jener Dame in mir ausgeschüttet: „Machen wir so. Ist gekauft Frau Maier." Ich seufzte innerlich auf. Die Dosis tat meinem Nervensystem gut. Die Droge wirkte. Schnell leerte sich der Raum, genauso wie ich selbst wenige Minuten später den lichtdurchfluteten Gang hinuntereilte, dem Ausgang entgegen.

„Gut gemacht", lobte mich mein Verbindungsmann vor Ort auf dem Weg und klopfte mir anerkennend auf die Schulter. Ich nickte. Die Showmasterin hatte ihre Schuldigkeit getan und eine gute Show geliefert, auch wenn es zwischendurch nicht optimal aussah. Die Finanzierung schien gesichert und die Option auf ein Folgeprojekt war bereits in Aussicht gestellt. Wichtiger aber war, dass unsere zahlreichen Schwesterfirmen im Fahrwasser dieses Projektes mitschwammen und mit der Umsetzung der Gutmenschaktionen die wirklich wichtigen Geschäfte tätigten.

Lärmender Verkehr empfing uns vor dem Konferenzhotel. Menschen eilten wild von einer Richtung in die andere. Alle irgendwie auf der Flucht. Wir reihten uns in den Strom nach rechts ein und versuchten mit schnellen Schritten mithalten zu können. Die Krawatte wehte meinem Kollegen um die Ohren. Ich zog im Gehen mein Handy aus der Tasche. Schon satte zehn Minuten keine Mails mehr gecheckt. „Gehen wir noch was Trinken? Auf den Erfolg?" Die unsichere Stimme meines Begleiters störte mich. Ich schielte auf die Uhr.

Dann wieder aufs Handy. Die neuen Mails poppten nur so auf dem Display auf. Fünf, zehn, zwanzig, es hörte nicht auf. Anfragen meiner Aufsichtsräte, hilflose Mails der Projektteams, Infos zu Terminvereinbarungen… Es würden bis zum Abend noch einige Dutzend mehr nervtötende Nachrichten werden. Sinnlos, jetzt mit dem Abarbeiten dieser zu beginnen. Ich steckte das Gerät in die Hosentasche, nickte und zog den jungen Kerl mit zur nächsten Bar. Ein Whisky zur Feier des Tages durfte vor dem Weiterflug schon noch sein. „Kollege, ich übergebe das Projekt vertrauensvoll in deine Hände. Mach was draus." Ich prostete ihm mit dem Wasserglas zu: „Bau keine Scheiße, dann wirst du es in unserem Haus weit bringen." Wütend schickte ich den Ober wieder weg, der es wagte, Whisky mit Eis zu servieren. Ich war außer mir vor Wut. Sind wir in Amerika? So ein Dilettant. Der Milchbub, also mein Verbindungsmann hier in Berlin, zitterte vor Aufregung. „Ja, sicher, das mache ich. Versprochen. Wichtiges Projekt!" Er stockte kurz, trank einen großen Schluck vom jetzt richtig servierten Single Malt und hustete: „Ich will werden wie du. Du bist die Magierin der Manipulation." Ich klopfte ihm wohlwollend auf den Rücken, als das Husten nicht aufhören wollte. „Dann beginnen wir mit der ersten Lektion: Whisky genießt man und trinkt ihn nicht wie Wasser, mein Freund. Lass dir das von einer Kennerin sagen." Mein Handy lag bereits wieder in der anderen Hand und sammelte weitere dutzende Mails. „Mach was aus diesem Projekt. Das ist so wichtig für die Firma und die Gesellschaft." Ich versuchte, ein ernstes Gesicht aufzusetzen. In Gedanken war ich aber schon am nächsten Ort, bei der nächsten Aufgabe. Dann würde ein anderer Jungspund dieser Klon-Yuppies assistieren und vermutlich die gleichen

Worte wählen. Die Mails in meinem Handy schossen nur so auf mich zu. Mein Vorstand schrieb, dass sie dringend mit mir über ein wirklich sehr wichtiges Projekt mit internationalen Partnern sprechen müssten. Sofort, da ungeduldige VVVIP-Kunden. Ich wüsste schon, was sie meinten. Ich schob die Nachricht heimlich mit dem Finger weg und ließ mich von einer anderen in Beschlag nehmen. Von Kevin... Innerlich begann ich dahin zu schmelzen. Ihre Sanftheit schlich mit den geschriebenen Worten in mein Bewusstsein, zog mich kurz in ihren Bann. Kevin... „Was?" Irritiert blickte ich auf. „Na das Projekt, ich verspreche, dass ich das perfekt zu Ende führen werde." Mein Gegenüber war feuerrot im Gesicht. Ich nickte wieder und wieder. „Jaja, das Projekt. Schon sehr gewaltig und relevant für uns alle." Ich machte ein ernstes Gesicht. War doch unwichtig, ob das Projekt inhaltlich sinnvoll oder einfach nur eine Seifenblase war, die möglichst lange im hellen Sonnenlicht in allen Farben schimmern musste. Platzen durfte sie natürlich erst dann, wenn sich alle längst wieder einer anderen Attraktion zugewandt hatten. Ich war Julia Maier! Magierin der Bilder. Zauberin der schönsten Illusionen für leidgeplagte, arme Seelen in den Etagen der Topmanagerinnen und Konzerne. Julia Maier schenkte ihnen bunte Farbspritzer in einer tristen, betonartigen Lebenswelt.

Ich strich mit der Hand über meine braunen, kräftigen Haare. Sie waren unverschämt struppig an diesem Tag, da ich am Morgen keine Lust hatte, sie in Form zu bringen. Heimlich warf ich einen Blick auf die verspiegelten Wände am Ausgang. Bisher hatten sich nur sehr wenige graue Haare gezeigt. Aber sie häuften sich in letzter Zeit mehr und mehr. Mit Auszupfen würde das bald nicht mehr getan sein.

Schnell zog ich meine Schiebermütze aus dem Business-Rucksack und versteckte alle Zeichen des Älterwerdens unter ihr. Mein Gegenüber war noch immer inmitten seines Redeschwalls. Mir fiel auf, dass ich in den letzten Minuten nicht ein Wort zugehört hatte. Den übereifrigen Kollegen störte das offenbar nicht. Sein Labern drohte bereits die Bar zu überfluten. Besorgt zog ich die Füße vom Boden hoch und stellte sie auf die Fußleisten des Barhockers. Noch war alles trocken. Zum Glück. Der Schwall aber wollte nicht enden. „Ich muss dann mal", unterbrach ich ihn mit einem Gesichtsausdruck, der ein aufrichtiges Bedauern zeigen sollte. Ja, Mimik, das konnte ich gut. „Aber sicher doch", mein Gegenüber sprang vom Hocker und übernahm erwartungsgemäß die Rechnung. „Speichellecker", schoss es mir durch den Kopf. „Willst dich einschleimen. Aber soll mir recht sein." Mit einem kurzen Gruß und dem gegenseitigen Versprechen, dass wir „nächstes Mal dringend wieder einen Trinken gehen müssten, nur eben heute nicht, weil…", schob ich mich mit meinen circa eins achtzig durch die Drehtür und verschwand im Getümmel der Stadt. Wenigstens nebelte der Whisky ein wenig ein. Umständlich suchte ich die Mail von Kevin heraus und schwelgte in Gedanken durch die Straßen Berlins.

***

Nur eine halbe Stunde später befand ich mich auf einer hektischen Fahrt zum Flughafen. Die Nacharbeit dieser Sitzung, die hinter mir lag, mussten andere im Team übernehmen. Scherben mussten sie heute keine zusammenkehren. Jetzt aber schnell in die nächste Show. Nächster Termin.

Dann mit dem Zug zum darauffolgenden Treffen mit weiteren wichtigen Menschen und irgendwann, spät am nächsten Tag, endlich wieder heimwärts. Dazwischen: Warten. Unendlich viel Warten. Ich hatte seit geraumer Zeit Sorge, dass dieses die Zeit totschlagen ein Gesetz des Lebens war. Dass es dazu gehörte wie Tag und Nacht, Sommer und Winter. Ob es nur mein Schicksal war oder das aller anderen Anzugträger und Anzugträgerinnen auch, das musste ich dringend erforschen. So mein Vorsatz an der kleinen Bar in der Nähe meines Gates. Schlimmer aber war ein anderes, ungutes Gefühl, das in solchen Momenten huckepack mitkam, beim Warten. Es überfiel mich just in dem Moment, in dem ich einen weiteren Shot bestellte und darauf wartete, dass endlich das Boarding begann. Es war dieses Gefühl, gefangen zu sein. Eingesperrt in ein Korsett, das mich nicht das machen ließ, wonach ich mich eigentlich sehnte: allein sein. Auf meinem Bike sitzen, inmitten der Natur, mit viel Ruhe und keinen Menschen. Extrem tauchte dieses flaue Gefühl im Zug auf. Dann, wenn wir mit Hochgeschwindigkeit übers Land schossen. Nur nicht zu langsam! Es könnte ja etwas von der Stimmung und Ruhe der Wälder, Wiesen und Berge, durch die wir rasten, am Zug haften bleiben. Doch darum mussten sich die Lokführer keine Sorgen machen: Die Businessreisenden sahen das eh nicht. Denn alle hatten ihre Laptops vor sich auf den Tischchen und stierten Stunde um Stunde hinein. Auch ich. Zeit ist kostbar. Und jede Minute, die ich nicht arbeitete, sorgte dafür, dass die E-Mail-Flut noch bedrohlicher wurde. Sie lastete auf meinem Gemüt und es gab keine schönere Belohnung, als zu sehen, dass die Anzahl der ungelesenen Mails unter Einhundert gerutscht war.

Zumindest kurzfristig. Doch immer wieder ließ mich ein unbekannter, beinahe unprofessioneller Impuls aufblicken. Am Horizont sah ich aus meiner Blechdose heraus die Reiter, die Radfahrer, die Wanderer und die Badenden an den Seen. Sie genossen ihr Leben in der Freiheit da draußen. Und ich war eingesperrt. Eine Gefangene meiner eigenen Termine und Projekte. Doch was jammerte ich? Ich hatte mir dieses Gefängnis selbst gebaut. Hatte mich selbst darin eingesperrt. Und irgendwie gefiel mir auch das Durchsausen durch Raum und Zeit. Das war so ähnlich, wie leckeres Eis mit großen Löffeln verschlingen. Nein, eher war es wie eine Droge. Wie ein Betäuben. Damit ich nichts spüren musste. Mich nicht spüren! Ich müsste mich ja mit mir auseinandersetzen... Oft wurde nur schnell der eine Koffer mit dem anderen ausgetauscht. Das Hamsterrad lief. Und ich lief darin perfekt mit. Süchtig danach, obwohl ich wusste, dass es auch mein Verderben werden könnte. Ich hatte mich in dieser Männerwelt behauptet, durchgesetzt und mich bis fast ganz nach oben geboxt. Viel brauchte es nicht mehr und ich würde es dann der ganzen Welt zeigen.

Müde warf ich mich spät am besagten Tag auf dem Flug nach Brüssel in meinen Sitz und schloss die Augen. Wenigstens ein wenig Schlaf wollte ich noch ergattern zwischen dem Hier und dem Nirgendwo. Ich spürte, ich hatte einen Hänger. Es waren doch mehr alkoholisierte Getränke gewesen, als geplant. Eine mahnende Stimme in mir sprach: „Bis zum Abendessen muss der Kopf wieder fit werden.“ – „Ist schon klar, kannst dich auf mich verlassen“, sprach eine andere, leicht bockig.
Ich ließ sie miteinander reden und machte die Augen zu.

Meine Gedanken schwelgten in schönen Alltagsbildern. Erfolg im Job war für mich wie Opium. Die Anerkennung anderer ein Aphrodisiakum. Ein Team umsorgte mich rund um die Uhr. Was für ein Gefühl der Wichtigkeit und der Macht!

So viele wollten mit mir Freund sein. Dabei war egal, dass das nur wegen meiner Machtposition und nicht wegen mir als Person war. Macht ist sexy. Für mich war es ein erregendes Gefühl, wenn sich junge Männer von mir verführen ließen. Was soll ich lügen oder die Dinge schöner beschreiben als sie waren? So war das. Und nicht anders.

Im Dämmerzustand tauchte die Analogie in mir auf, die ich auch meinen Mitarbeitern beigebracht hatte. Das Bild des Wellenreitens. „Reitest du noch auf der Welle oder drückt sie dich gerade unter das Wasser?“ Meiner Meinung nach lag es an jeder und jedem selbst, nicht in zerstörerische Stress-Situationen zu gelangen. Man musste immer nur Bock haben und cool drauf sein. Pause machten nur Weicheier. Das war unser Credo. Wir befanden uns immer im Kampf mit den Gewalten, wollten sie beherrschen. Ich selbst war das dümmste Beispiel dafür, dass ich der irrsinnigen Überzeugung war, immer und ewig auf der Welle reiten zu können. Erholung brauchte ich nicht. Mehr, immer mehr. Ich wollte das Adrenalin!

Der Abgrund nahte schon damals, ohne, dass ich es bemerkt hatte. So, als ob ich auf meinem Surfbrett des Lebens unbemerkt in einen gigantischen Strudel hineingezogen wurde.

***

Dieser Kollaps ließ dann auch nicht lange auf sich warten. Selbst eine Julia Maier sollte mit ihren 43 Jahren daran denken, etwas Auszeit vom Hamsterrad zu nehmen. Oder, um bei der Welle zu bleiben, mal vom Brett runterzusteigen und Erholung an Land zu suchen.

Das aber tat ich nicht. Stattdessen durfte ich die Härte des Gesetzes erleben, die eine trifft, wenn Frau im Flughafen plötzlich hohldreht und einen Großteil des Wartebereichs zertrümmert. Das war in Amsterdam geschehen. Ich war einfach nur müde. Erschöpft. Die Sitzungen liefen nicht wie gewünscht. Die Folien, die das Team zugeliefert hatte, waren schlichtweg großer Mist. Ich hätte sie für eine Trauerrede nutzen können. Aber nicht für eine der weltgrößten Minengesellschaften, die sich auf die Ausbeutung großer Landstriche in Afrika und Südamerika vorbereitete. Seltene Rohstoffe und die Befreiung von der Abhängigkeit chinesischer Anbieter waren das wohlwollende Argument. Unsägliche Umweltverschmutzungen, Vertreibungen und Korruption waren das andere. Da brauchte es großes Können und geniale Kommunikationsstrategien, um das eine hervorzuheben und das andere unter den Teppich zu kehren. „Ich verspreche Ihnen, meine Damen und Herren, die Öffentlichkeit wird das Jammern der Menschen in den betreffenden Gebieten nicht hören. Sie werden es aus der Ferne als ein Lächeln wahrnehmen und sich für die armen Menschen in diesen Ländern freuen." Ich bemühte die Meisterin der Pantomime, setzte Julias strahlendes Siegerlächeln auf. Doch vergebens. Auch meine magischen Kräfte konnten den Mangel nicht mehr wettmachen. Die honorige Zuhörerschaft blickte mich mit jenem Gesichtsausdruck an, der keiner Worte mehr bedarf. „Wir dachten, Sie sind die Beste. Wir hörten, dass Ihre

Teams unschlagbar sind. Aber jetzt das?“ Es brauchte keinerlei Übersetzung mehr aus der Mimik-Sprache der Herkunftsländer dieser Menschen hier im Raum. Ich hatte verstanden. Dieser Job war versaut! Verdammt. Wenn ich irgendjemanden aus diesem Looser-Team in die Hände bekommen würde, welches die Folien und die Konzepte entwickelt hatte! Nun gut, ich hätte mich auch vorher mit den Unterlagen auseinandersetzen sollen. Vielleicht hätte ich besser verstanden, um was es ging. Während einer Präsentation das zu lernen, bedeutet immer, einen Tick zu spät zu sein. Egal. Sie waren wenigstens höflich gewesen, als sie mich verabschiedeten. Wahrscheinlich vereinbarten die Assistentinnen und Assistenten schon Termine mit der Konkurrenz. „Verdammt“, schoss es aus mir heraus, als die Bilder dieser vermaledeiten Sitzung im Hotel direkt neben dem Flughafen wieder vor meinen Augen auftauchten. Ich hatte versagt! Die Magierin Julia Maier hatte ihren Zaubertrick versaut!

Direkt an der Hotelbar gönnte ich mir einen kräftigen Shot. Ohne auf meine Umgebung zu achten, nahm ich auch andere, verbotene, Dinge zu mir. Das hätte ich besser nicht tun sollen. Der Weg zum Flughafen, das Einchecken und die Security-Folter wurden dadurch bereits zur Qual. Die misstrauischen Blicke der Flughafensicherheit, die meine Pupillen zu scannen schienen verunsicherten mich. Ärger staute sich in mir auf.

Und dann wieder dieses Warten. Schon mehr als eine Stunde lungerte meine gepeinigte körperliche Hülle am Gate B34 herum, um endlich das verdammte Flugzeug nach Stuttgart zu bekommen. Unruhig marschierte ich umher. Die Stühle waren zu hart, zu kalt und zu ungemütlich zum Sitzen.

Mein Geist war bereits mit den hochprozentigen Getränken davongeflogen, die ich noch zusätzlich auf der Strecke vom Security Check bis zum Gate in jeder Bar, die ich fand, zu mir genommen hatte. Viel schlimmer aber war der persönliche Supergau: Die Akkuladungen aller meiner mobilen Geräte gingen gegen Null und von Gate B0 bis zu Gate B34 gab es keinen einzigen freien Stromstecker!!! Unfassbar! Wann hatte ich zuletzt meine Mails geprüft? Vor fünf Minuten? Vor zehn? Natürlich flippte ich aus. Gewaltig sogar. Mein Tablett zeigte ebenfalls 0% Akkuladung an. Beim Laptop wusste ich ohne nachzuschauen, dass da nichts mehr ging. Ich konnte mich nur mit Mühe zurückhalten, die Penner von den Steckdosen wegzuzerren, die sie besetzten. Dumm nur, dass sie recht stark und wehrhaft auf mich wirkten. Der Druckkessel in mir stand aber unter Druck. Ich suchte nach Ersatz für meinen Frust und ahnte, lange konnte mein gemartertes Hirn die Dämme nicht mehr halten. Und endlich setzte der Neandertaler in mir die Energie frei: Der kleine Kiosk an der Kopfseite des Flughafens musste zuerst dran glauben. Alles flog aus den Regalen und Kühlschränken. Ich stürmte wie ein Wirbelwind durch die Gänge, warf Gepäckwägen um, brüllte aufgeschreckte Mitarbeiterinnen an, genauso, wie die Idioten, die mir meine Steckdosen wegnahmen. Was erlaubten die sich.

Ich wütete eine kleine Ewigkeit. Ja, ich hatte Kraft. Sehr viel Kraft. Denn ich trainierte regelmäßig hart mit Hanteln, um es den Männern gleich zu tun. Eltern nahmen ihre verängstigten Kinder in die Arme, um sie zu schützen. Dabei hatten sie selbst große Angst, was mir in meiner abgrundtiefen Wut so richtig gefiel! Das gab mir ein Gefühl der Macht, die ich in meiner schmachvollen Sitzung vermisst hatte. Euphorie erfüllte mich und ich wütete noch mehr. Jetzt kamen die Taschen und Kabinenkoffer der Fluggäste dran. Ich schleuderte sie durch die Gegend, erfreute mich am hysterischen Geschrei der Menschen. Schweiß trat mir auf die Stirn. Ich wischte ihn mit dem Anzugärmel weg, schob meine störrischen Haare nach hinten und sprang brüllend über die Bänke hinweg. Das befreite. Sollten alle mal versuchen, die Druck in sich spüren. Die Schmach der Niederlage verließ hektisch mein Inneres, wo es nach dem Abgang meines Bewusstseins eh nur noch Leere gab. Ich enterte einen dieser komischen Golf-Caddys, stieß die Fahrerin vom Sitz und schoss mit kreischenden Senioren und Seniorinnen durch die Fluren des Terminals. Was für ein Spaß! Die Gänge des Souvenirladens waren leider zu eng. Doch ich kämpfte mich mit meinen Gästen durch. Blumenzwiebeln, Holzschuhe und stinkender Käse flogen durch die Gegend. Ich hatte noch viel zu tun, bei all den Geschäften. Mein Amoklauf führte mich in Richtung MC Donalds. Starbucks ließ ich links liegen und schoss weiter. Freute mich, dass die Menschen aufgeschreckt auseinanderstoben. Bei zwei meiner Fahrgäste hatte ich die Befürchtung, dass sie einen Herzanfall erlitten hatten. Sie hingen nur noch leichenblass in ihren Sitzen. Ob ich zum Notarzt sollte? Eventuell. Doch vorher wollte ich Pommes ergattern. Es war mir ein Anliegen, anständig mit meinem Fahrzeug am Tresen zu halten und ordentlich zu bestellen. Doch dazu kam ich leider nicht mehr. Ob es an meinem schlechten Holländisch lag, mit dem ich Pommes orderte? Ich weiß es nicht mehr. Aber die Härte des Gesetzes traf mich just in dem Moment mit voller Wucht, als ich mich mit Ketchup-Tüten versorgte.

Ein ganzer Trupp holländischer Sicherheitsleute warf sich auf mich, beinahe hätten sie mich zerquetscht unter ihrem tonnenschweren Gewicht, das auf mir lastete. Ich kämpfte wie eine wilde Tigerin, doch vergeblich. Sie überwältigten mich nach einem einseitigen Kampf, bei dem ich zahlreiche Faustschläge in die Rippen und ins Gesicht bekam. Wenigstens versaute der Ketchup aus den aufgeplatzten Tüten nicht nur meinen Anzug. Die Jungs vom Sondereinsatzkommando sahen auch ganz witzig aus wie ich fand. Ein gutes Zeichen, dass ich mich nicht kampflos ergeben hatte.

Man schleifte mich in die Katakomben des Flughafens. Dorthin, wo man Verrückte einsperrte, die sich auf ein lebenslanges Hausverbot und eine Anzeige freuen durften. Stundenlange Isolation in einer dunklen, muffigen Zelle war der Lohn. Wie ein wildes Tier lief ich umher, warf mich gegen die Wände, kratzte an der Tür. Wollten die mich verrotten lassen? Ich hämmerte mit den Fäusten gegen Beton, warf das Gitterbett quer durch den Raum, schlug mir mit der Kopfstütze den Kopf blutig und brüllte die ganze Zeit nach meinem Handy. Ich musste doch meine Mails prüfen. Mein nächstes Projekt, mein Aufsichtsrat, der amerikanische Präsident, der Papst... Mein Herz raste. Mein Atem wurde schnell und flach. Dunkelheit machte sich vor meinen Augen breit. Panik stieg in mir auf. Würden sie mich hier verrecken lassen? Ich hatte doch Angst vor der Enge. Wussten die das nicht? Ich warf mich wieder und wieder gegen die Tür. Mein Herz schlug bis zum Hals. Flatterte. Ich kollabierte. Klappte einfach zusammen und wäre wahrscheinlich dort eingegangen, hätte nicht eine fürsorgende Dame, die nach mir schaute, Alarm geschlagen.

Der Rest der Geschichte ist schnell erzählt: Ein ernstes Gespräch mit dem Aufsichtsrat unserer Unternehmensgruppe, Krankschreibung für mindestens vier Wochen und mächtig Ärger zu Hause. Denn mein Göttergatte hatte nur zu gut mitbekommen, dass mir mein Assistent im Krankenhaus sehr viel Aufmerksamkeit hatte zukommen lassen. Deutlich mehr, als man von einer geschäftlichen Beziehung erwarten konnte. Jetzt war es raus. Und irgendwie musste es raus! Der Krach war vorgezeichnet.

Ich fragte mich nur die ganze Zeit, warum man mir nicht so etwas gönnte, was man gemeinhin Krankheitsgewinn nannte. Zum Beispiel, dass man mich schonte, mir meine Ruhe ließ, da ich ja sehr krank war, wie man mir sagte. Meine Umwelt musste mich doch schonen. Das meinte ich mit Krankheitsgewinn. Aber nein, im Gegenteil. Mich schonte niemand. Und alles schien über mich hereinbrechen zu wollen. Mein Mann wegen des Geliebten. Mein Geliebter wegen der Frage nach der Zukunft. Mein Aufsichtsrat, der prüfte, ob ich zu einem faulen Apfel im Korb der süßen Firmenfrüchte wurde. Die Behörden, die mich wegen der Amsterdam-Geschichte fest am Wickel hatten. Zu Recht. Ich hatte dort ganz schön gewütet. Heiliger Strohsack!

Einzig meine Kinder, mein Sohn mit fünfzehn und meine Tochter mit siebzehn Jahren hatten wenigstens einen Funken Mitleid mit mir. Auf ihr „du armes Schwein, wir fühlen mit dir", gab ich viel. Als sie aber von meinen Eskapaden erfuhren, die beinahe täglich herauströpfelten, dank der Vernehmungstalente meines Mannes, stellte sich mehr und mehr Distanz ein. Jetzt war ich kein armes Schwein mehr. Dieses mutierte zur fiesen Ratte. Ich suchte Trost darin, dass auch

Ratten sympathisch sein konnten. Half aber nicht viel. Besonders sorgte mich die Ungewissheit, ob mein Amsterdam-Ausraster direkt in den Knast führte oder was da sonst so mit einem passieren würde. Ich bald ein Knasti? Was für ein Horror!

„Kümmern Sie sich erst einmal ums Gesund werden", wurde unser Hausanwalt nicht müde zu sagen, wenn er mich wieder beschwichtigen wollte. Die Gespräche mit ihm waren durchaus sehr beunruhigend, wann immer er mich im Krankenhaus besuchte. Schon sein Anblick ließ mir kalten Schweiß aus allen Poren schießen. Er war das Sinnbild für die große Gefahr, die mir drohen konnte. Verdammt! Was hatte ich nur für einen Bockmist gebaut. Warum nur? „Die Psychologin, die Sie untersucht hat, ist der Ansicht, dass unverarbeitete seelische Schockzustände aus Ihnen herausgebrochen sind. Deshalb, weil Sie in diesem Moment vollkommen überlastet und somit schutzlos den inneren Sturzfluten ausgesetzt waren, die durch den Dammbruch in Ihnen herausgeschossen sind." Ich fragte mich, warum ich dieser Psychologin erlaubt hatte, ihm alles zu sagen. Wie peinlich war das denn? Als er mit dem Vorschlag um die Ecke kam, dass wir auf „Unzurechnungsfähigkeit aufgrund einer seelischen Belastungsstörung besonderer Art plädieren können", platzte mir der Kragen und ich warf den guten Herrn mit der Krawatte aus dem Zimmer. Was erlaubte er sich? Ich sollte eine geistige Umnachtung und Bekloppttheit eingestehen? Nur um einer Verurteilung zu entgehen? Der hatte ja einen an der Waffel. Nicht mit mir. Am Ende würden sie mich in die Klapse stecken… no way. Nicht mit mir. Wütend warf ich die Akten zu meinem Fall in Richtung Tür, durch die mein Anwalt gerade eben geflüchtet war und verbrachte den restlichen Nachmittag schmollend im Bett.

Freunde, von denen ich doch eigentlich so viele hätte haben müssen, kamen recht wenige zu Besuch. Ich fragte mich, ob ich Krätze oder andere ansteckende Krankheiten hatte. Doch trotz intensiver Untersuchung meiner gesamten körperlichen Oberfläche, erhielt ich keinen positiven Befund. Das konnte nicht der Grund für die wenigen Besucher sein. Einsam zog ich meine Kreise …

Die Verhöre meines Mannes wurden mir nach der Entlassung aus dem Krankenhaus fast schon zu einer liebgewordenen Abwechslung im tristen Alltag. Ein Zustand, der bereits mehrere Wochen anhielt. Ich fragte mich nur, was er überhaupt wollte. Er selbst hurte doch vor meinen Augen schon von Beginn unserer Ehe an herum. Nun gut, er ist ein Mann. Vielleicht gehört das bei Männern dazu.

Ich schaute zum Fenster hinaus. Der Sommer war voll im Gange. Meine Gedanken flogen mit den flimmernden Sonnenstrahlen dahin. Menschen sonnten sich auf den Wiesen, Kinder tobten über Spielplätze, an der Eisdiele standen lange Schlangen Genuss-Süchtiger. Nur ich musste hier die Kranke; spielen und im Arrest schmoren. Wenigstens war ich zu Hause. In Kürze sollte nach der so genannten Anamnese eine Therapie beginnen. Ambulant bei einer Psychotherapeutin. Meine Anwälte wollten dies wie erwähnt als Teil der Verteidigungsstrategie nutzen, um mich in Holland vor dem Gefängnis zu bewahren. Irgendetwas von Unzurechnungsfähigkeit, psychischer Überbelastung wurde in den Schreiben trotz meiner Widerstände angemerkt.

Wie ich das mit der Arbeit, die ja bald wieder anfangen

sollte, in Einklang bringen könnte, war mir nicht wirklich klar. Anderen offenbar schon. Denn, als die vier Wochen Krankschreibung vorüber waren und umgehend eine weitere Bescheinigung über vier zusätzliche Wochen eintrudelte, wurde ich doch sehr nachdenklich. Von meinem Arbeitgeber kam kein Lebenszeichen. Man wollte mir Auszeit gönnen, obwohl ich dringend zurück an die Front musste, schien mir. Oder wollten mich meine Bosse in die Krankheit abschieben, trotz der Tatsache, dass meine Firmen und Projekte ohne mich nicht klarkommen würden? Undenkbar!

Stattdessen musste ich in Woche sieben erfahren, dass der Aufsichtsrat mir anbot, nach meiner Rückkehr eine ruhigere Stelle im „Innendienst“ anzunehmen, wie man mir sagte. Ich hätte mir das verdient. An die Front sollten die jungen Heißsporne kommen, die sich erst einmal ihre Sporen verdienen müssten. Dazu hätte man eine neue Vertriebs- und Ansprache-Strategie entwickelt. Eine, die besser den ethischen und authentischen Werten der Gegenwart entsprach. Ich zertrümmerte das halbe Arbeitszimmer, als ich die Nachricht erfuhr. Ein klassischer Rückfall, wie meine Therapeutin diagnostizierte. Doch ich war kein Dummkopf. Das bedeutete nichts anderes, als dass man mich kaltstellen wollte. Mich, Julia Maier! Was für eine Schmach. Klar, dass mein Ego das nicht wahrhaben wollte. „Ein Irrtum“, sagte ich mir, „einfach ein Irrtum“, und schlug mit einem Brett von der Schrankwand auf die Sitzecke ein. Mir selbst war sonnenklar, dass es ein Missverständnis war. Ich musste es einfach nur den Damen und Herren im Aufsichtsrat zeigen, musste beweisen, dass ohne mich alles den Bach hinunterging. Sie würden schon sehen. Sehr bald. Dann nämlich, wenn die nächsten Quartalszahlen ohne meine Erfolge vorlagen!

Nein, das wollte ich ihnen aber auch nicht zumuten. Ich bereitete deshalb konsequent meinen Wiedereinstieg in den Beruf vor. Sobald ich wieder kampf- und einsatzbereit war, würde ich den Damen und Herren zeigen, was in mir steckte und wie unverzichtbar ich war. Das war der Plan.

Ohne es zu wollen, steigerte sich mein Alkoholkonsum von Tag zu Tag. Es war irgendwie gemütlich und schön, den Abend mit diesem pelzigen Gefühl ausklingen zu lassen. Zusätzlich half es, die innere Stimmung stumpf zu schalten. Es bekam ja niemand mit, wie ich hin und wieder durch die Gegend schwankte. Tagsüber leistete mir eine alte Staffelei samt Malutensilien, die ich auf dem Dachboden entdeckt hatte, Gesellschaft. Ich begann den Pinsel zu schwingen. Mangels leerer Staffeleien übermalte ich einfach alte Gemälde, die in großer Zahl in einer Holzkiste lagerten. Es war entspannend und schön, zu sehen, wie die Pinselstriche in gleicher Weise Bestehendes zerstörten und Neues hervorbrachten, während ich mit der freien Hand meinen Whisky im Glas schwenkte. Irgendwie hypnotisierend. Mal tupfte ich hier, mal dort oder platzierte knallbunte Farbkleckse an den unmöglichsten Stellen. Immer wieder freute ich mich nach getaner Tat über die surrealen Gemälde, die ich mit der Hand geschaffen hatte. Oftmals verlor ich mich ganze Tage in diesem künstlerischen Schaffen, ja ich fühlte sogar eine Seelenverwandtschaft mit Künstlern, wie beispielsweise Salvador Dali.

Das ging so lange gut, bis ich eines Tages durch die angelehnte Tür meinen Sohn zu meinem Mann sagen hörte: „Mama wird alt, jetzt kümmert sie sich schon um alte

Frauen-Hobbies." Die Wut kochte in mir hoch. Wie diskriminierend war das denn?! Gegenüber den älteren Damen, gegenüber diesem schönen Hobby und gegenüber mir! Der Stachel saß tief. Ich kriegte dieses „alte Frauen"-Thema nicht mehr aus dem Kopf.
An diesem Abend legte ich die Pinsel behutsam auf die untere Ablage meiner Staffelei, stellte meinen Whisky ab und blickte zum Spiegel neben mir. Das Gesicht, welches mir dabei entgegenblickte, sprach Bände. Was Alkohol und Nichtstun anrichten konnten! Ich musste schleunigst was ändern! Musste wieder eine strenge Organisation in mein Leben bringen. Eine Julia Maier brauchte Regeln, Rituale, feste Abläufe. In meinen Firmen, genauso, wie Zuhause und im Privatleben. Auch beim Konsumieren von Alkohol.

***

Der Tag der Veränderung war da! Ich spürte es an diesem Morgen, als ich mich aufmachte endlich wieder meinen Körper in Bewegung zu setzen. Die Sporthose war ganz schön eng geworden. Das war die erste schockierende Erkenntnis in diesen frühen Stunden des neuen Tages. Doch ich quetschte mich hinein und schleppte meinen aus der Form gekommenen Körper hinaus auf die Straße, rein in den Park, hinunter zum Neckar. Meine gewohnte Laufstrecke bis zum Max-Eyth-See und dann wieder zurück musste ich mir erst wieder erarbeiten. Die Puste ging mir schon nach wenigen Metern trägen Stampfens auf dem Asphalt aus. Und dennoch. Ich schleppte mich von Tag zu Tag hinunter ans Wasser und joggte immer weitere Strecken. Ich liebte diesen Fluss, wie er sich in die Felsen hineingrub, die Weinberge entlang glitt und durch Staumauern

langgezogene Seen bildete. Besonders im Herbst, wenn die grauen Nebel durchs Tal zogen, dann wurde er, zumindest für mich, zur schwäbischen Themse.
Erstaunlicherweise hielt mein Assistent den Kontakt zu mir aufrecht. Niemand sonst aus der Firma meldete sich. Seit gut zwei Wochen nicht mehr! Offenbar warteten alle ab, was mit der Strafsache in Holland passieren würde. Ich fühlte mich von Gott und der Welt verlassen. Nicht aber von meinem wunderbaren Kevin, den ich fortan auf meinen täglichen Joggingstrecken am See traf. Ihm schien etwas an mir zu liegen, wenn ich das richtig interpretierte. Das erstaunte mich doch sehr. Denn selbst bei meinem Mann hatte ich das Gefühl, dass er nicht mich als Person, sondern meine gesellschaftliche Stellung, das schöne Haus und das Geld geheiratet hatte. Die Begegnungen mit Kevin aber waren der Lichtblick des Tages. Oft setzten wir uns am Max-Eyth-See mit einem Becher Kaffee ans Wasser oder mieteten eines der Ruderboote, die auf der Halbinsel angeboten wurden. Auch an diesem Tag genossen wir wieder die Ruhe des beginnenden Tages. Gemächlich am Ufer des Neckars sitzend beobachteten wie die Frachter, die in Zeitlupentempo an uns vorbeizogen. Kevin lächelte, als er mein Gesicht studierte: „Man sieht schon ein klein wenig, dass du wieder Sport machst." Zärtlich strich er über meine Wangen. „Bald wirst du wieder so fit sein wie früher." Ich mühte mich ebenfalls um ein Lächeln. Eigentlich hätte ich ihm jetzt einen Kuss geben müssen. Doch war ich gehemmt. Dieses `wie früher´ – diese Worte hallten in meinem Kopf nach. Ihr Echo verstärkte sich zu einem bedrohlichen Donner. Ich erinnerte mich der spöttischen Äußerung meines Schwiegervaters, die wie ein Blitz durch meinen Schädel zuckte: „Du bist nicht krank

Mädchen, du wirst nur alt! Das ist nichts anderes als die Geschichte einer eingebildeten Tussi, die auf dem vermeintlichen Scheitelpunkt ihres Lebens mit so etwas wie der Sinnfrage konfrontiert wird. Die keine Antwort darauf hat, was ihr das bisherige Leben gegeben hat und ob dies für ein erfülltes Leben ausreichend ist. Da bringt es absolut nichts, wenn du die jungen Boys vögelst und dich abreagierst. Ins Unglück wirst du sie reißen. Mehr nicht. Reiß dich verdammt nochmal zusammen und verhalte dich endlich standesgemäß." Sein fieses Gelächter begleitete an diesem Abend am Esstisch die Spötteleien. Am liebsten wäre ich aufgesprungen und hätte ihm die Gänsekeule in sein freches Maul gestopft.

„Julia, alles gut? Was ist mit dir?" Kevins Lächeln war verschwunden. „Ja, alles gut, du gute Seele." Ich nahm ihn in den Arm und genoss es, wie er sich an mich schmiegte. Wie sollte ich jemals darauf verzichten können? Auf diese Wärme, auf diesen Duft seines Haares, auf die Stütze, die er mir war. Wir schwiegen einige Momente und blickten auf das sich leicht kräuselnde Wasser. Das wilde Gebell zweier Kampfhunde durchbrach unsere Idylle. Hysterisches Geschrei von Menschen mischte sich darunter. Die Tiere fielen übereinander her, fletschten die Zähne, bevor sie von ihren Besitzern an den Leinen weggerissen wurden. „Idiot, passen Sie doch auf mit Ihrer Missgeburt." – „Halts Maul Alter, sonst lasse ich mein Baby auf dich los!" Die Menschen brüllten sich an. So schnell konnte alles kippen. Wir standen auf und suchten das Weite. Während ich neben Kevin herlief, versuchte ich, in mich reinzuhorchen. Ich wusste nur zu gut, dass ich diesen wunderbaren Menschen loslassen musste. Er litt unter der Situation, litt wegen und mit mir. Was für ein sensibler Mensch er doch war. Ungewöhnlich für einen Mann, wie mir schien. Er war so ganz anders, als die Kerle, mit denen ich täglich meine harten Kämpfe auszufechten hatte. Ich blickte in seine traurigen Augen. Alles in mir zog sich zusammen. Hätte ich damals schon gewusst, was das für Gefühle waren, dann hätte ich gesagt, ein schlechtes Gewissen hatte sich in mir geregt. Wie konnte es nur sein, dass so viele so unbekannte Dinge in mir aufbrachen, sich ihren Weg nach oben bahnten und mich mehr und mehr verwirrten. Eines Tages musste ich es Kevin sagen und den harten Schnitt vollziehen. „Nein“, dachte ich plötzlich: „Es muss jetzt geschehen. Je früher, desto besser!“ Ich sammelte allen Mut, nahm Kevin bei der Hand, sprach aus, was mein Herz und meine Angst vor dem Verlassenwerden nie hätten sagen wollen und war schockiert von dem Sturzbach an Tränen, der plötzlich aus ihm herausschoss. „Das kannst du doch nicht tun“, sprach er leise und suchte hinter dem Tränenvorhang meinen Blick. Ich schaute nur geradeaus und setzte ein: „Doch, es muss sein. Weil ich dich liebe und weil du für mich der wertvollste Mensch in meinem Leben bist“, hinzu. Das klassische „Glaub mir, es ist besser für dich. Ich schade dir“, stotterte ich nur noch heiser hervor. Das aber hatte er nicht mehr gehört. Er war bereits davongeeilt, weg von mir. Ich wollte ihm hinterher rufen, doch ein Klos in meinem Hals lies nur ein Krächzen hervorquellen, während ich wild mit den Händen und Armen gestikulierte. Passanten blickten irritiert von ihm zu mir. Meine Füße waren wie auf den Boden genagelt, ich konnte nicht aufspringen und ihm folgen. Dann löste sich die Szene auf und Stille umgab mich. Mein Herz pochte, als wollte es aus meiner Brust springen. Was hatte ich nur getan? Eine kleine Ewigkeit stierte ich vor mich hin. Nicht in der Lage zu denken oder mich zu bewegen. Der Verlust, den ich gerade selbst heraufbeschworen hatte, tat mehr weh, als ich zugeben wollte. Dabei hatte ich das doch früher häufig vollzogen und immer gut gemeistert. Da waren: vorangegangene Kollegen – und Kolleginnen - von Kevin, Stewards auf meinen Reisen, von anderen Gästen in den Hotels der Welt ganz zu schweigen. Mit Kevin verlor ich jedoch einen besonderen Menschen. Hatte ich wirklich richtig gehandelt?

Eine dicke, fette Nordlandgans pickte mit ihrem Schnabel an meinen Schuhen herum und schnatterte empört. Hatte ich ihren Schlafplatz für den Mittag besetzt? Ich brummte genervt ein „lass mich in Ruhe du Biest. Jetzt bin ich hier“, und versuchte, sie zu verscheuchen. Doch der nervige Weihnachtsbraten legte sich mit etwas Sicherheitsabstand ins Gras und ließ mich nicht mehr aus den Augen. Langsam lichteten sich wieder meine Gedanken. Ich zog mein Handy aus dem Laufrucksack. Keine Nachrichten. Niemand schrieb. Selbst die Spam-Botschaften fehlten mir inzwischen. Es knisterte, als ich das Handy zurücksteckte. Neugierig blickte ich in meinen Rucksack und zog zerknüllte Blätter heraus. Notizen meiner Psychotherapeutin. Warum auch immer hatte ich sie am Morgen eingepackt? Sicher nicht, um sie Kevin zu zeigen. Wäre mir zu peinlich gewesen. Denn die Anmerkungen dieser Therapeutin waren echt der Knaller. Oder eher `ne große Sauerei. Nachdem ich sie gestohlen hatte und einen ersten Blick darauf werfen konnte, war ich schockiert.

Auch wenn jetzt nicht gerade der beste Augenblick war, setzte ich mich ans Wasser und begann zu lesen:

„Julia Maier ist ein Mensch, der egozentrisch wirkt. Sie hat nur sich im Blick.
Keine Augen für die Belange anderer.
Nur materielle Ziele.
Versucht immer, ihre primären Bedürfnisse zu befriedigen.
Sport exzessiv, Lust, Erfolg etc.
Geht nicht in die Tiefe. Materielle Bedürfnisse bestimmen sie. Wirkt rücksichtslos, wenn es um Beruf, Anerkennung und Macht geht. Ihre Weiblichkeit scheint sie verbergen zu wollen. Vermutlich sieht sie diese als Schwäche an.
Dabei war sie offenbar nicht immer so. Laut eigener Auskünfte und aus dem Umfeld, war sie ein sensibler junger Mensch, hatte Ideale und Ziele in ihrer Jugend."

Hatte ich das wirklich gesagt? Ich konnte mich nicht erinnern, las weiter:

„Sie wollte was bewegen. Verändern. Die Welt verbessern.
Doch die Zeit hat sie verändert.
Es gab zum Beispiel Verletzungen in ihrem Leben.
Bruchkanten.
Verhärtungen.
Ihre Umwelt lockte sie durch Ruhm, Macht, Anerkennung, Betäubung durch Hyperarbeit. Die Ziele änderten sich.
Erfolg im Job ist wie Opium. Die Anerkennung anderer ein Aphrodisiakum.
Sie hat Erschöpfungserscheinungen. Müdigkeit am helllichten Tag und Schlappheit gehören zu ihren Begleitern. Drogen nimmt sie laut eigener Auskunft keine. Diese Aussage ist anzuzweifeln. Koffein und noch mehr Sport sind weiterer Ersatz.

Was waren die Verletzungen in ihrem Leben? Es muss schmerzvolle Ereignisse in der Kindheit gegeben haben, die sie ausgeblendet hat.“

What?
Woher wollte sie das Alles wissen? Ich legte mich auf den Boden und hob den Zettel über mich in Augenhöhe, um weiterlesen zu können:
„Das nutzten die Anderen in der Clique aus. Allein trauten sie es sich nicht. Zusammen aber schmiedeten sie ei*nen Komplott nach dem anderen gegen sie. Julia Maier zog sich zurück. Blieb allein.*
Zuhause gab es keine Wertschätzung oder mentale Unterstützung. Niemand gab ihr Rückmeldung dazu, dass sie genauso okay war wie sie war.
Erst mit dem Beruf, in der Ausbildung, kam das. Dann später mit dem Studium, das sie anschloss.
Sie wurde scheinbar missbraucht: Ältere Geschwister, Lehrer, …
Verfolgt sie eine Geschichte aus der Vergangenheit? Die ihr immer wieder als Albtraum erscheint?
Hat sie in ihrem Beruf andere ins Unglück gestürzt? Aus beruflichem Ehrgeiz? Mobbing? Hat sie an ihnen ihre unterdrückten Aggressionen ausgelebt? Vermutlich.“

Nur widerwillig wollte ich mir eingestehen, dass ich tatsächlich in den Sitzungen darüber geredet hatte. In schwachen Momenten. Das nun zu lesen, schockierte mich aber dennoch. Was meinte sie mit den Kollegen und dem Mobbing? Wen soll ich ins Unglück gestürzt haben? Ich konnte mich in diesem Moment nur an die „fairen“ Fights und Wettkämpfe in meinem Beruf erinnern, die es natürlich immer gab. Nachdenklich erhob ich mich und schlurfte nach Hause. Zum Joggen fehlte die Lust und Kraft. Unvermittelt schossen mir Tränen aus den Augen. Rannen die Wangen hinunter. Ich ließ es geschehen, schluchzte aus tiefstem Herzen. Mein Brustkorb wollte mir dabei wie Glas zerspringen. Warum nur dieser Ausbruch? Woher kamen diese Gefühle? Ich konnte sie nicht ergründen. Die Dämme in mir schienen nicht mehr zu halten.

***

George Winstons Klarvierkomposition „December“ ertönte aus meinen Kopfhörern. Noch immer lag ich am Nachmittag dieses Tages auf dem Boden und starrte an die Decke. Auch wenn Sommer war, trug mich diese Wintermusik weit mit sich fort. Schon seit jungen Studentenjahren begleitete mich diese Klaviermusik in meine innere Welt. Die Brust weitete sich urplötzlich. Der Druck auf meinem Herzen verschwand. Ich befand mich in einer vollkommen zeitlosen, eigenen Welt. Glitt durch die Jahrzehnte und empfand an diesem Tag dasselbe, wie damals, als ich mit Mitte zwanzig in meinem Studentenzimmer auf dem Boden lag und sehnsüchtig zum Fenster hinaus auf die Berge der anderen Moselseite blickte. Nicht wissend, was die Zukunft bringen würde. Sehnsüchtig hoffend, dass diese Ungewissheit bald ein Ende finden würde. Es hätte sich eigentlich bei dieser Erinnerung eine Traurigkeit oder Melancholie einstellen müssen. Traurigkeit, dass die vergangenen Zeiten unwiederbringlich verschwunden waren und niemals mehr zurückkommen würden. Doch das war nicht der Fall! Diese Musik verband mich immer, wenn ich sie in meinen Ohren hatte, über diesen zeitlosen Raum mit all meinen Lebensphasen und ließ mich darin schweben. Am Tag zuvor hatte ich tatsächlich auf dem Dachboden in einer verramschten Umzugskiste meine alten Tagebücher gefunden. Ja, ich schrieb früher wohl solche Dinger voll. Hatte ich vollkommen vergessen. Eines davon hielt ich gerade in der Hand. Es war aus jener Zeit in Paris, als ich versuchte, ein Au-pair zu sein. Das aber klappte nicht, weil es schlichtweg unerträglich für mich war, anderen zu dienen. Ein Murren kam bei den Gedanken an diese Zeit über meine Lippen. Ich blätterte wahllos in dem kleinen Büchlein herum. An einem Text blieb ich hängen:

„An die Freunde – ein Abschied

Mit dem Abschied in der Hand wende ich mich an Euch, meine Freunde. Eine Heimatlose wird eine ihr heimelnd gewordene Wohnstatt verlassen. Eine Einsame, die ich war und die ich bin. Mitten unter Euch weilte ich – und war doch nie richtig da.

Ich werde nun gehen, werde Euch lebet wohl sagen und gehen. In die Flucht mag ich mich begeben. Dorthin, wo ich all meiner Unrast und Probleme flüchte.

Was mag das Leben schon sein? Ein Wandern durch die Zeiten. Ein Suchen ohne Gleichen. Ein zu langes Verweilen an einem Punkt.

Ich werde nun gehen und Schmerz empfinden. Schmerzen des Abschieds. Gefühle, die mir sagen, Ihr seid für mich etwas, Freunde. Aber, einsam war ich auch mitten unter Euch. Bemerkt habt ihrs nie.

Tränen mögen mein Gesicht erfüllen, schaue ich mein Spiegelbild im Fenster an. Ich frage mich: Warum dieses Vagabundieren? Wo mag die Heimat sein, wo die Gemeinschaft?

Fremd ist mir der Inhalt Eurer Leben, fremd das Gefühl, wie tief Euch die Lebensgenüsse erfüllen können. Es ist jene Unrast in mir, die mich immerzu anstachelt, mich dazu antreibt, immer weiterzugehen.

Freunde, es ist nicht leicht.

Doch ich werde gehen, all meine Wurzeln einpacken, die doch schon recht lang gewordenen, und sie einem anderen Boden anvertrauen. In der Hoffnung, auch dort etwas zu verwurzeln.

Doch sagt mir, ist die Gemeinschaft mit Euch ersetzbar, seid Ihr austauschbar?

Will ich überhaupt gehen?

Renne meinen Bildern nach, suche die Bestimmung. Irgendwo mag sie sein. Irgendwo werde ich sie wohl finden.

Wird sie fernab von allen weltlichen Dingen, fernab auch von Euch und allen liegen?

Doch will ich das?

Weg werde ich sein und ihr lebt weiter. Vergessen ist schnell. Werde ich Euch vergessen? Ich reiße ein Stück Heimat aus mir heraus.

Ich, ein Staubkörnchen in der Masse der Menschen. Ich mache es mir so schwer, nehme mich so wichtig.

Aber, die Stunde wird kommen. Wie ein Kleid werde ich auch diesmal mein Leben ablegen. Wie ein Reptil werde ich mich häuten. In neuem Gewand, ein neues Leben beginnen. In einer anderen Stadt, mit anderen Menschen und anderen Träumen, wie schon manches Mal geschrieben.

Das alltägliche Leben als Wegwerfartikel, austauschbar."

Ich drehte das Buch hin und her. Studierte den Umschlag. Hatte wirklich ich das geschrieben? So poetisch, so tiefgründig. Ein Staubkorn in der Masse der Menschen. Wahrhaftig. Dabei habe ich in den vergangenen Jahren immer geglaubt, ich wäre der größte Goldklumpen inmitten dieser armseligen Sandkörner. Ich versuchte, mich an die Zeit zu erinnern, in der ich das geschrieben haben muss. Alte Gefühle drangen an die Oberfläche. So viele Emotionen. Hätte ich nicht gedacht! Das waren doch Gefühle, oder? Irgendwie schon, sagte ich mir und schüttelte den Kopf. Die Therapeutin hatte sicher unrecht, was meine Diagnose betraf. Julia Maier war kein egoistischer Zombie!

Ich schleppte mich zur Hausbar. Eigentlich war es noch zu früh für ein hartes Getränk. Doch der Blick auf das Schreiben meines Arbeitgebers erinnerte mich wieder, dass es vollkommen in Ordnung war. Die Änderungskündigung kam extra per Einschreiben ins Haus.

Es lag vor mir auf dem Esszimmertisch. Die perfekte Abrundung dieses abstrusen Tages. Ich prostete diesem zu, versuchte, in mich reinzuhorchen, wollte mein Leid fühlen, mein Verletzt sein. Doch nichts dergleichen. Das war einfach nur dumpf, was da in mir war. Dennoch beschloss ich an diesem Tag, dass ich verletzt war. Und einsam und überhaupt. Kevin, wie mochte es ihm gehen? Der alte Ouzo bot sich als Freund an. Der Whisky war ausgegangen. Wir schwelgten in unserer Traurigkeit. Ich und meine multiplen Persönlichkeiten.

Das ging leider nur so lange, bis mein Mann auftauchte und mir eine unglaubliche Szene machte. Er behauptete tatsächlich, dass ich verwahrlost aussähe. „Wie eine Obdachlose: ungewaschen, unfrisiert, in alten Klamotten. Und wie man nur so angetrunken sein kann. Am helllichten Tag! Ekelhaft." Kevin sah das anders. Meinem Mann prostete ich aufmunternd zu. Doch ging er auf die Einladung mitzutrinken nicht ein. Im Gegenteil, ich hatte den Eindruck, er fühlte sich provoziert. Verstand ich jetzt gar nicht. „Mach nur so weiter! Dann werden deine Hurensöhne die Lust an dir verlieren. Immerhin. Aber, nicht nur die!" Auch ihn, meinen Mann, würde ich verlieren. Meinte er. Ich nahm einen tiefen Schluck, jetzt direkt aus der Flasche und stierte ihn mit schräg gestelltem Kopf an. Das sah urkomisch aus. Also, nicht ich, sondern mein Mann, der dadurch schräg stand. Ich lachte fröhlich los. Komisch. Das berührte mich alles irgendwie gar nicht. In diesem kurzen Moment zumindest. Als er aber drohte, mir die Kinder zu nehmen und jeglichen Kontakt zu verbieten, da entglitten mir die Gesichtszüge. Das dumpfe Lächeln schmolz dahin. Es folgte der Gravitation und die Mundwinkel sanken unweigerlich nach unten. Ein kurzes Zucken ging durch meinen Arm, die Hand erhob sich. Doch ich konnte mich gerade noch zusammenreißen. Ohne ein Wort stellte ich die Flasche ab und begab mich ins Schlafzimmer. Dort, vor dem großen Glasspiegel, stand ich nun und beobachtete stumm und für lange Zeit diesen fremden Menschen, der mich selbst neugierig zu betrachten schien. Hinter mir flog die Schlafzimmertür krachend ins Schloss.

Ich zitterte. Alles bröckelte ab, zerrann mir in den Fingern. Tag der Verluste! Angst machte sich breit. Angst davor, dass der Panzer zerbrach und alles explosionsartig aus mir herausbrach. Etwas, was ich nicht kontrollieren konnte und meine Umwelt in Schutt und Asche legen wollte. Ich spürte das. Die Dämonen wollten ans Tageslicht. Wie damals im Flughafen in Amsterdam. Nur schlimmer. Zu lange hatte ich sie im Kerker meines Seins weggeschlossen. Ihre Wut musste grenzenlos sein.

„Tu was!“ Ich erschrak zu Tode bei den Worten meines Mannes hinter mir. Er hatte sich wieder ins Schlafzimmer geschlichen und beobachtete mich. „Ich gebe dir noch eine einzige Chance. Nutze sie!“

ENTSCHEIDUNG

Und plötzlich wurde mir eines klar - ich wollte nicht mehr! Ich wollte verschwinden. Aus allen Situationen entfliehen. Alles verlassen. Ab in die Einsamkeit. Für mich sein. Ich schleppte mich an jenem Morgen mühsam meine Strecke am Neckar entlang. Der Restalkohol schien in mir hin und her zu schwappen. Hoffnung, Kevin zu treffen, keimte in mir auf. Doch das war Utopie, nachdem ich ihn rüde weggeschickt hatte. Es sollte zu seinem Besten sein. Jetzt vermisste ich ihn. Mein Blick raste umher, schweifte über die gesamte Parkanlage, über den See hinweg. Doch kein Kevin weit und breit. Ich musste anhalten und stemmte meine Arme auf die Knie. Mein Atem raste. Senioren mit Rollatoren überholten mich und schauten mitleidig zu mir rüber. So weit war es also mit mir gekommen. Ich setzte mich ans Ufer. Merkte nicht, dass ich mitten in den Exkrementen der nordischen Gänse saß, die schon seit Jahren keinen Bock mehr hatten, von diesem schönen Ort wegzugehen. Dabei hatte die Natur sie doch als Zugvögel erschaffen! Galt denn das Gesetz der Natur heutzutage auch nichts mehr? Angewidert streifte ich die Hinterlassenschaften dieser Viecher von meinen Händen. Die Gedanken zu verschwinden kamen wieder zurück. Drängten sich mir auf, besetzten meinen Verstand. „Hau ab. Verschwinde von hier, fang neu an. Du bist die Welle!“ Die Stimme in mir ließ nicht locker. Doch ich schüttelte in einem letzten Aufbäumen mit dem Kopf. „Geht nicht, die Therapie!“, entgegnete ich dem Aufrührer in mir. Ich wollte sie weitermachen. Das hatte der Betriebspsychologe als freundschaftlichen Rat bei einem Bier empfohlen. Ich war diesem

Tipp auch gefolgt. Eigentlich war die Therapeutin richtig gut. Packte mich so an, wie ich es brauchte und ging in dem Tempo voran, wie ich es wohl ertragen konnte. Wobei: Wer konnte einen Lawinenabgang schon kontrolliert durchführen und glauben, er wäre in der Lage die Schneemassen, die ins Tal stürzten, jederzeit kontrolliert zu bremsen oder aufzuhalten, ohne selbst mitgerissen und verschüttet zu werden? Konnte meine Therapeutin das? Die Massen an Emotionen kontrolliert ablassen, wenn einmal der Damm gebrochen war? Ich war grundsätzlich bereit, trotz aller Angst, auf ihre therapeutischen Angebote einzugehen und mich auf eine tiefe, gemeinsame Reise in mein Innerstes zu begeben. „Aber das hat ER dir doch vermiest." – „Wer?" Irritiert horchte ich auf mein Innerstes. „Na er, dein Alter. Denn eines will er auf keinen Fall. Eine Therapie, in der du Seelenstriptease vollziehst. Man, da wird er doch mit reingezogen und dann kommt´s raus... seine Geheimnisse." Aha, das stimmte! Er hatte eher Sorge um seinen Ruf, als um mein Wohlbefinden. Denn für meine weitere Therapie hätte auch eine Paartherapie angedockt werden sollen, so die Empfehlung. Seine eigenen Geschichten würden ans Tageslicht kommen. Untaten, die er mir immer verheimlicht hatte. Das andere Kind zum Beispiel. Es war nicht meines! Gezeugt wurde dieses bewundernswerte Wesen mit einer anderen Frau. Dabei hätte der diese Angst hinter sich lassen können. Ich wusste es doch längst. Das Kind glich ihm in erschreckender Weise. Es hatte zwar die Augen der Anwaltskollegin meines Gatten. Das Gesicht aber war dem leiblichen Vater exakt nachgeformt. Eigentlich war mir das damals irgendwie egal gewesen, denn dadurch hatte ich eine Rechtfertigung für meine eigenen sexuellen Eskapaden, die nicht zu knapp waren. Die Kindsmutter hatte ich aber dennoch in einer kalten Dezembernacht ordentlich verprügelt, krankenhausreif, was bei dem zarten Pflänzchen nicht schwierig war, so wehleidig, wie sie sich gab. Es geschah bei einer Weihnachtsfeier ihrer Kanzlei, bei der inklusiv mir alle kräftig einen intus hatten. Die dumme Tussi konnte sich nicht wirklich wehren und so ließ ich meiner dunklen Seite freien Lauf. Mein Mann war betroffen, besorgt und schockiert. Wer konnte nur so etwas machen? Ich hätte es ihm sagen können. Doch egal. Weihnachten musste die Arme schließlich im Krankenhaus verbringen. Umsorgt von meinem Mann und ihrem gehörnten Gatten, dem so langsam dämmerte, dass da wohl was im Busch war. Mir war es recht.

Eine der Nordmanngänse bäumte sich vor mir auf und schnatterte gewaltig. Vermutlich die freche Gans, die schon beim letzten Besuch am See meine Gedanken störte. „Schon gut, schon gut, ich wollte gerade gehen.“ Mühsam erhob ich mich und streckte ihr abwehrend die Hände entgegen, die sie mutig schnappen wollte. Energischen Schrittes machte ich mich auf meinen Heimweg. Meine Entscheidung war gefallen.

Sollte doch mein Mann an seinen Geheimnissen ersticken. Dann eben keine Weiterführung der Therapie. Stattdessen dieses Selbsterfahrungscamp in den Bergen. Wer weiß, vielleicht erreichte ich damit schneller meine Ziele, um wieder fit für den Job und das Leben zu werden.

***

Der Morgen jenes folgenden Sommertages war mild, als ich mich daran machte, meine Sachen zu packen.

Sanfte, fönartige Luft schmiegte sich an mich. Mir war, als ob sie mich noch einmal am Gehen hindern wollte. Mich umgarnen, um mein Leben in diesem schönen Villenviertel in einer der exklusivsten Sonnenlagen Stuttgarts nicht aufzugeben. Doch es war zu spät. Ich musste gehen. Die Entscheidung war gefallen. Es gab kein Zurück mehr. Auch wenn ich die verrücktesten Geschichten gelesen hatte, was solche Camps mit labilen Menschen anstellen konnten. Soweit war es also schon. Julia Maier bezeichnete sich selbst als labil. Ich zog das kleine Gartentürchen hinter mir zu, blickte über die Buchsbaum-Hecke, die vor wenigen Tagen vom Gärtner nach Vorgaben meines Mannes zurechtgestutzt worden war, und schritt auf den Gehweg.

Erst jetzt wurde mir klar: Keine bisherige Reise in meinem Leben bedeutete für mich ein größeres Abenteuer. Angstbesetzter war sie, diese jetzige Reise, als alle anderen Touren durch die wildesten Regionen der Welt, die ich schon gemacht hatte. Meine Hände zitterten, als ich die Reißverschlüsse meines Rucksacks zuzog und ihn auf die Schulter wuchtete. Viel lieber wäre ich in diesem Moment zu den Kannibalen in die Südsee gereist und hätte ihnen vegane Suppentüten verkauft, als dorthin zu fahren - in die Hölle meiner Seele. Aber was half es? Jetzt gab es kein Zurück mehr.

Niemand winkte zum Abschied. Mein Mann war bei seinem Golfspiel – oder wo auch immer. Die Kinder in der Schule. Kein Thema. Abschiede waren noch nie meins gewesen. Ich marschierte zum Auto. Die Wahl fiel auf den SUV, passend zur Reise in die Berge. „Julia, was machst du?“ Vom Nachbargrundstück gegenüber winkte mir ein Mann zu. Es war mein Schwiegervater. Das hatte mir gerade noch gefehlt. Doch kein heimlicher Abgang. „Wo willst du hin?“ Er trat ebenfalls auf die Straße heraus, schenkte meinem Rucksack einen abschätzigen Blick, genauso, wie er angewidert meine unfrisierten Haare musterte. „Machst du dich heimlich vom Acker?“ Ich drückte auf den Türöffner und wuchtete den Rucksack auf den Rücksitz. „Nenn es wie du willst, Karl-Robert. Weißt doch, was ich vorhabe. Ich bin auf jeden Fall weg. Freust dich doch sicher, oder?“ Ich war für ihn ohnehin seit dem Vorfall in Amsterdam eine Schande. Von der geduldeten Schwiegertochter zur gefallenen Versagerin war ich, seiner Meinung nach, mutiert. Er baute sich vor mir auf und schimpfte: „Anstatt mit dem zufrieden zu sein, was die Gesellschaft als großen Erfolg und Glück ansieht, verlässt die Managerin ihre große Stadt, den Job, Mann und Familie, Haus, Luxus und gesellschaftliche Anerkennung, um stattdessen eine Streunerin zu werden. Was für ein Hirnschiss!“ Er packte mich an den Schultern und schüttelte mich kräftig. „Komm zur Vernunft! Reiß dich zusammen. Zu meiner Zeit hätte es solche verdrehten Geschichten nicht gegeben! Frauen sollten sich besser um Haus und Hof kümmern.“ Ich blieb stumm, blickte ihm stattdessen fest in die Augen. Resigniert wandte er sich von mir ab und winkte mit der Hand: „Du wirst alles verlieren meine Dame. Ich hoffe, das weißt du. Besser, du kommst nicht mehr zurück, dann können wir alles neu und geordnet wieder aufbauen.“ Ich ballte meine Fäuste und wollte auf ihn losstürzen. Doch er war es nicht wert. Stattdessen schmetterte ich die Hintertür meines SUV zu und rief ihm hinterher: „Warst schon immer ein Arschloch Karl-Robert! Halt dich zukünftig von mir fern.“ Ich schwang mich auf den Fahrersitz und startete das Auto, noch bevor ich die Tür zuwarf. „Jetzt bedroht mich diese Wahnsinnige auch noch! Warte, das werde ich melden…“ Mehr konnte ich nicht mehr hören. Sein Gejammer ging im Lärm meines Fahrzeugs unter.

SÜNDENBOCK

„Sollen wir es der Maier in die Schuhe schieben?"
„Wem?"
„Na der abgedrehten Amokläuferin."
„Julia? Aber warum denn das? Die hat doch nichts damit zu tun gehabt."
„Ist doch egal. Die ist weit weg und ein Opfer brauchen wir. Die wird eh nicht mehr zu gebrauchen sein, so kaputt wie die ist."
„Sie hat doch so viel Gutes für uns getan. Wir dürfen doch nicht einfach einen Menschen unschuldig opfern."
„Erfolg ist wie ein gutes Sahneeis in der Sonne. Man muss ihn schnell genießen. Sonst schmilzt er dahin und ist nur noch klebriges Zeug auf einem schmutzigen Teller. Das ist bei ihr jetzt der Fall."
„Das könnte sie aber in den Knast bringen."
„Wie gesagt, die kommt eh nicht mehr zurück. Glaub mir. Die wird vollkommen wegdriften. Wünschen wir es ihr zumindest."
„Und wie willst du das anstellen?"
„Vertrau auf mich. Ich bin mit ihrem Mann in einem – sagen wir – sehr, sehr freundschaftlichen Kontakt. Es wäre auch in seinem Sinne, wenn sie aus unserem Umfeld verschwindet."
Zögern.

„Keine Sorge, uns passiert nichts. Wir haben alles gut vorbereitet. Oder hättest du lieber, dass die Mafia in Kürze auftaucht und uns das Leben schwer macht?"

Sie lächelte: „Ist doch besser, wenn sie sich auf die Fährte von Julia machen und das Geld bei ihr suchen.

Dieses Psycho-Camp in den Bergen können wir als ihren Fluchtversuch bezeichnen. Wird schon. Außerdem…“ Sie zögerte kurz: „Was?“ „Außerdem trifft es einen echten Arsch. Glaub mir, der Maier trauert hier niemand nach. Eigentlich war sie eine Gangsterin. Wie viele unzählige Male hat sie unsere Kunden mit ihren Geschichten betrogen und ihnen Geld aus der Tasche gezogen. Nein, hier trifft es keine Jungfrau von Orleans. Und wenn sie für eine andere Angelegenheit den Sündenbock spielen muss, dann sühnt das all die anderen Sachen, die sie angestellt hat!“

DAS CAMP

Stau am Aichelberg auf der A8. Die klassische Falle in Richtung Süden. Ich hätte es wissen müssen. Er kostete mich eine zusätzliche Stunde. Nervös tippte ich auf meinem Handy herum, um die Zeit zu vertreiben. Keine Nachrichten, keine Mails. Nichts. Ich fragte mich ernsthaft, ob mich die Provider gesperrt hatten. Doch die Antwort kannte ich selbst. Niemand wollte mir schreiben. Es gab nichts zu schreiben. Ich redete mir aber ein, dass sie mich schützen wollten, damit ich schnell wieder gesund wurde. „Tsss", entfuhr es mir, beinahe gerührt. Das mussten sie doch nicht. Die armen Kolleginnen und Kollegen würden sicherlich selbst darunter leiden, dass sie meine Hilfe, meinen Rat und meine Tatkraft nicht mehr hatten. Ich würde ihnen später noch eine Mail schicken und ihnen die Erlaubnis erteilen.

Jetzt nur noch dieses Camp, vor dem ich mehr Schiss hatte, als ich mir selbst eingestehen wollte, dann würde ich mich wieder gesundschreiben lassen und mit voller Power in die Berufswelt zurückkehren. Ich würde von der höchsten Klippe mit dreifachem Salto und gewagtem Hechtsprung tief ins Arbeitsgetümmel hineinspringen und mich darin suhlen. Jawohl.

Ich konnte ja nicht wissen, dass bereits die Utensilien auf und in meinem Schreibtisch unter den Kollegen verteilt worden waren, dass an meiner Bürotür ein anderer Name prangte und alle persönlichen Gegenstände in einem kleinen, armseligen Karton beim Hausmeister in einem Regal lagerten. Und wenn ich es gewusst hätte, na, dann wäre ich überzeugt gewesen, dass ich das alles nicht mehr gebraucht hätte, weil das eh Zeichen meiner Beförderung gewesen wären. Also, ich meine, dann hätte man mein Schild schon einige Stockwerke höher an ein neues Büro geschraubt.

Mein Geländewagen schlich den Drackensteiner Hang hoch. Immer gemächlich den holländischen Wohnwagen-Gespannen hinterher, die im Schneckentempo die Lastwagen überholten. Endlich, auf der Albhochfläche löste sich der Knoten etwas und ich gab Gas, wurde in Ulm mit gut 80 Kilometer in der Stunde im Stadtbereich geblitzt und fädelte mich südlich der Donau auf die A7 ein. Langsam wurde es ernst und mir mulmig. Hitzewallungen stiegen in mir hoch. Wie schon häufiger in den letzten Wochen. Sie versetzten mich in eine panikartige Stimmung. Waren das die ersten Anzeichen der Menopause, also der Wechseljahre? Ich konnte und wollte es nicht glauben, denn dazu war ich in meinen Augen noch zu jung und mein Sexualleben viel zu aktiv. Wenngleich, was hatten die Wechseljahre mit dem Sexualleben zu tun? Das konnte doch auch danach noch sehr aktiv sein… Geistesabwesend glitt ich über die Autobahn, passierte das Allgäuer Tor, ohne die Schönheit der Berge zu bewundern.

Eine andere Frage lenkte mich ab: Was geschah in so einem Psycho-Camp? Meine Gedanken spielten verrückt. Musste ich mich seelisch nackig machen? Und das vor fremden Menschen? Beinahe hätte ich die Ausfahrt hinter Kempten verpasst. Der Grünten tauchte auf. Der Wächter des Allgäus. Doch ich ignorierte ihn. Versuchte nach wie vor, die verlorene Zeit reinzuholen. Der Stress, der dabei hochkam, fühlte sich vertraut an. Wie früher. Immer hektisch zum Termin, immer etwas zu spät. Was eigentlich nichts ausmachte, da man auf mich, die Hauptperson, zu warten hatte.

Kurz vor Oberstdorf sollte ich nach rechts abbiegen. Als aber schräg vor mir jener MC Donalds auftauchte, der mich schon häufiger vom Weg abgebracht hatte, konnte ich wieder einmal nicht widerstehen. Das große gelbe M schwebte vor meinen Augen, lockte mich, versperrte mir den Blick auf die Berge. Speichel schoss aus allen Drüsen meines Mundes, um mir klar zu machen – ich musste da hin. Trotz Verspätung. Trotz Kalorien. Wer weiß, wann ich wieder richtiges Essen bekommen würde. Ich riss das Lenkrad herum und schoss über die Einfahrt zum Drive-In. Schnell bestellte ich zwei Burger, doppelte Pommes, dreifach Mayo, Ketchup und natürlich Cola. Nein, keine light. Was für ein Festmahl, das gerade auf meinem Schoß lag. Wie früher drückte ich das Gas durch und versuchte, während der Fahrt, die Finger in die braune Tüte zu packen, um fettige Pommes daraus herauszufischen. Die Hälfte verlor ich in der kurvenreichen Fahrt in Richtung Kleinwalsertal. Gleichmäßig verteilte sich das Essen auf dem Boden und Beifahrersitz. Mayo und Ketchup klebten am Lenkrad. Doch es schmeckte vorzüglich und ich schenkte dem Hohen Ifen, der gerade auf der rechten Seite auftauchte, sogar ein ehrliches Lächeln. Ich wusste, ich hielt mich bereits in Österreich auf, auch wenn es ein so genanntes Zollausschussgebiet und somit deutsches Wirtschaftsgebiet war. Denn am Ende hörte die Straße einfach auf und man kam nur über die Berge nach Vorarlberg. Für mich hieß das, dass in der Ortschaft Baad, ganz im Südwesten des Tals - an der Endstation des Walserbusses, kein Weiterkommen mehr war. Was das Fahren betraf. Während die Linie 1 einen Wendekreis besaß, um wieder zurück in die Zivilisation fahren zu dürfen, musste ich mein Auto auf dem Wanderparkplatz Baad abstellen. Misstrauisch sondierte ich die Lage, während ich im Wagen sitzend die letzten Pommes mitsamt dem zwischen den Fingern eingeklemmten Burgerrest verschlang. Totale Natur umgab mich. Und Ruhe. Nur zögerlich stieg ich aus. Mein Blick suchte einen Mülleimer, um die Essensreste entsorgen zu können. Er blieb aber hängen an einem kleinen VW-Bus, auf dem in Großbuchstaben geschrieben stand: „Dem Alltag entfliehen, *SICH* finden." Ein Fantasielogo prangte über dem mutigen Spruch. Das musste mein Anlaufpunkt sein. Ich vergaß die Essensreste, wuchtete meinen Rucksack vom Rücksitz und packte alle mir wichtigen Utensilien rein. Handy, Tablet, Laptop, Ladegeräte, Powerbanks, mobile Navigationsgeräte, elektronische Zahnbürste, Medikamente, Vitamine, nicht zu vergessen die Minimalausstattung an Kosmetik... Dann trottete ich quer über den Parkplatz zu dem Bus. Die Lust trieb mich nicht gerade an. Sollte ich vielleicht doch in einem der Hotels hier einchecken? Gerade als ich mein schweres Gepäck auf einem vor dem Bus aufgestellten Biertisch platzieren wollte, kippte dieses um und aus dem noch offenen Rucksack fiel alles auf die Erde, was ich vorhin mühsam eingepackt hatte. Ein Fluchen entrang sich meiner Kehle, während ich mich hinkniete und damit begann, meine wichtigen Schätze wieder einzusammeln. „Das kannst du gleich alles hierlassen." Erschrocken wandte ich mich zu der Stimme um. Sie klang mehr als genervt. Eine Frau, Ende Zwanzig, tauchte aus dem VW-Bus auf. Im Gehen knöpfte sie sich ihre Hose zu und zupfte ihren BH zurecht. „Warum kommst du denn so spät? Wir warten schon eine Ewigkeit." Ihre Rastalocken hüpften um ihren Kopf, während sie schimpfte. Ich war zunächst sprachlos. Den Ton war ich nicht gewohnt. So sprach man nicht mit mir. Doch meine Entrüstung erhielt keine Chance sich zu entfalten. Ein Kerl erschien hinter der Frau in der Schiebetür des Busses. Er machte sich erst gar nicht die Mühe, die Hose anzuziehen. In Shorts stand er vor mir und musterte mich neugierig. „Na schau an, die berühmte Julia Maier“, sprach er. Irritiert blickte ich ihn an. Hörte ich da Sarkasmus in seiner Stimme? Er nahm meine Verwirrung wahr und lächelte: „Kennst mich wahrscheinlich nicht mehr, was? Dabei hast du mir damals in München das Leben schwer gemacht und wegen dir habe ich nach dem Desaster mit dem FC Bimbam meinen Job verloren.“ Es dämmerte mir langsam. Da war mal was. Skandal bei den Bayern mit den Hauptsponsoren. Vorstandschef wegen Steuerhinterziehung im Knast. Wir mit Krisenkommunikation beauftragt… „Vergiss mal die Vergangenheit“, sprach die Frau zu ihrem Freund. „Die Tante muss schnell in die Berge. Die anderen sind schon einige Stunden unterwegs. Die muss sie vor Dunkelheit noch einholen.“ Ich begann innerlich zu kochen, doch die freche Göre scherte sich nicht darum, sondern zeigte auf meinen Rucksack. „Gib mal her. Gepäckkontrolle.“

Mein ganzer Protest half nichts. Die Frau war ziemlich klar in ihrer Ansage. Nahm mir bis auf Unterhosen, Socken und sonstiger notwendiger Kleidungsstücke so gut wie alles weg, was ich meinte, für ein Überlebenscamp unbedingt zu brauchen. Auch meine ganze elektrotechnische Ausrüstung. „Brauchst du da oben nicht. Ist eh kein Empfang.“ Mein Pfadfindermesser, das ich meinem Sohn aus der Schublade geklaut hatte, durfte ich nach langer Diskussion behalten. Auch mein altes Tagebuch, das ich seit Tagen immer mit mir rumschleppte.

„Was passiert denn jetzt mit meinen Sachen?“, wollte ich

mutlos wissen. Mein Widerstand war gebrochen. Sie zeigte auf den Bus: „Wir packen das in eine der Silberboxen und du bekommst den Schlüssel vom Vorhängeschloss. Keine Sorge, du kriegst in zehn Tagen alles wieder.“ Zehn Tage? Meine Gesichtszüge entglitten noch mehr. Hatte ich im Prospekt was falsch gelesen? Sieben waren doch angekündigt gewesen. Während ich innerlich zusammen sackte, wollte ich ihr keinen Triumpf gönnen und strotzte nach außen nur so voller Zuversicht. „Nun gut,“ sagte ich mir, „drei Tage mehr werden den Kohl auch nicht mehr fett machen.“ Und ich lächelte tatsächlich eines meiner professionell einstudierten Lächeln. Das der todbringenden Eiskönigin. Doch mein Gegenüber schien resistent dagegen. Sie zeigte keinerlei Reaktion oder Todesqualen. Stattdessen reichte sie mir ein laminiertes Parkschild, welches ich in mein Auto legen musste. Dann war der letzte Faden zur Zivilisation abgeschnitten. Ich übergab ihr meine Autoschlüssel. „Na, wunderbar. Jetzt wünsche ich dir schöne Selbsterkenntnisse und schlechte Träume meine Beste.“ Die Dumpfbacke grinste mich breit und blöd an. Am liebsten hätte ich ihm eine in die Fresse gehauen und anschließend die kitschigen Marvel-Shorts runtergezogen und in den Mund gestopft. Doch ich hielt mich zurück. Wahrscheinlich war ich nur stinksauer und neidisch, weil ich wusste, was die beiden gleich wieder miteinander tun würden, sobald ich weg war. Das täte ich jetzt auch lieber, als den Scheiß machen, der vor mir lag.

Mit einem mulmigen Gefühl im Bauch und weichen Knien verließ ich die beiden, ohne sie nochmals eines Blickes zu würdigen und wanderte in die angezeigte Richtung. Es ging nach Süden. „Über die Brücke und dann immer am Bärguntbach entlang. Du wirst es schon finden“, rief sie mir noch nach. Ich marschierte schnell - um die beiden aus den Augen zu verlieren, aber auch, weil ich glaubte, die große Wanderheldin zu sein und dass dies mein Tempo wäre. Mein Rucksack, der schwerer und schwerer auf meinen Schultern lastete, obwohl er geleert war, wie auch der steil ansteigende Bergpfad, lehrten mich schnell eines Besseren. Bis zum Hals schlug mir schon wenige Minuten später mein Puls, je steiler der Weg wurde. Ein Holzstecken, den ein Wanderer offenbar nach seiner Tortur durch die Berge am Wegrand hatte liegen lassen, diente mir als Wanderstab. Ich fühlte mich wie Hape Kerkeling auf dem Jakobsweg. Wenn nicht diese eklige Transpiration gewesen wäre, die sich über meinen ganzen Körper ausbreitete. Ich war quasi ein Sturzbach in den Bergen. Die Sonne hatte schon lange ihren Zenit überschritten und streifte einige der Berge in bedenklicher Weise. Fraglich, ob ich noch vor Anbruch der Dunkelheit das Camp erreichen würde. Gedanken, die in mir Panikattacken erzeugten. Was wäre, wenn ich in der Dunkelheit den Weg verlor, in Schluchten stürzte oder von Bären und Wölfen angegriffen würde? Wer sollte mich oder meine abgenagten Knochen denn finden können in dieser abgeschiedenen Wildnis? Rasch nahm ich einen tiefen Schluck aus dem Flachmann, den ich vor der strengen Kontrolleurin hatte retten können. Der Whisky brannte in meiner Kehle. Tat wohlig gut. Gab mir Mut und die nötige Gelassenheit um weiterzumarschieren. Keine meiner Freundinnen konnte glauben, dass ich das Zeug trank. Doch, ehrlich gesagt, fand ich irgendwann einmal Gefallen daran, nachdem ich einige Jahre nur widerwillig in den gesellschaftlichen Gruppen mittrank, um den Männern zu imponieren. Schon lecker das Zeug.

Ich musste den Wegweisern in Richtung der Walser-Alpe folgen, so die Anweisung, die mir der Kerl vorhin gegeben hatte. Was, wenn er mich aus Rachegefühlen in die Irre hatte führen wollen? Jaja, der FC Bimbam.

Ich hing meinen Gedanken nach. Versuchte, den aufkommenden Schmerzen an Fersen und Zehen keine Chance zu lassen, mich zu drangsalieren. Klatschnass war ich inzwischen durch die Schweißausbrüche. Ich hatte natürlich einen Pullover und die warme Jacke angezogen, damit noch was in den Rucksack passen konnte. Das Zelt zum Beispiel. Doch bei den Temperaturen war es nicht die beste Idee. Meine kleine Plastikflasche Wasser war schnell leer getrunken. Immer wieder versuchte ich, an Stellen, wo sich die Bäume etwas vom Weg zurückzogen, in der Ferne die anderen meiner zukünftigen Gruppe zu entdecken. Doch vergebens. Sie mussten wohl schon im Camp sein, vermutete ich. Ich aber hatte noch meinen Leidensweg zu meistern. Fragte mich, wie ich zehn lange Tage in dieser Welt aushalten sollte, ohne vorher zu sterben. Einfach, weil ich als Städterin zu doof war, um in der Natur zu überleben. „Komm Mädel, das machst du schon", versuchte ich mich zu motivieren. Mit genau jenen dummen Sprüchen, wie sie mir oft genug in meinen Berufsleben zahlreiche Machos ins Ohr geflüstert hatten. Ich schnaubte verächtlich: „Zehn läppische Tägelchen. Ist ja gar nichts. Denk an die verrückten Tage in Singapur, als wir damals sechs Wochen nichts taten, ständig feierten und knackige Jungs abzogen." Na ja, also, nichts taten wir dann auch nicht. „Wir hatten einen recht großen Fisch an Land gezogen", versuchte ich mich in Gedanken zu rechtfertigen. „Egal", sprach die Stimme in mir weiter. „Ihr habt Menschen betrogen und viele Wochen dort ausgehalten."

Ich stolperte über Steine und Wurzeln, hangelte mich den immer steiler werdenden Weg hoch. Doch die Stimme störte das nicht. Sie munterte mich weiter auf: „Freu dich auf das, was kommt: Nach diesen Tagen bist du wieder rehabilitiert, kannst wieder Superfrau spielen und die Welt retten. Alles wird sein wie immer.“ Sie hatte recht, diese Stimme in mir. Was war das hier schon im Vergleich zu den Dingern, die ich in meinem Leben gedreht hatte. Ein Muckenschiss, sonst nichts. Augen zu und durch! Doch die Botschaft war noch nicht bei meinem Körper angekommen. Das Herz raste weiter, der Atem ging schnell und war flach. Ich war gezwungen viele Pausen zu machen. Gefühlt musste ich bereits auf dem Mount Everest sein. Die rechte Ferse war inzwischen aufgescheuert. „Wer kommt auch auf die Idee und geht mit nagelneuen Bergschuhen auf große Tour?“ „Julia, du Depp!“ „Jetzt aber. Mach mal halblang.“ Mehrere Stimmen in mir stritten sich miteinander. Meine Lippen gaben ihnen die Lautstärke. „Norman Bates, du Psycho“, lästerte ich über mich selbst, in Anlehnung an Alfred Hitchcocks Thriller. „Bist jetzt ganz abgedreht? Redest schon nach wenigen Stunden in der Einsamkeit mit dir selbst!“ Doch die Angst vor der Einsamkeit war größer. Die Panik vor der Nacht kam erschwerend hinzu. Da redete ich gerne mit mir selbst. Wacker kämpfte ich mich weiter. Ließ nicht locker und freute mich wie ein Kind, als ich in der Ferne Rauch entdeckte. Ein Lagerfeuer! Es gab mir zum Glück die Richtung. Doch ich hatte vergessen, dass optische Nähe in den Bergen einen Scheiß bedeutete. Zu viele Kurven, zu viele Serpentinen und Auf und Abs lagen zwischen mir und dem möglichen Ziel dort drüben. Ich fluchte und quälte mich noch einige Zeit, bis ich überhaupt erst in die Nähe kam. Mehrmals musste ich umdrehen, weil ich die falsche Abzweigung genommen hatte. Das zermürbte. Endlich, mit Einbruch der Dunkelheit kam ich total erschöpft im Lager an.

Die anderen hatten ihre Zelte schon aufgebaut. Offenbar jene Art von modernen Wurfzelten, die sich von selbst entfalteten. Mein müder Blick zählte sieben dieser bunten Dinger. Weniger, als ich dachte. Fünf Gestalten waren gerade dabei, ihre Domizile zu sichern und einzurichten. Eine sechste Person saß auf einem Klappstuhl vor ihrem Zelt und genoss bei einem Getränk die Szene. Jede Teilnehmerin und jeder Teilnehmer schlief wohl im eigenen Zelt. „Aha", entfuhr es mir beim Anblick der kleinen Siedlung, die von zwei Zeltpalästen dominiert wurde. „Auch in der Natur gibt es soziale Unterschiede." Teure Zelte, groß und geräumig. Wunderwerke der Technik. Staunend blieb ich vor diesen stehen, nickte kurz und mühte mich in Richtung eines freien Platzes, gleich neben einem alten Zelt, das noch in traditioneller Weise mit Stangen, Abspannungen und Karabinern aufgebaut worden war. Ich lächelte einem adretten Kerl zu und murmelte ein „darf ich?", was er mit einem coolen „natürlich, hau rein. Ist ja nicht meine Wiese", erwiderte. Er wandte sich wieder seiner Arbeit zu. „Schönes Zelt", stotterte ich, in Ermangelung einer besseren Antwort und lächelte zögerlich zurück. Doch dieses traf lediglich auf seinen Rücken. Erst, als ich mein eigenes Zelt aus dem Rucksack zerrte, gewann ich wieder seine Aufmerksamkeit wie auch die der anderen Campbewohner. „Aha, sag mir, in welchem Zelt du wohnst und ich sage dir, wer du bist", sprach die Stimme in mir. Nun denn. Ich selbst durfte in einem Zelt der oberen Größenordnung wohnen. Das hatte ich vor wenigen

Tagen schnell im Outdoor-Geschäft gekauft. „War ein Sonderangebot“, log ich wie zur Entschuldigung, als sich der Typ neben mich gestellt hatte und mit mir mein Werk begutachtete. „Schickes Ding. Vor allem zackig aufgebaut. Respekt. Bin übrigens der Sven.“ Er hielt mir die Hand hin, die ich gerne entgegennahm. „An den Zelten erkennt man auch den Charakter der Menschen, was?“ Er zeigte auf die Paläste der anderen. Auch auf das große Leinenzelt unseres Projektleiters, das dem amerikanischen Bürgerkrieg entliehen worden schien. „Nick hat sich ein Zelt aus dem Repertoire eines militärischen Kommandanten gegönnt. Ich hoffe, es ist kein böses Omen.“ Nick hieß der großgeschossene Blondschopf also. Er könnte einem Hawaii-Surfer-Film entsprungen sein. Braungebrannt und irgendwie in die Berge des Allgäus gebeamt. Mein Blick glitt über die weitläufige Wiese hinweg. „Es gibt ein Gemeinschaftszelt. Dort kann man essen, sich treffen. Gekocht wird am Feuer, also, gegrillt meine ich. Weiterhin gibt es eine mobile Küchenstation, mit Gas betrieben. Etwas Luxus gönnt man sich doch.“ Er zeigte den Hang hinunter in Richtung Almhütte: „Gewaschen wird am und im Gebirgsbach. 100% biologisch abbaubare Seife. Wie Nick uns vorhin bei der Einführung erzählt hat. Wer auf die Toilette muss, geht aufs Plumpsklo bei der Alm. Eklig oder?“ Ich schüttelte mich. Ehrlich gesagt konnte ich mir nicht vorstellen, wie ein Plumpsklo funktionierte. Meine Augen waren inzwischen bei Svens Zelt angekommen. Er sah meinen Blick: „Ich weiß, scheint von meinem Großvater geerbt, so alt wie das ist. Doch ich dachte mir, das passt gerade für dieses Camp hier.“ Während er weitersprach, zog er mehrfach ratlos die Schultern hoch: „Frage mich eh, was mich geritten

hat, das hier mitzumachen." Er drehte sich wieder weg und beschäftigte sich mit der Stabilisierung des Zeltes.
Aus den Augenwinkeln heraus beobachtete ich meinen Nachbarn. Rothaarig, blaue Augen, schlank, groß. „Sehr ungewöhnlich", dachte ich für mich. „Zwei rezessive Merkmale. Rot und blau trifft man selten an." Ich analysierte heimlich weiter. Er trug offenbar gerne Brauntöne. Cord-Kleidung. Englischer Tweed. Widersprüchlich, wie ich fand. Als ob er seine Attraktivität hinter der konservativen Kleidung verstecken wollte, analysierte ich in gleicher Weise, wie ich sonst im Alltag meine Gesprächspartner checkte. Mein strategischer Modus funktionierte also noch. Gruppen, in denen ich aktiv werden musste, in die ich aufgrund von Workshops, Tagungen oder Verkaufsgesprächen integriert war, filetierte ich in Sekundenschnelle. Ruckzuck war mir klar, wer das Opfer, wer der Kämpfer oder der hinterhältige Stratege war. Natürlich musste ich auch im Bruchteil einer Sekunde meine Verbündeten identifizieren. Jene, die ich für meine Ziele gewinnen und hinter mich bringen konnte. Sven war ein Verbündeter, so meine Beurteilung. Mein Adlerauge fixierte die anderen sichtbaren Campbewohner: Wer war hier womöglich der oder die Hinterhältige?
„Kennst du die anderen aus unserer Gruppe schon?", rief ich zu Sven hinüber, der gerade dabei war, ein kleines Regendach über seinem Zelteingang aufzuspannen. Ich ging zu ihm, um die Stützstange festzuhalten. „Meinst du ihre Namen oder was hinter ihnen steckt?" Sven spannte mich auf die Folter. „Beides. Wer sind die?" Ich war im Arbeitsmodus, wollte alles erfassen und kontrollieren. „Der da, den du gerade so anstierst, das ist Sascha, unser Promi-Rechtsan-

walt, wie er sich vorhin in der kurzen Begrüßungsrunde vorgestellt hat." Er reichte mir eine Schnur, mit der ich das Regendach nach vorne abspannen sollte. Der Erwähnte winkte uns gönnerhaft von seinem palastartigen Zelt zu. Wollte er seine Kanzlei darin einrichten? Der Poser! Sascha: Rechtsanwalt, nur ein ganz leichter Bauchansatz, sonst gut durchtrainiert. Die schütteren Haare waren ein kleiner Makel. Sein markantes, breites Kinn drang nach vorne. Kann seinen Willen nur schwerlich bändigen. Anfang fünfzig schätzungsweise. Ein Raubtier, dem man das Gefährliche auf den ersten Blick nicht ansah. Mein Konkurrent, dachte ich mir.

„Werden wir nur insgesamt sieben Personen sein?" Ich war nach wie vor verwundert über die geringe Teilnehmerzahl und rechnete sofort den möglichen Deckungsbeitrag aus, den Nick haben mochte. Sechs zahlende arme Seelen für zehn Tage. Die Kosten für Personal, Service, Verpflegung… da konnte nicht viel übrig bleiben für den armen Schlucker.

„Ja, zunächst schon", bestätigte Sven. „Nick meinte vorhin, dass wohl gegen Ende des Kurses neue Teilnehmer hinzukämen. Dann, wenn die Gruppe sich gefunden und gefestigt hat." Ich zupfte nachdenklich an meinem Kinn. So etwas erschwerte natürlich die Gruppendynamik. Aber offenbar steckte ein System dahinter. Sven rüttelte am Vordach. Es hielt.

„Wenn ihr jetzt fertig seid, kommt ihr bitte?" Nick winkte uns zu sich. „Lasst uns das Abendessen vorbereiten und die Aufgaben abstimmen." Bei den Worten liefen mir schon die Magensäfte zusammen. Wie das wohl organisiert sein mochte mit dem Essen? Hatte Nick alles im Griff, dass auch ja jeder satt wurde? Musste ich hier mit organisieren?

Wir setzten uns um das kleine Lagerfeuer, das unser Coach angezündet hatte. Die Nacht griff bereits um sich, sodass die Zelte und Personen im Dunkeln verschwanden.
Sascha drückte fest meine Hand und setzte sich zwischen Nick und mich. Sven hatte sich gegenüber auf einen Holzstamm gesetzt. Gleich neben die zweite Frau in der Gruppe. „Die etwas depressive, einsame Seele“, sagte sofort mein Analysetool in mir.
Agnesca ihr Name, wie ich bei der erneuten Vorstellungsrunde erfuhr. Sie war an sich eine attraktive Frau. Aber innerlich irgendwie zusammengesackt. Die Traurigkeit sprach aus ihren Augen. Ihre Haltung war leicht gebeugt. Ich hätte nach zwei Tagen noch nicht sagen können, ob sie dünn oder pummelig war, welche Form ihr Gesicht hatte oder welche Farbe ihre Augen. Agnescas innere Ausstrahlung lenkte komplett von ihrer körperlichen Erscheinung ab. Sven reichte der Traurigen einen Becher Rotwein, den Nick gerade einschenkte. „Robert, wir warten auf dich.“ Ungeduldig blickte unser Coach in das Zelt direkt neben dem Küchenbereich. „Komme“, krächzte eine verschlafene Stimme. Offenbar lag er in seinem Schlafsack. Robert, der Phlegmatiker. Ich hörte beinahe, wie das Etikett in mir gedruckt wurde, welches ihm bald anhaftete. Er musste erst Mitte, Ende dreißig sein. Dick war er. Konnte wohl herzhaft beim Essen zulangen. Ich registrierte alles messerscharf. Er schnaufte schon nach wenigen Schritten. Wenn ich mir den Spaß machte, Menschen mit Tieren zu vergleichen, dann war er ein Faultier. Eindeutig.
Dann war da noch dieser opportunistische Mitläufer - Bruno. Ich erkannte diesen Typus sofort. Er brauchte sich gar nicht mehr vorzustellen. Ständig tänzelte er um Sascha herum,

nahm immer nur für kurze Zeit seinen Platz ein, wuselte durch die Gegend. Klein und hager. Die braunen Augen waren fahrig und wanderten ständig umher. Er war eindeutig das Opfer. Der Schwache in der Gruppe, der den Schutz des Alphatieres brauchte. Ich musste einen tiefen Schluck aus meinem Weinbecher nehmen. Wo war ich da nur hineingeraten? Wie konnte ich das die nächsten zehn Tage ertragen? Zum Glück gab es Sven.
Die Vorstellungsrunde war nun bei mir angelangt. Ich fragte mich, wie sie mich bisher wahrgenommen hatten. Kam meine angeborene Führerschaft schon zur Geltung? Ich hob zum Monolog an, um keine Zweifel aufkommen zu lassen und um alle offenen Fragen zu beantworten.
„Danke, besten Dank liebe Julia“, unterbrach mich Nick irgendwann. „Wir haben noch ein paar Tage Zeit, um uns kennenzulernen. Lasst uns nun das Abendessen vorbereiten. Der Senner hat uns einige gute Dinge hochgebracht.“ Zufrieden nickte ich. Meine erste Präsentation war gelungen. Doch, was wollte ich eigentlich dieser Gruppe verkaufen? Egal. Man musste sich und seiner Linie treu bleiben. Das andere kam zumeist von selbst. Der Profit, der Gewinn will ich damit sagen. War Sven eventuell mein Gewinn? Sollte ich Aussteiger werden und Nicks Kompagnon? Um den Laden auf Vordermann zu bringen? Ich sah Chancen und Möglichkeiten.

Das Abendessen schmeckte vorzüglich. Ein echtes Allgäuer Vesper. Mit viel Käse, Rauchfleisch, selbst gebackenem Brot, Butter, Radieschen, Zwiebeln und viel gutem Bier. Nick wusste, wie man die Menschen für sich gewinnen

konnte. Brot und Spiele. Alle Achtung. Ein geeigneter Kompagnon.
Was mich gleich zu Beginn nur wirklich störte, war die Tatsache, dass er an diesem Abend fast ausschließlich mit Sascha sprach. Ich kam mit meinen Störmeldungen einfach nicht dazwischen. Das fuchste mich. Sven und Agnesca beobachteten stumm die Runde, während der Phlegmatiker mit seinem Essen beschäftigt war und der Mitläufer unentwegt Saschas Aussagen zustimmte. Gerangel von Alpha-Tieren, dachten sich die anderen sicherlich, beim Anblick von uns Aktiven. Doch wer sich auskannte, wusste, dass wir schon mitten in der Storming-Phase einer Gruppenbildung steckten. Das war wichtig, um die Organisation einer Gruppe schnell in den Griff zu bekommen. Forming – Storming – Norming – Performing – Adjourning oder Auflösung und so weiter. Jaja, ich konnte viel zum Gelingen der nächsten zehn Tage beitragen. Ich würde Sven später dazu aufklären, wie so was vor sich ging. Doch mein „Verbündeter" hatte null Interesse an solchen Verbrüderungsgesprächen, wie er mir später nach einem langwierigen Abend beim zu Bett gehen signalisierte. Schnell war er mit einem „Gute Nacht" in seinem Zelt verschwunden, zog den Reißverschluss hoch und Ruhe herrschte. Verdutzt blieb ich vor meinem Zelt stehen, leerte meinen Becher und blickte schon gut angetrunken in den glasklaren Sternenhimmel. Eine Sternschnuppe schoss durch die Nacht. Ich Dackel verpennte es, mir dabei was zu wünschen. Hätte helfen können.

***

Vogelgezwitscher und Tiergeräusche unbekannter Herkunft weckten uns schon am frühen Morgen. Ich brauchte ein wenig, bis ich verstand, wo ich war. Weit weg von zu Hause, mitten in den Bergen. Mein Kopf schmerzte ein wenig. Zu viel Alkohol. Angestrengt versuchte ich, die einzelnen Tierlaute zu erkennen. Wollte wissen, ob Bären, Wölfe, Schakale oder andere wilde Bestien dabei waren. Wildschweine sollen ja auch ganz schön gefährlich sein, wie man so hörte. Griffen die auch am helllichten Tag an? Ich wusste es nicht. Mühsam schälte ich mich aus meinem Daunenschlafsack und zerrte am Reißverschluss des Zeltes. Erst jetzt erkannte ich bei aufsteigender Morgensonne, wie weitläufig die Wiese war, auf der wir uns befanden. Sanft schmiegte sie sich an den Berg, folgte in wellenartiger Form dem Auf und Ab der Felsen darunter und kleidete den Hang in ein rasenartiges Grün. Auf der kleinen Anhöhe an der Oberseite unseres Camps stand Sascha vor seinem Zeltpalast und versuchte sich in eigenwilliger Morgengymnastik. Schnell wandte ich meinen Blick von ihm ab, bevor er mich entdeckte. Einem Gleitschirmflieger gleich flogen meine Sinne unvermittelt dahin. Den Hang hinunter, über die gedrungenen Bergwälder hinweg ins Tal. Die Landschaft war traumhaft, das musste man ihr schon lassen. All die hohen, spitzen Berge um uns herum. Weit in der Ferne das Kleinwalsertal, aus dem ich gestern hier hochgeklettert war. Muss schon sagen, jetzt war ich mächtig stolz darauf. Auf ungefähr 1950 m Meereshöhe mochten wir liegen. Ich musste heute unbedingt versuchen, noch die 2000er-Marke zu durchbrechen. Irgendwann würde bestimmt Zeit für eine kleine Wanderung nach oben sein. Die Berge vor Augen. Beinahe wie in den

Rocky Mountains, wie ich fand. Damals, als ich mit dem Helikopter… aber, das war eine andere Geschichte.
Nick winkte mich zu sich und gab mir eine Kanne in die Hand. „Kannst du bitte unten beim Senner Milch, Käse und Brot holen? Er weiß Bescheid.“ Ich nickte und stapfte los.
„Kann ich mitkommen?“ Sven tauchte aus seinem Zelt auf und kam schon auf mich zu. Badetasche in der Hand und Handtuch um den Hals. „Auf dem Weg dorthin können wir uns gleich waschen und Pipi machen.“ Erstaunt blickte ich ihn an: „Woher weißt du das denn schon alles?“
Mit den Worten holte ich meine Waschutensilien aus dem Zelt. „Na, Nick hat es gestern beim Hochwandern erklärt. Und ich dir am Abend auch.“ Er zeigte rüber zum Gebirgsbach. „Dort ist ein kleiner Waschplatz.“ Da hatte ich wohl nicht aufmerksam zugehört. Wir gingen rüber, teilten unsere biologisch abbaubaren Waschmittel miteinander, halfen uns gegenseitig und legten schnell unsere Scham ab. Die Kälte lenkte dabei sehr gut ab.
„Pipi machen wir heimlich im Wald. Nick hat gemeint, das machen alle so. Nur groß, das sollten wir unten beim Senner auf dem Plumpsklo. Verstehst?“ Ich verstand nur zum Teil. Kannte kein Plumpsklo. Hörte sich aber eigenartig und ordinär an. In der Wildnis verlor man offenbar seine letzten Hemmungen. Die würzige Luft, getränkt durch den Morgentau, der in der stärker werdenden Sommersonne zu verdunsten begann, drang in meine Nase. Ich beobachtete neugierig meine Umgebung. Sog alles in mir auf. Die Frische des Morgens, der adrette Mann, der neben mir marschierte, den Senner, seine Alpe und die vielen Tiere, um die er sich kümmerte. Alles so neu, irgendwie so anders. So lebendig und voller Energie.

Mit einem Bärenhunger genoss ich eine halbe Stunde später das Frühstück oben im Camp. Meine Laune war beinahe positiv, man mochte gar sagen euphorisch. Nun gut, übertreiben wir mal nicht. Aber, es ging mir gut. Der Kaffee duftete kräftig, würzig und schmeckte einfach so wie noch nie. Kein Vergleich zu der Konferenzplörre, an die ich mich nur noch vage erinnerte. Genauso, wie an die Sitzungsräume, die adrett gekleideten Menschen und die langweiligen Sitzungen mit ihnen. Alles war irgendwie weit weg.
„So, hoffe, ihr seid nun satt?" Nick betrachtete uns eingehend, als ob er sich selbst davon überzeugen wollte, ob jemand noch einen Ranken Brot oder ein Stück Käse nachschieben musste. Wir nickten, aßen aber herzhaft weiter. Ich entdeckte, dass Marmelade, mit Käse und Butter auf Brot wunderbar schmeckte. „Dann lasst uns doch gleich mal unsere erste Runde machen. Die Einführungsrunde." Nick schenkte sich nochmals eine Tasse Kaffee ein und erhob sich.

„Erinnert ihr euch an unsere Ausschreibung im Internet? Dem Alltag entfliehen und die Ruhe genießen, wir bringen euch zurück zu euch. Steht doch da, richtig?" Sein Gesichtsausdruck war mehr als ernst, als er das sagte. Ich rutschte auf meinem Holzblock, der mir als Sitz diente, hin und her. Unruhig. Die grauen Gespenster aus den Konferenzen wollten wieder auftauchen. Unwillkürlich wanderten meine Hände zur Hosentasche und brachten ein Holzstück zum Vorschein, welches ich am Morgen hinter der Alm gefunden hatte. Eine kleine Dachschindel. Genauso groß wie ein Smartphone. Dieser wunderbare Ersatz flutschte unentwegt durch meine Hände. Sinnentleert tippte ich darauf rum, blickte automatisch auf das imaginäre Display und fühlte eine leichte Befriedigung. War für mich wohl so was ähnliches wie der Schmeichelstein bei Rauchern, die es sich damit gerade abgewöhnen wollten. Ich war auf Handyentzug. Auch meine Smartwatch, die sie mir netterweise gelassen hatten, konnte keine echte Abhilfe schaffen. Das digitale Detoxing tat mir mehr weh, als ich gedacht hatte. Nicks komische, beinahe referentenartige Einleitung gab den Ausschlag. „Vergesst den ganzen Quatsch, okay?" Er machte eine wegwerfende Handbewegung und setzte sich wieder. „Lasst uns einfach eine geile Zeit haben. Dann kommt alles von selbst." Irritiert blickte ich zu ihm rüber. Genauso wie die anderen. Wir waren die Kinderchen, er unser Kindergärtner. Nick sollte uns zur Erleuchtung führen. Und zwar strukturiert. Letzteres beschäftigte mich am meisten. Ohne Organisation stürzte jede Gruppe ins Chaos. Mord und Totschlag wären vorprogrammiert.

Nick nahm einen tiefen Schluck Kaffee und sprach weiter: „Lasst uns einfach ein Abenteuer der anderen Art starten und entfliehen wir der Hektik der Stadt." Er zwinkerte uns Frauen zu, lächelte kurz und sprach wieder mit ernster Miene zu den Männern gewandt: „Findet wieder zu euch selbst!" Er sagte das quasi so wie „seid endlich wieder richtige Männer!" Ich drückte nervös auf meinem Holzhandy herum. Unser Phlegmatiker hustete. Er musste sich beim letzten Bissen verschluckt haben. Sascha und sein Fan nickten wissend in Richtung unseres Coaches, der das als Ermutigung auffasste weiterzusprechen: „Ein wesentlicher Bestandteil ist es, sich zuallererst selbst näherzukommen! So entdeckt ihr Eigenschaften und einzigartige Fähigkeiten, die ihr vorher vielleicht noch gar nicht wahrgenommen habt.

Und genau diese Fähigkeiten zeigen uns, warum wir hier sind und tun, was wir tun.“ Wieder dieser Blick zu uns Frauen. Ich fragte mich, ob Nick den Bonus des Alphatieres, also den sogenannten Animateurs-Effekt im Robinson Club für sich in Anspruch nehmen wollte. Hatte er vor, uns Damen zu begatten? Misstrauisch beobachtete ich die Szene. Dabei kam ich nicht umhin, heimlich meine Geschlechtsgenossin zu mustern. Sie war jünger als ich. Aber, auch attraktiver? Auf jeden Fall ohne Hitzewallungen. Oh Gott, wie kam ich nur ständig auf die scheiß Idee, ich könnte schon in die Wechseljahre kommen? Ohne seinen Blick abzuwenden, schleimte der Kerl weiter: „Durch verschiedenste Gemeinschafts-, aber auch Einzelaufgaben und Abenteuer in der Natur lernt ihr diese Fähigkeiten besser kennen und lernt sie richtig einzuschätzen. Im betreuten Rahmen könnt ihr euch komplett fallen lassen und auf eure Stärken konzentrieren. Glaubt mir. Das funktioniert. Ich kann es aus eigener Erfahrung sagen. Ich war mal selbst an eurer Stelle. Jetzt leite ich die Gruppen an. Denn ich habe den Prozess durchgemacht und zu mir gefunden. Nicht immer einfach, wahrlich. Aber es klappt.“ Er sann seinen Worten nach, indem er ständig wiederholte: „Nicht immer einfach, aber es klappt. Nicht immer einfach, aber es klappt…“ Predigte er gerade die freie und hemmungslose Liebe? War ich am Ende doch bei einer lüsternen spirituellen Gruppe gelandet? Ich blicke Sven an. Er mich. Dann spähte ich im Zelt umher. Waren irgendwo Kameras versteckt? Befand ich mich in einer Art Dschungelcamp in den Bergen? Eines für nicht ganz so berühmte Menschen? „Vielleicht für einen Regionalsender“, argwöhnte ich. Nick unterbrach mich in meinen Gedanken. „Unser Ziel ist es, dass ihr aus euch rausgeht und über euch hinauswachst. So könnt ihr den täglichen Herausforderungen ohne Angst entgegentreten und sie meistern. Die Natur ist dabei der ideale Partner und Zufluchtsort." – Sascha klatschte eine Faust in die andere, offene Hand.

„Ja", schmetterte er hervor. „Genauso. Absolut. Nick, du bist der Richtige. Ich spüre das." Anerkennend klopfte er ihm auf die Schulter. Sein Gefolgsmann spielte den Wackeldackel, wippte aufgeregt vor und zurück. Nick gefiel das. Intensiv sog er das Lob auf und weitete die Brust: „Macht euch locker! Am Ende stolpern wir immer über die unerträgliche Leichtigkeit des Seins." Aha, dachte ich. Milan Kundera. Der tschechoslowakische Schriftsteller wird mit seinem Buch zitiert, das ich als junger Mensch liebte. Ob Nick nur den Titel gelesen hatte oder das Buch kannte? Er forderte uns auf, zu erzählen. Von unserer Geschichte, die uns am Ende hierher an diesen Ort geführt hatte. Schnell hoben die Ersten die Hand und legten los. Offen gesagt hörte ich bei niemandem richtig zu, so beschäftigt war ich damit gewesen, meine eigene Geschichte eloquent und malerisch aufzubereiten, damit sie diese Version auch abkauften. Einzig bei Sven tauchte ich aus meiner geistigen Versenkung auf und hörte genau zu: Sohn eines reichen Industriellen, dessen Bruder in der Politik groß wurde und der dem dementen Vater helfen musste. Auch wenn er nicht der Erstgeborene war und somit im Hause einer Unternehmerdynastie nur im zweiten Rang stand, sollte er der Erbe der zahlreichen Unternehmen werden. Nur eben als echter, würdiger Mann, wie vom Vater gewünscht. Hart, durchsetzungskräftig, strategisch denkend, rational handelnd. Daran wäre er beinahe zerbrochen. Seine Offenheit schockierte mich. Schnell arbeitete ich nochmals meine Geschichte um und präsentierte am Ende die nackte Wahrheit, nachdem Agnesca, unsere Melancholische, geendet hatte und ich an der Reihe war.

Eloquent und rhetorisch bestens munitioniert startete ich meine kinoreife Lebensgeschichte. Die Geschichte eines Stars, der sich selbst aus einfachsten Verhältnissen emporgeschwungen hatte. Eine, die das Leben auf der Welle des Erfolges mit sich trug. Eine, die in der Manege des Erfolges in hellstem Licht erstrahlte, trotz der Männerdominanz. Ich fuchtelte mit den Händen, als ich das erzählte. Meine Zuhörer lauschten aufmerksam. Doch unvermittelt tauchten in der Manege Bilder eines Clowns auf. Ich verscheuchte sie, wollte weiterreden. Doch der Komödiant erschien immer und immer wieder. Er war aber nicht lustig. Hatte Tränen in den Augen. Sie rannen ihm die Wangen herunter und verschmierten die Schminke. Schnell wandte ich mich von dem armen Häuflein Elend ab und stand plötzlich vor einem Hamsterrad. Dort drin sah man mich rennen. Ohne Unterlass. Mein Mund artikulierte die Bilder, die ich sah. Erschrocken blickte ich zu Nick. Hatte er Drogen in die Getränke gepanscht? Doch der nickte nur aufmunternd, während ich unkontrolliert weiterquatschte. Die Situation entglitt meiner Kontrolle. Wir hörten die Geschichte von einer jungen Frau, die sich ihr Leben lang vollkommen selbst überschätzt hatte und immer am großen Rad drehen musste. Ohne Rücksicht auf den Verschleiß, den sie dadurch erlitt. Von einer, die sich mit diesen Erfolgserlebnissen betäubte, sie wie eine Droge konsumierte und am Ende ausrastete, weil das Glück sie offenbar verlassen hatte. „Ob ich nach dem Camp in den Knast muss wegen dieser Amsterdam-Geschichte oder nicht, das ist noch vollkommen offen. Hängt auch ein wenig vom Erfolg hier ab.“ Ich hatte tatsächlich Tränen in den Augen.

wischte sie mit dem Taschentuch weg. Sven legte seine Hand auf meinen Arm und streichelte ihn sanft. Stand es so schlecht um mich? Etwas irritiert stierte ich in den Kaffee. Was war da drin gewesen? Etwas, was die Wahrheit hervorholte? Doch Nick begegnete meinem misstrauischen Blick mit einem Lächeln. „Keine Sorge Julia. Das geschieht vielen so. Das liegt am Rahmen, der Natur und den Menschen, die hier sind. Lass es einfach zu.“ Wut stieg in mir hoch. Ich hatte mich gehen lassen und Schwäche gezeigt. Schnell versuchte ich, die emotionale Kontrolle wiederzuerlangen und den Schutzpanzer um mich herum zu aktivieren. Ich musste stark sein, sonst würden sie das Chaos in mir ausnutzen. Der Druckkessel in mir stand wieder mächtig unter Dampf, das spürte ich.

***

Am Nachmittag ergab sich endlich die Gelegenheit, meine überschüssige Energie loszuwerden, diese destruktive aufgestaute Power. Es gab eine Mutprobe!
„Ablenkung vom inneren Selbst und den Blockaden“, wie Nick erläuterte. Das klang gut. Siehe da, Nick schien nicht nur Schischi-Gerede von sich zu geben. Ich mühte mich, meine Meinung von ihm zu revidieren. Vielleicht war er ja doch kein solcher Honk, wie ich vermutet hatte. Doch schnell riss er das positive Poster, das ich an meine Meinungswand pinnen wollte, wieder herunter, indem er mit weicher Stimme sprach: "Selbstvertrauen findet ihr durch Selbstfindung. Das vermittle ich euch in einer natürlichen Umgebung. Zudem soll euer Bewusstsein für Sozial- und Umweltthemen gestärkt werden. Bereit?“ Noch bevor ich

mich über diese Waldorfpädagogik echauffieren konnte, warf er mir ein Seil zu. „Haut rein, meine Freunde. Jetzt geht es ans Abseilen aus zwanzig Metern Höhe. Etwas Alpinerfahrung habt ihr doch, oder?“ Er lächelte mir zu. Natürlich hatte ich keine! Auf die Berge kam man mit dem Lift oder Helikopter - runter mit den Skiern, also im Winter zumindest. Misstrauisch blickte ich das mit einer Schlaufe zusammengebundene Seil an. Das blöde Ding hatte mich am Kopf getroffen.
Es folgten: Klettern, Survival Crash-Kurse mit Kompass, Wanderung bis in die Nacht, sehr spätes Abendessen. Es gab Kalte Platte. Für alles andere waren wir zu kaputt. Nick lächelte. „Na, Schiss gehabt?“ Er sprach wohl das Abseilen an, bei dem ich mir beinahe in die Hose gemacht hatte. Man muss das erst mal meistern! Mehr als zwanzig Meter senkrechter Fels, der auf einem circa drei Meter breiten Sims fußte und danach ging es nochmals viele Meter steil in den Abgrund. Die Versicherungssumme wollte ich nicht bezahlen müssen, für die er im Schadensfall hätte aufkommen müssen. Dieser verrückte Kerl namens Nick. Ehrlich gesagt hatte ich danach heimlich im Wald die Hose runtergelassen, um nachzuschauen, ob alles sauber war. Menschenskinder! Ich mit meinen gut dreizehn Lenzen mehr auf dem Rücken musste mir von so einem Milchbubi Angst einjagen lassen. Das würde ich ihm heimzahlen. Doch nicht an diesem Abend. Dafür war ich zu fertig. Konnte beinahe nicht die Wurst in den Händen halten, so zitterte ich noch immer vor Anstrengung.
Heimlich beobachtete ich den Blondschopf aus den Augenwinkeln. Er wirkte fit und frisch und hatte jederzeit einen coolen Spruch auf den Lippen. Wie machte er das nur?

Nicht nur ich schien - gegen meinen inneren Widerstand - heimlich Bewunderung für ihn zu hegen, ob ich wollte oder nicht. Neben Sven schielten auch die Jungs zu ihm rüber. Das war wohl sein Plan gewesen! Großmäuler zum Schweigen bringen. Für den Moment hatte es geklappt. Dankbar nahm ich das Bier entgegen, das mir unser Phlegmatiker, Robert, rüberschob. Er brauchte beide Hände dafür und konnte ein Stöhnen nicht unterdrücken. „Freu dich auf den Muskelkater", sprach ich lächelnd. Doch auch mir tat alles weh. Wohlig weh. Das Adrenalin und die übermenschliche Anstrengung hatten einiges an Druck in mir abgelassen. Ich schlief sehr gut in dieser Nacht.

***

Mit schmerzenden Gliedern, aber dennoch stolz, marschierte ich am nächsten Morgen breitbeinig wie John Wayne den Pfad hinunter zur Alm. Ich konnte nicht mehr anders, musste meinem Drang nachgeben und den Ekel überwinden, um auf dem alten Plumpsklo Platz zu nehmen. Ich dachte mir, wenn selbst Sven und Agnesca es schafften, sich dort zu erleichtern, dann müsste ich das auch hinbekommen. Ich nahm meinen Mut zusammen und stapfte voran. Der Himmel war leicht bewölkt und einzelne Regentröpfchen verloren sich auf meinem Haupt. Ich legte meinen Kopf in den Nacken und streckte die Zunge raus, um ein paar Tropfen aufzufangen. Unvermittelt musste ich lächeln. Das hatte ich seit meiner Kindheit nicht mehr gemacht. Vor mir tippelte Bruno auf dem Pfad herum, ebenfalls in Richtung Klohäuschen. Mit einem linkischen Lächeln verschwand er darin und wollte nicht mehr auftauchen. Beinahe war ich versucht, durch das

kleine herzförmige Loch hineinzuspicken, was er wohl da tat. Doch ich konnte mich beherrschen, konzentriert auf meine eigene Notdurft. Etwas körperlich angespannt lehnte ich mich gegen den Wassertrog und strich der Kuh, die gerade neben mir daraus soff, gedankenverloren den Haarwuschel zwischen den Hörnern.
Der Senn winkte kurz, als er mich entdeckte. Ich nickte zurück, doch er war schon wieder in seine Arbeit vertieft. Ruhig und bedächtig rührte er in einem schlanken, hochgezogenen Holzbottich. Ich beobachtete aufmerksam jede seiner gleichmäßigen Bewegungen. Dessen innere Ruhe und Zufriedenheit, die aus seiner ganzen Erscheinung auf mich ausstrahlten, irritierten mich zutiefst. Ich vergaß den Kollegen auf dem Klo, ließ sogar Sven passieren, als Bruno endlich aus dem Verschlag herauskam. Zu sehr beschäftigte mich dieser hagere Mann, dessen Alter ich beileibe nicht erraten konnte. Sein Sennerhut verdeckte sein kräftiges, braungraues Haar zum Teil. Das sonnengegerbte Gesicht war ebenmäßig und wirkte sehr zufrieden.
Ich kraulte bereits der dritten Kuh den Kopf. Neugierig beobachtete ich noch immer, wie der Senn die Milcherträge des Morgens verarbeitete. Er passte nicht zu meinem Bild eines erfüllten Lebens. Zu dem, was ein erfolgreicher Mensch im Leben erreichen will, beziehungsweise muss: Ruhm, Macht, Reichtum, Unsterblichkeit durch sein Tun. Egal ob Mann oder Frau. Die Kuh neben mir schüttelte sich vergnüglich und schmetterte einen kräftigen Schwall an Quellwasser auf meine Hose und mein Hemd. Erschrocken sprang ich auf und blickte an mir herunter. „Prima meine Beste, dann ist das mit dem Waschen ja schon erledigt“, kommentierte ich mein kleines Unglück. Sven lächelte mir zu, als er fertig war.

„Ist frei", sprach er nur und verschwand in Richtung Gebirgsbach.
Der Geruch im Klohäuschen war nicht gerade angenehm. Doch ich legte tapfer den Holzrand mit Streifen alten Zeitungspapiers aus und setzte mich vorsichtig drauf. Es brauchte viel persönliches Zureden, bis ich endlich zum Erfolg kam. Gar nicht so einfach sich zu überwinden. Welchen Tag wir heute haben mochten? Ich musste tatsächlich gerade darüber nachdenken. Genauso wie über die Frage, ob ich denn diese Lebensziele namens Ruhm, Macht, Reichtum, Unsterblichkeit wirklich erreicht hatte. Ja, mit Sicherheit einiges davon. Wenngleich das mit meiner Unsterblichkeit nicht sehr nachhaltig zu sein schien, bedachte man den Abschuss durch meinen Aufsichtsrat, den ich hatte erleben müssen. Wahrscheinlich würde im Geschäft kein Hahn mehr nach mir krähen. Ja, es war zu befürchten, dass es so war. Ich schüttelte den Kopf. So hatte ich das bisher noch gar nicht gesehen. Offenbar brachte die Zeit hier oben schon erste fruchtbare Erkenntnisse. Nochmals blickte ich durch die Schlitze zwischen den Brettern hindurch zum Senner hinüber. Es war diese Harmonie, die aus diesem beinahe aquarellartigen Bild auf mich wirkte. Irgendwie schon kitschig. Aber es strahlte Zufriedenheit aus. Ein Seufzer stahl sich aus meiner Brust. Hätte ich die viele Energie im Leben besser für mich persönlich einsetzen sollen? Und nicht, um Anerkennung durch andere zu erlangen? Zu spät. Leider hatte ich Menschen wie den Senner zu spät in meinem Leben getroffen, um diesen Gedankenimpuls zu erhalten. Gab es diese überhaupt in meiner Lebenswelt? Und wenn schon, wahrscheinlich hätte ich diese gar nicht wahrgenommen. Unwillkürlich hob ich mein T-Shirt und blickte an meinem

Körper herunter. Sicher, alles noch schön, aber die Zeichen der Zeit zeigten sich unverkennbar… Klopfen an der Bretterwand riss mich aus meinen Träumereien. Der nächste Plumpsklo-Besucher kündigte sich an. Ich musste Platz machen. „Komme“, rief ich etwas hektisch, nutzte einige der Zeitungspapiere, zog die Hosen hoch und riss die Tür auf. Schnell raus aus diesem jämmerlichen Ort übelster Gerüche. Ein wenig Baden in dem kleinen Gumpen bei der Badestelle tat sicherlich gut.

„Was hast denn vorhin den Alten so angestarrt? Gefällt er dir?“, wollte Sascha, der Rechtsanwalt, mit einem vollkommen unpassenden Augenzwinkern wissen, während er seinen einigermaßen durchtrainierten Körper in Szene setzte, in der Hoffnung, die Frauen warfen einen anerkennenden Blick drauf. „Hab ich gar nicht.“ Ich hatte keine Lust mich mit ihm dazu auszutauschen. „Doch hast du. Sag schon.“ Auch die anderen blickten nun zu mir herüber. Verlegen zog ich mein T-Shirt über den Kopf und öffnete meine Hose. „Er interessiert mich halt. Der Mann wirkt so ausgeglichen“, gestand ich. Doch Sascha lachte und machte eine wegwerfende Handbewegung. „Diese armselige Kreatur beneidest du? Was hat er denn schon?“ Ich schwieg, während ich mir überlegte, auch den Slip auszuziehen. Alle waren nackt beim Waschen. So tat ich es auch. „Er hat einen an der Waffel.“ – „Hä?“ Ich blickte ihn genervt an. Sascha zeigte in Richtung der Almhütte und ließ ein wenig Luft aus seiner Brust, sodass der Bauch eine kleine Beule bekam. „Der Alte. Man sagt, er glaubt an Geister, Wesen und sonstige Berggötter.“ „Na und?“ Das taten doch viele Menschen. Hatte mich bisher nie gestört. Das sagte ich meinem Gegenüber auch so. Und doch war meine Neugierde geweckt.

„Was glaubt man denn hier so?“, wollte ich dann auch von ihm wissen. Unser rechthaberischer Anwalt zuckte mit den Schultern und warf eine Handvoll Quellwasser über seine Schultern: „Frag lieber, was man hier nicht glaubt. Sie zum Beispiel glauben an jeden Scheiß. Die Berge sind voll von Sagen, Mythen und Aberglaube.“ Wir setzten uns ans Ufer und blickten ihn erwartungsvoll an, wartend, dass er weiter sprach. Sascha wertete dies als Zeichen, dass sein toller Körper Aufmerksamkeit erregte und stolzierte im Wasser vor uns auf und ab. „Jetzt habe ich wahrscheinlich schon zig Berggeister aufgeschreckt und gegen tausend Regeln der Berge verstoßen.“ Sein Lachen, das folgte, verriet, was er davon hielt. „Nick hat mir etwas davon erzählt. Unser Senn glaubt zum Beispiel an die Hohbachspinnerin. Er soll sie sogar fürchten. Bei Nick hatte ich auch ein wenig das Gefühl, dass er daran glaubt… Aber das ist `ne andere Geschichte.“ Genervt schaufelten wir mit unseren Händen Wasser und schleuderten es in Richtung Sascha. „Jetzt red´ schon!“ Sven war kurz davor aufzustehen. Er hatte das Interesse verloren, was unser Anwalt sorgenvoll registrierte. Schnell fuhr er deshalb fort: „Also - in den Sagen erscheint sie als altes Weib. Sie hat lange Zähne und eine bösartige, schwarze Katze auf ihrem krummen Buckel. Das Schlimme aber ist:“ Saschas Stimme überschlug sich vor Ironie. Ich wagte nicht, sein kleines Stück anzuschauen. Es schien die Kurve seiner inneren Erregung während des Vortrags nachzuzeichnen. „Also, das Schlimme ist, dass sie eine Handspindel in der Hand hat. Die Fäden, die sie damit spinnt, sollen die Schicksale der Menschen beeinflussen. Wenn ihr mich fragt, dann spinnen hier alle.“ Er lachte wieder. „Es sollen an einem anderen Ort sogar auf Anraten der Kirche vier gesegnete Holzkreuze an jeder Ecke einer Alp vergraben worden sein, worauf die Hohbachspinnerin mit der Katze erst verschwunden war.“ Mir lief ein leichter Schauer über die Schultern. Nicht nur ich schien leicht zu frösteln, wie ich an Svens Gänsehaut erkennen konnte. „Na, dann wollen wir hoffen, dass ihr deine Spindel nicht aus der Hand fällt.“ Svens Stimme klang abfällig in Saschas Richtung. „Stirbt er dann?“, wollte ich wissen. Saschas Gesichtszüge entgleisten: „Man, damit macht man keine Witze!“ – „Ach!“ Ich spielte die Erstaunte. Er war also doch ein kleiner Schisser.

Als gegen zehn Uhr am Morgen der Regen richtig vom Himmel fiel, fragte ich mich, was man so den ganzen Tag machen konnte, draußen in der Wildnis. Ich suchte nach meiner Handyattrappe und hielt sie dankbar mit der rechten Hand fest. „Was tun wir den ganzen Tag?“, wollte ich von Nick wissen. Mittlerweile plätscherte es kräftig auf das Dach unseres großen Gemeinschaftszelts.
Unser Coach lächelte nachsichtig. Offensichtlich hatte er diese Frage nicht zum ersten Mal von einem Teilnehmer gehört: „Na, Lager organisieren, Kochen, Redegruppen abhalten, Meditation, Yoga, Natur erleben, Natur erfahren. Ist doch ganz schön viel, oder?“ Meditation und Yoga! Irgendwie machten mir diese beiden Begriffe Angst. Das klang so fremd und unbekannt für mich. Nick klopfte mir auf die Schulter, während er versuchte, mich zu beruhigen: „Keine Sorge. Das tut nicht weh. Als Frau müsstest du das doch kennen oder?“ Gereizt funkelte ich ihn mit den Augen an. Doch Nick fuhr rasch fort: „Wir fangen gleich damit an. Kommt ihr bitte?“ Er rief das zum Zelt hinaus, damit die anderen,

die noch fehlten, zu uns kamen. Auch Agnesca, die Ruhige. Oft sah man sie, wie sie vor ihrem Zelt saß und einfach nur ins Tal hinunterstierte. Sie schien in solchen Momenten weit weg von diesem Ort zu sein. Irgendwie wirkte sie auf mich wie ein trauriges Hündchen. „Tzzzz“, zischte ich mir zu und kniff mich mit der freien Hand in die Wange. Wie konnte ich mir anmaßen, so über Agnesca zu urteilen? Das stand mir nicht zu. Sie war keine Teilnehmerin irgendeiner Sitzung, in der ich die Schwächen der anderen erkennen und für mich ausnutzen musste. Unruhig streunte ich im Gruppenzelt umher und lugte hinaus. Ich hatte keinen Bock, auf das, was jetzt nun wieder kam.
Nick bat uns, die Tische und Bänke auf die Seite zu stellen, sodass wir unsere Liegematten platzieren konnten.
Was danach kam, war das reinste Waterloo – für uns und für unseren Leiter.
Nick wollte das Thema für die kommende Meditation finden. Dafür regte er eine Gesprächsrunde an, bei der alle sagen sollten, was ihnen auf dem Herzen lag. Weiß nicht, vielleicht lag es am Regen, der draußen unentwegt auf das Gemüt einzelner prasselte. Vielleicht waren es auch die Anzüglichkeiten, die Sascha gerade aussprach. „Wir können uns ja zu zweit zusammentun und im Zelt gemeinsam Themen suchen.“ Er zwinkerte uns Frauen aufmunternd zu. „Wird nicht für alle klappen oder – na ja – vielleicht wollen sich ja auch zwei Herren zusammentun.“ Er grinste. Bruno stimmte eifrig mit ein und startete sein dumpfes Brunftgebaren. Auf jeden Fall war es ausgerechnet Robert, der unvermittelt explodierte und Sascha anbrüllte. War Robert schwul und fühlte sich diskriminiert? Ich hing dem Gedanken nach, während Robert unter ungeahnten Eruptionen litt. Zuerst richtete sich

seine Wut gegen Sascha. Dann kam Nick an die Reihe. Dann Bruno und schließlich ich. Verblüfft ließen wir den Wortschall über uns ergehen. Sascha jedoch freute sich über die Vorlage und schoss mit Provokationen zurück, die deutlich unter der Gürtellinie lagen. Er sonnte sich in seinen Gemeinheiten, während er es unterließ Robert zu beobachten. Was eindeutig ein Fehler war. Wir konnten gar nicht so schnell schauen, wie dieser durch den kleinen Kreis schoss, den unsere Matten bildeten und Sascha die Faust ins Gesicht donnerte. Wenn ich das richtig sah, flog ein Schneidezahn aus dessen Mund. Nick versuchte zu intervenieren: erst verständnisvoll und sanft, dann mit der Autoritätskeule. Doch es half nichts. Bruno warf sich auf die Seite von Sascha. Agnesca und Sven kamen Robert zu Hilfe. Ich beobachtete interessiert, während Nick endlich aufsprang und seine Muskeln spielen ließ. Kurzerhand schleuderte er Robert und Sascha gegen die Zeltwand, dass es bedenklich wackelte. Sein Brüllen war das eines Bären. Laut, tief und ohrenbetäubend. Aber effektvoll. Ruhe kehrte ein. So sah ein Spielfilm aus, bei dem man auf die Pausetaste gedrückt hatte, kam es mir unvermittelt in den Sinn. Interessiert begutachtete ich die eingefrorene Szene. Lautes Schnaufen erfüllte das Zelt. „Verschwindet. Geht in eure Zelte“, hechelte Nick hervor. Das Erstaunen über sich selbst stand ihm ins Gesicht geschrieben. „Na, das hast du wohl noch nicht erlebt, was?“, wollte mein Blick ihm sagen. Doch er beachtete mich nicht. War doch logisch, dass die Emotionen herausbrachen, wenn die Dämme gelöst wurden. Und das hatte Nick die zwei vergangenen Tage nämlich getan. Hätte ich ihm sagen können. Allerdings hatte ich auch nicht damit gerechnet, dass es so schnell passieren würde. Na ja, ich hätte es ahnen können.

So schnell, wie das alles auch bei mir innerlich geschah. „Verschwindet jetzt“, schimpfte Nick, nun mit drohender Stimme: „Und kommt erst wieder raus, wenn ihr euch bewusst gemacht habt, was hier gerade passiert ist. Ich erwarte heute Abend einen Vorschlag von euch, wie wir das zukünftig verhindern. Von allen!“ Damit verschwand er selbst aus dem Zelt. Kein schlechter pädagogischer Zug, fand ich. „Hast du seine Augen gesehen? Da wohnte gerade niemand dahinter.“ Ich war beeindruckt. Soviel Beobachtungsgabe hätte ich Sascha nicht zugetraut. Anerkennend nickte ich. Er lächelte: „Habe ich aus irgendeinem Krimi. Aber passt.“ Also doch eine Dumpfbacke. Zu früh gelobt. In diesem Fall stimmte es jedoch. Ich stimmte ihm zu. Nick war gerade wie abwesend. Als ob seine Hülle bei uns war, sein Bewusstsein jedoch weit weg. Bald sollten wir den Hintergrund erfahren.

Ich erhob mich ohne weitere Worte und marschierte zum Zelt. Kuschelte mich in meinen Schlafsack und lauschte dem Klopfen der Regentropfen. Horchte dem Plätschern des Wassers, das sich kleine Rinnsale mitten durchs Camp gegraben hatte. Die Wärme tat mir gut. Ich rieb genüsslich meine Füße gegeneinander und räkelte mich wohlig. Plötzlich berührte mich eine Hand an der Schulter. Eine andere zog am Reißverschluss meines Schlafsacks und noch bevor ich erschrocken aufschreien konnte, schlupfte jemand zu mir in mein warmes Nest. Die eiskalten Beine ließen mich erstarren. „Sven, was machst du denn hier?“ Mehr brachte ich auf die Schnelle nicht heraus. Er schaute mich an und entgegnete nur: „Mir war kalt - und langweilig, so allein in meiner kleinen Hundehütte.“ Ich wollte protestieren und ihn

hochkant raus werfen. „Verschwinde, das ist sexuelle Nötigung.“ Meine Worte klangen jedoch nicht sehr überzeugend. Im Gegenteil, ich genoss es gerade, die Nähe eines Menschen zu spüren. Und Sven war ja keine schlechte Wahl. Seine Hände fingen zielstrebig an, zu wandern und mich zu berühren. Meine Härchen im Nacken, auf Armen und Beinen und einfach überall stellten sich kerzengerade auf. Ein Kribbeln durchströmte meinen Körper. „Was machst du da?“, wollte ich wissen. Doch sein „Schsch“ brachte mich zum Schweigen. Ich begann meinerseits, ihn mit den Händen zu erforschen. Packte auch mal die Seinen und führte sie, wie ich es für richtig fand. Wenn schon, dann wollte ich die Regie führen. Wir genossen das Gefühl und den Moment. Der Sex war hektisch und irgendwie aggressiv. Tat aber saumäßig gut. Ihm und mir.
Als wir aufwachten, hatte der Regen nachgelassen. Krampfhaft überlegte ich mir, was man jetzt so am besten zueinander sagte. Doch schneller als ich mich umschauen konnte, war Sven aus dem Schlafsack geschlüpft, hatte sich die Shorts angezogen und verschwand aus dem Zelt.
Beim anschließenden Abendessen lächelte er mich so unverbindlich an wie bisher. Ob er das mit Agnesca auch schon gemacht hatte? Der Gedanke schlich - ein wenig mit Eifersucht beladen - durch meine Gefühlsbahnen…
Spannung lag in der Luft, niemand wollte etwas sagen. Unser handgreiflicher Streit vom Vormittag wirkte nach. Man spürte das Unbehagen. Ich schüttelte unzufrieden den Kopf. Nick war meiner Meinung nach komplett die Situation entglitten. Nein, er war nicht der empathische, charismatische Führer, wie ihn eine Gruppe brauchte. Ihm war das vollkom-

men aus den Händen geglitten! Ich, Julia, würde das organisieren müssen. Ich konnte das regulieren. Gruppen waren mein Ding und ich wollte die Retterin in der Not sein. Dafür brauchte es einen strategisch gut durchdachten Plan. Energisch packte ich mein Glas Bier und ging vors Zelt. Die Sterne hatten sich inzwischen durch die letzten Wolkenfetzen gekämpft, spendeten gemeinsam mit dem zunehmenden Mond etwas Licht. Ja, es stimmte. Ich wollte die Position einnehmen, die ich sonst auch in meiner Berufs- und Alltagswelt innehatte. Das sollte, meiner Meinung nach, zum Besten der Gruppe sein. Und um Nick zu helfen.
„Na Julia!" Der blonde Hüne baute sich vor mir auf. Hände in die Hüften gestemmt: „Kannst nicht aus deiner Haut, was? Willst mir meine Position streitig machen. Aber vergiss nicht: Ein Elefant kann niemals eine Giraffe werden. Er kann noch so sehr seinen Hals strecken. Das ist auch der Grund, warum du jetzt hier bist und innerlich so erschöpft." Alles an mir verkrampfte sich. Jeder Muskel in mir war angespannt. Wenn er jetzt noch gesagt hätte, „vor allem, wenn man sich als Frau überschätzt", wäre ich zur Mörderin geworden. Doch der fiese Kerl musste nicht so weit gehen. Er traf mich mit den nächsten Worten an meiner wundesten Stelle, dem Selbstwert. „Nimm deine wahre Natur und deine wirkliche Position in einer Gruppe an, Julia. Glaub mir, es hilft dir." Väterlich klopfte er mir auf die Schulter, nicht, ohne einen starken Druck auf diese zu erzeugen, dass es mich beinahe in den Boden gedrückt hätte. „Leg dich vor allem nicht mit mir an. Du wirst verlieren. Glaub mir! Hier draußen herrschen andere Gesetze, als in deiner Geschäftswelt." Kurz wollte ich mich aufbäumen, mich ihm entge-

genwerfen. Doch etwas hatte in mir mit einem Schlag jegliche Energie herausgesogen. Schlaff ließ ich die Arme herunter hängen. Ich implodierte, einem Ballon gleich, aus dem die Luft schoss. Nick hatte mit wenigen Worten einen Mechanismus in mir in Gang gesetzt, der mich kleiner und kleiner werden ließ. Gesenkten Hauptes trottete ich davon und verschwand in meinem Zelt. Ich hörte noch, wie die anderen miteinander angeregt zu diskutieren begannen. Tränen der Wut rannen mir die Wangen herunter. Halbherzig boxte ich in meinen Schlafsack. So schnell hatte mich noch nie jemand unterworfen und erniedrigt. Wie eine Schnecke ohne Haus fühlte ich mich. Einfach nur nackt. Dazu noch so klein. Erschöpft döste ich nach einer kleinen Weile ein.

Ein unruhiger Traum schreckte mich aus dem Schlaf. Ich hing an einem Seil, inmitten einer Felswand. Hunderte von Metern freier Fall taten sich unter mir auf. Es hätte am Matterhorn sein können. Ich schrie, fuchtelte, machte mir im Traum beinahe in die Hose und dann war da dieser Kerl, der mit einem scharfen Messer mein Seil durchtrennen wollte. Ich sah noch sein fieses Grinsen, während er schnitt. Ich brüllte, flehte, bettelte, er möge das lassen und mich hochziehen. Doch das tat er nicht. Die Fasern des Seils lösten sich von Schnitt zu Schnitt mit einem hässlichen Surren. Sie bildeten eine eigenartige Blume, je mehr er sein Teufelswerk vollführte. Ich blickte starr auf das kleine Kunstwerk, wie es sich immer mehr auffächerte. Dann machte es ein schreckliches Ritsch-Ratsch und ich stürzte in die Tiefe. Ich schrie, was das Zeug hielt und wachte schweißgebadet in meinem Schlafsack auf. Angstvoll horchte ich in die Nacht. Hatte ich laut geschrien? Ich hoffte sehr, dass nicht. Wie spät mochte es sein? Keine Ahnung. Meine Smartwatch hatte keinen Strom mehr. Schon seit gestern war sie tot. Doch ich behielt sie als Relikt meiner Vergangenheit am Arm. Nichts regte sich im Camp. Vermutlich schliefen alle. Behäbig schälte ich mich aus meinem Schlafsack. Sven war auch nicht aufgetaucht, musste ich enttäuscht feststellen. Ich trat in die Nacht hinaus. Die Würze und Frische, die mir entgegenschlug, tat gut. Erfrischte die Sinne. Ich schlich in Richtung Wald und pinkelte. Die Erleichterung stellte sich umgehend ein. Langsam kam ich wieder ins Hier und Jetzt zurück. Wie schön doch das Leben hier draußen war! Ich konnte gerade nicht genug davon bekommen. Ein tiefes Röhren erfüllte die Nacht. Vermutlich ein brunftiger Hirsch. Nach getaner Tat drehte ich mich um und beobachtete unser Camp. Alles war mucksmäuschenstill. Ich lauschte, ob unsere Frau Männerbesuch hatte und umgekehrt. Doch nichts dergleichen war zu registrieren. Durst überkam mich und ich schlenderte zum Versorgungszelt. Ein Glas Whisky und eine warme Decke würden mir ein paar schöne Momente vor meinem Zelt bescheren. Doch dort erwartete mich eine kleine Überraschung. Als ich die Plane am Eingang zur Seite warf, erklang ein erschrecktes Grunzen. Jemand saß am Tisch, wie ich schnell erkannte. Jemand, der sich ertappt fühlte und etwas Leuchtendes zu verstecken versuchte. „Bruno, was machst du hier?“ Meine Begeisterung hielt sich in Grenzen, diesen Kerl jetzt anzutreffen. „Nichts, gar nichts“, versuchte er noch die Situation zu retten. Doch ich ließ ihn nicht mehr vom Haken. „Raus mit der Sprache. Ist das etwa ein Tablet, das du verstecken willst?“ Ich ging drei Schritte auf ihn zu, sodass er keine Möglichkeit mehr hatte zu fliehen. „Also, ja. Hm, ja, du hast recht. Das ist eines. Von Nick.“

Er zog es hervor und zeigte mir das Wundergerät. Fasziniert setzte ich mich zu ihm und nahm es dem Kerl weg. „Ist es mit einem Passwort geschützt?“ Mein Nachbar, für den ich äußerst ungelegen kam, schüttelte den Kopf. „Nein. Einfach anmachen. Warte, ich zeige es dir.“ Doch es war zu spät. Ich hatte schon den Knopf gedrückt und blickte auf nackte Damen und Herren, die sich in allen kopulierenden Stellungen begegneten. „Nicht schlecht“, flüsterte ich und schaute ein wenig dem Treiben zu. Alles Digitale war faszinierend für mich nach so vielen Tagen der Entbehrung. „Woher hast du das?“, wollte ich von meinem neuen Verbündeten wissen, den ich sonst nicht mit den Fingerspitzen anfassen würde. Er wies mit der Hand auf den Tisch: „Das lag hier einfach. Und ehrlich gesagt habe ich da nicht widerstehen können.“
Er schenkte mir aus der Flasche des Glenfiddich ein. In der Not trank ich gerade alles. Also auch dieses Getränk. Ich nahm einen kräftigen Schluck und genoss das Brennen, das sich in meiner Kehle ausbreitete. Alles war fast so wie zu Hause. Alkohol und ein digitales Tool. Was wollte man mehr? „Können wir denn auch was anderes anschauen als Porno?“ Ich stieß meinen Nachbarn in die Seite. „Mir gefällt das ja auch. Aber jetzt würde ich gerne noch ein wenig in den Nachrichten surfen. Möglich?“ Ich wunderte mich gerade selbst, wie höflich ich zu diesem Mitläufer sein konnte. Doch die Aussicht auf ein kleines, digitales Schlüsselloch in die Welt da draußen machte mich höflich und nett. Er nickte und schob den Kopf in Richtung Tablet. „Ein Blick auf die Threema-Nachrichten sind nicht uninteressant“, riet er mir. „Aha“, brummte ich, während ich das Browserfenster schloss und meine Nachrichtenportale eingeben wollte.

Doch die Threema-App zeigte sich von selbst. Ich kam nicht umhin, das „hi Süßer, wollen wir uns heute Abend treffen? Ich würde gerne noch einmal einen wilden Ritt mit dir machen, bevor Nick von den Psychos da oben zurückkommt. Ich warte auch dich“, zu lesen. Irritiert blickte ich zu Bruno. „Was soll das? Wem gilt die Nachricht?“ Ein fieses Lachen war die Antwort: „Ganz einfach. Das ist eine fehlgeleitete Nachricht. Witzig, oder? Sie galt nicht Nick, sondern dem Lover.“ Ich nahm einen weiteren Schluck Whisky. Das hier war ja ein Super-GAU. Wow. Das war mir noch nie passiert. Bei all meinen komplizierten Beziehungsgeflechten in meinem früheren Leben. Ich prostete meinem Gegenüber zu, bereits ein wenig nebelig im Hirn. „Oh, der Arme“, flüsterte ich, nicht wirklich ehrlich im Ton. „Bin gespannt, wie er damit umgeht. Ob er jetzt auch noch über den Dingen schwebt?“ Eifrig nickte Bruno. Er schien sich gerade von seinem alten Herrn zu trennen und in mir die neue Führungsperson zu erkennen. Ein gutes Zeichen wie ich fand. Wir tranken noch ein paar Gläser und torkelten bei beginnender Morgendämmerung zu unseren Zelten. Strategische Zufriedenheit breitete sich in mir aus. Aha! „Strategische Zufriedenheit“, wiederholte ich den Begriff flüsternd. So ein Quatsch! Solch einen dummen Begriff konnte man nur mit reichlich Alkohol entwickeln… Doch er passte. Ich wollte die Informationen in jedem Fall die nächsten Tage einsetzen! Intrigen halfen immer, den eigenen Selbstwert zu stützen. Auch wenn nur einem hässlichen Korsett gleich.

VERLASSEN

Es war ein eigenartiges Gefühl in der Luft, als ich den Kopf aus dem Zelt steckte. Nein, es lag nicht an dem reichlichen Alkoholgenuss der vergangenen Nacht. Ich roch es förmlich. Etwas war nicht in Ordnung. Ich gesellte mich zu den anderen, denen es genauso zu gehen schien. Wir blickten uns in unserem Zeltlager um. Sechs Gestalten, die aufgebrochen waren, um sich auf diesem Trip selbst zu finden. Oder zumindest einen Teil davon. Mit Hilfe unseres Genies, eben jenem Guide! Doch Nick war verschwunden! Die Sorge wurde zur Gewissheit, nachdem wir das komplette Camp abgesucht und auch unten beim Senner nachgehakt hatten. Nick blieb wie vom Erdboden verschluckt, verschwunden. Hilflos schnatterten wir durcheinander. Selbst ich, die ich noch am Abend zuvor vollmundig der Ansicht war, dass nur mit meiner Hilfe dieses Chaos hier in die richtigen Bahnen zu lenken war. Ja, selbst ich stand jetzt wie ein begossener Pudel da. Ohne unseren Guide würden wir verkümmern. Elendig hier draußen eingehen - und uns nicht selbst finden können! Das zumindest meinten Robert und Agnesca. War Nick sauer? War er verzweifelt wegen uns? Hatten wir ihn beleidigt? Oder war es wegen der fehlgeleiteten Nachricht? Wir gingen ins Camp zurück. Inzwischen machte sich gespenstische Ruhe breit. Alle hingen wir unseren Gedanken nach. Die sich mit Sicherheit um jeden selbst in unserer Runde drehten. Einzig Agnesca machte sich etwas Sorgen um Nick. Sie zeigte in Richtung der Felsen, die nahe des Camps steil abfielen. „Meint ihr, er könnte heute Nacht verunglückt sein? Wir müssen doch nach ihm suchen!" Niemand reagierte. Ich riss eine neue Kaffeepackung auf und schüttete das Pulver in einen Topf mit heißem Wasser und ließ alles kräftig aufbrühen. Sascha war bereits in seinem Zelt verschwunden. Offenbar hatte er sich nochmals aufs Ohr gehauen. Kopf in den Sand stecken, so meine Interpretation. „Julia, hörst du, wir müssen ihn suchen." Agnesca hatte sich an den Tisch gesetzt und blickte mich eindringlich an. Ich goss durch ein Drahtsieb hindurch tiefbraunen Kaffee in zwei Becher und gab ihr einen davon. Mein Kopf wackelte ablehnend hin und her, als ich ihr antwortete: „Glaubst du wirklich, dass ausgerechnet der Erfahrenste in dieser Gruppe in einer hellen Sommernacht verunglückt?" Ich setzte mich zu ihr an den Tisch. „Was ist, wenn ihn jemand um die Ecke gebracht hat?" Robert stand im Zelteingang. Seine Aussage verursachte mir einen kräftigen Schluckauf, während ich versuchte, das heiße Gebräu in mich hineinzubekommen. Erstaunt richteten wir unsere Augen auf ihn. „Was redest du da?" Agnescas Augenbrauen zogen sich zusammen. „Kannst du das bitte wiederholen?" Zögerlich kam Robert zu uns an den Tisch, hielt aber sicheren Abstand. „Na, dass es durchaus sein kann, dass jemand von uns mit ihm einen handfesten Streit hatte, währenddessen das passiert ist." Schweigen erfüllte den Raum. Es schien, dass die Natur um uns herum darin einstimmte. Bis Agnescas leicht hysterisches Lachen die Stille zerriss. „Alter, du hast ja einen Knall!" Sie drehte sich von ihm ab und blickte mich vielsagend an. Doch Robert gab nicht auf: „Denk nur ich habe einen Knall, Agnesca. Aber erinnere dich bitteschön auch daran, dass es hier gestern ganz schön gewalttätig zuging. Zugegeben, ich war einer davon. Aber bei Nick, also, mit dem hatten Sascha und Julia ihre Machtrangeleien. Das müssen wir untersuchen!“ Er klopfte mit der Faust auf den Tisch. Nicht kräftig, nicht entschieden. Eher, als ob er mit dieser Handlung das Fragezeichen an seine Aussagen heften wollte. Doch bei Agnesca war ein kleiner Samen des Zweifels gesetzt. Nachdenklich blickte sie mich an. Ich schüttelte nur den Kopf und versteckte mein Gesicht so gut es ging hinter der Kaffeetasse. „Ihr habt ja einen gewaltigen Schaden im Oberstübchen!“, brummte ich. Das schwere Schnaufen Roberts war bedrohlich nah über mir zu vernehmen. Wollte mir unser Faultier gerade ans Fell? Ich erhob mich und zischte ihn an: „Wage es ja nicht!“ Er machte einen Schritt zurück, stolperte über Bruno, der gerade hereinstürmte. „Das Tablet“, stotterte dieser: „Das Tablet. Hab es ganz vergessen in meinem Zelt. Mensch Julia, wir wissen doch, warum er verschwunden ist. Die Threema-Nachricht! Erinnerst du dich nicht mehr?“ Er hielt uns das Gerät hin, das uns gerade noch mit dem letzten Ladebalken der Batterie entgegenleuchtete. Irritiert lasen Agnesca und Robert die Nachricht. Sven gesellte sich zu uns, blickte mit drauf. „Was? Er ist wegen seiner Freundin abgezogen?“ Sven ballte die Fäuste. „Was für ein Schlappschwanz.“ Seine Mimik brachte eindeutig zum Ausdruck, was er von solch einem Verhalten hielt. „Kameradenschwein“, presste er zwischen den Zähnen hervor. Dann goss er sich einen Whisky ein. Gute Idee wie ich fand. Schnell packte ich die Flasche und schubste etwas davon in meinen Kaffee.

„Nix mit Mord, mein Freund!“ Ich stieß Robert mit dem Flaschenhals beinahe zu fest in die Rippen. Doch das Körperfett dämpfte meinen Angriff. Träge sackte er auf den Hocker, der vor ihm stand und stierte den Tisch an.

Ich nahm einen tiefen Schluck aus der Tasse. Der Whisky tat irgendwie gut. Die Flasche ging nun reihum. „Was ist mit Sascha?“, wollte ich von Bruno wissen. Doch der zog nur die Schultern hoch: „Keine Ahnung. Er scheint in eine Art Schockstarre verfallen zu sein. Ist nicht ansprechbar. Das mit Nicks Verschwinden hat ihn irgendwie umgehauen. Schon komisch der Kerl. Glaube, der hat ein echtes psychisches Problem.“ Eventuell einer der Gründe, warum er hier im Camp war? Sven fing wieder mit Nick an: „Dieser granatenmäße Idiot. Dieser Dreckskerl. Wir sind ihm scheißegal. Alles für den Arsch hier!“ Ich versuchte ihn zu trösten und legte vorsichtig meine Hand auf seinen Arm. Doch er zog ihn sofort zurück. Dennoch schob ich nach: „Wer sich ärgert, büßt die Sünden der anderen. Hat mal jemand Berühmtes gesagt. Da ist was dran. Wir sollten uns nicht um Nick scheren. Jetzt liegt es an uns, das Beste draus zu machen.“ – „Und das wäre?“, wollte Sven wissen. Sein Ton war mehr als sarkastisch. Ich hob meine Kaffeetasse, die nun pur mit Whisky gefüllt war. „Na, kräftig einen heben und erst mal ein Nickerchen machen.“ Und so tat ich es dann auch. Die meisten folgten meinem Vorbild, was mir natürlich gefiel.

Wenig später torkelte ich in Richtung Zelt – und ärgerte mich! Schon wieder war der Alkohol mein Fluchtmittel gewesen. Er nebelte meine Sinne ein. Alles war wie Watte. Ich drohte, in alte Muster zurückzufallen. Mit diesen Gedanken schlief ich ein und verpennte den kompletten Vormittag. Aber egal. Gab ja eh nichts zu tun.

AUFBRUCH

Als ich meinen Rausch wieder etwas ausgeschlafen hatte, war es bereits Nachmittag. Meine Leidensgenossin und -genossen saßen vor dem großen Versorgungszelt. Sie schienen in Diskussionen vertieft zu sein. Schnell zog ich frische Klamotten an und stapfte zu ihnen hoch. Vier der Zelte waren bereits abgebaut, wie ich erstaunt feststellte. Lediglich das von Sascha und meines standen noch.

„Was gibt's?“, wollte ich wissen, während ich mich neben Agnesca setzte. Sie zeigte auf die gepackten Rucksäcke: „Wir haben beschlossen ins Tal abzusteigen.“ Mechanisch nickte ich. Eine logische Idee. Machte Sinn. Dort warteten die Autos. Sie würden uns zurückbringen in unseren Alltag und zu Problemen, die dort auf uns warteten. Sie würden uns wieder einfangen. Nichts hätte sich verändert. Das aber hatte meine Familie von mir verlangt. Die letzte Rettung unserer Gemeinschaft. Dann würde mein Mann das mit dem Fremdgehen mit meinem Assistenten verzeihen.

„Und was ist mit Sascha?“ Ich nickte in Richtung seines Zelts. „Bleibt er hier?“ Der Erwähnte stand in einigen Metern Abstand vor uns am Hang und blickte ins Tal. Erst jetzt bemerkte ich, wie aschfahl sein Gesicht war. Er antwortete nicht, sondern stierte vor sich hin. Bruno übernahm für ihn das Reden: „Er lässt seinen Palast hier. So habe ich es zumindest verstanden. Hat ihn ziemlich getroffen, dass Nick uns im Stich gelassen hat. Irgendeine eigene alte Geschichte ist da bei ihm aufgebrochen.“ Ich beobachtete aufmerksam den Anwalt, der so gar nichts mehr von der souveränen Ausstrahlung der ersten Tage hier im Camp hatte. Eine jede und ein jeder hatte eigene verborgene Macken und Erlebnisse, die Narben auf der Seele hinterlassen hatten, sinnierte ich für mich. Wir würden diese Bürden wohl oder übel wieder mit uns zurücknehmen in die Zivilisation, in die Welt, die uns jene inneren Verletzungen zugefügt hatte. Wir waren frustriert. Hohe Erwartungen hatten wir alle in dieses Camp gesetzt. Jetzt platzten die Träume. Doch es half nichts. Wir mussten uns auf den Weg machen, sonst kamen wir in die Nacht hinein. Agnesca half mir, mein Zelt abzubauen und die Sachen in den Rucksack zu stopfen. Meine Handyattrappe steckte ich in die Jackentasche. Bald würde es wieder ein echtes Exemplar geben. Endorphine breiteten sich in mir aus. „Nehmt noch aus der Küche etwas Verpflegung mit und ein paar der Trinkflaschen“, empfahl Sven, während er bereits ebendas tat. Aus den Augenwinkeln sah ich, wie er Küchenmesser einsteckte. „Gute Idee“, stimmte ich ihm zu und packte ebenfalls welches ein. Genauso wie eine Flasche angebrochenen Schnaps.

Der Senner blickte uns aus der Ferne nach, als sich unsere kleine Karawane in Gang setzte. Steinern und regungslos verfolgte er unseren Abstieg. Ich winkte ihm zögerlich zu. Doch er reagierte nicht. Stand da, wie ein zur Ewigkeit gewordenes mahnendes Abbild. Mahnend weshalb? Unsicher wandte ich meinen Blick ab und folgte den anderen.

Der Marsch den steilen, steinigen Pfad hinunter war beschwerlich. Nicht nur das schlampig zusammengesammelte Gepäck lastete auf unseren Rücken. Auch die Gedanken. Wir stolperten mehr, als dass wir marschierten. Dabei war das Gelände nicht ohne. Schmale Pfade schlängelten sich am Berghang entlang. Wer stürzte, konnte sich ernsthaft verletzen. In jedem Fall aber tief hinunterfallen. Bei Sven, der vor mir den Berg hinunter schwankte, verfolgte mich der Verdacht, dass er es geradezu darauf anlegte, einen Fehltritt zu begehen. Zumindest war er nicht konzentriert bei der Sache, stampfte eher trotzig auf dem Boden auf. Er wollte so wenig zurück wie ich, schien mir. Ich hielt kurz inne: Wollte ich wirklich nicht zurück? Vorhin hatte ich mich doch so sehr auf mein Handy gefreut. Symbol von Zivilisation und digitaler Freiheit. Aber etwas in mir scheute sich, zum Ausgangspunkt meiner Reise zu gehen. Ein dumpfer, innerer Schmerz regte sich. Ich blickte nach Norden. Dort in den Städten lagen die Orte, wo die Verletzungen entstanden sein mussten. Nein, da wollte ich nicht mehr hin. Meine Gedanken schwappten hin und her, während meine linke Hand immer leicht nach vorne gestreckt war, jederzeit bereit Sven zu packen, sollte er den Hang hinunterstürzen wollen.

Die anderen vier an der Spitze der Gruppe stritten sich gerade lautstark. Es ging um die richtige Richtung. Offenbar hatten wir uns verlaufen. Ich fragte mich, wie das bei den wenigen Abzweigungen, die es gab, überhaupt möglich war. „Hier lang!“ Agnesca ging einfach den etwas breiteren Pfad in Richtung Tal weiter. Die anderen folgten. Dann meckerten sie wieder über die Unverschämtheit, die Nick begangen hatte. Und diskutierten über die rechtlichen Möglichkeiten, wie man die Agentur und ihn selbst verklagen konnte. „Armer Nick, da wird sich eine Horde wilder Psychos auf dich stürzen“, ging es mir durch den Kopf. Wahrscheinlich würde ich mit dabei sein… In Sascha regte sich der Anwalt. Er wirkte wieder lebendiger. Offenbar gaben ihm die alten Verhaltensmuster eine Stütze. Lautstark bemühte er sich, neben dem materiellen Schaden auch den seelischen einzuschätzen. Ich versuchte, Sven auf dem Weg zu halten. Immer wieder zog ich ihn am Rucksackriemen zurück, wenn es dann soweit war, dass er mit dem Bein schon über der Kante des Weges schwebte.

Es gelang mir aber nicht an jener Biegung, an der der Weg von der Almwiese in den nächsten Wald eintauchen wollte. Er ließ sich einfach zur Seite fallen. Ich griff nach seinem Rucksack und zog ihn zurück. Doch hatte ich mich nicht auf die Wucht eingestellt, mit der er mich mitriss. Wir stürzten, rollten und kugelten eine Ewigkeit den Hang hinunter. Das weiche Gras fing unsere Aufschläge ab. Weit unterhalb des Weges kamen wir zum Liegen. In einer Mulde versteckt lagen wir und blickten uns an. Seine Hand schlug mir unvermittelt ins Gesicht. Noch im Liegen zischte er mich an. "Was soll der Scheiß? Lass mich verdammt nochmal in Ruhe!" Er setzte sich auf. Ich rieb mir erstaunt die Wange. Der Schlag hatte gesessen. "Wolltest du dich umbringen?" Er gab mir keine Antwort. Dieser undurchschaubare Mann hatte in den vergangenen Tagen nicht selbstmordgefährdet auf mich gewirkt. Sein Lächeln begrüßte mich jeden Morgen. Seine männlichen Reize versteckte er nie und hatte Spaß daran, mich beim morgendlichen Waschen am Gebirgsbach damit zu bezirzen. Mir hatte das durchaus gefallen und ich hatte mit gespielt. "Mach keinen Scheiß. Das ist es nicht wert!", schimpfte ich und setzte mich neben ihn. Ruhe trat ein. Stumm blickten wir über den Rand der Mulde hinweg ins Tal. Dumpfes Rufen drang von Obern zu uns. Suchten sie uns? Sven vergrub seinen Kopf tief unter seinen verschränkten Armen. Unterdrücktes Schluchzen drang zu mir. Überrascht von dem unerwarteten Wechsel seiner Gemütslage nahm ich den zusammen Gekauerten in den Arm und streichelte ihn, in der Hoffnung trösten zu können. Dadurch hatte ich eine Aufgabe. Das Schluchzen verlor sich. Die Sonne stand noch immer hoch am Horizont. Es war nach wie vor sommerlich heiß. Eine gefühlte Ewigkeit blickten wir uns in die Augen. Vorsichtig wischte ich kleine Tränen von seiner Wange und wartete, ob er etwas sagen wollte. Wir zogen unsere Jacken aus. Sven legte seine rechte Hand um meinen Nacken und zog sanft meinen Kopf in seine Richtung. Seine Lippen berührten meinen Hals, küssten ihn, während er ein leises „Danke“ hauchte. Ohne Vorwarnung stieg ein Kribbeln in mir hoch und verbreitete sich in Wellen über meinen Körper. Mein Puls beschleunigte sich und der Atem ging schnell. Ich legte meine Hände auf seine Schenkel, spürte die angespannten Muskeln und die Wärme seines Körpers. Unvermittelt rissen wir die Kleider vom Leib, warfen uns aufeinander und begannen, uns in immer schnelleren und unkontrollierteren Bewegungen zu streicheln. Ein aggressiver, wilder Sex begann, der alle Energien, die sich in uns angestaut hatten, explosionsartig hervortreten ließ. Es war eine Übersprungshandlung, Frust oder was auch immer. Ich konnte nicht erkennen, was in ihm vor sich ging. Doch die Lust trieb uns weiter. Ließ uns vor Schmerzen aufschreien. Die Fingernägel gruben sich immer tiefer in unser Fleisch. Die Stöße schmetterten unsere Körper gegeneinander. Wir ließen uns in unserer Gier nicht viel Zeit. Nahmen alles in vollen Zügen und brüllten uns beim gemeinsamen Höhepunkt hemmungslos ins Gesicht, packten uns bei den Schultern und sanken eng umschlungen zusammen.

Schon längst waren die Stimmen über uns verstummt. Vermutlich waren sie weitergewandert. Die ökonomische Analyse der Situation, mutmaßlich vor allem von Sascha, hatte sicherlich ergeben, dass die Suche nach uns keinen Nutzen brachte und wir selbst den Weg ins Tal finden würden. Es war aber auch egal. Wir schnauften aufgeregt und hektisch. Nur langsam kamen die Pulsfrequenzen auf ein normaleres Level zurück.

Wenig später stand er auf, lächelte mich an und nachdem er wieder seine Sportsachen angezogen hatte, schnappte mein Ex-Camp-Mitbewohner seinen Rucksack, bereit zu gehen. "Verfolg mich nicht. Ich will allein sein. Leb wohl." In meiner Nacktheit blieb ich zurück. Zu erstaunt, um ihm etwas zuzurufen oder ihn gar zurückzuhalten. Schnell verschwand dieser undurchsichtige Mann und ließ mich mehr als schutzlos zurück. Er hatte mich meiner größten Intimität beraubt und mir blieb eine bisher ungekannte Verwundbarkeit, mit der ich nicht umgehen konnte. Unfähig, etwas zu tun, blieb ich noch lange liegen und blinzelte in die Sonne. Meine Gedanken durchwanderten die vergangenen Tage in den Bergen, im Camp. „Was für eine unkontrollierbare Gruppe in einem Frischluft-Irrenhaus!“, murmelte ich. Anders konnte man es wahrlich nicht betiteln.

Am frühen Abend endlich kam ich wieder zu mir. Die Sonne hatte sich hinter einer hohen Bergspitze versteckt. Es fröstelte mich. Hunger und Durst quälten meinen Körper.

Schnell zog ich die Klamotten an und setzte mich in meiner Bodenkuhle hin. Brot, Käse und Wurst wanderten von meinem Hunger getrieben in den Mund.
Neben Wasser gönnte ich mir etwas vom Whisky, den ich

mit einer weiteren Flasche Schnaps aus dem Lager geschmuggelt hatte. Dann verließ ich zögerlich mein schützendes Nest.

Doch kaum hatte ich die Kuhle verlassen, sprang mich urplötzlich das Gespenst des Verlassen Seins rücklings an. Ich fühlte mich einsam. Suchte das Umfeld nach Sven ab. Hoffte, ihn zu finden. Sehnte mich nach der körperlichen Nähe, die wir uns gegeben hatten. Nähe voller Lust, Unverbindlichkeit und ohne tiefere Emotionen. Instinkthaft. Urtümlich. Auch brutal. So wie ich es mir im Alltag immer geholt hatte. Auf meinen Reisen, wenn ich einsam war. Doch von Sven keine Spur.

Angst erfasste mich, einem kalten Schauer gleich, der mich durchdrang. Sorgenvoll blickte ich zum Himmel. Wann kam die Nacht? Überhaupt: Was sollte ich machen, wenn es dunkel wurde? Auf ein Hotel oder eine Herberge durfte ich wohl in dieser Wildnis nicht hoffen. Ich schnappte mir meinen Rucksack und lief los. Nicht nach Norden, wo mein Auto stand, sondern eine Schlucht hinunter, in Richtung Süden. Dorthin, wo ich meinte, dass Sven verschwunden war. Sehr lange dauerte der Abstieg. Ich stolperte, stürzte, verlor meine Whisky-Flasche und andere Gegenstände, die in die Tiefe stürzten, mit einem hässlichen Geklirre auf hervorstehenden Felsen aufschlugen und zerbarsten. Ich rappelte mich hoch, stolperte weiter. Schlug mir die Knie auf und hatte Schürfwunden an den Händen. Alles tat weh. Doch eine unbekannte Kraft schob mich, zog mich. Nach gut zwei Stunden gelangte ich in ein enges Tal. Folgte dem Lauf eines gurgelnden Gebirgsbaches, in Richtung seiner Quelle. Der Wasserlauf gab mir eine Leitschnur, der ich so gut zu folgen versuchte, wie es das Gelände zuließ.

Immer wieder tauchten in meinem Kopf die Fragen auf: „Was tust du hier? Wohin willst du? Wo soll das Hotel oder wenigstens die Hütte sein, die dir Schutz gibt? Was willst du essen?“

Ich konnte mich tatsächlich nicht erinnern, dass ich seit meiner Kindheit überhaupt mal ohne schützendes Dach über dem Kopf einfach unter freiem Himmel geschlafen hatte. Wieder die Frage, welche Gefahren in den Bergen lauern konnten. Welche bösartigen Tiere mochte es geben? Der eintönige Trott des Wanderns trug meine Gedanken hinweg, ohne, dass ich Antworten fand. Das Gelände wurde steiler und rutschiger. Ich musste mich konzentrieren, um nicht abzurutschen. Mein Kopf war inzwischen leer und dumpf. Gelegentlich tauchten verschwommen die Bilder der letzten Stunden in mir auf. Dann sah ich wieder Sven vor mir. Nackt, fordernd, zupackend. Sollte ich ihn suchen? Vielleicht war er schon tot? Mir fiel auf, wie wenig Emotionen das in mir hervorrief. Vielleicht, weil das durchaus eine Lösung war, um vor den eigenen Problemen zu fliehen? Die Flucht aus dem eigenen Leben!

Ich packte einen Stein und warf ihn in den gurgelnd in die Tiefe stürzenden Bach. Lange blickte ich ihm nach und tastete mich an den Rand des Weges heran. Es war schon eigenartig: Ich suchte die Einsamkeit und sehnte mich nach Gemeinschaft. Wie schizophren man nur sein konnte. Erneut machte sich in mir eine Welle der Angst breit. Ich wusste nicht, ob man an Einsamkeit zugrunde gehen konnte. Was, wenn mich genau diese Einsamkeit von innen her zerfraß? Früher hatte ich meinen Whisky oder anderes hartes Zeug zur Hand und trank reichlich davon, sobald mich derlei Gefühle überkamen. Jetzt hatte ich nicht einmal mehr einen

Flachmann zur Notrettung. Ja, richtig: eigentlich ein Männerding, wie man so schön sagt. Doch ich war im Alkoholkonsum männlicher als ein Mann! Härter. Mein Herz raste, je mehr ich mich in dieses Gefühl hineinsteigerte. Mir wurde schwindlig und ich musste mich abstützen. Der Abgrund unter mir schaute mich gierig an. Er lockte mit Schönheit, wollte mich aber verschlingen. Der Drang zu springen wurde größer und größer. Das Rauschen des Gebirgsbaches hypnotisierte mich, zog mich an, wie die Schlange Kaa aus dem Dschungelbuch. Es war verlockend. Ein kleiner Schritt noch und alles konnte so frei und unbeschwert sein. Ich wäre die Mühsal meines Lebens los. Mechanisch hob sich mein linkes Bein. Eine innere Stimme flüsterte mir zu, es zu tun. Ich konnte ihr nicht entfliehen, war hypnotisiert. Wie in Trance stand ich wackelig an der todbringenden Kante, stierte in die Tiefe, während die Stimme nicht müde wurde, mich zu ermuntern. Doch das Schicksal wollte mich noch nicht aus seinen Fängen entlassen. Der Schrei eines Eichelhähers ganz in der Nähe riss mich aus meinem Bann. Es war kein „tu es nicht“, hatte aber dieselbe Wirkung. Erschrocken richtete ich mich auf und blickte um mich. Was tat ich hier? Nur mühsam kämpfte ich mich zurück in die Realität. Ein Zittern durchlief meinen Körper, dann warf ich mich nach hinten auf den sicheren Pfad. Tief atmete ich ein – und aus – ein – und aus. Es half. Ich kam wieder zu mir und beruhigte mich. Von Baum zu Baum torkelte ich. Musste mich abstützen, bis ich wieder langsam in einen Rhythmus kam. Meine Gedanken hingen aber noch lange an dem eigenartigen Ereignis fest. Erst die mühsame Klettertour entlang des Gebirgsbaches, der sich inzwischen durch eine enge Klamm quetschte, war es, die mich aus meiner dumpfen Gefühlswelt heraus riss und die alle meine Konzentration einforderte. Sie weckte instinktiv meinen Überlebensdrang und damit auch meine Lebensgeister. Einen Schritt um den anderen kämpfte ich mich nach vorne. Überwand Felsabsätze, die ich zuvor meinen Lebtag nicht getraut hätte hochzuklettern. Doch der Drang nach vorne zu kommen war stärker. Selbst die Angst musste sich diesem unbekannten Trieb unterordnen, der mich wegzog von der Zivilisation und meiner Vergangenheit.

Erschöpft und ausgelaugt, aber auch irgendwie vollkommen zufrieden, sank ich spät in der Nacht nahe der Quelle eines Gebirgsbaches ins Moos. Meinen Schlafsack schaffte ich nicht mehr zu öffnen. Ich legte ihn so wie er war über mich. Die Feuchte des Mooses drang in meine Kleidung ein. Doch ich spürte das nicht mehr. War schon längst in einen tiefen Schlaf verfallen.

FRÜHLING DES LEBENS

Eine unruhige Nacht schenkte mir Wachträume, wie ich sie bisher in ihrer Intensität noch nie in meinem Leben erfahren hatte. Sie schleuderten mich durch mein gesamtes Leben. Ich sah mich, sah das, was mein Unterbewusstsein mir zu dieser Zeit erzählen wollte.

Da war sie also, die kleine Julia. Die Erwartungshaltung an die neue Erdenbewohnerin war von der ersten Sekunde ihrer Geburt an sehr hoch gewesen. Bei ihrem Anblick am frühen Morgen eines Frühlingstages kam der Hebamme nichts Besseres in den Sinn als zu prophezeien: „Aus der wird mal eine Heilige.“ Ihre Eltern und die ganze Umwelt glaubten dies. Selbst die Millionärsehefrau im Dorf hörte davon und hatte sie später auf ihre Art „adoptiert“, um Julia, so tauften sie ihre Eltern, auf dem Weg zu heiligen Würden zu begleiten. Eine neue Mutter Theresa mochten sie vor Augen haben. Doch das war ihr dann doch zu eintönig. Allein der Gedanke an die ewige Keuschheit ließen die junge Frau erschauern. All die schönen Dinge im Leben gemeinsam mit den Jungs nicht erleben dürfen. Was für ein schrecklicher Gedanke. Enthaltsamkeit war schon eine komische Erfindung, wie Julia fand. Eine Mutter Theresa zu werden war für sie komplett aus dem Rennen. Dafür kam sie später auf den Gedanken, Generalsekretärin der Vereinten Nationen zu werden. Dort konnte man Reden schwingen, was bewegen und führen. Als mächtigste Frau konnte man so richtig die Welt verändern, glaubte Julia. Schon mit zehn Jahren wollte sie sich zur Vorbereitung alles notieren, was man später als

Führende der Welt wissen müsste, um vor allem für die Kinder und Jugendlichen gute Politik zu machen. Das Schwierige an der Sache war, dass das Amt der Chefin der Welt Konkurrenz bekam. So standen mit voranschreitendem Teenie-Alter auch Berufe wie Musikstar, Dancing-Queen und überhaupt alles, was Spaß machte, auf dem Programm. Es war nicht einfach mit der Gestaltung der Zukunft!

Wann immer Julia an langweiligen Barabenden in einer der zahllosen Städte der Welt mit irgendwelchen gesichtslosen Menschen, die ihr Gesellschaft leisteten, ins Gespräch kam, behauptete sie, eine glückliche Kindheit gehabt zu haben. Unbeschwert und schön. Das klang gut, passte zu ihrem Image, das sie für sich aufgebaut hatte und irgendwie stimmte es auch in Teilen. Während des Erzählens sah sie sich dann tatsächlich als kleines Mädchen in dem ehemaligen Bauernhaus, das ihre Eltern zu einem schicken Land-Wohnhaus umgebaut hatten. Es war die Erzählung über ein für sie in diesem Moment fremd anmutendes Mädchen, das zufälligerweise denselben Namen trug wie sie – Julia.

Nie fragte sie sich an solchen Abenden, was zu ihrer Veränderung geführt hatte. Stattdessen hob sie das Glas, prostete ihrem Gegenüber zu und knallte sich die Birne zu. Danach ging die Schilderung über das energievolle, aufstrebende Leben eines jungen Menschen weiter, der noch voller „Frühling“, Frische und Unbeschwertheit war. Das kleine Mädchen, das mit dem kleineren Bruder im Herbstmorgen auf der Bank vor dem Haus saß. Die Pfützen waren gefroren. Spinnweben bildeten mit dem Eis schöne Kristallfäden. Sie lachten, spielten, ärgerten den Papa, der im Garten arbeiten musste, freuten sich über den Postboten, der mit dem gelben

Auto kam und Post, wie auch die neuesten Geschichten aufs Land brachte... Vor allem aber tobte Julia furchtbar gerne mit den Jungs des Dorfes über die Wiesen und durch die Wälder. Das war ihre Kohorte und ihre Sozialgruppe. Dabei konnte sie für kurze Zeit Abstand gewinnen von all den Quälereien, die ihr Mutter und Schwestern, aber auch andere Menschen zuteilwerden ließen.

Die unbeschwerte junge Julia – was für ein utopischer Gedanke, der die Sinne betrog. Doch die alternde Julia hing diesen Gedanken nach, träumte immer davon, nachdem sie es endlich von der Bar in ihr Hotelzimmer geschafft hatte und in einen unruhigen Schlaf verfallen war.

Hütten bauen im Wald, schwarzfahren mit dem Auto und Motorrad, Küsse, Romanzen, Pfarrer, Missbrauch, Verletzungen, schwere Verluste… alles vermischte sich in diesen anstrengenden Träumen zu einem unseligen, matschigen Brei.

ANTIPARADIES

Ein Hirsch, mit einem kapitalen Geweih, konnte sehr furchterregend wirken, wenn er mit gesenktem Haupt vor einem stand. Gerade eben noch hatte ich meinen Kopf in das samtig weiche Moos am Gebirgsbach gebettet. Die Träume hingen träge in meinem Gehirn fest. Auch der Duft des Mooses ließ mich an alte Zeiten erinnern. Als ich mit Freunden in den Wäldern Hütten baute und wir uns erschöpft in den halbfertigen Konstruktionen aus Ästen und Tannenreisig ins dortige Moos setzten, um von den schönen Dingen im Leben zu träumten. Doch das bedrohliche Röhren eines mächtigen Tieres riss mich unsanft aus meinem Schlaf, der trotz der Träume erstaunlich erholsam gewesen war. Angstvoll erstarrte ich zu einer Salzsäule, wagte beinahe nicht mehr zu atmen. Das Monstertier machte keine Anstalten, seine bedrohliche Haltung mir gegenüber aufzugeben. Aus den Augenwinkeln heraus entdeckte ich eine Hirschkuh mit ihrem Jungen, die in sicherem Abstand zögerlich zum Wasser gingen, um zu trinken. Ich senkte den Blick und schloss langsam die Augenlider, in der Hoffnung, dass diese Botschaft „ich Freund“ aus der Katzen- und Hasensprache auch für Hirsche galt. Vorsichtig betrachtete ich mit wieder geöffneten Augen das Tier. Eine schlecht verheilte Narbe zierte sein Gesicht. Spuren alter Kämpfe? War mein Gegenüber ein Haudrauf in seiner Gesellschaft? Es brauchte noch einige dieser langsamen Augenzwinkerer, bis der Hirsch offenbar meine Zeichen-Hirsch-Geste verstand. Er drehte den Kopf etwas zur Seite, ließ mich dabei nicht aus den Augen.

Leichte Entspannung stellte sich ein. Ich wagte, wieder vorsichtig zu atmen. Sein tiefes Grollen ging mir durch Mark und Bein. Vermutlich würde er mich mit seinem Geweih im Bruchteil von einer Sekunde aufgespießt und durch die Luft geschleudert haben. Ein Krampf breitete sich vom rechten Fuß her aus. Doch ich wagte nicht mich zu bewegen. Sanft flüsterte ich ihm zu, dass ich ein Freund wäre. Sein Freund. In der Not fand ich das nicht lächerlich. Und tatsächlich: Langsam zog sich der große Geselle zurück, nicht, ohne nochmals kräftig durch die Nüstern zu schnauben. Sein Blick blieb an mir haften. Bei einer falschen Bewegung meinerseits, da war ich mir sicher, wäre ich mausetot gewesen. Unwillkürlich griff ich mir bei dem Gedanken an den Bauch und schützte meine Eingeweide. Es musste früher Tagesbeginn sein, nach dem Stand der Sonne zu urteilen. Alles wirkte noch so morgenfrisch, so würzig, jungfräulich, voller neuer Energie. Ein ganzes Bataillon an Singvögeln hatte sich um uns herum verteilt. Sie zwitscherten nach Leibeskräften um die Wette. Einer lauter als der andere. Ich hörte sie wohl, war aber zu sehr mit meinem Adrenalin und dem stolzen Tier in nächster Nähe beschäftigt.

Ein dringendes Bedürfnis quälte mich. Die Blase war randvoll. Es schmerzte beinahe. Doch ich musste warten, bis mein Besucher langsam und gemächlich davonzog. Der Hirsch mit seinem weit ausladenden Geweih wandte sich noch einmal kurz zu mir um und verschwand dann. Schnell sprang ich auf und schob meine Hose so schnell wie möglich nach unten. Die Erleichterung war in doppelter Hinsicht unbeschreiblich. Ich hatte das Gefühl, gerade dem Tod von der Schippe gesprungen zu sein. Alles entlud sich nun mit einem mal.

Als ich zu meinem Schlafplatz zurück kehrte, entdeckte ich, dass sich in der Nacht jemand an meinem Rucksack zu schaffen gemacht hatte. Er lag einige Meter entfernt vom Ort, wo ich ihn abgelegt hatte. Verpackungen waren herausgerissen. Das Essen daraus geklaut. War das der Hirsch gewesen? Waren irgendwelche Räuber in der Gegend? Die Hälfte meiner Vorräte war verschwunden. Eine Katastrophe. Panisch machte ich eine vertiefte Bestandsaufnahme. Eichhörnchen beobachteten mich von den Bäumen herunter. Vermutlich hatten sie mit dem Hirsch gemeinsame Sache gemacht. „Banditen", flüsterte ich. Von wegen paradiesische Natur. Auch hier war ein Ort, an dem es ums Überleben und Überlisten der anderen ging, genauso wie in meiner alten Welt! Lektion gelernt.

Unruhig blickte ich um mich. Die glitzernden Sonnenstrahlen, die sich durch die Tannen und Fichten ihren Weg bahnten, konnten mich genauso wenig vom paradiesischen Flair begeistern, wie die frisch-würzige Luft und das fröhliche Zwitschern der Vögel um mich herum. Würde der Hirsch mit seinem Rudel zurückkommen? Folgten ihnen etwa die Wildschweine, Luchse oder streunende Wölfe zu dieser Wasserstelle? Ich wollte nicht riskieren, schutzlos zwischen ihnen und dem Wasser zu stehen. Also schulterte ich meinen eilig gepackten Rucksack und stakste mit steifen Gliedern los. Die Beine schmerzten. Ein feiner Muskelkater hatte sich breitgemacht. Die Füße fühlten sich einfach nur wund an. Voller Blasen. Doch dieser unergründliche Drang zu gehen trieb mich weiter. Immer höher in die Berge hinein. Nur kurze, kleine Pausen gönnte ich mir. Und kaum, dass ich mich versah, kletterte ich ohne Seil und Absicherung eine steile Felswand hoch. Sie stand urplötzlich vor mir, türmte sich auf, dem Rücken eines schlafenden Ungeheuers gleich. Grauweißes Gestein, zerfurcht und zerklüftet, durchsetzt mit kleinen, grünen Flecken kargen Grasbewuchses. Ich machte mir zunächst keine Gedanken darüber, hangelte mich von einem Felsvorsprung zum anderen. Dann aber kam das große Zittern, als ich nach gut zwanzig Metern innehalten musste und gezwungen war, mir intensiv Gedanken um jeden einzelnen Griff und Tritt zu machen. Aus der anfangs noch leichten Schräge war eine beinahe senkrechte Wand geworden. Glatter, mit nur noch wenigen hervorstehenden Absätzen. Ohne dass ich es wollte und auch nur geahnt hatte, entwickelte sich diese Kraxelei zu einer gefährlichen Kiste. Ich war schräg nach rechts geraten. Weg vom Pfad, der mich hergeführte hatte, hin zu einem steil abfallenden Berghang, der vermutlich bis zur tiefen Schlucht meines Gebirgsbaches hinunterreichte. Ich begann zu schwitzen. Die Hände wurden feucht, schmerzten, da ich mich krampfhaft festkrallte. Der Rucksack zog mich nach hinten, destabilisierte meine Lage. Gedanken drängten sich in mir auf, umzudrehen. Doch ich traute mich nicht, den Blick nach links, rechts oder nach unten zu richten. Aus Angst, den Halt zu verlieren und in die Tiefe zu stürzen. Mein Rucksack zerrte weiterhin an mir. Wollte mir ein Übergewicht nach hinten verursachen. Mir wurde schwindelig. „Auf Julia, reiß dich zusammen“, murmelte ich mit zittriger Stimme. Die linke Hand glitt langsam nach oben, suchte in einem Spalt Halt. Der linke Fuß folgte nach, prüfte einen hervorstehenden Felsen und ich setzte ihn ab. Zittrig kam die rechte Hand an die Reihe. Es fiel mir schwer, den sicheren Griff um einen festsitzenden Stein aufzugeben und ihn gegen eine nicht sehr vertrauenswürdige Wurzel zu tauschen. Doch das Gehirn schickte einen Befehl aus und die Hand gehorchte. Es gab in diesem Moment nichts anderes mehr als mich und diese Felswand. Alles drehte sich um die jeweils nächste Bewegung. Nichts anderes mehr war wichtig, außer dieser Kampf mit dem Berg. Meine Sinne waren aufs Schärfste ausgerichtet. Ich erlebte eine nie zuvor gekannte Wachheit im Hier und Jetzt. Ich, die ich sonst wirkte, als ob meine Gedanken über die gesamte Welt und über Raum und Zeit verteilt waren. Zerfleddert, fahrig, nervös und unruhig. Alles wollte ich immer parallel und zeitgleich machen. Jetzt aber wurde ich zur Maschine, zunehmend präzise und passgenau arbeitend. Hatte den starken Willen, das zu schaffen. Doch dieser schützte mich nicht davor, dass ich mir einen gewaltigen Fehltritt erlaubte. Der Stein, auf den ich gerade meinen linken Fuß setzen wollte, war locker und brach aus dem Felsen heraus. Ich verlor beinahe den Halt. Ein verzweifelter Urschrei der Angst verließ meine Brust. Panik stieg auf. Ich machte mir in die Hose. Doch das Glück stand mir bei. Mein Rucksack verhakte sich an der Wurzel. Hielt mich kurz fest. Zeit genug, meinen taumelnden Körper zu fangen und den alten Tritt erneut zu erreichen. „Konzentrier dich“, zischte ich mich an. Schimpfte mit mir. Dann ging es weiter. Ich kämpfte. Eine Stunde, zwei Stunden, mehr? Diesen Sieg wollte ich haben. Schließlich hing mein Leben davon ab. Die Sonne stieg hoch in den Zenit, drohte, mir alle Sinne auszubrennen. Meine Mütze war schon längst in die Tiefe gesegelt. Schweiß lief mir ins Gesicht, brannte in den Augen. Doch ich hatte keine Hand frei um ihn wegzuwischen. Vorsichtig wagte ich einen Blick nach oben. Noch immer mindestens zehn, fünfzehn Meter. Würde ich einen Hitzschlag an der Felswand erleiden? Das Gestein heizte sich in dem gleißenden Sonnenlicht gewaltig auf. Es brannte wie Feuer, als meine aufgerissenen und wunden Finger den nächsten Griff suchten. Ein großer Raubvogel zog hinter mir seine Kreise. Ich sah seinen Schatten. Sein Gekreische verhieß nichts Gutes. Hatte ich ihn in seinem Nest gestört? Doch ich traute mich nicht nach ihm zu schauen. Das hätte mich aus dem Gleichgewicht gebracht. „Du schaffst das Julia, hau rein!“ Die Stimme in mir ermutigte mich, feuerte mich an. Ließ mich die letzten Meter, Zentimeter um Zentimeter, überwinden. Höchst fokussiert. Bis ich mich erschöpft, ausgelaugt und vollkommen außer Atem über die Kante schob und auf dem vorgelagerten Gipfel niedersank. Pure Glückseligkeit durchströmte mich, gepaart mit einer riesigen Erleichterung, überlebt zu haben. Ich zitterte am ganzen Körper. War vollkommen ausgezehrt und erschöpft. Es war ein starkes Erleben, das gerade alle meine Sinne durchströmte: Ich hatte ein scheinbar unüberwindbares Hindernis geschafft. Ich selbst. Niemand anderes. So wie ich dort lag, schlief ich ein, hörte und sah nichts mehr.

***

„Julia, wach auf. Du musst weiter!“ Erschreckt richtete ich mich auf. „Wer ist da?“, wollte ich wissen. Irritiert blickte ich um mich. Doch da war niemand. Hier oben, hoch über der Welt gab es nur mich und den Felsen, den ich bezwungen hatte. Litt ich unter einem Sonnenstich? Fantasierte ich? Gab es hier Geister? Jene, von denen die Menschen der Berge erzählten? Der Schädel brummte mächtig, als ich mich aufsetzte und meinen schmerzenden Rücken gegen einen Felsen lehnte. Leichter Wind hatte eingesetzt, kühlte etwas ab. Ich suchte die Sonne, doch diese senkte sich bereits gefährlich tief hinter den Bergriesen im Osten. Ich tastete nach der Wasserflasche, ergriff sie mit zitternder Hand, trank gierig das lauwarme Nass und schob mir etwas Brot und Käse in den Mund. Irgendwie ging es mir gut. Jetzt. Ich war zufrieden. Die Angst von vorhin war einer verhaltenen Euphorie gewichen. Der alte Senner tauchte wieder vor meinen Augen auf, mit seiner unergründlichen inneren Ausgeglichenheit. Sah ich eventuell gerade so aus wie er? Nachdenklich kaute ich auf meinem Brot herum, blickte dabei `gen Norden, dorthin, wo ich vermutete, dass mein Auto mitsamt den technischen Geräten stand. Der Adler kreiste über mir. Sicherlich beobachtete er mich aufmerksam mit seinen scharfen Augen. „Julia, du musst weiter. Die Nacht kommt." Irritiert blickte ich um mich. Ich meinte, die Stimme kam von schräg hinter mir. Doch da war nichts und niemand. Nur ein schmaler Pfad, der zum Berggipfel führte. Wer sprach da mit mir, kam es aus mir selbst? Doch ich verstand, dass ich in der Nacht nicht hier oben bleiben sollte. Das leichte Lüftlein frischte auf, wurde kräftiger. Trieb Wolken über die benachbarten Gipfel. Wie schnell so etwas in den Bergen geschehen konnte. Fasziniert schaute ich dem Naturschauspiel eine Weile zu, bis mir klar wurde, dass hier ein Gewitter im Anmarsch war. Ein Gewitter im Gebirge, auf einem Berggipfel. Heiliger Strohsack. Dieser Tag hatte es in sich. Ich sprang auf, verlor dadurch weiteres Ausrüstungsmaterial, welches in die Tiefe stürzte. Was sollte ich als Nächstes tun? Wieder absteigen und diesem Wahnsinn ein Ende bereiten, indem ich zu meinem Auto ging, einstieg, den Zündschlüssel umdrehte und binnen zweier Stunden wieder in Stuttgart wäre? Eigentlich logisch und verlockend. In diese Gedanken vertieft, holte ich meine letzte saubere Unterhose aus dem

Rucksack, tauschte sie gegen meine feuchte aus, die ich noch trug und packte meine Jogginghose drüber. Ich musste demnächst einen Bach finden, um meine Sachen zu waschen. Donner war in der Ferne zu hören. Nur leicht, aber schon das reichte, um mir die Eingeweide im Bauch verkrampfen zu lassen. Hatte ich schon mal erzählt, dass ich unsagbare Angst vor Gewittern hatte, besonders, wenn ich in der Natur war? Nein, ich wollte nicht riskieren mitten in dieser Felswand zu stecken, wenn das Unwetter über mir hereinbrach. Die Flucht nach vorne schien mir das Beste. Schnell den Gipfel überwinden und auf der Südseite dessen einen schützenden Bereich finden. Meine sehnsüchtige Hoffnung war, dass keine steile Felswand oder sonstige gefährliche Passagen meinen Weg blockierten. Und so kam es dann auch. Der Pfad führte mich in zahlreichen Schleifen und Kurven wieder etwas in die Tiefe. Erste hüfthohe Fichten tauchten auf. Die Wolken schoben sich hinter mir zu hohen turmartigen Gebilden auf. Erstes Wetterleuchten erhellte den schnell dunkel werdenden Himmel. „Scheiße", fluchte ich und stolperte den Hang hinunter. Immer tiefer hinein in den strauchartigen Fichtenbestand, der höher und höher wurde, je weiter ich abstieg. Die Nacht zog auf. Noch immer fand ich nichts, was mir Schutz hätte bieten können. Eine Höhle, eine Hütte oder was auch immer. Tatsächlich fiel mir erst jetzt auf, dass ich schon seit einer Ewigkeit keine Zeichen von Zivilisation mehr gesehen hatte. Alles war so urtümlich, so unberührt. Wo war ich nur? An sich in Vorarlberg, sagte mir mein Verstand. Doch stimmte das wirklich? Ich kam in die Nacht hinein. Irrte durch die Gegend. Verlief mich. Das Donnern begleitete mein Stolpern und Trampeln. Noch hielten die Blitze deutlich Abstand zu mir. Doch für wie lange?

Ich schlotterte vor Angst und Kälte in dieser schrecklichen Nacht, die für mich spät im Dunkel in einer tiefen Bodenmulde endete, in der ich mich wie ein Fötus in meinen Schlafsack rollte und am Daumen saugte. Bis der Schlaf mich endlich überkam und das Donnern aus meinem Bewusstsein verschwand.

Ungewöhnlich lebendige Träume suchten mich erneut Heim. Sie halfen mir, diese Einsamkeit und Schutzlosigkeit zu überwinden. Ich flog mit ihnen fort, an Orte, die weit zurück in meiner Kindheit lagen. Dort sah ich mich lachen, erlebte einen sonnigen Tag auf der Wiese, mit Schwester und Freunden, hielt glückselig die Hand der ersten Liebe meines Lebens, Andreas. Sein Lächeln kam durch die Zeit ins hier und jetzt. Schenkte mir Geborgenheit. Zärtlich drückte ich seine Hand.

Als ich wieder aufwachte, strahlte der Himmel durch die Bäume hindurch. Sanft, fröhlich war die Stimmung, als ob der Weltuntergang gestern Nacht nicht schon kräftig an die Tür meines Lebens geklopft hätte. Komplett durchgenässt war ich. Eilig zog ich alle Kleider aus, zerrte den Schlafsack und den Rucksack zu einer Lichtung und breitete mein Hab und Gut zum Trocknen aus. Nackt wie ich war, streunte ich durchs Unterholz und über die Wiesen hinweg, um Beeren, Pilze oder irgendetwas Essbares zu finden. Der Hunger führte so manch eigenartiges Gewächs von der Hand zum Mund. Selbst Baumrinde wurde getestet.

***

Auch an den folgenden Tagen trieb es mich rastlos nach vorne. Ich lief und lief und lief. Hörte nicht auf zu gehen.

Naschte meine wenigen Vorräte, während ich ging. Setzte mich kurz mal hin und marschierte weiter. Ich machte mir inzwischen keine Sorgen mehr, zu verhungern, zu verdursten oder in der Nacht zu erfrieren. Irgendwie fand sich immer wieder mal was. Eine Quelle beispielsweise.

Ich hätte nicht mehr sagen können, wie lange ich schon starrsinnig vor mich hingewandert war. Tage oder mehr als eine Woche? Nein, ich war nicht auf Drogen. Aber irgendwie betäubt, berauscht und von Sinnen. Alles im selben Moment. Das mochte wohl an der Höhe liegen, in der ich mich befand. Ein Höhenrausch sozusagen. Unzählige Gedanken rasten mir in dieser Zeit durch den Kopf. Die Frische tat mir gut. Die Natur gab Ruhe. Das Besondere kam obendrein: Ich wurde nicht mit Problemen und Konflikten behaftet wie sonst in meinem Alltagsleben. Niemand konnte mich angreifen oder mir meine Stellung streitig machen. Ich ließ mein Leben hinter mir. Floh vor dieser Welt, vor den vielen Eindrücken und Impulsen. Floh vor der verlorenen Jugend. Floh vor dem alt werden. Dem sich alt fühlen. Suchte die Einsamkeit und hatte aber auch Angst davor. Floh vor meinen Problemen. Wer hatte mich so verletzt? Wann und wie? Ich stampfte vor mich hin und stammelte mit jedem Schritt die Worte heraus, die uns der Coach vor seiner Flucht beigebracht hatte:

Will mein Ding machen.
Will mich spüren.
Will mich beweisen
Will es mir beweisen.

So ein Bullshit schoss es mir durch den Kopf.
Und doch….
Dann stand ich vor dieser Wand. Ich blieb stehen.

Mein Kopf wanderte nach Oben. Der Fels schien ins Unendliche hinaufzuwachsen. Spiegelglatt. An Klettern war nicht zu denken. Links und rechts von mir fiel der Bergpfad steil ab. Mir blieb nur noch umzudrehen.
Erschöpft setzte ich mich nieder. Sah der Sonne zu, wie sie sich hinter den Gipfeln der umliegenden Berge im Westen verstecken wollte. Die Nacht würde in Kürze aufziehen. Wo ich wohl sein mochte? Mitten in der Schweiz? Im Ötztal? Ich hatte keinerlei Ahnung. Es hätten doch Straßen meinen Weg dorthin kreuzen müssen. Doch das war mir in diesem Moment einerlei. Hier schien nämlich meine Endstation gekommen zu sein. Es ging nicht mehr weiter. So eine Schmach, so ein Versagen. Wofür das Ganze? Ich sackte zusammen. Niedergeschlagenheit durchzog meinen Körper, legte sich wie Blei auf meine Glieder und nahm mir jeglichen Rest von Leichtigkeit, den ich gerade noch besaß. Der innere Fall, den ich durchlebte, konnte tiefer nicht sein. Kein Sturz vom noch so höchsten Berg konnte dem gleichkommen. „Scheint, dass du mal wieder gescheitert bist, was?“ Die Stimme in mir meldete sich. Hässlich und fies hallten die Worte durch meinen Kopf. „Gibs doch einfach zu. Es hilft. Glaub mir. Gib dich auf oder schlepp dich Heim. Sie werden auch einem Looser eine Bleibe geben.“ Ich mühte mich, nicht auf sie zu hören. So schwer es mir fiel. Schwerfällig wanderte mein Blick nach oben. Über mir zogen Passagierflugzeuge dicke Kondensstreifen über den Himmel. Sie eilten in ferne Länder. Dort oben tranken sie ihren Tomatensaft, bekamen das aufgewärmte Essen in Aluminiumschalen serviert. Das Lächeln der Stewardess beglückte gerade einen Passagier. Es wärmte das Herz. Ich sehnte mich

plötzlich dort hin. In diesen Flieger weit über mir. Der Hunger machte sich urplötzlich bemerkbar. Dann diese Erschöpfung. Mehr aber wiegte die Enttäuschung gescheitert zu sein.

Ich musste weg, bevor die Dunkelheit um sich griff. Hier oben würde ich erfrieren. Die Nächte waren bedrohlich kalt. Träge quälte ich mich auf die Beine. Unendliche Traurigkeit schüttete sich über mir aus. Die Erschöpfung schleuderte mich in einen Weinkrampf, der meinen Körper durchschüttelte. Geknickt legte ich den Kopf an den Felsen. Der Flieger musste schon längst am Horizont verschwunden sein. Warum hatten sie mich nicht entdeckt und gerettet? Ich schluchzte auf. Fühlte mich wie Robinson, der zusehen musste, wie das rettende Schiff auf dem Meer verschwand. Meine Tränen benetzten das Gestein, zusammen mit dem Schweiß, der in Strömen an mir herunterrann.

Und dann geschah das Unerklärliche: Zuerst spürte ich nicht, wie ich in den Felsen hineinsank, immer weiter, immer tiefer. Später würde ich sagen, es war eine versteckte Spalte, die ich nicht gesehen hatte und in die ich regelrecht hineinplumpste. In Wirklichkeit aber fühlte es sich an, als ob ich in eine gigantische Magic Slime-Masse hineingezogen wurde, wie ich sie aus meiner Kindheit kannte. Dann war dunkle Nacht und Stille. Ich konnte atmen, war offenbar in einem Hohlraum. Furcht erfasste mich. Ich wollte wieder zurück. Hinaus. Doch die Masse, die gerade noch weich und durchlässig gewesen war, fühlte sich plötzlich fest und hart an. Etwas zog mich nach vorne. Ein leichter Hauch von Luft. Fluoreszierendes Leuchten an den Wänden. Ich kannte es vom Tauchen. Von Algen oder Plankton in der Nacht. Waren das hier Moose? Ich wurde davon angezogen. Lief die Wände entlang. Folgte dem Luftstrom. Spürte festen Boden unter den Füßen und ging wie im Traum weiter. Ein Fuß vor den anderen. Die Neugierde überwog und verdrängte Hunger, Angst und Müdigkeit.

Das ging so eine gefühlte Ewigkeit. Der Weg verlief nach oben, nach unten, folgte einer Biegung nach rechts, dann mal wieder nach links. Bis ich durch einen dichten Vorhang von herunterhängenden Gewächsen hindurchschlüpfen musste. Klebrige Nässe hing an meiner Kleidung. Ich musste erst mühevoll meine Augen frei reiben, bevor ich atemlos in die Weite schauen konnte, die sich vor mir auftat. War vorhin nicht die Dämmerung in vollem Gange gewesen? Jetzt aber strahlte mir das Licht fröhlich frisch entgegen. Ich stand auf einem Felsvorsprung, einem hoch gelegenen Balkon gleich und schaute über ein wundersames Hochtal hinweg. Sattes Grün in allen Schattierungen bedeckte die Fläche unter mir. Bäume, Sträucher, Gräser. Fremdartige Tiere huschten über beschauliche Lichtungen. Hatte ich Halluzinationen? War das hier ein Flashback irgendeines Drogenkonsums, an den ich mich wahrhaftig nicht mehr erinnern konnte? Ich setzte mich auf meinen Hintern und umfasste meine Knie, während ich unentwegt den Blick über diese Fata Morgana gleiten ließ. Der goldene Ball der Sonne senkte sich über der gegenüberliegenden Bergkette den Gipfeln entgegen. Die wärmenden Strahlen küssten mich zum Abschied kurz ins Gesicht, bevor sie endgültig verschwanden und die Nacht ihr Zelt aufspannte. Ich lehnte mich mit dem Rücken an die Felswand seitlich der Lianen und ließ das Naturschauspiel auf mich wirken. Nichts schien mir wichtiger, als zu verfolgen, wie aus dem silbrig blauen Nachthimmel die ersten Sterne auftauchten, ihre Position bezogen und Millionen anderer Lichter nach sich zogen. Noch nie in meinem Leben hatte ich eine sattere, klarere Sternennacht erlebt, wie hier in dieser ungewöhnlichen Welt. Ich war berauscht. Konnte mich nicht satt sehen. Wäre jetzt eine Sternschnuppe über das Firmament gerast, wäre der Kitsch nicht mehr zu übertreffen gewesen. Ich merkte gar nicht mehr, wie ich wegdriftete und in einen komatösen Schlaf verfiel.

***

Weit entfernt von mir im Norden legte jemand das Handy auf den Tisch. Wieder und wieder hatte er versucht, mich zu erreichen. Doch weder wurden die Anrufe angenommen, noch antwortete ich auf Whatsapp, Signal oder die gute alte SMS. Ein Schatten legte sich über sein Gesicht. Warum nur? Ratlos blickte er aus dem Fenster seiner Wohnung. Hinüber zu den Weinbergen Stuttgarts. Ich galt als verschollen. Verschwunden in den Alpen. Er konnte ja nicht wissen, dass mein Handy weit weg von mir einsam in irgendeinem Aufbewahrungsbeutel im Lagerraum eines Crafters lagerte. „Wo bist du nur Julia?“ Stumm formte er mit den Lippen die Frage und presste fest die Augen zusammen. Was, wenn ich für immer verschwunden wäre?

***

Es war warm. Wasser perlte von der Felswand. Ich hörte das sanfte Plätschern. Mühsam versuchte ich, meine klebrigen Augen zu öffnen. Vermutlich fühlten sich Bergleute so, wenn sie aus tiefsten Schächten mit dem Aufzug an die Oberfläche fuhren.

Die Fahrt aus meinen Träumen und meinem Unterbewusstsein zurück in meinen Wachzustand dauerte ewig und fühlte sich an, als ob ich kilometerweit in der Tiefe versunken war. Ich räkelte mich auf dem Felsen, der an zahlreichen Stellen mit Moos bewachsen war, streckte mich wie eine Katze und fühlte mich gut. Ich konnte mich gar nicht mehr erinnern, dass ich meinen Schlafsack aus dem Rucksack geholt hatte. Weich lag er unter mir. Ich versuchte, ein wenig vom herunterperlenden Wasser zu ergattern, sperrte dafür weit meinen Mund auf und genoss die Frische und das Kitzeln in meinem Gaumen. Danach packte ich meine Sachen zusammen und kletterte vorsichtig und zögerlich über eine terrassenförmige schräge Felswand hinunter in die Ebene, die ich schon gestern Abend bewundern konnte. Mir unbekannte, kleine Früchte wuchsen in hüfthohen Sträuchern neben dem Wasser. Eine der orange-gelben Früchte nach der anderen wanderte in meinen Mund, das saftig-süße Fruchtfleisch schmeckte wunderbar. Mein Körper sog die Wohltat regelrecht auf. Ich schnurrte vor Zufriedenheit und setzte mich auf einen Felsen. Die Wärme der aufsteigenden Sonne tat gut. Glücksgefühle breiteten sich in mir aus. War das hier das Paradies? Hatte ich den Garten Eden entdeckt?

Ich drehte mich um, in die Richtung aus der ich vermutete gekommen zu sein. Doch auf der gesamten Felswand war kein balkonartiger Vorsprung mehr zu entdecken. Keine Lianen, die meinen Weg zurück in meine alte Welt bedeckten. Einfach nur eine glatte, felsige Wand. Mir war das aber im Moment gleichgültig. Die Neugierde über diese wundersame Welt obsiegte. Ich wandte mich ihr zu und spazierte in sie hinein.

VERSCHOLLEN

„Sie sagen, sie ist verschwunden. Quasi verschollen."
„Wer?"
„Na Julia, meine Frau, deine Kollegin."
„Ehemalige Kollegin, mein Bester. Und außerdem bin ich ja jetzt quasi deine Frau, oder?"

Er nickte nur leicht. Dachte nach. Über Julia. Musste er ein schlechtes Gewissen haben? Hatte er sie verraten und ans Messer geliefert?

An sich ganz gut, dass sie verschwunden war. Dann konnte ihr schon niemand etwas Böses antun.
„Was weißt du über sie und ihr Verschwinden?"

„Nur das, was die Bergwacht erzählt. Sie suchen überall nach ihr. Nachdem die anderen Teilnehmer des Camps mehr oder weniger heil im Kleinwalsertal angekommen waren, ging die Suche nach ihr und einem Mann los."
„Du meinst, sie ist mit einem Mann durchgebrannt?"

Er spürte einen Anflug von Wut in sich aufsteigen. So etwas Ähnliches wie Eifersucht! War das überhaupt noch angebracht? Er schüttelte sich kurz und antwortete: „Man weiß nicht, ob sie zusammen sind. Von beiden fehlt jegliche Spur. Von dem Mann gab es wohl einzelne Kleidungsstücke die gefunden wurden. Man sagt auch, dass die Bluthunde der Mafia ihm kurz begegnet sind und nicht nett mit dem Kerl umgegangen sind."

Sie kannte die Geschichte. Die Italiener hatten also auch die Fährte aufgenommen.

„Man setzt alles daran, sie zu finden. Die Staatsanwaltschaft hat ein Hilfsgesuch nach Österreich geschickt.

Sie wollen die Aussagen von euch überprüfen, was sie betrifft. Ihr habt sie mit euren Anschuldigungen ganz schön in die Scheiße geritten. Deshalb wollen sie Julia vernehmen. Das zieht Kreise. War das denn notwendig? Musstet ihr so große Geschütze auffahren?“ Er schüttelte den Kopf, um missbilligend festzustellen: „Das könnte für euch zum Rohrkrepierer werden.“ Ihr wurde kurzfristig ziemlich heiß. Sie musste den obersten Knopf ihrer Bluse öffnen, um Luft zu bekommen. Ja, ein wenig mulmig war ihr schon zumute. Sie fragte sich einmal mehr, ob die Taktik eine gute gewesen war, Julia als Sündenbock anzuprangern. Bei der Polizei und bei den Vertretern der verehrten Gesellschaft in Italien. Maier als Verbrecherin. Als die Drahtzieherin, die Millionen und nochmals Millionen veruntreut und in die eigene Tasche geschoben haben soll. Nicht nur das. Dummerweise steckten da Gelder wichtiger Menschen auch in Deutschland dahinter. „Hast du jetzt Schiss?“ Seine Stimme klang verächtlich.

„Niemals!“, log sie. „Hoffen wir nur für uns alle, dass sie nicht mehr auftaucht und für tot erklärt wird. Glaub mir, das ist auch für dich und die Kinder wichtig. Auch für den Leumund deines Vaters! Jetzt kann niemand mehr aussteigen. Wir hängen zu tief drin.“

Er wusste das. Diese eiskalte Frau, seine Geliebte, hatte recht. Es war die einzige Lösung. Um der Kinder willen, um der Familie willen. Und um dieser Frau willen, mit der er eine neue Liebschaft hatte. Die wievielte eigentlich? Er musste aufpassen, dass er nichts durcheinanderbrachte!

NEUE WELT

Mich verwirrte die Vegetation in diesem Hochtal. Sie glich einem Urwald. Schirmartige, einigermaßen hochgewachsene Bäume verteilten sich über die Hochfläche. Die wuchtigen Gewächse besaßen breite, ausladende Stämme, brasilianischen Gummibäumen gleich. Lianen hingen an ihnen herunter. Farne bedeckten den Boden. Auf Lichtungen wuchsen Sträucher, durchzogen von Gräsern. Beeren in vielerlei Farben hingen an den dornigen Pflanzen. Der Duft von Waldpilzen drang in meine Nase. Überall blühte es. Schmetterlinge, Vögel, Eichhörnchen, Kaninchen und winzige Reharten konnte ich entdecken. Doch es kreuchte und fleuchte noch deutlich mehr in dieser wundersamen Kulisse. Ich kannte diese Tiere nur einfach nicht. Sie waren mir zu fremd oder ich war zu unwissend. Eigentlich dürfte das nicht möglich sein, in der enormen Höhe, in der ich mich befinden musste, solch eine Vielfalt an Fauna und Flora anzutreffen. Doch fantasieren konnte ich nicht. Dazu war ich zu wach und klar. Das hier musste real sein. Ganz sicher! Wenn nur die Gesetze der Natur nicht wären, die da sagten, in solch großer Höhe – ich gab es auf, mir zu viele Gedanken zu machen. Es gab ohnehin keine schnelle Antwort. Mehrfach erklomm ich kleinere Hügel, um überschauen zu können, welche Ausdehnungen meine neue Welt besaß. „Ich sollte mir Highland zeichnen“, schoss es mir durch den Kopf. So nannte ich die Umgebung hier. Der Name schien zu passen. Doch womit zeichnen? Stattdessen mühte ich mich, mir alles intensiv einzuprägen.

Vielleicht hatte ich gerade eine einzigartige Entdeckung gemacht und könnte darüber einen Bericht schreiben, der mich berühmt machte. In Gedanken begann ich auf einem iPad zu zeichnen: Die Felswand mit dem Durchlass, aus dem ich herauskam. Die steilen, unüberwindlichen Felswände, die uns in großer Höhe umgaben. Das Hochtal war länglich, oval, dem Blatt eines Oleanders gleich. Mehrere Rinnsale eilten von den Hängen herunter in die Mitte, wo ein breiterer Bach ihr Wasser aufnahm und am hinteren Ende im Untergrund gurgelnd verschwinden ließ, wie ich in den folgenden Tagen entdeckte.

Es gab kleinere Hügel, Lichtungen, die etwas Überblick verschafften. Sonst dschungelartiger Urwald.

Den kompletten Tag und die folgenden verbrachte ich damit, dieses Naturwunder zu erkunden. Keine Menschenseele traf ich dabei auf meiner Wanderung an. Dafür einen neuen Freund! Ich rettete diesen Gesellen an einem natürlich aufgestauten Quellbach am hinteren Ende der Hochebene, wo er auf einer kleinen Insel im Wasser gefangen war. Wahrscheinlich vor lauter Übermut hinübergesprungen, dann hatte ihn der Mut verlassen, vermutete ich. Es war nicht gerade einfach, in dem beinahe brusthohen Gebirgswasser zu ihm hinüberzuwaten. Immer wieder rutschte ich vor den Augen des Hilfe suchenden Tieres auf glitschigen Steinen aus und hätte mir beinahe den Fuß verstaucht. Sein Winseln trieb mich aber voran und ich fütterte das arme Tier mit meinen letzten Powerriegeln, die ich noch hatte. Gierig verschlang es alles in Sekundenschnelle, um mich dann erwartungsvoll anzuschauen. "Willst du mir sagen, ich soll endlich mit dir von dieser Insel runter?“ Ich lächelte das Tier an und kraulte ihm das Fell. „Na dann komm mal in meine Arme.“ Schneller als ich sie ausbreiten konnte, sprang die Mischung aus Hund und Hase sofort zu mir hoch. „Wow, was bist du aber schwer“, stöhnte ich erstaunt und lieferte ihn wohlbehalten am Ufer ab. Von da an war Klein Highlander, so hieß mein neuer Freund, mein treuer Begleiter. Er musste noch sehr jung sein, so verspielt wie er war. Vor allem beeindruckte mich seine Zutraulichkeit, wie überhaupt alle Tiere hier keine Scheu vor mir - und somit vor Menschen - hatten. Er war wuschelig wie ein Hase, aber so groß wie ein kleiner Hund. Auch genauso verspielt. Konnte Grimassen machen und, wie ich erfahren durfte, einen Menschen nachäffen. „Na du kleines Stinktier, sind wir jetzt Kumpels?“ Ich kraulte ihm den Nacken und lächelte. Es tat mir in der Seele gut, dieses Tierchen zum Freund zu haben. Es fühlte sich nicht mehr so einsam an. „Wollen wir gemeinsam weiterwandern oder bleiben wir noch ein paar Tage in diesem wunderbaren Resort? Quasi, um – Urlaub zu machen?“ Eine Mischung aus Schnurren und sanftem Knurren verriet mir, dass mein Freund den zweiten Vorschlag bevorzugte. „Nun gut, dann bleiben wir noch ein wenig hier. Erholung kann ich gebrauchen und irgendwie gefällt es mir hier.“ Wir waren uns einig. Dennoch inspizierte ich während meiner schätzungsweise gut neun Kilometer langen Wanderung, die ich für das einmalige Umkreisen dieser Wunderwelt benötigte, mit mäßiger Motivation die felsigen Ränder, um einen Weg nach draußen zu finden. Bisher mit keinem konkreten Ergebnis. Dafür gefiel mir umso mehr das Umherstreunen und Entdecken von so vielen neuen Dingen. Auch Tieren. Klein Highlander hätte beinahe Konkurrenz bekommen von jenen putzigen Tierchen, die kleinen Schweinen ähnelten.

Vermutlich passte die Beschreibung ´zu groß gewordene Meerschweinchen´ für das eigenwillige Aussehen der Tierchen am besten. Sie waren frech, intelligent und räuberisch. Eine Gruppe lenkte mich ab, während die anderen von hinten heranschlichen, um an meine Beerenvorräte zu kommen. Doch ich hatte zu kämpfen gelernt und wir fanden uns in einem fairen, aber ziemlich verrückten Wettkampf wieder.

***

Die Tage vergingen. Ich begann, mir eine kleine Bleibe zu bauen. Ein Baumhaus. Der Traum meiner Kindheit. Ausgerechnet hier wurde er Realität. Dafür hatte ich mir einen uralten Baum ausgesucht, der auf einer kleinen Anhöhe am rechten Rand des Hochtales seine Wurzeln geschlagen hatte. Ich fühlte mich von ihm angezogen, spürte in seiner Nähe Geborgenheit und Schutz. Beinahe war mir, als hätte er mich ausgewählt und nicht ich ihn. Es war ein Gefühl. Etwas, was einem in den Sinn kommt, ohne dass man es erklären kann.

Klein Highlander machte sich einen Spaß daraus, in die dicken Äste zu beißen, die ich herbeischleppte, um sie in sein Versteck zu schleifen. Oft unterbrach ich meine Schlepperei, um mit ihm zu balgen. Doch die Arbeit rief, packte mich mit vollem Eifer. Ich musste viel improvisieren, bis ich das richtige Material fand, um die Plattform auf gut sechs Metern Höhe in das breit ausladende Astwerk meines Freundes, dem Baum, zu bauen. Manni war sein Name. So hatte ich ihn getauft. Schön war das Gefühl, wie mit bambusähnlichen Stangen, die ich in den Auen des Baches entdeckt hatte, eine stabile Grundlage entstand. Es kostete zwar viel Kraft, alles Material hochzuhangeln, doch nachdem die

Plattform stabil aufgebaut und mit den Ästen verbunden war, setzte ich mich erst einmal hin und war stolz wie Bolle. Das hatte ich geschaffen. Ich konnte selbst für meine Bleibe sorgen. Zudem stellte ich mich dabei gar nicht mal so dumm an. Eine leiterähnliche Konstruktion, die ich ebenfalls mit Hilfe der Stangen und faserigen Lianen konstruierte, erleichterte mir fortan den gefährlichen Aufstieg. Ich wurde immer geschickter, flocht mir Seile und zog alles Material damit hoch. Die Seitenkonstruktionen waren zunächst nur im Skelett erkennbar. Als aber das Dach gebaut war und ich darauf mit den Stangen und Moosplatten alles schön dicht und geschützt gegen Regen machte, nahm ich mir viel Zeit, um die Seitenwände, mit Fenstern, Tür und Fensterläden zu gestalten. „Ich hätte Handwerker werden sollen, meine Liebe“, sinnierte ich stolz, als der erste Raum fertig war. Mein Blick suchte meinen tierischen Freund, der sich im Baumhaus schon seinen Stammplatz direkt neben der Tür ausgesucht hatte. Ich warf ihm eine leckere Frucht zu und erklärte: „Weißt du, Klein Highlander, ich hätte mir wahrscheinlich viel Ärger erspart und wäre deutlich zufriedener mit meinem Leben, hätte ich was Bodenständiges gelernt. Man muss nicht immer höher, schneller, weiter …“ Das Bild des Senners aus dem Kleinwalsertal tauchte wieder vor meinen Augen auf. Wäre ich genauso wie er geworden? Zufrieden und in mir ruhend? Klein Highlander schien sich aber nicht für sowas zu interessieren. Ohne Regung kletterte er in den Weidenkorb, den ich ihm geflochten hatte und wartete, dass ich ihn runterließ. „Willst du gar nicht wissen, was für Pläne ich noch habe? Es soll doch noch einen weiteren Raum geben. Gleich hier.“ Ich zeigte nach links, wo Mannis Astwerk Platz für so einen Raum bereithielt. „Dann will ich, ein Stockwerk höher, meinen Galerieraum bauen, siehst du, hier." Doch er sah nicht hoch. Sondern wartete etwas nervös, dass ich ihn abseilte. „Ah verstehe, du musst mal…" Ich lachte verständnisvoll und kam seinem Wunsch nach. Die Frage nach der Toilette für mich musste ich auch noch klären. Oben konnte ich das wohl nicht realisieren. Aber immer dafür runterklettern? Wie machten das die Baumvölker im Amazonas? Ich hatte keine Ahnung. Klein Highlander kam aus den Büschen zurück, sprang in den Korb und wollte wieder hochgezogen werden. Während ich kräftig an den Seilen zurrte, kam mir die Idee, dass ich mit den bambusartigen, innen weitgehend hohlen Stangen, eine Art Pinkelröhre bauen konnte, die zumindest für das kleine Geschäft Abhilfe schaffen würde. Sie müsste schräg vom Baum weggeleitet werden in eine Art Sickergrube, die ich mit Steinen auslegen konnte. Not machte erfinderisch.

Klein Highlander und ich hatten es uns zur Gewohnheit gemacht, jeden Abend einen kleinen Rundgang zu den schönsten Plätzen im Tal zu unternehmen. Runter zum Bach, zu der Stelle, an der er sich zu einem kleinen Tümpel anstaute. Dort trafen sich immer wieder dieselben Tiere des Hochtales, um zu trinken. Die kleinen Rehe genauso wie meine räuberischen Groß-Meerschweinchen. Sie kannten uns inzwischen und liefen weder weg, noch hielten sie groß Abstand. Wir gehörten mittlerweile dazu und das tat mir einfach nur gut. Danach ging es rüber zum Schmetterlingswald, wie ich ihn genannt hatte. Die zahlreichen Blüten der Sträucher lockten zahlreiche farbig bunte Flattertierchen an. Kam dann die Nacht, gesellten sich Glühwürmchen zu dieser lebendigen Diskogemeinschaft.

Zum Abschluss kam einer meiner Aussichtspunkte dran. Kugelartige Felsen auf kleinen, lichten Anhöhen bildeten einen idealen Platz, um die Weite zu genießen. Seit Kurzem gehörte auch jene Wiese dazu, die ich Traumwiese getauft hatte. Der Grund war einfach. An manchen Tagen trieb mich ein wenig die Einsamkeit durchs Tal. Hin und wieder möchte man dann doch mal Menschen sehen, mit jemandem reden – vorausgesetzt, sie verschwinden danach wieder … In dieser Stimmung kam ich bei jener Wiese am Südhang des Hochtales an und setzte mich mitten in das Blütenmeer hinein. Meine Gedanken reisten zu Kevin. Sehnsucht stieg in mir auf. Wenn er jetzt nur hier sein könnte. Bei diesen Gedanken sog ich die Luft um mich herum tief in mich hinein. Der Duft von Wasser, Wiesen, Parfüm und einem mir wichtigen Menschen erfüllte meine Sinne. Ich wähnte mich plötzlich an einem See in Oberschwaben. Neben mir Kevin. Schlafend, in meinem Arm. Ich streichelte ihn zart. Roch den Duft seiner Haare, seines Körpers. Der Duft erfüllte meine Sinne, führte mich voll und ganz hinweg. Die Bilder schienen real. Ich tauchte ein und fühlte mich urplötzlich nicht mehr allein. Geborgen. Glücklich. Und das für eine gefühlte kleine Ewigkeit. Es dauerte einige Zeit, bis ich wieder zu mir kam und realisierte wo ich war. Der süßliche Duft der Blüten umgarnte uns nach wie vor. Benommen stützte ich mich auf meine Ellbogen und versuchte zu verstehen, was hier gerade passiert war. Diese Wiese hatte mir meinen Traum erfüllt. Es sollten noch ein paar mehr Traumreisen werden in den folgenden Tagen.

RADIERGUMMI FÜRS GEHIRN

„Julia, die Egozentrische."
So hatten sie mich im Job genannt. Das stand in einer E-Mail, die in einem meiner Teams kursierte und die mich hätte nicht erreichen sollen. Witzig, dass mir das gerade jetzt einfiel. Damals empfand ich solche Aussagen als Lob. Zeigte es doch, dass ich wusste, wie ich für mich zu sorgen hatte. So glaubte ich. Doch war das wirklich die wahre Julia? Wie so oft in den letzten Tagen lehnte ich mich in meiner Baumhütte an den Türrahmen, ließ eines meiner Beine in die Tiefe hängen und schaute dem spielenden Kleinen Highlander unter mir zu. Wie war jene Julia, die ich einmal als junger Mensch war? Das Rauschen der Blätter im sanften Wind, der durch die Hochebene wehte, streichelte meine Seele. Ich genoss das leichte Schaukeln der Äste, die mich in meinem Baumhaus in Trance wiegten. Bilder tauchten in mir auf, krochen aus der Tiefe meines Unterbewusstseins nach oben. Bilder eines kleinen Mädchens. Noch innerlich verletzlich weich, noch idealistisch, noch anders. Verwundert schaute ich in die vielfältigen Stränge, die den mächtigen Stamm meines Baumes bildeten, wandte den Blick nach oben in sein gigantisches Blätterdach. War er es, der mein Innerstes öffnete? Die Bilder umspülten mich, tauchten aus der Tiefe auf. Nicht immer wirklich schön. Eher einem modrigen Schlamm gleichend, der nach Jahrzehnten an die Oberfläche getrieben wurde. „Manni, was machst du nur mit mir?", flüsterte ich. Mein Lächeln missglückte mir. Das waren unbekannte Welten, in die ich mehr und mehr einsank.
Wären sie mir doch wenigstens in einer logischen, vielleicht

chronologischen Reihenfolge begegnet. Das hätte mir eventuell etwas Halt gegeben. Doch hier in Highland schwappten sie hoch, wie es ihnen gerade gefiel. Sie, die mich so sehr verletzten, die mich an schmerzvolle Situationen erinnerten. Fröstelnde Kälte durchströmte meinen Körper. Ich zitterte. Getrieben vom Fluchtinstinkt sprang ich auf und schnappte die Liane. Mittlerweile war ich recht gut darin geübt, mich an ihr hinunterzuhangeln. In der Hoffnung, dass ich mit ihm spielte, sprang mir Klein Highlander entgegen. Doch ich strubbelte ihm nur flüchtig die Haare und streunte unruhig durch mein kleines Paradies. Ich konnte mir nicht erklären, warum in den letzten Tagen immer wieder diese Bilder aus meinem früheren Leben auftauchten. Irgendwie mochte ich sie gar nicht emporkommen lassen. Wollte sie dorthin verbannen, woher sie kamen. In die tiefsten Ebenen meines Unterbewusstseins. Dorthin, wo all die schwarzen Boxen lagerten. Jene dunklen Kammern, die unschöne Erlebnisse verbargen. Offenbar hatte ich viele davon. Jene, die mir viele seelische Verletzungen bescherten. Alles wurde nach oben gespült, seit ich hier war. Unsortiert, grundlos. Und immer wieder diese Szene: Ich war noch ein kleines Kind. Sehe mich in dem Wohnzimmer unseres alten Bauernhauses. Ich war nicht allein. Meine Mutter und die zwei ältesten Schwestern waren da. Ihnen gefiel es, mich nachmittags als Zeitvertreib zu verspotten, mich bis aufs Messer mit Spötteleien zu reizen, sodass ich wie ein tollwütiges Tier durch das Wohnzimmer tobte. Ich wollte die Folter stoppen. Doch das gelang natürlich nicht. Sie waren stärker und größer als ich. Meine Ohnmacht reizte sie nur noch mehr. Schallend lachten sie mir ins Gesicht.
Meine Mutter und meine beiden großen Schwestern!

Die Wut und der Hass meiner Mutter gegenüber Männern und vor allem meinem Vater gegenüber war auf meine Schwestern übergesprungen. Männer waren Schlappschwänze. Ich aber war der Schatz meines Vaters. War in meinem Verhalten und in den Vorlieben eher ein Junge, als ein Mädchen. Er mochte mich, kümmerte sich um mich. Das machte diese Frauen eifersüchtig, beziehungsweise straften sie mich stellvertretend für meinen Vater ab. So meine Einschätzung, seit die Bilder wieder emporkamen. Als Kind erlebte ich nur, dass meine Mutter und die beiden ältesten Schwestern mich in meinem Selbstwert zutiefst erschütterten. Mir ging es sehr schlecht in solchen Momenten. Ich war einfach nur traurig, während ich in meinem dunklen Versteck saß und mich unsagbar einsam und allein gelassen fühlte.

Diese Folter setzte sich meinem Empfinden nach in späteren Jahren in ähnlicher Weise fort: Ein Mädchen aus der Schule. Ich glaube, sie hieß Trixi. Eine Sitzenbleiberin. Sehr viel älter als wir anderen in der Klasse. Gekleidet wie eine Erwachsene. Dicklich und bis ins Mark hinein einfach nur fies. Sie hatte sich eine Verbündete geholt. Beide saßen in der Klasse direkt neben mir. Und ich weiß nicht, woran es lag, doch sie schafften es immer und immer wieder mit ihren Anzüglichkeiten, dass ich verunsichert wurde, rot anlief vor Scham. Sie quatschten mir so lange fiese Dinge in die Ohren, bis ich mich unter dem Tisch versteckte, aus Angst, die anderen würden das mitbekommen und ich zum Gespött aller werden. Dabei war ich sonst kein so schüchternes Mädchen. Keine, die Konflikten aus dem Weg ging und an sich zu der coolsten Clique in der Klasse gehörte.

Doch diese beiden Mädchen, allen voran diese Trixi, sie schafften es. Trafen einen wunden Punkt in mir.

Ich zog mich zurück. Blieb allein. Frauen hatten mir mein Selbstwertgefühl genommen. Das machte mich hart gegenüber meinem eigenen Geschlecht. Zu Hause gab es keine Wertschätzung oder mentale Unterstützung. Niemand – mit Ausnahme meines Vaters - gab mir Rückmeldung dazu, dass ich genauso okay war wie ich war. Erst mit dem Beruf und in der Ausbildung kam das. Dann später mit dem Studium, das ich anschloss …

Nein, ich wollte mich wirklich nicht mehr daran erinnern. Glaubte, alles hinter mir gelassen zu haben. Vergebens. Und es tat wieder so weh wie damals. Ich ärgerte mich bis auf die Knochen, dass ich keinen Alkohol mehr bei mir hatte. Er hätte mir geholfen, alles schnell zu verdrängen.

Wild stapfte ich durch die dornigen Himbeersträucher. Zupfte nervös die reifen Himbeeren, riss mir die Finger an Dornengewächsen auf. Doch die Bilder wollten nicht verschwinden. Trixi und ihre Freundin tauchten wieder auf. Sie hatten die Stelle meiner Mutter und meiner Schwestern übernommen. Sie quälten mich beinahe täglich, nachdem sie meine Schwachstelle entdeckt hatten. Meine Opferrolle. Und ich weiß bis heute nicht, woher diese kam.

Warum hatte ich sie nie verprügelt? Ich hatte doch die Kraft und den Mut dazu. Einmal eine auf die Nuss geben, dann müsste eigentlich Ruhe sein. Mit den Jungs machte ich das damals doch auch und es klappte hervorragend.

Oder hatte ich sie doch verprügelt und ich konnte mich nicht mehr erinnern? Ein dunkles Loch klaffte an der Stelle meiner Erinnerungen, wo dies aufgezeichnet hätte sein müssen. Ich weiß nur, dass Trixi eines Tages nicht mehr zur

Schule kam. Es geschah nach einer Schuldisco zum Ende des Schuljahres, bei der wir alle viel getanzt und auch heimlich getrunken hatten. Ich knallte mir damals meinen ersten richtigen Rausch rein, mit der Folge eines Filmrisses. Am nächsten Morgen aber war meine linke Hand stark angeschwollen und die Knöchel aufgeschlagen. Vielleicht war Trixi mir in die Quere gekommen? Nach den Sommerferien war sie jedenfalls nicht mehr in der Klasse erschienen. Niemand wusste Genaueres. Damit war mit dem Terror alles vorbei. Zumindest in der Schulzeit. Es ging aber weiter, wie ich mich plötzlich erinnerte.

Ich hielt bei meiner emotionsgeladenen Pflückarbeit inne und rieb mir nachdenklich die Stirn. Bisher war mir gar nicht bewusst gewesen, dass dies in einem Zusammenhang stehen konnte: meine Mutter mit meinen Schwestern, meine Klassenkameradinnen und diese zwei Escort-Girls in Bangkok vor wenigen Jahren …

Mir wurde schwindelig. Urplötzlich trat mir Schweiß auf die Stirn. Ich musste mich setzen. Ja, die zwei Escort-Mädchen in meinem Edelhotel. Ich weiß noch, ein guter Bekannter hatte sie für uns gebucht. Wir hatten eine gute Zeit an der Bar verbracht. Dann ging es auf mein Zimmer. In einer dummen Anwandlung hatte ich ihm verraten, dass ich auch gerne mal Erfahrungen mit Frauen machen wollte. Warum dann nicht gleich zu viert? Wir tranken einige harte Drinks miteinander. Damit aber nicht genug: Sie schütteten irgendetwas aus einem kleinen Fläschchen in meinen Drink. Ich fragte nicht danach, was es war, genoss die Wirkung. Große Leichtigkeit, die sich in mir ausbreitete. Ich schien zu schweben, tanzte durch das Zimmer, fühlte mich wie ein Vogel, frei von

Gravitation. Umtanzte die Mädchen, wollte nach ihnen greifen. Doch sie entwischten mir. Ich setzte nach, stolperte, fiel der Länge nach auf den Boden, rappelte mich wieder auf und begann mein Spiel mit ihnen von neuem. Mein Bekannter war mitten drin dabei. Die Hose war mir bis zu den Knien runtergerutscht. Die knappe Unterwäsche verdeckte nichts mehr, während ich tanzte. Da fingen die Mädchen unvermittelt an zu lachen. Warum, das wusste ich nicht. Lachten sie über mich? Sie gaben mir keine Antwort auf meine Fragen. Waren es die Drogen? Lachten sie über meine Unterwäsche? Oder war es meine Weiblichkeit? Darin und in meinem Selbstwert fühlte ich mich angegriffen. Ich wurde wütend. Mir war, als ob plötzlich meine Mutter und meine Schwestern vor mir saßen. Rachegelüste tauchten in mir auf. Die Wut von damals kochte hoch. Verband sich mit dem Hass auf meine Mitschülerinnen und explodierte in diesem Raum in Bangkok. Ich hatte den Drang, alle Demütigungen meines Lebens in diesem einen Moment zu tilgen. Dann - Blackout …

Die Sonne Highlands trieb ihr Spiel mit mir. Brannte unerbittlich auf mich nieder. Ich rieb mir die Stirn. Meine Augen brannten. Mein Atem war flach. Ich klappte nach hinten. Mitten hinein in die Sträucher und das Dornengestrüpp. Atmete tief durch. Konzentrierte mich auf meine Atemübungen, um wieder zur Ruhe zu kommen. Nur langsam gelang dies. Die Blackbox aber blieb. Ich konnte noch so sehr versuchen dagegen anzugehen. Doch sie wollte sich nicht öffnen lassen. Die nächsten Erinnerungsfetzen, die ich an die schlimme Zeit in Thailand hatte, begannen erst wieder im Laufe des nächsten und übernächsten Tages. In diesen befand ich mich bereits in einem Geländefahrzeug und fuhr mit meinen thailändischen Geschäftspartnern Richtung Norden. Die Erinnerung an das Hotelzimmer und an die zwei Frauen, beziehungsweise an das, was mit ihnen geschah, ließ sich nicht aktivieren. Damals nicht und auch nicht in diesem Moment in den Highlands, während ich noch immer mit dem Rücken auf dem Boden lag und versuchte, wieder zur Ruhe zu kommen. „Au!" Unschön wurde ich in die Realität zurückgeholt. Ameisen klebten an meinem schweißgebadeten Körper fest. Wollten mich in ihrem Todeskampf beißen und ihr Serum verspritzen. Überall juckte es, sodass ich aufsprang und verzweifelt versuchte, die Plagegeister loszuwerden. Ich schüttelte und reckte mich, zog das Shirt über meinen Kopf und streifte im Laufen die Schuhe ab, dann die Hose, die Socken, bis ich nackt am Bach ankam und hineinstürzte. Die Ameisen waren erfolgreich besiegt. Zudem tat die Erfrischung gut und holte mich zurück in die Realität. Schärfte mein Bewusstsein. Erleichtert atmete ich auf. Verschwunden waren mit der Kälte des Wassers die Erinnerungen und schweren Gefühle. Sie versanken wieder mehr und mehr in mein Unterbewusstsein zurück. Doch für wie lange? Hätte ich doch nur einen Radiergummi fürs Gehirn!

„Julia Maier, du hast einfach einen an der Waffel", schimpfte ich mit mir.

Ich versuchte, im Wasser zu schweben, was bei der leichten Strömung nur schwer klappte. Erst, als ich die Beine zwischen größeren Steinen verkeilte und mit den Armen an einer Wurzel Halt fand, klappte es ein wenig. Ich richtete meinen Blick in den Himmel, suchte das Weite am Firmament. Blinzelte in das bereits schräg stehende Sonnenlicht und zuckte schlagartig zusammen, beim Anblick der menschlichen Umrisse über mir. Spielte jetzt meine Wahrnehmung komplett verrückt? Nackt wie ich war, sprang ich auf und hob meine Fäuste, bereit, mich zu verteidigen. „Was ist denn mit dir passiert?“, wollte der Schatten wissen. „Bist du einem Monster begegnet?“ Mein Herz raste: „Verdammt, du hast mich zu Tode erschreckt.“ Ich stierte ihn an wie eine Fata Morgana: „Wo kommst du her?“ Ich schnappte nach Luft. Die geringe Begeisterung über die Begegnung konnte ich nicht verbergen. Er sah mitgenommen aus. Seine Hose war zerrissen, hing in Fetzen nach unten. Blutkrusten zogen sich von beiden Händen bis zu den Ellbogen hinunter. Sein Gesicht zeigte unschöne Kratzer, in den zerzausten Haaren hingen kleine Äste und Blätter. „Mein Gott, bist du in einen Fleischwolf geraten?“ Ich ließ meine Fäuste sinken, während ich das hervorstieß. Sein Anblick erregte Mitleid in mir. Ungelenk griff ich nach meinen Kleidern und signalisierte meinem neuen Gast, mir zu meiner Hütte zu folgen. Wir hatten mit Sicherheit noch genügend Zeit, uns gegenseitig unsere Geschichten zu erzählen. Sven folgte mir nur zögerlich, als ich auf dem kleinen Trampelpfad in Richtung Hütte voranging. Wie lange wir uns nicht mehr gesehen haben mochten? Wenn mein Gefühl stimmte, dann waren es gut zwei, drei Wochen. War es gut, ihm mein neues, kleines Reich zu zeigen? „Setz dich dort hin.“ Ich wies ihm einen Platz an der Feuerstelle, direkt neben meiner beinahe fertigen Küche zu. „Ich hole schnell etwas, um deine Wunden zu reinigen.“ Sven nickte und setzte sich ohne ein Wort auf eine kleine Sitzbank. Während ich in dem Küchenräumchen nach dem Holzbehälter mit dem Birkensaft suchte, beobachtete ich ihn heimlich durch das Fenster. Woher war er so plötzlich gekommen?

Eigentlich wollte ich ja für mich sein. Mein Leben leben. Ich hatte meinen Rhythmus gefunden. War sehr zufrieden mit allem wie es war. Es gab zu Essen, zu Trinken, hatte ein Dach über dem Kopf, einen Freund und einen geregelten Tagesablauf. Ich wollte mich meinen eigenen dunklen Seiten stellen und mich damit auseinandersetzen. Doch nun kam gerade ein Mensch in mein neues Leben, zu einem Zeitpunkt, als ich aus meinem Panzer herausgeschlüpft war und schutzlos dastand. Mir passte das nicht. „Ach Gottchen, ist das süß." Sven blickte amüsiert den Stamm hoch in Richtung des Baumhauses. „Du hast ja eine kleine Puppenstube gebaut." Er lächelte beinahe spöttisch, beim Anblick der zahlreichen Dekorationselemente, die in den einzelnen Strängen des Baumes und im Eingangsbereich der Hütte an bunten Bändern hingen. Dafür hatte ich extra zwei meiner farbigen Hemden in Streifen gerissen. „Ich dachte, es sind eher Mädchen, die damit spielen. Hast du dein Geschlecht wieder entdeckt?" Sein bitterkalter Sarkasmus irritierte mich. Ich fühlte mich in meiner Weiblichkeit angegriffen. Wut stieg in mir hoch. Er schlug unmittelbar auf Klein Highlander über, der gerade zurückkam und den Fremden anknurrte. „Freund, lass gut sein." Ich gab ihm Zeichen, Ruhe zu geben. Beide beobachteten wir abwartend den Eindringling. „Sven, ich bin auch nicht begeistert, dich zu sehen. Woher kommst du überhaupt?" Damit war gesagt, was ich wirklich dachte. Er störte mich. Trotzig keifte dieser zurück: „Ja, das geht mir mit dir genauso." Er holte eine Wasserflasche heraus und nahm einen kräftigen Schluck. Währenddessen zog ich den kleinen Holzstuhl heran, den ich am gestrigen Tag fertiggestellt hatte und begann mit einem Streifen Stoff Birkensaft auf seine Kratzer und Wunden zu tupfen. Er ließ es stumm geschehen. Fast hatte ich den Eindruck, dass er die Fürsorge genoss. Als die Wundversorgung beendet war, holte ich ein paar Früchte aus dem Rucksack, die er gierig packte und sofort verschlang, kaum dass ich sie ihm gereicht hatte. „Ich bin seit einigen Tagen hier“, begann er zu erzählen. Erstaunt blickte ich von Klein Highlander auf, der sich zu mir gelegt hatte und den ich durch Streicheln ein wenig beruhigte. „Wie? Ich meine, wie hast du es hier in diese abgeschottete Welt hereingeschafft? Auch durch einen Tunnel, wie ich?“ Er zog die Augenbrauen hoch, schien nachzudenken. „Ehrlich gesagt weiß ich es nicht. Kann mich nicht erinnern.“ Seine Stirn lag in Falten, während er sich mit der freien linken Hand die Schläfe rieb. „Ich war eine steile Felswand hochgeklettert und kam in die Nacht. Dann bin ich vollkommen erschöpft eingeschlafen, träumte davon, dass ich einsinken würde und von etwas regelrecht verschlungen werde …“ Er schwieg kurz und hing seinen Worten nach: „Ja, das war schon eigenartig. Als ich wieder aufwachte, lag ich direkt da drüben an der Felswand. Dort, siehst du?“ Seine ironische Stimme von vorhin war verschwunden. Stattdessen zitterte er leicht. „Unter einem Felsvorsprung war das.“ Svens Augen flackerten, als er das erzählte. Ich betrachtete seine Wunden und Verletzungen genauer, die offenbar seinen ganzen Körper überzogen. Es waren einige tiefe Schnitte mit dabei, die man hätte nähen müssen. Doch das traute ich mich nicht. Er zuckte nur unmerklich, als ich wieder damit begann, die Wunden zu betupfen. Wir müssten achtgeben, dass sich nichts entzündete. Was hatte dieser Mann in den vergangenen zwei bis drei Wochen alles erlebt? Hatten Raubtiere ihn angegriffen? Hatte er in Lebensgefahr geschwebt? Vorsichtig klebte ich die klaffenden Wunden mit den letzten

Streifen eines Klebebandes zu, das ich noch hatte. In der Hoffnung, dass alles ohne größere Narben verheilte. „Aber, wenn du schon seit Tagen hier bist, warum sind wir uns noch nicht begegnet?“ Er hob die Schultern. „Keine Ahnung. Vielleicht, weil ich aus meinem kleinen Versteck nicht herauskam?“ Er blickte mich mit stechendem Blick an: „Oder, weil ich schlichtweg Angst hatte. Ich wollte nicht schon wieder in Todesangst wegrennen müssen, wie in den Tagen davor. Sondern wollte einfach nur schlafen und wieder etwas Kraft tanken.“ Ich nickte verständnisvoll. „Ja, das kann man hier sehr gut. In dieser eigenartigen Welt.“ Er blickte erneut umher und inspizierte alle meine Bauten. Selbst das Klohäuschen, das etwas abseits entstanden war, entdeckte er. „Entschuldige wegen vorhin. Ich konnte es einfach nicht glauben, dass du das alles allein gemacht hast. Ich meine, im Camp, dort im Kleinwalsertal, da warst du einfach nur stinkfaul, arrogant und ungeschickt. Man musste dir ja alles zeigen. Gerne mit angepackt hast du nicht unbedingt. Es sei denn, der Whisky war in der Nähe.“ Er lächelte etwas linkisch, während er das sagte. „Der Hunger hat mich vorhin aus meinem Versteck getrieben.“ Mehr sagte Sven nicht zur Erklärung. Lange Zeit saßen wir nur da und schwiegen. Die Geräusche des Waldes drangen zu uns. Ich lauschte dem Gezwitscher der Vögel. Fröhlich, unbeschwert und so leicht klang es. Als zählte nur der Moment. Erste Grillen begannen zu zirpen. Ein wunderbares Konzert, welches so viel Harmonie in sich trug, mich immer wieder packte und hinwegschweben ließ. „Ein Paradies“, murmelte ich und blickte in die Ferne. Er nickte. Nahm einen Schluck Wasser und antwortete ernst: „Aber auch ein Gefängnis. Hast du dir schon mal Gedanken gemacht, wie wir hier wieder herauskommen?" Nein, hatte ich nicht. Wollte ich auch nicht. Ich wollte hier sein und hierbleiben. Dennoch packte mich die Neugier. „Hast du versucht, einen Weg aus dem Hochtal herauszufinden?" Interessiert schaute ich ihn an. Sven gab mir zunächst keine Antwort. Blickte nur seine aufgerissenen Hände und Arme an. Dann sprach er mit toternster Stimme: „Hier stimmt was nicht. Dieses Tal ist nicht in dieser Welt. Glaub mir. Alles ist so fremdartig, so unnatürlich." Unsicher blickte ich ihn an. War Sven gerade dabei, den Verstand zu verlieren? „Es ist schön hier", entgegnete ich nur. Er nickte, erwiderte aber: „Hast du schon mal versucht, hier herauszukommen? Ich habe es. Glaub mir." Er unterbrach sich kurz und atmete schwer durch. Nervosität regte sich: „Ich erleide schlimme Panikattacken, wenn ich das Gefühl bekomme, eingeklemmt oder eingeschlossen zu sein. Das hier ist so etwas." Ich verstand. Er hatte sich zu wehren versucht, wollte abhauen. „Das Tal hat mich gehindert, wieder zu gehen. Je irrsinniger ich wurde, je mehr ich den Weg nach draußen erkämpfen wollte, desto stärker hat sich das Tal dagegen gewehrt, mich gehen zu lassen." Er hob beide Arme in die Höhe und zeigte mir erneut seine Wunden. „Das habe ich von ihm, dem Berg, der das Tal umgibt und schützt. Julia, wir sind Gefangene!" So hatte ich das noch gar nicht gesehen. Irritiert hörte ich auf, Klein Highlander zu kraulen und dachte über das gerade gesagte nach. „Was für ein Quatsch ist das denn, Sven? Dieses Tal hat kein Bewusstsein. Auch ist es kein Organismus. Es ist einfach nur ein besonderes Tal. Ein unentdeckter Ort, ein Naturphänomen, über das ich wissenschaftlich berichten werde." Und doch. Seine Worte ließen mir einen kalten Schauer über den Rücken laufen.

Etwas in mir zeigte Resonanz auf seine Worte. Doch ich wollte dem keinen Raum geben und konterte: „Nein! Das ist Quatsch. Du hast einen an der Waffel, guter Mann!“ Sven blickte mich ernst an: „Komm zu dir, Julia. Lass dich nicht einlullen! Das hier ist kein Spiel. Hilf mir, von hier zu verschwinden. Bitte!“ Sein Blick verriet Panik. Doch ich hatte kein Bedürfnis, das zu tun. Warum auch? Hier fühlte ich mich wohl, war endlich bei mir. So, wie der Senner es zu sein schien. Ich wollte ihm nachstreben … „Nein Sven. Ich will nicht. Ich möchte hierbleiben.“ Seine große Enttäuschung musste nicht extra beschrieben werden. Sein Gesicht sprach Bände, als sich Sven erhob, das Knurren von Klein Highlander ignorierte und wortlos davonging. „Sven, was machst du denn? Wo willst du hin?“ Doch er gab nur kurz zur Antwort: „Vergiss es! Ich komme alleine zurecht. Lass mich in Ruhe, bitte!“ Damit verschwand er aus meinen Augen. Hätte ich hinterherlaufen sollen? Doch in mir war kein Drang dazu. Vermutlich lastete etwas auf seiner Seele, wie auf meiner. Warum diese Panik? Er wirkte schon im Kleinwalsertal auf mich wie ein Raubtier. Ein Puma im Käfig. Einer, welcher in Panik gerät, wenn er eingesperrt war, wenn er ein Gefühl der Ohnmacht erlebte. Ich versuchte, die Gedanken abzuschütteln. Nicht meine Baustelle. Klein Highlander stand auf und setzte sich in den Korb. Erwartungsvoll blickte er mich an. „Hast ja recht mein Bester, es ist Zeit.“ Noch einmal blickte ich kurz in die Richtung, wohin Sven verschwunden war und zupfte nachdenklich am Kinn. Das Hochtal gehörte also nicht mehr mir allein. Ich musste erst mit dieser Tatsache zurechtkommen.

Die Sinnfrage, die Einsamkeit: Zumindest hatte nun einer von zwei vorherrschenden Zuständen ein Ende gefunden - die Einsamkeit.

***

Einige Zeit später zog ich mich in mein Baumhaus zurück. Klein Highlander trottete stumm in seine Ecke und rollte sich beleidigt zusammen. Ihm gefiel es wohl nicht, dass Sven in unser Leben getreten war. Ich ließ ihn in Ruhe und kletterte über das Dach in die oberen Astregionen unseres Baumes. Dort befand sich ein kleiner von mir gebastelter Sitz, für meine abendlichen Gedankenspiele. So was Ähnliches brauchte ich jetzt. Ein wenig die Gedanken kreisen lassen. Die Begegnung mit Sven hatte mich kurz von meinem eigenen inneren Wirbelsturm abgelenkt, der mich gerade beschäftigte. Leider nur kurz.
Diese Emotionen, die hochschwappten, und mit ihnen die schwarzen Boxen. So dunkel und geheimnisvoll. Wie konnte man sie knacken? Bräuchte ich dazu professionelle Hilfe, damit ich keine Lawine lostrat, die niemand mehr aufhalten konnte? Unwillkürlich schüttelte ich den Kopf. Zu spät. Ich war schon mittendrin. Der Prozess war nicht mehr aufzuhalten. Schließlich konnte man auch eine Geburt nicht mittendrin abbrechen, das Kind wieder reinschieben und sagen: „Machen wir morgen weiter, vielleicht geht es dann einfacher …“ Ein feuerroter Himmel legte sich über mein Hochtal, mein Highland. Anglizismen klangen einfach besser. Wenn es uns tatsächlich gefangen hielt, aus welchem Grund? Ich nahm einen kräftigen Schluck meines neuartigen

Kräuter-Beeren-Gemisches, das ich vor mehreren Tagen angesetzt hatte. Der bittersüße Geschmack weckte meine Sinne. Die betäubende Wirkung der Essenzen aus den Kräutern und der Wirkstoffe aus den Beeren nebelte sie umgehend wieder ein. Ich ließ es geschehen, sorgfältig darauf bedacht, nicht zu viel davon zu mir zu nehmen.

Dieses Tal! Dieses ungewöhnliche Tal. Es schien uns herauszufordern, uns an unsere wunden Punkte zu bringen. Doch schenkte es mir auch gleichzeitig die schönsten Momente meiner vergangenen Jahrzehnte. Ich hatte mir ein Nest gebaut, in das ich mich täglich behaglich hineinkuschelte. Das wollte ich nicht aufgeben. Und doch: Ich spürte, dass dieses Tal mich und womöglich Sven über kurz oder lang aus unserer Komfortzone holen würde. Was, wenn alle Dämme in uns und um uns herum brechen? Werden wir dann mit Messern auf uns losstürmen? Zu was war Sven fähig, zu was ich? „Geliebtes Highland – bist du unser Paradies oder wirst du uns in den Wahnsinn treiben?“ Ich verharrte noch einige Zeit, als ob ich eine Antwort erwarten würde. Barg dieses Tal auch dunkle Geheimnisse? Ich vermutete, dass das wohl bei allen Dingen in der Welt so war. „Gut und Böse, Hell und Dunkel, Yin und Yang“. Alles verstrickte sich in einer Art Dualismus. Sven hatte mit seinen wenigen Worten einen Keim der Verunsicherung in mir gepflanzt, was unser Hochtal betraf. „In diesem Tal ist etwas, Julia“, hatte er gesagt. „Es packt mich im Nacken, greift nach meiner Seele. Ich spüre das.“ Svens letzte Worte hallten in mir nach. Mein vernebelter Blick wanderte über Highland hinweg. Das Kräuter-Beeren-Getränk wirkte. Nein, ich liebte diese neue Heimat. Ich wollte nicht mehr weg. Das Jammern von Klein

Highlander lockte mich wieder nach unten in meine Baumhütte. Es war nicht einfach, mich beim Abstieg zu konzentrieren. Wow, das Zeug wirkte wie eine Droge! Waren es die Beeren oder wirkten die Kräuter so heftig? Einige Drinks hatte ich inzwischen ausgetestet. Aber dieser Mix – alle Achtung! Ich ritzte mir an einem hervorstehenden Holzkeil den Finger auf. Doch ich spürte keinerlei Schmerzen. Das Getränk besaß wohl einen schmerzlindernden Effekt. So oder so, ich musste mir unbedingt die Rezeptur merken. Winselnd stand Klein Highlander in der Mitte des Raumes und beobachtete mich ungeduldig, wie ich halsbrecherisch zu ihm herunterkletterte. „Sorry mein Bester, ich habe die Zeit vergessen.“ Ich versuchte, ihn mit Kraulen zu besänftigen. Doch mein Freund blickte beschämt in die Ecke, wo er hingepinkelt hatte. Meine Schuld. Ich hatte die Zeit vergessen. Behutsam hob ich ihn in den Korb und hievte Klein Highlander nach unten. „Keine Sorge. Ist nicht schlimm. Ich mache das später weg“, versuchte ich, ihn zu besänftigen. Während wir schweigend vor uns hin schmatzten, spürte ich, wie ich wieder klarer im Kopf wurde. Die Natur schenkte mir Ruhe, genauso, wie die Gemeinschaft mit Klein Highlander und die Geborgenheit meines Heimes. Niemand sollte diese stören! Niemand. Auch Sven nicht.

DIE VERSCHWÖRUNG

„Was genau wirft man ihr denn vor?"
„Sie soll geholfen haben, eine Scheinfirma für Luxusjachten am Markt zu platzieren, um Investoren anzulocken."
„Weiter?"
„Die Investoren waren im Wesentlichen hochrangige Mitglieder der italienischen Mafia-Clans. Dummerweise haben sie alle rivalisierenden Gruppen gleichzeitig angeworben. Die Firma sollte helfen, Gelder zu waschen und gleichzeitig durch die Luxusjachten Milliardäre und andere Großkopferte in ihren Kontakt- und Einflussbereich zu bekommen."
„Klingt doch nicht schlecht. Da sollten wir uns als Ermittler nicht einmischen und die untereinander machen lassen, oder?"
„Ganz so einfach ist es nicht. Da stecken leider gewisse Leute mit drin, von denen wir im Beruf abhängig sind … Mehr möchte ich im Moment nicht sagen."
„Verstehe!"
Ruhe.
„Was passiert gerade?"
„Unglücklicherweise sind alle Gelder der Investoren verschwunden. Sehr hohe Geldbeträge. Auch die Anzahlungen der Käufer der Luxusjachten sind versickert. Quasi. Also auch verschwunden. Niemand kann die Finanzströme nachverfolgen."
„Von welchen Summen sprechen wir?"
„Die Firma, die das zur Anzeige gebracht hat, das ist der ehemalige Arbeitgeber dieser Julia Maier, spricht von circa

fünfzehn Millionen Euro. Unsere Recherchen haben aber ergeben, dass es ein Mehrfaches sein muss."

Er pfiff durch die Zähne. „Nicht schlecht. Ein gefundenes Fressen für die Medien."

„Besser nicht", warf der andere sofort ein. Sein Ton verriet eine gewisse Sorge, die in ihm steckte. „Denken Sie bitte daran, wer da alles aus unserem Dunstkreis mit hineingerissen werden kann!" Das träfe auch sie in irgendeiner Weise, wenn Vorgesetzte oder Persönlichkeiten des öffentlichen Lebens ...

Sie überlegten sich, welche Vorgehensweise die Beste wäre. „Wollen wir nicht einfach so tun, als ob wir nichts davon wüssten? Dann kann uns doch niemand was anhängen." Unter den Teppich zu kehren, ist nicht immer das Schlechteste. Doch der Kollege, der bisher stumm am Fenstersims gelehnt hatte, schüttelte den Kopf. „Die Clans haben sich zusammengetan. Sie suchen auf eigene Faust nach dem Geld. Dabei sind sie nicht unbedingt zimperlich, wie man hört."

„Tote?"

„Ja, durchaus. Aber bisher alle Fälle innerhalb des Milieus. Noch!" Der oberste Leiter der Abteilung Organisierte Kriminalität im Landeskriminalamt Stuttgart nickte bedächtig, während er die Informationen in Gedanken zu einem ganzen Bild zusammen zu setzen versuchte. Da sind wohl sehr viele gut betuchte Vertreter der Unterwelt und einige ihrer Verbündeten in der sogenannten anständigen Welt am Nasenring durch die Manege gezogen worden. Lächerlich gemacht vor der gesamten Gaunerwelt. Er konnte ein Grinsen nicht unterdrücken, während er kommentierte: „Diese Maier muss eine schlaue Person sein. Alle Achtung. Täuscht eine psychische Überlastung vor, verschwindet in diesem dubiosen

Camp und dann von der gesamten Bildfläche. Die würde ich gerne mal kennenlernen."

Er nahm einen Schluck aus dem Kaffeebecher, voll mit Wodka. Seine Kollegen taten es ihm gleich. Am Freitagnachmittag durfte man schon mal im Büro das Wochenende einläuten. Zu Hause würden genügend gesellschaftliche Pflichten auf sie warten.

Die Praktikantin stimmte dem zu: „Irgendwie tun mir die Leute auch nicht leid. Es trifft keine Armen." Auch das war eine berechtigte Meinung, die viele im Raum teilten.

Und dennoch. Der Chef seufzte. Gerne hätte er anderes von sich gegeben, doch das Folgende musste gesagt werden: „Das hat uns leider nicht zu kümmern. Wir haben uns an Recht und Ordnung zu halten. Hier geht es um einen Betrugsfall in großem Stil und eine Verdächtige gilt es zu fassen. Die Bewertung muss das Gericht übernehmen." Ein junger Heißsporn sprang auf. „Dann jagen wir das arme Schwein. Scheuchen wir die gesamte Brut aus ihrem Versteck. Prost." Der Abteilungsleiter prostete ihm zu und nickte. „Vielleicht bekommen wir von der Dame ja eine Autogrammkarte."

Sie lachten.

NEUE WELT

Ein starkes Verlangen nach Nähe, Sinnlichkeit, aber auch intensiver Lust trieb mich an diesem Morgen vor sich her. Schwerfällig mühte ich mich meine Baumtreppe hinunter und stapfte zum Bach. Klein Highlander, der auf erstaunliche Weise gelernt hatte, selbständig den Baumstamm rauf- und runterzuklettern, erwartete mich bereits. Er hatte die ganze Nacht in der Wildnis verbracht. „Na du alter Streuner. Hast wenigstens du Besuch einer hübschen Dame deiner Wahl gehabt?“ Ich tätschelte ihn zur Begrüßung und versuchte, meinen Freund mit ins Wasser zu ziehen. Doch das wehrte er geschickt ab. Das nasse Element war nicht sein Ding. Lächelnd ließ ich von ihm ab und watete mutig hinein. Das Baden in dem glasklaren Gebirgsbach machte endgültig wach und kühlte auch ein wenig mein Verlangen ab. Ich genoss den Anblick der Vögel, die sich nicht weit weg von mir ans Ufer gesellt hatten und mit ihren kleinen Schnäbeln Wasser in die Kehlen schaufelten. Ein leichter Schauer durchlief mich, als ich mich an den großen Hirsch erinnerte, dem ich an jenem Morgen bei der Wanderung begegnet war. Man, hatte ich damals Angst gehabt. Doch diese großen Tiere gab es hier nicht. Auch hatte ich keine Raubtiere wie Bären, Wölfe oder was auch immer entdeckt. Mit Ausnahme einer Fuchsfamilie, die am südlichen Rand in einer Bodenhöhle lebte. Wir kannten uns inzwischen und störten uns nicht gegenseitig. Diese ulkigen Mischwesen hingegen, wie es meinen Klein Highlander und andere vergleichbare Tierarten gab, traf ich immer und überall an.

Sie schienen das Tal für sich vereinnahmt zu haben. Friedliebende Tiere. Eines von ihnen lag gerade direkt vor mir am Ufer und beobachtete aufmerksam meine Planschversuche. „Das kostet langsam Eintritt“, rief ich ihm zu und schickte ein paar Wassertropfen in seine Richtung. Es grunzte nur faul zur Antwort, um sich dann sein Fell von der Morgensonne wärmen zu lassen. Nackig, wie ich war, legte ich mich neben meinen Freund und genoss die noch jungen Strahlen der Morgensonne. Mich scherte es nicht, auch tagsüber nackt herumzulaufen. Das Wetter erlaubte es nach wie vor. Zudem war es praktisch und die wenigen Kleider, die ich besaß, konnte ich etwas schonen. Versuche, aus verschiedenen Pflanzenfasern ein kleines Hüftkleidchen zu flechten, waren gescheitert. Erfolgsversprechender waren die baumwollartigen Flausche-Bällchen, die ich in hochwachsenden Sträuchern entdeckt hatte. Ihre Fasern ließen sich in eine Richtung kämmen. Ich musste nur noch verstehen, wie man ein Spinnrad simulieren konnte, um die Fasern zu einem Wollfaden zu spinnen. Während der Schulzeit hatten wir einen Ausflug in ein Bauernhausmuseum nach Beuren gemacht. Eine der Damen dort brachte uns in einem Kurs das Herstellen von Wollfäden aus Schafswolle bei. Vage erinnerte ich mich daran. Das hier musste doch ähnlich gehen, so meine Vermutung. Häkeln und Stricken kämen dann dazu. Wenn das irgendjemand aus meiner Firma mitbekommen würde! Ich würde vor Scham in Grund und Boden versinken. Doch das Leben hier draußen in der Wildnis verlangte nach solchen Taten. Hier gab es keinen Breuninger Modetempel, bei dem man einfach hätte einkaufen können. Deshalb musste ich meinen ganzen Erfindungsreichtum einsetzen und experimentieren, was – ganz nebenbei gesagt –

mächtig viel Spaß bereitete. Ich rechnete damit, in wenigen Tagen so weit zu sein, mich an erste Strickversuche wagen zu können. Mit den Händen etwas schaffen. Was für eine Wohltat! Warum hatte mir das nie jemand in meinem früheren Leben beigebracht? Wäre ich dann eher Schreinerin oder Designerin geworden?

Klein Highlander und ich ließen uns auf dem Rückweg gewohnheitsmäßig Zeit und streunten mal hier, mal dort herum. Es gab noch so viel für mich zu entdecken. „Hey, mein Kleiner, kann man das essen?" Ich hielt ihm eine längliche Knolle hin, die auf dem Boden wuchs. Hätte eine Auberginen-Art sein können. Klein Highlander knurrte und zog schnell die Nase von der Knolle weg. Er schüttelte sich. Ich verstand. „Also nicht gut. Dankeschön. Und das hier?" Ich hielt ihm wohlriechende Blätter eines Strauches hin. Pfefferminze war es nicht, aber der Duft ging in Richtung, hm, Malve? Klein Highlander schnappte schnell das kleine Büschel an Blättern und verspeiste es. Verstanden! Essbar. Lecker. Ich würde damit experimentieren können. Vielleicht einen Tee kochen, trocknen, als Gewürz ausprobieren oder eine Paste daraus machen. Vorbei waren die Zeiten, in denen ich einfach nur nach dem Prinzip Trial-and-Error vorging, was mir des Öfteren saufiese Bauchkrämpfe beschert hatte. Einmal sogar Schüttelfrost. Klein Highlander musste Mitleid mit mir bekommen haben, denn irgendwann signalisierte er mir mit seinem Verhalten, was gut war und was nicht. Nun ja, meine Beeren und den vergorenen Beeren-Kräuter-Saft mochte er nicht unbedingt. Schon mehr als einmal musste ich schnell sein, um die Behälter mit dem kostbaren Alkohol-Ersatz vor ihm zu retten.

„Auf, mein Freund, Frühstück wartet." Ich stellte Klein Highlander seinen Napf hin. Eigentlich war das überflüssig. Das Tier konnte sich besser versorgen als ich. Aber, irgendwie gehörte es vom ersten Tag an zu unserem gemeinsamen Ritual. Zu essen gab es die Beeren, Früchte, hierbei besonders meine bananenartige Frucht, die in Verbindung mit Birkensaft unser Hauptessen darstellte. Zum Mittagessen gab es Wurzeln, Blätter, Gräser, Ähren, Knollen, Pilze, salatartige Gewächse, Bärlauch ... Wir hatten eine reiche Auswahl. Tiere konnte ich nicht essen. Wollte ich nicht.

Aus Baumrinden und Blättern machte ich mir einen Tee. Zumindest noch so lange, wie mein Feuerzeug funktionierte und ich die Glut am Leben halten konnte. Auch das erforderte viele Experimente, bis man mal entdeckt hatte, wie sich eine Glut über Nacht bewahren ließ. Solche Übungen hielten mich alle Tage beschäftigt. Auch die Frage, wie ich mich auf den Winter vorbereiten konnte, der mit Sicherheit vor der Tür stand. Er gehörte zur größten Bedrohung, die ich mir aktuell vorstellen konnte. Frostige Kälte, meterhoch Schnee, keine frische Nahrung… Wie konnte man ich dagegen wappnen? Ich musste die Baumhütte abdichten. Auch mein kleines Bodenlager, welches meine Open-Air-Küche beherbergte, brauchte einen winterfesten Bau um sich herum. Es gab viel zu tun. Ich streckte mich auf der Bank und rülpste genussvoll. Klein Highlander machte es mir nach. Versonnen blickte ich in das Blätterdach über mir und kam schnell zur Überzeugung: Heute wollte ich nichts arbeiten, trotz der winterlichen Bedrohung, sondern lieber einen Ausflug machen. In Richtung Svens Lager, um zu schauen, was er trieb. Ich packte meine Hose und Schuhe, kleidete mich halbwegs an und lief los. Zunächst ein Stück an der hohen Felswand entlang, die tatsächlich wie eine Gefängnismauer wirkte, dann runter zum Bach und schließlich dorthin, wo die letzten Tage der Rauch eines Lagerfeuers zu beobachten war. Wir hatten uns gemieden nach der ersten Begegnung, die nicht sehr glücklich verlaufen war. Viellcicht müssten wir uns nochmals eine Chance geben, ging es mir durch den Kopf. Schließlich waren wir in diesem Tal die einzigen Menschen.

Ich verschanzte mich hinter einem dichten Strauch und spähte zu ihm hinüber. Würde er mir feindlich begegnen? Es roch nach gebratenem Fleisch. Ich schnupperte in die Richtung, wo der Duft herkam. Nein, es war Fisch. Hatte er es wirklich gewagt, ein Tier zu töten? Mir war das bisher nicht in den Sinn gekommen. Die harte Julia, die in früheren Jahren Unmengen von Steaks verschlingen konnte, war zu schwach, es selbst zu tun. Also, Tiere zu töten. Ich konnte das nicht.

„Willst du auch gleich gegrillt werden?“ Ein heftiger Klatscher traf mich auf den Hintern. „Autsch!“ Der Schmerz schoss mir durch meinen Allerwertesten. „Spinnst du?“ Ich drehte mich zu ihm hin. Da stand der gute Mann vor mir, einem wehrhaften Gallier gleich. Einen dicken Ast in der Hand, direkt auf mich gerichtet. „Willst du mich jetzt umbringen?“ Er nickte und schob das Schlagwerg in meine Richtung: „Ja, das werde ich. Jeder Spanner und Spitzel wird dieses Schicksal erleiden.“ Er verzog keine Miene. Schaute mich ernst an. Zum Glück war Klein Highlander nicht bei mir, sonst wäre er ihm ins Gesicht gesprungen. Wo war er eigentlich? „Ich wollte mal schauen, wie es dir geht“, versuchte ich, die Situation zu entspannen. Vorsichtig richtete ich mich auf und dachte für mich: „Jetzt dreht er wirklich langsam ab." Ich zeigte in Richtung Feuerstelle: „Hast du tatsächlich ein Tier getötet?" Er nickte energisch. „Klar. Wie soll ich sonst in diesem Käfig überleben können?" Ich schüttelte verständnislos den Kopf. „Mit dir ist Gewalt in dieses Tal gekommen." Ich wandte mich zum Gehen. „Wach auf du Träumerin!" Sven stellte sich mir in den Weg. „Was ist los mit dir? Bist du dauerhaft auf Drogen? Was für ein Waschlappen bist du denn innerhalb weniger Wochen geworden?" Ich spürte kurz einen Impuls, ihm an die Gurgel zu springen. Schnell wandte ich mich ab und ging an ihm seitlich vorbei. Die dunkle Wut schob ich mühevoll weg. „Julia!" Er rief mir hinterher. „Überleg doch mal. Hier herrschen dunkle Mächte." Ich blieb stehen, wollte antworten: „Ja, seit du hier bist", besann mich aber eines Besseren und fragte schnell über die Schulter hinweg: „Was willst du denn damit sagen?" Sven zeigte mit ausladender Bewegung seiner linken Hand auf die Umrisse der hohen Felsen um uns herum: „Wir sind mitten in Europa! Alles ist kartiert, alles ist kultiviert. Doch was haben wir hier? Ein einsames, verlassenes Hochtal. Hoch oben in den Bergen. Kein Mensch weit und breit zu entdecken. Keine Kondensstreifen von Flugzeugen am Himmel. Nichts von Zivilisation erkennbar. Verloren im Nichts der Berge des Vorarlbergs. Oder sind wir überhaupt noch auf dieser einen Welt? Warum haben wir noch nie von solch einem wundersamen Ort gehört?" Er stockte kurz, schluckte und sprach weiter: „Ich habe mich das schon ernsthaft gefragt: Sind wir durch ein Schlupfloch in eine Parallelwelt geraten? Ohne Menschen und ohne alles? Dann diese angsteinflößenden Erlebnisse, die ich hatte." Ich blickte ihn fassungslos an: „Hast du jetzt den Verstand verloren? Sven, das hier ist die ganz normale Welt.

Ein Hochtal! Die Alpen sind groß. Auch in diesem Jahrhundert können neue Gegenden entdeckt werden. Du machst dir zu viele Gedanken, glaub mir.“ Ich machte mir Sorgen um den armen Kerl. Zögerlich wandte ich mich ihm wieder zu, beinahe bereit, auf ihn einzugehen. Doch dann kam schon der nächste Tiefschlag aus seiner Richtung: „Ich sehe schon, das Denken ist eine der schwersten Aufgaben des Menschen, deshalb verzichten die meisten darauf. Du offenbar auch!“ Wütend drehte er sich um und stapfte in Richtung seines Lagers. Ich hob meine Hand in die Luft, Mittelfinger weit von mir gestreckt. Stumm riss ich den Mund auf, um ihm diese Gemeinheit heimzuzahlen. Doch es kam nichts aus mir heraus, mit Ausnahme eines kläglichen „du dummer Affe“. Kurzfristig wurde es schwarz vor meinen Augen. Doch der aufkeimende Hass wich schnell einer Art Mitleid. Etwas, was ich in meinem Leben nur selten für andere empfunden hatte. Ich hob beschwichtigend die Hände. „Sven, lass uns reden. Streiten bringt nichts.“ Zögerlich folgte ich ihm.

Das Lagerfeuer rauchte mehr, als dass es brannte. Zu nasses Holz, wie ich bemerkte. Meine Augen brannten, als der Wind die Schwaden in meine Richtung trieb. Mit genügend Abstand setzte ich mich auf einen Stein. Sven machte sich über den halbgaren Fisch her und bot mir nur halbherzig ein Stück davon an. Ich weigerte mich jedoch, davon zu essen. Er aber packte den Saibling mit beiden Händen und legte ihn auf ein großes, grünes Blatt, um alles auf seinem Schoß zu platzieren. Während mein Gegenüber mit den Fingern das Fleisch des Tieres zerrupfte und sich in den Mund schob, schaute ich mich in seinem Lager um. Es war so ganz anders

als meines: Ich wohnte auf dem Baum, wollte die Leichtigkeit erleben. Er auf dem Boden. Sogar richtig in die braune Erde hineingegraben. Alles wirkte geduckt. Aber dennoch wuchtig, wehrhaft. Abwehrend. Es war erstaunlich, was er in den wenigen Tagen, die er hier war, geleistet hatte. Palisaden aus dünnen Stangen umringten seine Hütte. Selbst einen kleinen Erdwall hatte er begonnen aufzuwerfen. „Vor wem hast du denn Angst?“, wollte ich wissen. Keine Reaktion. Empfand er mich als Feind? „Vor mir?“ Sven lachte auf bei meiner Frage. „Vor dir? Nein! Aber kennst du schon alles in diesem Tal? Wo Gutes ist, ist auch Böses. Glaube mir.“ Ich betrachtete ihn intensiv. Er war mir ein Rätsel. „Wer bist du Sven? Ich meine, wer bist du wirklich?“ Doch die Frage verhallte wieder unbeantwortet. Er weigerte sich, darauf zu reagieren. „Wasser?“ Sven hielt mir einen Plastikbecher hin. „Gerne.“ Ich nahm ihn aus seiner Hand, streifte kurz seine Haut, was er geschehen ließ und trank. Eine Form von Friedensangebot? Ich lächelte. Er machte eine Grimasse, die ein Lächeln hätte bedeuten können. „Schicke Hütte. Vor allem unglaublich, was du in wenigen Tagen geschaffen hast.“ Ich nickte anerkennend. Jetzt lächelte er wirklich und entspannte sich zunehmend. „Danke. Was will man sonst so den ganzen Tag machen?“ Wir sprachen über das Wetter, die Vegetation und die Tierwelt in Highland, führten Smalltalk. Das alte Hausmittel, um eine gemütliche Stimmung zu schaffen, half.
Es entwickelte sich eine entspannte Unterhaltung, die zunehmend an Tiefe gewann. Doch weitere Geheimnisse rund um sein Leben wollte er immer noch nicht preisgeben. Ich griff zu einem Trick. Einer, der in meinem früheren Leben immer geklappt hatte. „Lass uns ein Spiel machen, okay?“

Er kniff die Augen zusammen, beobachtete mich irritiert. Ich fasste es als Zustimmung auf. „Da gibt es diesen Typen, er heißt - sagen wir Phil. Also, dieser Phil trifft eine nette Frau.“ – „Du bist nicht nett, du bist nervig. Nur fürs Protokoll, falls du gerade dich selbst beschreiben solltest." Trotzig stocherte er mit einem Stecken in der glimmenden Kohle herum. In seinem Gesicht aber entdeckte ich ein leichtes Zucken um die Mundwinkel. Ihm schien das Spiel zu gefallen. „Also, die Frau erregt wenigstens ein etwas sein Interesse“, korrigierte ich mich, um ihm eine Brücke zu schlagen. „Was ist denn mit der Frau? Will sie was von ihm?“ Er blickte kurz in mein Gesicht, wandte aber den Blick schnell wieder ab. „Ihn vielleicht etwas besser kennenlernen? Das liegt an Phil. Er muss ein wenig von sich preisgeben. Sonst klappt das nicht.“ Sven rammte den Stecken in den Boden und hielt sich an ihm fest. „Na, dann sollte Phil doch ein wenig von sich erzählen. Aber nur dann, wenn die Frau die richtigen Fragen stellt.“ Jetzt lächelte er. „Wie heißt eigentlich die Schöne? Hat sie einen Namen?“ Da hatte er natürlich recht. Wie sollte sie heißen? „Lara. Ja, Lara ist der Name der netten Frau“, antwortete ich, glücklich über den Einfall. „Jetzt sollte Phil aber mal was von sich preisgeben. Sonst ist Lara schnell weg.“ Ruhe kehrte ein. Sven schwieg eine längere Zeit. Vorsichtig blickte ich aus den Augenwinkeln zu ihm rüber. Traute mich beinahe nicht, was zu sagen. Nahm aber allen Mut zusammen und stotterte: „Kneift er jetzt?“
Zum Glück kam kein Donnerwetter zurück. Im Gegenteil. Sven begann zu reden, während er seine unruhigen Finger mit Flechtarbeiten für ein Kletterseil beschäftigte: „Tja, was soll ich sagen? Er hat dieselben Probleme wie Lara. Nur eben die seinigen.“ Das war noch nicht wirklich viel Futter.

„Weiter!“, forderte ich ihn auf. „Mit was beschäftigt er sich? Lass mich raten: Zunächst ist er ein junger Mann: athletisch, attraktiv. Die ganze Welt gehört ihm. Alte Menschen findet er als Teenie abstoßend. Er lästert in seinem Übermut über diese.“ Erstaunt nickte Sven und blickte zu mir rüber. „Stimmt tatsächlich. Dieser Phil war echt ein Biest als Teenie. Er will in die Welt stürmen. Er erobert diese auch. An der Uni, im Studium, macht Party, spielt immer das große Spiel, ganz nach dem Motto ′Was kostet die Welt?′ Das Leben ist eine einzige Party. So geht es auch im Job weiter. Er zieht alles konsequent durch. Geht auch über Leichen, wenn es zum Gipfel des Erfolges gehen soll.“ Mir stockte beinahe der Atem. Das hätte eine Julia Maier sagen können. „Eine Frau ist für Phil Beute. Eines Tages schnappt er sich ein Alphatier, welches ihm zwei Kinder beschert. Danach verliert er die Lust an ihr. Schläft mit jeder, die seinen Weg kreuzt.“ Ich erinnerte mich an unser für mich vollkommen überraschendes und abruptes Liebesspiel an jenem Tag, als wir unser Camp verließen. Genauso wie an das spontane Liebesspiel in den ersten Tagen im Zelt. Sven verhielt sich wohl nicht anders, wie schon immer in seinem Leben. Er benutzte mich. „Doch dieser Phil merkt gegen Anfang vierzig, wie alles plötzlich endlich wird. Es kostet Kraft, das Gewicht zu halten. Schönheit kostet Zeit und Geld. Die Haare beginnen schütter zu werden. Auch graue Strähnen zeigen sich. Er muss erkennen, dass die Frauen ihn zwar noch immer anschauen, dann aber abgleiten, wenn andere Männer, junge und schlanke, an ihnen vorbeiflanieren. Er fürchtet, seine Zeit läuft ab. Er erkennt, die Anziehungskraft ist nur noch für eine kurze Dauer bei ihm. Wie wird es dann weitergehen?“ Ein tiefer Seufzer entfuhr mir. Das, was Sven da sagte, hätte auch meine Geschichte sein können. Eben aus Sicht einer Frau. Mit Ausnahme der Menopause natürlich. Die wäre bei mir dazugekommen. Hatten Frauen und Männer mit denselben Problemen zu kämpfen, wenn sie älter wurden? Aufmunternd nickte ich ihm zu, weiterzusprechen. Ich wurde neugierig. „Phil stemmt sich dagegen. Schläft mit einer Frau nach der anderen. Ist nicht sehr wählerisch. Voller Wut, voller Hunger, voller Gier. Sie sollten seine Trophäen werden. Sollten der Beweis sein, dass er noch nicht alt ist. Seine Frau hat ihn inzwischen verlassen. Sie hat es irgendwann nicht mehr mit ihm ausgehalten. Im Job muss er immer verbissener um seine Position kämpfen. Junge kommen. Drängen nach. Wollen seinen Posten. Obwohl er der Sohn des Besitzers des kleinen Firmenimperiums ist. Doch der lässt das zu. Holt die Konkurrenten ins Haus, spornt diese an, um den eigenen Sprössling abzuhärten. Die Widersacher wollen an ihm vorbei. Doch Phil kämpft. Beißt sich fest. Im wahrsten Sinne des Wortes." Er hatte also auch in einem Haifischbecken gelebt. Die Stärkeren fressen darin die Schwächeren. „Es geschah an einem Abend, als sie in der Firma noch etwas getrunken hatten. Mal wieder etwas zu viel. Phil war sauer. Denn die Sticheleien eines der jungen Kollegen nervten ihn schon seit Wochen. Dann war es passiert. Auf dem Klo. Sie kamen sich in die Wolle und Phil biss zu. Voller Hass und Wut. Zuerst in den Oberarm, dann ins Ohr des Typs, dem er mit Fäusten nicht beigekommen wäre. Frag nicht, wie schlimm das war. Phil wurde auf jeden Fall vom eigenen Vater beurlaubt. Schlimmer noch: in die Verbannung geschickt. Er sollte in einem Kaff auf der Ostalb bei einer kleinen Zweigniederlassung der Assistent des Geschäftsstellenleiters werden. So lange, bis er wieder zur Besinnung gekommen wäre." Ich hörte aufmerksam zu und hakte nach: „Und kam er zur Besinnung?" Sven rammte den Stecken immer und immer wieder ins nun endlich lodernde Feuer, sodass die Glut hochschoss. „Vermutlich nicht im Sinne des Monsters von Vater, aber, ja doch, er kam zur Besinnung." Mein Gegenüber stockte kurz, presste die Lippen aufeinander und zwängte die nächsten Worte mühsam durch diese hindurch: „Dabei hätte er zwar beinahe die Firma abgefackelt. Aber, sein Ausraster und der spätere Brandanschlag waren sein Befreiungsschlag aus den Zwängen des familiären Kerkers. Die Reise zum Camp nahm er als Chance." Sven stockte kurz und musste lächeln. Wenngleich es einer schmerzvollen Grimasse glich. „Ups, jetzt hat sich dieser Phil gerade selbst verraten. Aber, was soll`s! Es ist wie es ist." Ich hatte gar nicht mitbekommen, wie dieser kompakte Mann immer mehr in sich zusammengesunken war, während er erzählt hatte. Sein Gesicht wirkte müde und blass. Dieser bemerkenswerte Tag hatte es in sich. Für beide von uns. Ein Wechselbad der Gefühle. Hörte ich da tatsächlich ein tiefes Seufzen bei ihm? Ich stand auf und ging zu dem Traurigen, fasste ihn an der Hand und führte ihn zu einem mit großen Blättern ausgelegten Platz unter jenem ausladenden Baum, den er sich als Platz zum Liegen eingerichtet hatte. Dort setzten wir uns hin und er ließ es geschehen, dass ich seinen Kopf in meinen Schoß legte und sanft kraulte. „Möchtest du weitererzählen?", wollte ich von ihm wissen. Er zuckte mit den Schultern. „Viel ist nicht mehr zu berichten: Letztendlich gründen alle Probleme darin, dass Phil der misslungene Sohn dieses reichen Industriellen ist, dessen Bruder in der Politik groß wurde und Phil deshalb seinem alternden Vater als Nachfolger dienen musste." Ich verstand.

Der familiäre Corpsgeist zwang ihn, sein Leben vollkommen den Zielen des Clans unterzuordnen. Eigene Wünsche galten nichts. Sven schmiegte seinen Kopf an meine Schenkel. Genoss das Kraulen und die Nähe. Leise fuhr er fort: „Missbrauch kann so vielfältig sein: sexuell, physisch, psychisch. Glaub mir. Ich habe das volle Programm erlebt." Schweigen. Zweisamkeit, Nachdenklichkeit. Wir hingen unseren Gedanken nach. Ich kraulte nach wie vor seinen Kopf, streichelte seinen Rücken. Sven entspannte sich und blieb einfach nur liegen. Der Abend griff um sich. Es wurde Dunkel. Regen setzte ein.

„Und, hat es schon mit dir geredet?"

Irritiert blickte ich zu ihm runter. „Wer oder was?"

„Na, das Hochtal. Hörst du nichts?" Sven überwachte aufmerksam mein Gesicht. „Nein", antwortete ich wahrheitsgemäß, „nichts." Ich blickte in das Tal hinein und fragte mehr mich selbst, als dass es eine Aussage war: „Ich weiß nicht, ob die Natur überhaupt ein Interesse hat, mit uns zu sprechen." Jedoch, mir fiel meine Traumwiese ein. Und die Erlebnisse, die ich dort hatte. Sven fröstelte. „Wird's dir kalt? Sollen wir reingehen?" Er nickte und erhob sich.

Ohne große Worte ging er voraus zur Hütte. Ich folgte. Der Raum war geräumiger, als man von außen hätte denken können. Es lag wohl daran, dass Sven sich nach hinten in den Hang hineingegraben hatte. Sein Schlafsack war weitläufig auf dem Boden ausgebreitet. Darunter trockenes Gras in dicken Schichten. Wir legten uns wortlos darauf, alles fühlte sich weich und sanft an. Sven kuschelte sich mit dem Rücken an mich. Ich hielt ihn fest umschlungen und genoss die Wärme seines Körpers. Nur kurz dachte ich an Klein Highlander. Der würde jetzt sicherlich stinksauer vor dem Baum sitzen und auf mich warten. Auf seine Futtermaschine. Kaum vorzustellen, dass es für ihn ein Leben vor der Begegnung mit mir gab. Eine Futtermaschine, die auf Zuruf reagierte. Wunderbar musste das sein … Sven war schon nach wenigen Minuten eingeschlafen. Schnell folgte ich ihm in das Reich der Träume. Es fühlte sich so unsagbar gut an, nicht allein zu sein. „Am Ende stolpern wir immer über die Unerträglichkeit des Seins“, sinnierte ich im Dämmerschlaf vor mich hin.

FLASHBACK

Wie konnte das gehen? Ich lag mit einem Mann zusammen. Eng umschlungen. Sehr vertraut. Meine Träume aber trugen mich weit weg von diesem Ort. Hin zu einem anderen Mann …

Kevins Haare dufteten wunderbar. So frisch wie der Frühling, der uns gerade hinausgeführt hatte auf die Anhöhen der Burg Teck, südlich von Stuttgart. Wir waren aus dem Büro geflohen. Hatten niemanden informiert, schalteten einfach unsere Handys ab und genossen diesen spektakulären Blick von der Burgruine bis weit nach Stuttgart. Ich schmiegte mich enger an ihn, sog tief seinen männlich-markanten Duft ein und wollte, dass dieser Moment niemals wieder enden würde. Zärtlich strich ich über seinen Bauch, umfasste ihn mit den Armen. Er drückte mich an sich. „Ich habe dich unsagbar lieb, mein Schatz." Ich konnte mein Glück nicht fassen. Kevin, dieses Model. Dieser wunderschöne Mann. Wunderschön nicht nur von seiner äußeren Erscheinung, sondern auch von seinem Wesen her. Er strahlte von innen heraus. Ich hatte so etwas noch nie erlebt. Kevin war tatsächlich ein Engel. Ich hatte noch nie zuvor einen Menschen getroffen, der so war wie er. So klar, so rein. Noch nie hatte ich gehört, dass er über andere Menschen lästerte. Er nahm mich so, wie ich war. Mit all meinen Macken. Irgendetwas sah er in mir, was selbst ich nicht erkannte. „Hunger?" Ich setzte mich vorsichtig auf, ohne ihn loszulassen. Er lächelte mich an. „Ja, sehr. Haben wir was dabei?" Er räkelte sich und streckte mir sein Gesicht entgegen. „Aber natürlich. Meinst du, ich gehe mit dir unvorbereitet in die Berge?"

Ich küsste ihn und griff hinter mich, um einen schweren Stoffbeutel nach vorne zu holen. „Lecker Wein, lecker Essen und noch ein paar andere feine Sachen. Alles, um mit dir einen einzigartigen Sonnenuntergang zu erleben.“ Verliebt blickte er mich an. Warum war mir das nie aufgefallen? Dieser Blick, diese bedingungslose Liebe. Ohne Wenn und Aber. Ich war eine blinde Kuh. Hätte ich doch nur verstanden! Zwar war Kevin eine wichtige Person, für die ich wirklich viel empfand. Aber, er war damals auch eine Art von Trophäe. Etwas, das sich eine älter werdende Frau an ihr Revers heftete. Um zu zeigen, dass sie noch was kann, dass sie noch im Rennen ist, im Kampf um die schönsten und jüngsten Männer in ihrem Revier. Hatte ich mir jemals Gedanken um diesen besonderen Menschen gemacht? Nein! Dumm wie ich war. Sein Lächeln war betörend. So untypisch für einen Mann war seine gesamte Erscheinung. Aber, machte man das so? Zuhause der Ehemann, die Kinder. Im Alltag der Geliebte. Leidenschaftlich, wild, unverbindlich. Warum hatte ich mir nie Gedanken dazu gemacht, wie sich Kevin in solchen Momenten fühlte? Dabei gab es genügend Gelegenheiten, in denen ich das hätte erfahren können. Zum Beispiel an jenem Sommerabend auf einem kleinen Kajütsegelboot, das uns ein guter Freund für unseren Ausflug geliehen hatte. Wir waren bei einer Tagung oben im hohen Norden. Das Schiff befand sich auf dem Großen Eutiner See. Eine Flaute hatte um sich gegriffen. Kevin lag vor mir, lehnte sich an mich und schaute mit mir in die untergehende Sonne. Freute sich daran, dass es nur uns beide auf der Weite des Sees gab. Ich hielt ihn fest in den Armen und streichelte ihn sanft. Dann stieß er hervor: „Oh Julia, warum kann dieser Moment einfach nie enden? Bitte mach, dass er nie aufhört.

Kannst du das?" Ich nahm es als kleinen Spaß auf. Nahm ihn nicht ernst. Dabei hätte ich es tun sollen! Wäre er ein Schlüssel zu mir gewesen? War er diejenige, der in mich hineinsah, mich erkannte - wie ich war. Hätte er mir helfen können, mein Leben zu meistern und eine glückliche Zukunft zu gestalten? Stattdessen fuhren wir nach diesem einzigartigen Abend ins Hotel. Packten am nächsten Morgen unsere Koffer und fuhren zurück in die Tristesse unserer eigenen Welt. Ich zu meiner Familie, mit all den Problemen bei mir Zuhause und er - offen gesagt, ich wusste es nicht genau, in welche Verhältnisse Kevin zurückkehrte. Ich glaubte zu meinen, dass er als Single lebte. Was für eine Ignoranz meinerseits! Ich machte mir keine Gedanken darum, wie es ihm gehen mochte, mit welchen Gefühlen er zu kämpfen hatte. Frauen können ganz schön brutal und selbstsüchtig sein! Vor allem war ich ja perfekt abgelenkt durch meine Karriere und das Adrenalin, das mir täglich meine Arbeit wie eine Infusion einflößte. Er aber hielt zu mir, auch, als ich meinen Zusammenbruch erlebte, meine Familie sich von mir distanzierte und ich für meine Kollegen im Betrieb zum weidwunden Freiwild wurde. Freigegeben zum Abschuss.

***

Schweißgebadet wachte ich aus meinen Träumen, besser gesagt Wachträumen, auf. Sven beobachtete mich aufmerksam von der Seite. Er wagte ein Lächeln. „Guten Morgen die Dame. Zurück aus dem Land der Träume?" Ich brauchte einige Momente, um zu verstehen wo wir waren. „Huhu, hört mich die Frau?" Ich nickte. „Ja, absolut. Hallo, der Herr." Ich bemühte mich, meine Mundwinkel nach oben zu ziehen.

War ich nicht gerade eben mit Kevin zusammen gewesen? Sven nahm dies als gutes Zeichen und drückte mich behutsam an sich. Jedoch noch immer mit einem Quäntchen Vorsicht versehen. „Beginnt jetzt die Zweisamkeit?“, wollte er dann auch wissen. Ich konnte nicht nicken. Dazu hatte ich noch keine Antwort. Doch Sven wartete nicht darauf. Er war sich wohl selbst nicht sicher, ob er das wollte. „Wovon hast du denn geträumt, Julia? Du hast geredet im Schlaf. Namen genannt.“ Erschrocken setzte ich mich auf. „Was habe ich denn gesagt?“ Doch Sven legte beruhigend die Hand auf meinen Arm: „Keine Sorge. Nichts, was ich hätte verstehen können.“ Er blickte mich intensiv an und kommentierte: „Ich glaube, wir haben ganz schön viele Geheimnisse, die wir mit uns rumtragen.“ Ich schwieg. In Gedanken stimmte ich ihm aber zu. Kevin - ich bekam sein Gesicht nicht mehr aus dem Sinn. Dieser zutiefst enttäuschte Blick, diese Verletztheit, als ich ihm sagte, wir müssten unsere Beziehung beenden. Ich wollte es um seiner Willen. Doch, wie dumm konnte ich nur sein. Anderen zu helfen beziehungsweise helfen zu wollen, konnte bedeuten, ihnen zu schaden. Offenbar hatte ich das! Wie ein Blitz durchfuhr mich die Erinnerung an die Nachricht, die ich einen Tag vor meiner Abreise ins Kleinwalsertal erhalten hatte. Kevin war wohl etwas Schlimmes zugestoßen. Man sagte, er erlitt einen Autounfall. Auf dem Weg vom Max-Eyth-See zu sich nach Hause. Das war direkt nach der Abfuhr, die ich ihm erteilt hatte. Schwerverletzte soll es gegeben haben, als beide Autos, die miteinander kollidiert waren, die Brückenabsperrung durchbrochen hatten und in den Neckar gestürzt waren. War Kevin tot? Ich wusste es nicht. Die Zeitungen nannten keine Namen. Genauso hätten es die Insassen aus dem anderen Fahrzeug sein

können. Ich selbst hatte nicht nachgefragt. Nicht bei ihm angerufen. Zu sehr war ich mit mir und mit meinem Leid beschäftigt. Zu sehr wollte ich einen Strich ziehen. Ihm zuliebe. Trauer stieg in mir auf. Hatte ein so besonderer, einzigartiger Mensch sein Leben wegen mir gelassen?
„Was hast du?“ Sven strich mir eine Träne aus den Augen.
„Nichts, nur eine kleine Allergie“, log ich. Dann setzte ich aber nach einer kleinen Pause nach: „Meinst du, sie vermissen uns da draußen? Ob sie uns suchen?“ Ich überlegte mir, wie wir grundsätzlich Botschaften in die Welt hinausschicken konnten. „Jetzt fängst du damit an?“ Sven war verwundert. „Du wolltest doch nichts davon wissen, von hier wegzukommen. Jetzt plötzlich doch?“ Ich schüttelte den Kopf: „Nein, ich möchte schon gerne hierbleiben. Aber ich denke an unsere Familien. Sie müssen doch wissen, ob es uns gut geht.“ Ich robbte Richtung Ausgang. Meine Blase drückte. „Und, kann man denn von hier weg? Hast du einen Ausgang gefunden?“ Er folgte mir ins Freie und stellte sich neben mich, während wir die frische Morgenluft einsogen und das Wetter prüften. „Nein. Ich habe nichts gefunden. Wir sind gefangen. Ich habe auch an der Stelle nichts gefunden, wo du gemeint hast, aus dem Felsen herausgekommen zu sein.“ Wir verschwanden in die Büsche, um uns zu erleichtern. „Gehen wir zusammen zum Waschen an den Bach?“, rief ich durch die Büsche hindurch.
„Ja, warum nicht, hab dich ja schon im Camp nackt gesehen.“ Seine Stimme klang etwas distanzierter, kühler. Ich betrachtete ihn eindringlich, als wir uns wieder vor der Hütte trafen. Bereute er die Vertrautheit des gestrigen Tages und von heute Nacht? Ich startete einen Versuchsballon: „Es war schön vorhin. Vielen Dank für die Nähe.“

Sven nickte und schenkte mir ein zögerliches Lächeln. Mehr nicht. Am Bach war reges Treiben. Viele Tiere des Waldes waren zum Trinken hergekommen. Vögel planschten im Wasser, wuschen sich das Gefieder. Etwas abseits erfrischte sich eine kleine Rehfamilie.
„Die würden einen leckeren Braten abgeben. Hmmmm." Sven fuhr sich mit der Zunge über die Lippen. „Was? Spinnst du?" Ich war schockiert. „Nichts wird hier gebraten!" Ich boxte ihn in die Seite, sodass er mit einem erstaunten Aufschrei ins Wasser plumpste. „Ui, ist das frisch!" Er schaufelte mit beiden Händen Wasser und schleuderte es in meine Richtung. „Hier nimm, du Stinktier." Eine Wasserschlacht bahnte sich an. Die Tiere nahmen einen Sicherheitsabstand ein und beobachteten unser Treiben.
„Herrlich", jauchzte ich, als wir zufrieden nebeneinander im Wasser lagen. Beide nur halb ausgezogen. „Der Regen der vergangenen Nacht hat frisches, kühles Wasser gebracht. Das ist gut."

Sven zog sich seine restlichen Kleidungsstücke über den Kopf, streifte die Hose ab und begann sich zu waschen.
Ich tat es ihm gleich. „Was machst du heute?", wollte er von mir wissen. „Vorräte für den kommenden Winter anlegen", schoss es sofort aus mir heraus. Er hob den Kopf. Irgendwie nachdenklich, wie mir schien. Vermutlich hatte er an so etwas noch gar nicht gedacht. „Ich will heute versuchen, knollenartige Gewächse einzulagern. Habe da ein paar Ideen, wie man sie konservieren kann. Das will ich probieren." – „Aha." Er blickte zu den Felsen, als er antwortete: „Und ich werde weiter an meinem Seil arbeiten. Ist auch eine Art von Vorkehrung." Ich verstand zwar noch nicht, wo er das dann befestigen wollte um hochzuklettern, nickte aber und reichte

ihm die Hand, die er gerne nahm. „Wow, du bist ja leicht wie eine Feder", übertrieb ich ein wenig. „Hattest du denn auf der Wanderung nichts zu essen?" Er schüttelte den Kopf. „Fast nichts. Ich war eher auf der Flucht. Zwei Typen haben mich verfolgt. Das war nicht schön." Mehr erzählte er nicht. Doch sein Blick verriet so manches. Schnell versuchte ich, die Schatten zu verscheuchen und lenkte ihn ab: „Dann lass uns doch Folgendes machen: Du kommst nachher zu mir, um am Seil zu flechten, ich arbeite an meinen Sachen und später koche ich dir ein Abendessen, nach dem du dir die Finger abschlecken wirst. Eine Idee?" – „Eine Idee!" Er schlug ein und küsste mich auf die Stirn. Dann auf den Mund. „Bist schon eine echt Nette - geworden!" Mit einem Klaps auf meinen Hintern wandte er sich ab und hängte die nasse Wäsche auf. „Bis später. Ich brauche hier noch etwas. Dann komme ich." Ich kniff ihm zur Antwort in seine Pobacke. Bevor ich ging, vereinbarten wir, am nächsten Tag das Tal zum wiederholten Mal zu erforschen. Vielleicht gab es ja doch noch einen Weg raus – als Vorbereitung für den Moment, wenn wir planten zu gehen.

Wir wollten besonders den Abfluss des Baches prüfen. Vielleicht hatte er ein Höhlensystem ausgewaschen, das uns genug Platz zum Durchkommen bot. Wenn ich aber ehrlich war, dann hatte ich noch immer keine großen Ambitionen von hier wegzukommen. Zu Hause warteten echte Bauklötze an Problemen, die ich zu bewältigen hatte: Mann, Familie, Kevins Schicksal, Beruf, Chefs und wer weiß, was sonst noch. Warum sollte ich diesen paradiesischen Ort hier, an dem ich mich sauwohl fühlte, gegen Probleme eintauschen? Nur ein Törichter täte das!

***

Klein Highlander war ganz schön sauer, als ich nach Hause kam. Im gesamten Küchenbereich herrschte Unordnung. Da hatte wohl jemand kräftig gewütet. Vor allem blickte mich der beleidigte Kerl die ersten Minuten nur mit dem Hintern an. „Dicker, komm, lass uns Kuscheln. Ich verspreche dir, ich mache das nie mehr wieder. Werde dich zukünftig immer um Erlaubnis bitten, wenn ich ein Date habe. Ehrenwort." Klein Highlander schien von einer tierischen Rasse abzustammen, die glücklicherweise nicht sehr nachtragend war. Nach wenigen Minuten intensiven Kraulens war das Eis wieder gebrochen. Liebevoll leckte er meine Hand und hüpfte freudig umher. Wir spielten ausgelassen miteinander. „Haben wir nicht eine tolle Welt mein Freund? So schön hier." Er schmiegte sich an mich und schnurrte wie eine Katze. „Was für eine Gattung bist du eigentlich, du eigenartiges Tier? Eine Katze, ein Hase, ein Hund?" Aufmerksam beobachtete ich diese wundersame Kreatur. Manchmal hatte ich den Eindruck, dass es sich meinen Bildern, die ich gerade von ihm hatte, anpasste. Eigenartig. Dieses Gefühl hatte ich in anderen Situationen auch schon gehabt. Bei den Pflanzen, anderen Tieren und selbst unten am Bach. Mir schien, als ob vorher meine Wünsche da waren und dann fand ich, was ich mir wünschte oder was ich suchte. Wenn ich daran dachte, wie armselig Sven wohnte und welch kleines Paradies ich als mein Zuhause bezeichnen durfte... Belohnte das Tal denjenigen, der sich darin wohlfühlte und hierbleiben wollte? Bestrafte es dagegen andere, die nicht im Reinen mit ihm waren, die wegwollten? Ich schüttelte mich. Vermutlich machte ich mir nur dumme Gedanken, spann aus dem Nichts eine Geschichte. Eine innere Stimme raunte mir zu: „Meine Beste, ab sofort werden die Getränkerationen deines Zaubertranks reduziert! Du halluzinierst ja!“ Klein Highlander tauchte auf und tanzte wie ein wilder vor mir herum. „Willst du mich auf andere Gedanken bringen, du verrückter Kerl?“ Ich lachte und tanzte mit ihm durch die Gegend. Meine Tests zur Konservierung der Lebensmittel konnten noch etwas warten. Einige lagerten ja bereits in meiner kleinen Höhle. Somit war ich im Plan. Auch musste ich ohnehin jetzt das Kochen beginnen, sonst würde ich Sven am Abend nur rohe Kost servieren können. Die nächsten Stunden vergingen beinahe wie im Flug, mit allen möglichen Vorbereitungen. Ich wollte Sven mit einem Dinner auf der obersten Plattform begeistern. Er sollte von der Aussicht hingerissen sein. Hoffentlich konnte ich ihn davon überzeugen, heute Nacht bei mir zu bleiben. Meine Hoffnung war, ihn vom Leben in diesem Tal zu begeistern. Gemeinsam hatten wir vielleicht eine schöne Zukunft.

Klein Highlanders Knurren kündigte mir meinen Gast an. Wie beim ersten Aufeinandertreffen. Mein Mitbewohner schien ihn nicht zu mögen. „Was hast du denn mein Freund, bist du eifersüchtig?“ Ich blickte irritiert von ihm zu Sven und wieder zurück zu ihm. „Magst du keine Tiere?“, wollte ich von ihm wissen. „Die spüren das.“ Er schüttelte bejahend den Kopf und blickte meinen Freund eindringlich an, was dieser mit einem noch intensiveren Knurren und Knirschen mit den Zähnen quittierte. „Er hat was an sich - wie das Tal“, flüsterte er und machte einen Schritt auf Klein Highlander zu. Der aber ging in eine bedrohliche Abwehrhaltung.

Wie ein Raubtier. Als wolle er meinen neuen Gefährten anspringen. „Jetzt ist es aber gut!“, schimpfte ich und stellte mich vor ihn. „Sven, geh doch schon mal hoch. Ich habe heute auf der Dachterrasse für uns eingedeckt. Einfach im Hauptraum die kleine Treppe ganz nach oben bis aufs Dach steigen. Ich komme gleich hinterher.“ Während er meiner Aufforderung folgte und das unfertige Seil auf den Esstisch legte, kniete ich mich zu Klein Highlander hinunter und streichelte ihn langsam. „Beruhig dich mein Freund. Er nimmt dir nichts weg. Wirklich.“ Sein trauriger Blick traf mich bis ins Herz. „Bist du etwa in mich verliebt?“, versuchte ich zu scherzen. Konnte aber meine Sorgen nicht verbergen. Er legte eine Pfote in meine Hand und ließ die langen Lauscher hängen. Seine übermäßige Reaktion irritierte mich. Doch darüber musste ich später nachdenken. Jetzt wartete mein Gast und den wollte ich mit den frisch gekochten Speisen beglücken. Ob mein gegorener Saft ihm schmecken würde? Wieviel Alkohol mochte er haben? Vorsichtig packte ich alle fein gedünsteten Speisen auf ein breites Tablett.

Gebackene Brotfladen bildeten die Teller. Soßen, Dips und Kräutercremes rundeten das Angebot ab. Selbst in einem pflanzlichen Fett frittierte bananenartige Früchte würde ich kredenzen können. Ich war etwas aufgeregt, wenn ich ehrlich war. Ob er es mochte? Vorsichtig zog ich das Tablett nach oben, nachdem ich die Leiter hochgeklettert war. Klein Highlander hatte sich inzwischen beruhigt, wie mir schien. Er winselte mir nochmals zu und trabte davon.

Was soll ich sagen? Der Abend verlief ganz nach meinen Wünschen. Sven war begeistert von meinem Essen, dem Baumhaus und der grandiosen Aussicht. Wir verbrachten eine lange Nacht auf meiner Aussichtsplattform. Stunden voller Gespräche, vertrauter Momente und sogar vereinzeltem Lachen. Sven schien langsam anzukommen.

***

Der folgende Tag begrüßte uns mit Sonnenschein und milden Temperaturen. Ich freute mich jeden Morgen darüber, denn irgendwann musste ja mal der Herbst und schließlich der Winter kommen und dann war es vorüber mit der Wärme. Ein Winter in den Bergen musste brutal sein und ich wusste nicht wirklich, ob meine Baumhütte der Kälte und den Stürmen standhalten würde. Vermutlich wäre dann Svens gedrungene Bodenhütte die bessere Wahl. Ich betrachtete den Schlafenden vor mir. Sanft strich ich ihm durch die Haare. Ich wusste gar nicht mehr, wann wir vom Dach heruntergestiegen waren. Es musste sehr spät gewesen sein. Denn der Mond hatte einmal seine Runde über den Nachthimmel gemacht. Ein Rausch ohne Kater. Ich war beeindruckt. Mein Experiment mit dem vergorenen Saft schien gelungen zu sein. Ich wusste gar nicht mehr genau, wie ich damals an diese eigenartigen, beinahe pastösen Kulturen kam, die sich zwischen den Wurzeln einer bestimmten Baumart heranbildeten. Es war Klein Highlander, der diese mit großer Vorliebe abschleckte. Da wollte ich es auch probieren. Das Resultat war ein alkoholisches Getränk, welches uns wunderbar durch die Nacht begleitet hatte.

„Heute ist ein guter Tag das Glück zu begrüßen. Tun wir alles, damit es sich wohlfühlt." – „Was?" Irritiert blickte ich ihn an. „Na, der Spruch dort. Woher hast du den?" Sven nickte in Richtung der Wand meiner Baumhütte, wo ich auf ein Stück Rinde und mit Holzkohle eben diesen Spruch verewigt hatte. „Ach der, den habe ich einmal in einem Hörbuch gehört. Hat mir irgendwie gefallen. Guten Morgen.“ Ich hauchte einen Kuss auf seine Stirn. Doch er wich leicht zurück. Zu viel Nähe hielt mein Gefährte im Wachzustand nicht aus. Dabei lagen wir beide nackt unter meinem Schlafsack. Hatten wir heute Nacht …?

Sven schien gerade dieselben Gedanken zu haben. Sein erstauntes Gesicht brachte mich zum Lachen. „Lag wohl an meinem vorzüglichen alkoholischen Getränk“, kommentierte ich. „Aber nein, bevor du fragst: Soweit ich mich erinnern kann, kamen wir über zärtliche Streicheleinheiten nicht hinaus.“ „Aha“, kommentierte er nur und setzte sich aufrecht hin. „Und wie machst du es hier mit der Toilette? So hoch oben?“ Verlegen zeigte ich auf die kleine Schale, die ich aus Holz geschnitzt hatte und von der das bambusartige Rohr zur Hüttenwand hinaus nach unten verlief. „Die kleinen Sachen mache ich nachts hier und die anderen Dinge wie du unten auf der Erde – habe eine Klohütte dafür gebaut.“ Ich wollte gerade aufstehen, um ihm die Tür zu öffnen, damit er hinunterklettern konnte. Doch Sven scherte sich nicht darum, setzte sich auf mein Holzklo und blickte mich intensiv an. Seine Stimme klang nachdenklich, als er sprach: „Julia, so nah habe ich schon seit vielen Jahren niemanden mehr an mich herangelassen. Das macht mir…“ Er stockte kurz. Ich reichte ihm einen Becher Wasser und ein Papiertaschentuch aus meiner Notreserve. „Das macht mir, ehrlich gesagt, etwas Angst. – Es geht mir zu schnell. Verstehst du?“ Mechanisch nickte ich, obwohl ich es nicht wirklich verstand. In diesem Tal gab es doch nur uns beide. Wir verstanden uns und mochten uns auf irgendeine Art. Warum sollten wir uns nicht zusammentun? Wenigstens als Team. „Alles gut Sven. Das verstehe ich. Gehen wir alles langsam an."

Mit diesen Worten hatte ich meine Kleider angezogen und kletterte bereits die Leiter hinunter. Klein Highlander begrüßte mich – wie soll ich sagen – höflich. Er kam langsam auf mich zu, schmiegte sich an mich und blickte mir in die Augen, um zu prüfen, wie ich drauf war. Kein freudiges Hüpfen und Wedeln mit Schwanz und Ohren. „Guten Morgen mein Freund. Wollen wir uns kurz waschen gehen? Jetzt gehören die nächsten Minuten nur uns zwei", versuchte ich ihn versöhnlich zu stimmen. Er trabte sofort den Pfad hinunter zum nahen Wasser. Dort fand sich wie jeden Morgen dieselbe Gesellschaft ein. Fast schien mir, als ob mich die Tiere des Tals inzwischen wie einen alten Bekannten kurz begrüßten, in der Manier wie „ach, sind wir auch schon wach? Guten Morgen liebe Mitbewohnerin." Ich nickte ihnen wie immer freundlich zu, trällerte meinen „Schönen guten Morgen"-Spruch und begann mit meiner Morgentoilette. Klein Highlander neben mir. Jeden Morgen ein besonderes Bild der Harmonie. „Tun wir alles, damit sich das Glück wohlfühlt", flüsterte ich vor mich hin und beobachtete die kleinen Vögel mir gegenüber, die vergnügt ihre Köpfe ins Wasser tauchten und danach einen kleinen Tanz vollführten, indem sie sich schüttelten und rüttelten. Sven tauchte auf dem Pfad auf. Unvermittelt schien die Szenerie zu gefrieren. Die Vögel hielten in ihrem Tanz inne, die kleinen Hamster, Hasen, Füchse oder was auch immer sie waren, starrten Sven an. Die kleine Reh-Familie entfernte sich vorsichtig vom Wasserplatz. Wenigstens Klein Highlander knurrte nicht, sondern machte höflich Platz, damit er sich setzen konnte.
„Was ist los?", wollte er wissen. „Keine Ahnung.

Denke, sie kennen dich nicht." Stumm begann er, sich zu waschen. „Lächle sie an, dann wissen sie, du bist nett", riet ich ihm. Doch Sven zuckte nur kurz mit den Mundwinkeln. Prustend tauchte er im kühlen Wasser ab und verscheuchte die letzten Tiere. „Tun wir alles, damit sich das Glück wohlfühlt", hallte es in meinem Kopf nach.

Ich legte mich auf den Rücken ins vom Morgentau nasse Gras und genoss den Moment. Sog tief die Luft ein, wieder aus, wieder tief ein, wieder aus.

Wenn man doch nur den Duft des Morgens und die wunderbaren Geräusche einfangen könnte.

Das Plätschern der Quellen, die den Hang hinunterperlten. Wasser zerstäubte in der Luft, glitzerte in der Morgensonne, die sich durch das Blätterdach stahl. Hohe Luftfeuchtigkeit benetzte meine Haut. Der Duft von Waldboden. Das Summen der Insekten, vermischt mit dem Gesang der Vögel. Der Spätsommer drängte sich nach vorne. Wollte den Tag erobern. Ich schwelgte in meiner Kindheit. Setzte mich auf gefällte Bäume, roch den ausströmenden Saft.
Harz der Nadelbäume und deren ätherische Öle schwebten in sanften Schwaden in meine Nase. Meine Sinne öffneten sich. Es schien, ich könnte mit allen Poren meiner Haut, mit jedem Millimeter meines Körpers erleben und erfahren.
Die milde Luft des Sommermorgens umschmeichelte mich. Der Duft des Grases, durchsetzt mit Kräutern, wehte von der nahegelegenen Bergwiese zu uns herüber. Es wollte nicht aufhören. Ich saugte alles in mich auf.
Musste mich nochmals setzen. Schauen, riechen, die Augen schließen, alles auf mich wirken lassen. Einfach nur hierbleiben. Ankommen. Leben, Ewigkeit, Ruhe.

„Julia?“ – Ich hörte seine Stimme nur aus der Ferne. „Julia!“ Sven stapfte zu mir hinüber. Vollkommen irritiert. „Bist du noch nicht ganz nüchtern?“ Die Frage konnte ich ihm gerade beim besten Willen nicht beantworten. Doch das Erlebnis war schön. Lächelnd nahm ich meinen neuen Gefährten bei der Hand und ging mit ihm zum Baumhaus. Frühstücken.

MERLE

Wir hielten uns an der südlichen Felsmauer, um ans Ende des Tals zu gelangen. Dorthin, wo unser zentraler Gebirgsbach im Nirgendwo verschwand. Wenn man mit Svens Augen schaute, dann mutete die hohe Felswand tatsächlich wie Stuttgart-Stammheim an, mit den unendlich hohen Festungsmauern des Hochsicherheitstraktes. Auf mich wirkte das alles wie ein faszinierendes Naturschauspiel, mit einzigartiger Kulisse. Entstanden über Millionen von Jahren. Ich blieb stehen und blickte an den Felsen hoch in den Himmel. Erste Wolken zogen über deren Kanten hinweg. Dunkel, schwer, bedrohlich. „Es wird Regen geben", kommentierte ich meine Beobachtungen. Sven blieb ebenfalls stehen und betrachtete die Szenerie über uns. Er machte eine wegwerfende Handbewegung und sprach: „Wenn wir Glück haben, sind wir bis dahin wieder zu Hause." Ich war da skeptischer. In den Bergen konnte das Wetter schnell umschlagen und die Temperaturen fielen rasch. „Unterschätz nicht die Strecke, Sven. Es sind doch einige Kilometer hin und zurück. Und vor allem gegen Ende des Tals wird es beschwerlich werden." Zudem waren wir beide nur leicht bekleidet. Kurze Hose, Shirt, Schuhe. Das war es. Zur Sicherheit lagerten noch ein paar Sachen in unseren Rucksäcken. Er nickte in Richtung meines Baumhauses, das weit entfernt hinter dem Grün stehen musste: „Willst du umdrehen? Ist wirklich kein Problem. Ich komme später dann zu dir." Ich schüttelte vehement den Kopf. „Packst du mich gerade an meiner Ehre? No way. Ich will ja auch sehen, was auf uns wartet." Mein Entdeckergeist war geweckt. Sein verschmitztes Lächeln entging mir natürlich nicht, als ich an ihm vorbeiging. „Auf, das Abenteuer wartet!“ So marschierten wir mutig weiter. Sven begann zu erzählen: „Weißt du, Julia, ein Kumpel sagte mal zu mir: `Das Leben ist wie eine große Disco oder ein cooles Konzert, in das wir hineingebeamt werden. Wir können uns lange Gedanken dazu machen, warum wir nun da sind, wo wir sind. Ich für meinen Geschmack will einfach die coole Mucke genießen und Spaß haben. Will die ganzen Sachen mitnehmen, die es gibt: hippe Menschen um mich rum, Musik, abgefahrene Getränke und gute Stimmung. Die Katerstimmung kommt mit dem Tod. Glaub mir.´“ Er unterbrach sich, um über das gerade Gesagte nachzudenken, dann fuhr er fort: „Ich hab versucht, danach zu leben. Wahrlich. Hab nichts ausgelassen. Alles mitgemacht. Klang ja irgendwie schlüssig das Bild.“ Wieder stockte er in seiner Erzählung. Rieb sich die Arme, an denen einige Narben zu sehen waren: „Doch es machte einsam. Extrem einsam - und leer. So zu leben macht einen oberflächlich, dumpf und saudumm.“

Ich konnte darauf nichts Kluges sagen. Gehörte ich doch selbst zu dieser Kategorie in der Vergangenheit. Stumm marschierten wir die nächste halbe Stunde vor uns hin. Die düster dunklen Wolken hatten bereits den gesamten Himmel über uns bedeckt. Es war nicht mehr möglich, den Stand der Sonne auszumachen, um die Uhrzeit zu schätzen. Vermutlich weit nach Mittag. Ich fröstelte und hielt an, um mir was Wärmeres anzuziehen. Auch Sven holte einen Hoodie aus seinem Rucksack. Schweigend betrachteten wir den Lauf des Bachs, der zum Ende des Tals hin eine Breite von gut drei Metern hatte. Keine zehn Meter vor uns verschwand das glasklare Wasser unvermittelt und gurgelnd im Felsen. Saftig grüne Hängepflanzen und Farne überzogen die Felswand darüber, daneben und um den Bach herum. „Der Abfluss einer Badewanne“, sinnierte ich beim Anblick dessen. Würde sich das ganz Tal füllen, sollte der Abfluss mal verstopft sein? „Was stierst du denn so dort hin?“, wollte Sven wissen. „Hast du Angst bekommen?“ Wieder trafen mich diese Kommentare tief in meinem Inneren. Sie piksten etwas in mir an, was mich hoch aggressiv werden ließ. „Mach mich verdammt nochmal nicht so saudoof an. Verstehst du?“ Nur schwerlich konnte ich diese Emotionen unterdrücken. „Wenn du keinen Ärger haben willst, dann reiß dich zusammen und lass den Scheiß!“ Ohne auf ihn zu achten, stapfte ich los. Direkt auf den Abfluss zu. Die dichte Vegetation ließ nicht zu, dass man erkennen konnte, ob dort eine Höhle war, in die der Bach hineinfloss. Ich lief - noch immer voller Ärger - unverdrossen weiter. Mühte mich den Hang hinunter, so nah wie möglich ans Wasser heran, dann geschah das Unglück. Ich rutschte aus, fiel rücklings ins Wasser. Der Rucksack zog mich nach unten. Ich schrie, schluckte Wasser und registrierte beunruhigt, wie tief der Bach an dieser Stelle war. Meine Füße konnten keinen Boden zu fassen kriegen. Ich strampelte wild, versuchte, einen tiefen Schnapper Luft zu bekommen und wurde wieder nach unten gezogen. Svens lauter Schrei drang nur gedämpft an mein Ohr. Noch bevor ich mich umsah, verschwand ich im Abfluss. Panik stieg in mir hoch. War das nun das Ende? Ich war so glücklich in diesem Tal gewesen. Hatte meine innere Ruhe gefunden. Und just an dem Tag, an dem mich Sven dazu bewegte, einen Ausgang aus dem Tal zu finden, würde ich sterben. Was für eine Ironie der Geschichte.

Die Sekunden wurden zu einer Ewigkeit. Ich kämpfte, wollte nicht aufgeben. Doch der Strudel riss mich schräg nach unten in die Tiefe. Wie in einem Abflussrohr schoss ich in die Dunkelheit. Verdammt schnell. Die Brust wollte mir platzen. „Bitte“, brüllte es in mir, „bitte, lass mich nicht sterben.“ Sterne tanzten vor meinen Augen. Ich konnte meinen Atem nicht mehr lange anhalten. Es war aus! Ich gab mich auf, just in dem Moment, als der Bach mich aus der Röhre herausspuckte. Ich schnappte nach Luft, wollte mich halten, fand aber nichts, was mir Halt bot. Die Fahrt ging weiter. Ich brüllte. Mein Schrei hallte von Felswänden zurück. Das Rauschen des Wassers kündigte einen tiefen Wasserfall an. Schon wurde mein erschlaffender Körper hineingerissen. Ich schrie wie ein Berserker. Strampelte im freien Fall, einem Hampelmann gleich. Suchte Halt, rutschte ab und schlug schmerzhaft auf dem Wasser auf. Kopf und Hüfte knallten gegen einen Felsen. Dann verlor ich das Bewusstsein.

***

Als ich wieder zu mir kam, lag ich am Rand des Wasserfalls, inmitten der Höhle. Eine Schlabberzunge bedeckte mein Gesicht. Eilig schob ich sie von mir, mitsamt dem Kopf, der dazugehörte. „Klein Highlander, was machst du denn hier?“ Ich verstand nicht. Dämmriges Licht erfüllte den Raum, in dem ich mich befand. Eine Höhle? „Julia!“ Svens Stimme ertönte in der Ferne, kam rasch näher. „Julia? Bist du hier?“ – Ich setzte mich auf. Der Schädel brummte. Einige meiner Knochen taten saumäßig weh. „Hier“, krächzte ich. Klein Highlander ließ nicht von mir ab.

Erst als Sven auftauchte, nahm er einen Sicherheitsabstand ein. Es war kein Knurren zu vernehmen. Doch sein Meckern machte klar, dass ihm seine Anwesenheit nicht behagte. „Julia, um Gottes Willen. Geht's dir gut?" Er schoss heran und beugte sich zu mir herunter. „Oh, es tut so gut, dich zu sehen. Ich habe mir solche Sorgen gemacht!" Er umarmte mich so fest, dass ich mich in einem Schraubstock wähnte. Erst meine Schmerzensschreie und Klein Highlanders nun doch einsetzendes Knurren veranlassten ihn, mich loszulassen und sich neben mich zu setzen. „Du lebst, was für ein Glück." Ich nickte. Das fand ich auch. „Hätte ich nicht gedacht. Wenn ich ehrlich bin. Ich war kurz vor dem Aufgeben." Er fasste nach meiner Hand und streichelte sie. Währenddessen dachte ich noch verwundert, dass mir mein Leben gar nicht wie in einem Film vor Augen ablief, als ich meinte, sterben zu müssen. So ein Beschiss aber auch.
Sven drehte sich zu meinem Freund um und sprach, nicht ohne Erstaunen in der Stimme: „Plötzlich war Klein Highlander da. Wie aus dem Nichts stand er vor mir, schaute mich kurz an und rannte den Hang hoch." Er nickte in Richtung des Weges, den er gekommen war. „Einige Meter über dem Bach verschwand er hinter dem Vorhang aus den Pflanzen. Na, da bin ich einfach hinterhergerannt." Er schüttelte den Kopf und streichelte meinen Arm: „Ich hatte so Angst, dich zu verlieren." Seine Stimme zitterte. Ich versuchte, meine freie Hand zu heben, um Tränen aus seinen Augen zu streichen. Es gelang mir nur mühsam. „Woher kommt das Licht?" Irritiert blickte ich nach oben. Es war zumindest nicht stockdunkel um uns herum. Wir konnten einigermaßen gut sehen. „Ich vermute, das sind vereinzelte Einbruchstel-

len über uns“, sprach Sven, während er mich dabei beobachtete, wie ich vorsichtig an meinem Körper herumtastete. „Was gebrochen?“, wollte er wissen. „Glücklicherweise nicht. Auch wenn einige Stellen saumäßig wehtun.“ – „Hast echt Schwein gehabt.“ Er wuschelte mir durch das Haar. Ich lächelte dankbar. Grollen drang an unsere Ohren. „Was war das?“ Irritiert blickte ich in Richtung der Geräusche. Sven zuckte mit den Schultern. „Keine Ahnung. Vielleicht ein Gewitter?“ Ich versuchte, mich zu bewegen. Doch das ging nicht so leicht. Oh man, taten mir die Knochen weh. Klein Highlander wurde unruhiger, mit jedem Donner, der trotz der Dicke der Höhle zu uns drang. Nervös tippelte er auf seinen Pfoten umher. „Mein Freund, alles gut?“, stöhnte ich. Versuchte ihn zu beruhigen. Doch mein Instinkt war geweckt. „Sven, irgendwie ist es nicht gut, hier zu sein. Wir sollten aus der Höhle verschwinden. Und zwar schnell!“ Doch mein Gefährte hörte nicht auf mich. Er erhob sich und versuchte, dem Lauf des Bachs zu folgen. „Sven“, rief ich ihm hinterher, „wir müssen hier raus. Es könnte ungemütlich werden, wenn das Regenwasser kommt.“ Er winkte kurz ab, soweit ich das bei dem dämmrigen Licht erkennen konnte. „Gib mir kurz Zeit. Ich möchte nur schnell schauen, wie es weitergeht.“ Ich versuchte, mich auf meine Beine zu stellen, was leidlich gelang. Das Unwetter schien im Tal vollends durchzubrechen. Ein Donner folgte dem anderen. Vermutlich blitzte es im gleichen Takt. Das Tosen des Wasserfalls steigerte sich. Erst unmerklich, dann immer stärker. „Sven, bitte, komm jetzt! Lass uns gehen. Ich will nicht zum zweiten Mal absaufen.“ Mein Flehen verhallte im Lärm des anschwellenden Wasserlaufs. Ich humpelte in seine Richtung. „Komme gleich. Ich will nur noch schnell um die Ecke…“

Stille folgte. „Sven?“ Ich versuchte ihm zu folgen. „Wo bist du?“ Er antwortete nicht. Jetzt stieg die Panik in mir auf. War er lebensmüde? Klein Highlander begann in der ihm eigenartigen Weise zu bellen, miauen oder was auch immer. „Sven, verdammt, komm jetzt!“ Wütend humpelte ich um die Ecke und stockte. Vor mir stand mein Gefährte. Wie zu einer Salzsäule erstarrt. Sein Blick nach vorne gerichtet. Ich folgte diesem und gefror selbst in meinen Bewegungen. Konnte das sein? Stand da wirklich vor uns - ein Mensch? Wir mussten halluzinieren. Womöglich ein Flashback des Getränks, was ich gebraut hatte. Aber Tatsache war, wir beobachteten mitten in der Schlucht einen jungen Menschen, der unbekümmert umherlief. Mal hier nach was schauend, dann etwas dort suchend, als ob er auf einer Wiese Blumen pflücken würde. Ich dachte zuerst, es wäre ein Junge, der nun unter einem sanft perlenden Seitenstrang des Wasserfalls stand. Nackt. Die Brüste waren klein. Erst beim zweiten Anblick erkannte ich, dass vor uns eine junge Frau stand. Zart, dennoch knabenhaft. „Was macht er da?“, wollte Sven wissen. „Es ist eine sie“, korrigierte ich. „Keine Ahnung. Spielen?“ Wir blickten noch immer wie vom Blitz getroffen auf diese Fata Morgana. „Hey“, sprach ich zögerlich. Doch die Erscheinung reagierte nicht. Hüpfte, tanzte, spielte mit dem Wasser und nun auch mit Klein Highlander, der freudig auf sie zusprang. „Hallo“, rief ich nun etwas lauter und winkte mit der Hand. Jetzt endlich lächelte sie und gab ein „Hallo“ zurück. Dann kletterte sie auf einen Felsen und schien die Räume dahinter zu inspizieren. „Was macht sie denn da?“ Svens Stimme klang nun recht ernst, während er seine Frage wiederholte. Sein Erstaunen schien Misstrauen gewichen zu sein. „Das ist mir zu unheimlich, Julia! Woher kommt er oder sie denn so plötzlich?“ Wir versuchten, mit unseren Blicken dem Bachlauf und damit dem Höhlenverlauf zu folgen. Doch beides verlor sich in einem abgrundtiefen, schwarzen Loch. Steine, die sich unter unseren Füßen lösten, schienen in die Ewigkeit hineinzustürzen. „Von da unten kann sie beim besten Willen nicht gekommen sein.“ Wir waren uns da einig. Nur woher sonst? Es war nichts auszumachen, was als Eingang zu erkennen gewesen wäre. Das Donnern und Grollen draußen im Tal wurde bedrohlicher. Auch stieg das Wasser um uns herum mehr und mehr an. Sturzfluten drohten. „Julia, wir müssen verschwinden!“ Sven sah endlich auch, was ich sah: Einen Bach, der zum reißenden Höhlenfluss wurde. Und zwar schneller, als wir wahrhaben wollten. Ich rief zu dem menschlichen Wesen hinüber: „Komm zu uns, wir müssen schnell von hier weg.“ Ich winkte, um meinen Worten Nachdruck zu verleihen. Doch sie hatte sich schon wieder zu Klein Highlander hinuntergebeugt und spielte mit ihm. Sven hatte sich bereits in Richtung Ausgang begeben. „Lass sie. Wenn sie nicht will, will sie nicht. Soll sie selbst schauen, wo sie bleibt.“ Ich war fassungslos. Man konnte einen Menschen doch nicht seinem Schicksal überlassen. „Hallo du, wie heißt du denn?“ Ich brüllte gegen den inzwischen tosenden Wasserfall an. „Wie ist dein Name?“ Sie antwortete tatsächlich etwas. Doch ich verstand nur undeutliche Wortfetzen. „Merle?“, versuchte ich zu übersetzen. Sie schien zu nicken. Zumindest meinte ich das. „Also gut, Merle, komm jetzt bitte.“ Ich wurde langsam hysterisch. Lange konnte das hier nicht gut gehen und ein zweites Mal wollte ich nicht zu nahe an den Tod herantreten müssen. Sven war längst nach oben verschwunden. „Klein Highlander, verdammt, komm wenigstens du!“

Ich schimpfte inzwischen schon wie ein Rohrspatz und gerade, als ich mich bereitmachen wollte, dieses naive Wesen mit Gewalt aus der Höhle zu holen, sprang Klein Highlander zu mir herüber und in Richtung Ausgang. Sie folgte ihm ohne Zögern. Sprang wie eine junge Gemse über die Felsen hinweg und war schon oben am Felsvorsprung, der offenbar in Richtung Ausgang führte. Ich stolperte hinterher. Stieß mich an hervorstehenden Felsen, schlug mir mehrfach den Kopf an. Gischtartig schoss das Wasser inzwischen durch die Höhle. Ich schaffte es gerade noch rechtzeitig nach oben auf einen Felssims und von dort zum Ausgang.

Die dichten Gewitterwolken ließen den späten Nachmittag zur Nacht werden. Düster war es. Vollkommen außer Atem warf ich mich vor der Höhle gegen den Felsen und atmete tief durch. Konzentriert betrachtete ich die Gestalt, die neben Klein Highlander am Boden saß und neugierig die Gewitterwolken betrachtete. Ich wollte ihr mein Sweatshirt geben, doch das war pitschnass. Machte keinen Sinn. Merle schien aber auch nicht zu frieren. Sie wirkte verträumt, der Realität entrückt, wie sie so dasaß.

Wir beobachteten die Erscheinung, die gerade aufstand und mit Klein Highlander in den Sträuchern Beeren pflückte, um sie abwechselnd sich und dem Tier in den Mund zu stecken. „Nicht zu viele“, rief ich zu ihnen hinüber. „Diese Beeren wirken wie Drogen. Sie werden euch berauschen.“ Doch sie lächelte mich nur an. Nein, das war kein Mädchen. Das war eine junge Frau! Ich versuchte, sie vom Alter her einzuschätzen: War sie 18? 27? Für mich nicht erfassbar. Sie kam aus dem Nichts und würde sie auch wieder im Nichts verschwinden? War sie ein Fabelwesen, wie der kleine Prinz von de Saint-Exupéry? War sie die Momo der Gegenwart?

Ich schüttelte mich wie ein nasser Hund. Aber weniger, um das Wasser abzuschütteln, sondern eher, um mich von diesen sonderlichen Gedanken zu befreien. Eines musste ich mir eingestehen: Diese Erscheinung war attraktiv, besonders, sehr hübsch, mit langen, glänzend schwarzen Haaren, wellig, schönes, ebenmäßiges Gesicht. Ihre Augenfarbe: schwer zu ermitteln. Sie leuchteten wie ein Smaragd, mit vielen farbigen Einschlüssen. Ich meinte grün und blau zu erkennen, auch silbern. Immer wieder, wenn sie kurz zu mir rüber schaute, schien es, dass sich die Farbe verändert hatte. Je nach ihrer Gefühlslage? Sven hatte aufmerksam mein Gesicht studiert, während ich wiederum die Erscheinung bewunderte. „Die wohnt aber nicht bei mir! Darfst ihr gerne in deinem Palast einen Platz freiräumen!“ Svens Stimme klang wütend. „Was?“ Irritiert wandte ich meinen Blick von Merle ab. „Was meinst du?“ Dann sah ich den Gesichtsausdruck und die angespannte Haltung von Sven. Betrachtete er unseren Neuzugang im Tal als Konkurrenz? „Warum soll sie bei mir wohnen? Wird sie denn bei uns bleiben?“ Sven schüttelte verständnislos den Kopf und zischte ein „Naivling.“ Wütend baute ich mich vor ihm auf, bereit zum Wortgefecht. Doch Merle gesellte sich zu uns und stellte sich zwischen Sven und mich, uns beide intensiv betrachtend. Ein helles orange zeigte sich kurz in ihren Augen. Sie wirkten wie eine Sonneneruption auf mich, ausgehend von der dunklen Pupille. War das gefährlich? Ich versuchte zu lächeln, um die Stimmung ein wenig zu verbessern. Doch die Schmerzen in meinem Körper hinderten mich daran. Ich gebe zu, auch die Überforderung, die die Situation mit sich brachte, kam zum Vorschein. „Lasst uns zurückgehen und trockene Kleidung anziehen, dann sehen wir weiter“, schlug ich deshalb vor und ging mit Klein Highlander voraus.

„Das Tal will verhindern, dass wir den Ausgang finden!“ Genervt blickte ich hinter mich. „Was?“, stotterte ich erneut. „Was redest du da wieder und wieder?“ Sven zeigte zur Höhle, die aus der Ferne gerade noch durch den Regenschleier zu sehen war. „Na ganz einfach! Überleg doch mal: Wann hat denn der Regen eingesetzt? Richtig! Genau dann, als wir da reingegangen sind. Dann die schlimme Überschwemmung dort drin.“ Ich zuckte mit den Schultern. „Das passiert nun mal in den Bergen. Dazu braucht es keine höheren Wesen.“ Doch er schüttelte vehement den Kopf. „Glaub mir, das ist so. Und die da hat was damit zu tun!“ Damit meinte er jene Erscheinung, die stumm neben uns hermarschierte.

HÄRTETEST

Merle begleitete mich an jenem merkwürdigen Tag zu meiner Baumhütte. Auf dem gesamten Heimweg machte ich mir Gedanken, wie ich das mit dem neuen Gast in meinem engen Zuhause bewerkstelligen konnte. Doch die Frage beantwortete sich schnell von selbst: Sie hatte Angst vor der Höhe, wie ich feststellen musste. Merle weigerte sich vehement hochzuklettern. Ich versuchte es mit allen Varianten: klettern, anseilen und hochziehen, mit Klein Highlander nach oben locken … Nichts klappte. Deshalb richtete ich ihr in meinem inzwischen überdachten Küchenbereich einen Schlafplatz ein. In den folgenden Tagen baute ich der Frau dann eine kleine Hütte um den Baum herum. Mit Veranda. Das war eigentlich verrückt. Denn, sie sollte nur für eine Nacht Schutz bekommen, so mein Plan. Dann hätte ich mich von ihr verabschiedet. Doch Merle machte keine Anstalten wieder zu gehen. Sie schien es zu genießen, in meiner Nähe zu sein. Vor allem aber auch in der von Klein Highlander, mit dem sie sich bestens verstand. Ich aber tat mir schwer mit dem Gast. Ich hatte mich in meinem neuen Leben eingerichtet. Hatte mich wohlgefühlt. Hatte es doch endlich geschafft, gegen die Einsamkeit und das Verlassen sein anzukämpfen. Sie zu überwinden. Mit Sven zeichnete sich eine Beziehung ab, die gut dazu passte. Nicht zu eng und intensiv, aber dennoch so, dass wir uns das gaben, wonach wir uns gerade sehnten.

Jetzt das! Jetzt diese Frau. Und ja, sie übte tatsächlich eine Anziehungskraft auf mich aus, so widersprüchlich es sein mochte. „Das ist es ja gerade. Sie weckt in dir Gefühle, die du nicht zulassen willst, meine Beste.“ Die Stimme in mir strotzte nur so vor Boshaftigkeit. Ich versuchte, sie zu unterdrücken. Doch Sven war wohl derselben Meinung. Er zog sich von uns zurück. Merle wurde zu seinem Feindbild. Hässliche Sätze und unfreundliche Gesten hatte ich immer wieder in den wenigen Momenten abzuwehren, in denen wir uns trafen. „Jetzt verteidigst du sie auch noch. Seid ihr inzwischen ein Paar?“ Was sollte ich auf solche Beschuldigungen antworten? Mehr als „das ist doch absoluter Quatsch“, wäre eh nicht über meine Lippen gekommen. Stattdessen versuchte ich, ihn in die Arme zu nehmen, um ihn davor zu bewahren, sich wieder einzuigeln. Doch das verweigerte er energisch. Stieß mich von sich, begleitet von hässlichen Beschimpfungen. Ja, die verletzten mich sehr. Das war vor zwei Tagen gewesen. Seither hatten wir uns nicht mehr gesehen. Schließlich hatte ich auch meinen Stolz. Während ich darüber nachdachte, kam ich mir lächerlich vor. Wie alt waren wir eigentlich? Hatte uns das Leben nicht wenigstens ein klein bisschen Reife geschenkt? Kleinkinder im Kindergarten gingen mit ihren Konflikten vermutlich reifer um, als wir das taten. „Julia, bist du traurig?“ Merle schenkte mir ein Lächeln, während sie zu mir auf die überdachte Veranda trat und meinen Arm streichelte. Ihre Augen glitzerten blau-silbern. Ließen mich darin versinken. Eine prickelnde Wärme durchfloss mich. „Nein Merle, alles gut.“ Ich strich ihr durch das glänzende Haar, während sie sich neben mich setzte und unentwegt beobachtete. „Ich bin nur in Gedanken. Mehr nicht. Und du? Geht’s dir gut?“ Sie strich mit dem Handrücken über meine Wangen und nickte: „Oh ja. Es ist so schön hier bei dir und Klein Highlander. Mir geht es sehr gut.“

Sie legte ihren Kopf an meine Brust und genoss es, wie ich mit den Fingern durch ihre vom Nieselregen feuchten Haare fuhr. Klein Highlander gesellte sich zu uns. Das Vogelpärchen, welches seinen Nistplatz über mir im Baum platziert hatte, schimpfte kräftig miteinander. Ich musste schmunzeln. Wahrscheinlich hatte das Männchen den Frühstückswurm selbst gefressen und nicht zu Hause abgeliefert. Alles so schön hier, wenn, ja, wenn nicht das mit Sven wäre. Ich musste unbedingt mit ihm reden und unsere Situation klären. So konnte das nicht weitergehen. Harmonie war so wichtig für mich geworden. Doch nicht sofort. Diesen Tag wollte ich in trauter Dreisamkeit verbringen.

***

Die schlimmen Regenfälle der letzten Tage waren endlich einem milden Spätsommer gewichen. Ich atmete erleichtert auf. Es war wieder möglich, meinen Frühstückskaffee am Eingang meiner Baumhütte zu mir zu nehmen und die Füße in die Tiefe baumeln zu lassen. Es gab kein schöneres Frühstücksritual für mich, als den Tag so zu beginnen. Das tat ich am folgenden Tag auch.

Unter mir spielte Merle mit Klein Highlander. Ja, die beiden waren ein Herz und eine Seele. Mir gefiel es, wie sie miteinander umgingen. So freundschaftlich, liebevoll. Ich sinnierte über den Begriff Seele und was es bedeuten mochte, wenn man ein Herz und eine Seele war. Gehörte man dann untrennbar zusammen? Würde man sterben, wenn zwei so miteinander verbundene Wesen voneinander getrennt würden?

„Guten Morgen, Julia. Wie geht's dir?" Sie winkte zu mir hoch und blieb kurz stehen, um auf meine Antwort zu warten. „Gut, sehr gut." Ich lächelte ihr zu und grüßte auch meinen Freund Klein Highlander, der sich nur kurz mit mir beschäftigte. Merle war sein Bezugspunkt und seine Futterstation geworden. Ich hob meinen Becher und rief: „Auch einen?" Doch Merle schüttelte den Kopf. Das braune Gebräu war nicht das ihre. Die beiden liefen zum Wasser und begannen zu planschen. Ich beobachtete sie vom Baumhaus aus. „Ist sie ein Mensch? Ein Wesen?" Sie wirkte immer so verträumt auf mich, der Realität entrückt. Dann wieder weise und dennoch kindlich naiv. Wirkte wie eine Frau, die mich bezirzte und dann wieder so jung wie ein Mädchen. Sie war eindeutig eine Erscheinung, die mich verwirrte. Als wir sie in der Höhle aufgabelten, sprach sie so gut wie gar nichts. Jetzt, nach ungefähr einer Woche, war mein Wortschatz der ihrige. Meine Rhetorik hatte sie voll und ganz verinnerlicht. Ein Lernwunder.

Als wir Merle begegneten trug sie nichts, außer ihrem Eva-Kostüm. Inzwischen waren ein bauchfreies Top und eine Hose aus Wolle, die ihr bis zum Knie reichte, hinzugekommen. Merle hatte mir einfach kurz beim Verarbeiten meiner Wolle zugesehen und in kürzester Zeit selbst mit dem Stricken losgelegt. Selbst Nähen konnte sie inzwischen ganz manierlich. Vorbild war meine Hose, die ich ihr geliehen hatte. Sie imitierte und kopierte alles, wie mir schien.

„Klein Highlander, komm." Sie rannten gerade wieder vom Bach zur Hütte zurück. Immer voller Energie. Niemals müde oder erschöpft. Man konnte beinahe neidisch auf diese Unbeschwertheit sein. Ich leerte meinen Getreidekaffee und kletterte zu ihnen runter. „Na, wie war die Nacht, gut geschlafen?" – „Sehr gut. Wie immer." Sie gab mir einen Kuss. Ich drückte sie und Klein Highlander kurz an mich, trotz ihrer triefenden Kleider und des nassen Fells. Das forderten sie jeden Morgen von mir ein. Danach packte ich mir eine Schale mit dem leckeren Bananen-Früchte-Porridge und setzte mich in einen meiner neu gefertigten Lehnstühle. „Was macht ihr da?", wollte ich von ihr wissen, als ich sah, wie sie mit Klein Highlander komische Bewegungen vollführte. „Tanzen! Wir wollen einen Tanz üben." Ich lachte aus vollem Herzen heraus. „Wo hast du das denn her?" Im Moment waren sie bei der Stufe des Schuhplattlers angekommen. Mehr noch nicht. Sie verblüffte mich mit ihrer Antwort: „Na, aus einem deiner Bücher. Da wird das beschrieben." Meinte sie meine Tagebücher? Nachdenklich betrachtete ich die Frau. Wie kam sie an diese ran? Die hatte ich immer sicher unter meiner Schlafmatte oben im Baum versteckt. Merle kümmerte sich nicht um meine Verwunderung, sondern setzte ihre Bemühungen fort, die Tanzkünste zu verfeinern. Einmal mehr betrachtete ich sie aufmerksam, diese Merle. Heute hatte sie ihre Haare nach hinten geflochten. In vielen kleinen Zöpfen, die eng am Kopf anlagen. Sofort fiel der Mund auf. Mit den breiten Lippen. Wunderschön geformt. Die schmale Nase. Die Augen. Man wollte darin versinken. Unergründlich. Lange, dunkle Wimpern zierten diese. Dichte Augenbrauen umschlossen sie von oben. Die linke lief etwas höher nach außen als die rechte. Sonst aber besaß sie ein wunderbar symmetrisches Gesicht. Das Schlimmste für mich jedoch war: Die Art, wie sie mich anschaute, berührte mich in meinem tiefsten Inneren.

Das hielt ich nie lange aus. Plötzlich und unvermittelt tauchten Erinnerungen an Kevin in mir auf. Der Blick seiner Augen … Schließlich die starke Anziehungskraft, die Sven gerade auf mich auswirkte. All diese Erinnerungen und Emotionen schienen sich in diesem Moment in Merle zu spiegeln. Ich schüttelte mich. Versuchte, die Gedanken loszuwerden, wie ich es immer tat. „Reiß dich zusammen", raunte ich mir zu. Ein Gefühlsstrudel schien mich mit und wegen Merle erfassen zu wollen. „Lass dich nicht mitreißen. Da kommst du nicht mehr raus." Ich musste diejenige sein, die hier Grenzen zu setzen hatte. Bestimmte Dinge durften einfach nicht geschehen. Nein! Denn Merle kannte keine Regeln, wie mir schien. Keine Rituale, keine Gebräuche. Sie lebte in den Tag hinein. Genoss den Moment und ließ es sich gut gehen. Sie testete alles an. Lust und Befriedigung von Bedürfnissen - für Merle war das kein Problem. Alles war für sie irgendwie so natürlich, so unbefangen, so normal. „Warum machst du dir immer so viele Gedanken, Julia?" Wie oft hatte sie mir das in der kurzen Zeit schon gesagt, in der wir uns kannten? Ich wusste es nicht mehr. Aber, damit hatte sie mich oft gekriegt. Ein eigenartiges Wesen, diese Frau.

Erschöpft setzte sie sich nach den Tanzübungen auf den Boden, neben Klein Highlander. Ich nutzte die Gelegenheit, um erneut nachzuforschen: „Merle, möchtest du mir nicht endlich mal erzählen, woher du kommst? Wie bist du in diese Höhle gelangt? Merle?" Sie reagierte nicht auf meine Fragen. Wie immer. Diese Fata Morgana wollte nicht darauf antworten. Ich glaubte fast, dass sie auch nicht Merle hieß. Das war das, was ich an jenem Tag in der Höhle gemeint hatte zu hören und was sie einfach so als gegeben annahm.

„Nun gut, wir haben ja noch Zeit“, kommentierte ich beinahe schon in ritueller Weise und ging in Richtung Bach. Heute brauchte ich Mut und einen klaren Kopf: Ich hatte beschlossen, mich mit Sven zu treffen. Wollte mit ihm reden.

Träge zog ich mich aus, warf die Hose und das Hemd ins Wasser und folgte zögerlich ins kühle Nass. Es war Waschtag. Für mich und meine Kleider. Danach wollte ich den zu einem kleinen Fluss angeschwollenen Bach hinunterwandern, um Sven zu suchen.

Die Strömung war beachtlich. Man musste schon genau aufpassen, um ihn durchqueren zu können. Ich würde eine Brücke bauen, beschloss ich, gerade, als ich mich wenig später an einen starken Ast hängte, um an ihm über das Wasser zu hangeln. Vielleicht eine Seilbrücke von Baum zu Baum. In Gedanken an die möglichen Konstruktionsformen schlenderte ich den kleinen Pfad hinunter, den die Tiere des Waldes angelegt hatten. Vermutlich über viele Generationen hinweg. Er führte nahe an Svens Behausung vorbei, sodass ich nur noch kurz durch das Dickicht zu klettern hatte, bevor es zu seiner Lichtung ging. Doch, gerade als ich daraus heraustreten wollte, traf mich ein hölzernes Geschoss am Kopf. „Autsch!“ Mehr kam mir nicht über die Lippen. Sven stand wieder einmal in kriegerischer Pose seitlich von mir am Hang und blickte mich mit dem Blick eines Siegers an. „Tot Julia. Jetzt bist du tot.“ Mit diesen Worten machte er einen Satz über einen Stamm am Boden hinweg und stand vor mir. Die Steinschleuder noch immer schussbereit in der Hand. „Du musst besser aufpassen, Träumerin. Sonst kann dich jeder überrumpeln.“ Genervt blickte ich ihn an „Überrumpeln? Wer denn? Außerirdische etwa? Ist doch niemand da.“

Er aber schüttelte den Kopf. „Wer sagt dir das? Jetzt vielleicht ja. Aber das kann sich schnell ändern. Wir sind auch plötzlich aufgetaucht, wenn wir das mit den Augen der Bewohner dieses Tals betrachten. Dann kam Merle. Wer noch?“ Sven hatte recht. Er gab mir mit der Hand ein Zeichen mitzukommen. „Ich bin auf meinem täglichen Kontrollgang. Geh mit mir ein paar Schritte.“ Ich rieb mir noch immer den Kopf, während Sven die Holzkugel vom Boden auflas, die mich getroffen hatte. „Übungsmunition“, sagte er nur und ging weiter in Richtung Felswand. Dieser rastlose Mann musste schon tiefe Trampelpfade entlang der Felswände rings um uns herum in den Boden getrampelt haben. Immer auf der Suche nach einer Flucht aus diesem paradiesischen Gefängnis. Ein Raubtier hinter Gittern. „Hast du mal diese Filme gesehen, wo die kranken Typen, meist reiche Bonzen, Jagd auf Menschen gemacht haben? Nur als Hobby und zum Zeitvertreib?“ Ich nickte. Ja, ich kannte die Horrorfilme aus US-Filmstudios. „Was hat das mit hier zu tun?“, wollte ich von ihm wissen. Sven schwieg kurz und spähte zur Felskante hoch: „Warum hat es nicht ´nichts´ mit uns zu tun - das solltest du eher fragen. Warum bist du dir so sicher, Julia? Was, wenn wir in einem Wildgehege sind und bald die Jagd losgeht? Wie kannst du dich so sicher fühlen?“ Sein forschender Blick wanderte die Kante entlang: „Ich überprüfe das jeden Morgen. Vielleicht machen sie ja einen Fehler. Vielleicht sind wir Teil einer Reality-Show.“ Mit einem Seufzer setzte ich mich am Hang ins Gras und genoss das satte Grün und die Kulisse, die sich vor mir ausbreitete. Ich konnte mich niemals satt daran sehen. „Who knows“, sagte ich nur. „Ja, who knows“, sprach auch er und setzte sich neben mich. „Julia, du warst doch diejenige, von der ich im

Camp gelernt habe, alle Eventualitäten und Gefahren in Erwägung zu ziehen.“ Er hatte recht. Das war meine Devise gewesen. Früher. In meinem alten Leben. Doch jetzt?

Wir blickten uns von der Seite aus an und musterten jeweils den anderen. „Wo wolltest du vorhin hin?“ Sven stieß mich dabei leicht mit dem Ellbogen von der Seite aus an. Ich lächelte verlegen: „Zu dir. Wollte sehen, wie es dir geht, Herr Nachbar.“ Er nickte, schwieg kurz und sprach: „Eigentlich gut.“ Jetzt stieß ich ihn leicht an: „Wer eigentlich sagt, verneint das, was danach kommt. Also nicht gut.“ Er antwortete nicht, sondern blickte nur starr nach vorne. Das reichte mir als Antwort. „Warst du nochmals in der Höhle gewesen?“ Ich wagte einen forschenden Blick. Nervös rieb Sven die Hände aneinander. Ich sah seine offenen Kratzspuren an den Armen. Er hatte wieder angefangen, sich selbst zu verletzen. „Sven, warst du nochmals in der Höhle?“ Er nickte zögerlich. Dann kam ein leises „Ja“ über seine Lippen. „Ich will raus hier. Doch der Bach ist ein reißender Strom.“ Er schluchzte. „Was will ich denn hier? Was habe ich hier verloren? Nichts!“ Er trommelte mit den Fäusten auf den Boden. Ich nahm ihn in die Arme, was er zunächst abwehrte. Doch ich ließ nicht locker und hielt ihn fest. Allmählich gab er sich meiner Berührung hin und ich begann ihm den Kopf zu streicheln. Langsam und zärtlich wie bei einem aufgeregten Kind. Lange saßen wir so und blickten vor uns hin. Die Tiere des Waldes genossen den Tag, schienen zu spielen und sich die Zeit zu vertreiben. „Ihr habt ja jetzt euch. Du und diese Frau - oder was auch immer sie ist. Ich bin allein.“ Er zog die Nase hoch. Schniefte. „Was redest du denn da, Sven? Ich biete ihr eine Unterkunft, solange sie hier ist. Zudem versuche ich noch immer herauszubekommen, woher sie kommt.“ Ein Schwarm Fledermäuse zog über uns hinweg. Sie bildeten eine kleine, dunkle Wolke, bevor sie eilig im Wald verschwanden. Ich stupste Sven an: „Hast du die gerade gesehen? Es ist das erste Mal, dass ich Fledermäuse im Tal sehe. Woher kommen die?“ Sven hob kurz den Kopf, blickte in die Richtung und legte sich wieder in meinen Schoß. „Aus der Höhle. Wie alles Düstere.“ Ich kaute nachdenklich auf einem Grashalm und betrachtete diesen Mann, der gerade so verletzlich wirkte. Verlor er langsam die Nerven? Noch bevor ich fragen konnte, erklärte Sven von selbst: „Ich habe versucht, tiefer in die Höhle einzudringen. Doch es ging nicht.“ Er zitterte, als ob er fröstelte: „Das war schrecklich! Dunkle Schatten kamen auf mich zu. Ich kann das nicht erklären. Doch sie bedrohten mich, irgendwie. Julia, es war das blanke Entsetzen. Todeskälte steckte in diesen komischen Erscheinungen. Ich musste alle Kraft aufwenden, um zu fliehen. Sie haben mich gelähmt. Glaub mir.“ Ich blieb stumm. Es fiel mir schwer, das Gehörte zu anzunehmen. Was ich aber nicht von mir gab. Sven sprach weiter. Ich spürte, wie ihm das Reden half: „Ich habe mir lange Gedanken gemacht über sie.“ Ich vermutete, er meinte damit Merle. „Sie kam auch aus dem Nichts. Sie kam aus der Höhle. Sie muss was mit den schwarzen Schatten zu tun haben. Julia, ich glaube, sie ist kein Mensch.“ Sven begann erneut zu frösteln. Ich streichelte ihn weiter, hatte aber nicht das Gefühl, dass es half. Vorsichtig holte ich mit der rechten Hand getrocknete Blätter aus einem Beutel, den ich am Gürtel trug und gab sie ihm. „Nimm die. Sie beruhigen ein wenig.“ Wortlos nahm er diese an und begann zu kauen. Ich kannte inzwischen gut die Wirkung dieser Pflanze, die auf einer speziellen Lichtung am oberen Rand des Tals wuchs.

Sie schien, je nach Dosierung, eine betäubende und schmerzstillende Wirkung zu haben. Auch beruhigte sie. „Ich habe euch gesehen. Abends, am Lagerfeuer. Wie sie dich anhimmelte. Wie ihr gelacht und euch in den Armen gelegen habt“, flüsterte er noch, bevor er einschlief. Die Dosis, die ich ihm gab, dürfte gut eine oder zwei Stunden Wirkung haben. Ich legte meinen Pullover ins Gras und bettete ihn darauf. Dann legte ich mich neben Sven und schlief ebenfalls ein. Den Kopf voller Gedanken und Bilder.

Wir hatten nicht bemerkt, dass Merle uns gefolgt war und die ganze Zeit beobachtete. Hätte ich mich umgedreht, hätte ich sie gesehen. Doch das Gespräch mit Sven hatte zu sehr meine Aufmerksamkeit auf sich gezogen. Die junge Frau aber saß nicht weit von uns im hohen Gras. Offenbar studierte sie uns wie ein Forscher seine Tiere in freier Wildbahn. Am Abend sollte ich erfahren, was sie daraus machte.

***

Sven hatte den starken Wunsch allein zu sein, als er wieder wach wurde und erstaunt um sich schaute. Nur allmählich kam ihm ins Bewusstsein, dass er sich hatte emotional gehen lassen. So sein Kommentar zu seinem eigenen Verhalten. Ich konnte ihn nicht davon überzeugen, dass dies vollkommen okay war. „Dann begleite ich dich aber zu dir nach Hause.“ Ich bestand darauf, nahm ihn an der Hand und drückte ihn vorsichtig an mich. Doch Sven versteifte sich. Es war zu viel der Zärtlichkeiten für ihn. Stumm marschierten wir nebeneinander her, bis zur Hütte.

Dort hatte sich seit meinem letzten Besuch nicht viel getan. Zumindest, was Komfort und Bequemlichkeit anging. Der Bau jedoch wirkte noch kompakter und wehrhafter. Er verbarrikadierte sich. Für mich war klar: Sven wehrte sich dagegen, sich dem Tal, den Gefühlen und dem Leben hier zu öffnen. Er wollte nicht ankommen. Das tat mir sehr leid für ihn.

„Hier, ich habe dir noch was mitgebracht." Etwas verlegen zog ich einen dünnen Pullover aus meinem Rucksack: „Ich hoffe, die Größe stimmt." Mit diesen Worten reichte ich ihm das beigefarbene Strickwerk, das ich in langen Abenden für ihn angefertigt hatte. Meine Hand förderte ein zweites Objekt aus der Tiefe des Rucksacks. „Die Mütze habe ich gefilzt, zumindest versucht zu filzen." Jetzt musste er doch noch lachen. „Gefällt es dir nicht?" Ich wollte schon wieder alles einpacken. Doch Sven zog beide Textilien an sich und zwickte mich freundschaftlich in die Wange. „Du erstaunst mich immer wieder. Mir hat noch nie eine Frau Kleidung geschenkt, geschweige denn sie für mich gemacht. Vielen Dank." Er hielt den Pulli an seinen Körper. Vielleicht einen Tick zu weit und zu lang mochte dieser sein. Dennoch würde er wärmen. „Er ist schön, Julia. Vielen Dank. Und die Mütze auch. Ich frage mich, woher du das alles kannst. Du ehemalige Top-Managerin." Das fragte ich mich tatsächlich auch hin und wieder. Vom Kurs in dem besagten Bauernhausmuseum, in dem ich mit der Schulklasse war, konnte ich das bestimmt nicht alles wissen. Es kam mir immer plötzlich so in den Sinn. Manchmal erinnerte ich mich an eine Szene in Reportagen - zum Beispiel, wie Menschen auf Bauernhöfen Wolle in dieser Weise bearbeiteten - und dann versuchte ich es selbst. Es gelang immer recht gut.

Ich drehte mich zum Gehen. Er war wohlauf, das war mir wichtig. „Kann ich dich wirklich alleine lassen, Sven? Wir würden uns sehr freuen, wenn du zu uns kommen würdest. Warum ziehst du nicht ganz zu mir?“ Ich sah ihn beinahe schon flehend an. Doch Sven schüttelte den Kopf. „Das ist nett, Julia. Aber ich möchte gerne hierbleiben. Wir sehen uns Morgen. Okay?“

***

Auch wenn mir jegliches Zeitgefühl verloren gegangen war, hätte meines Empfindens nach bereits der Herbst einsetzen müssen. Selbst die Tage wurden langsam kürzer. Dennoch, die Temperaturen blieben spätsommerlich schön. So, wie ich es mir immer wünschte. Ich saß auf meinem hölzernen Sessel, stocherte ein wenig im Essen herum, schob hin und wieder etwas in meinen Mund und kaute gedankenverloren auf ihm herum. Sven hatte schon viel Eigenartiges gesagt. Dinge, die ich erst einmal verstehen und verdauen musste.

Klein Highlander lag seit langer Zeit mal wieder neben mir, ließ sich genüsslich das Fell kraulen. Dankbar nahm ich nach den Tagen, in denen er fast ausschließlich mit Merle zusammen war, seine Zutraulichkeit an. Einmal mehr fragte ich mich, warum gerade dieses Exemplar von Hukahas, also die Mischung von Hund, Katze und Hase, damals zu mir gekommen war und auch bei mir blieb. Warum war Klein Highlander nie mehr zu den Seinen zurückgekehrt? Warum zog er meine Gesellschaft der seiner Artgenossen vor? Mir tat das natürlich sehr gut. Schon mein Leben lang träumte ich von solch einem engen Freund. Ich klopfte ihm freundschaftlich auf den Rücken und gestand: „Bist schon ein toller Kumpel!“ Klein Highlander schnurrte, knurrte oder was auch immer. Ich wertete es als Zuneigungsbekundung. Merle tauchte aus ihrem Häuschen auf. Einen Teller mit Essen in der einen Hand, einen Becher in der anderen. „Hier Julia, trink. Ein neuer Saft.“ Ich blickte zu ihr hoch. „Hast dich ja richtig hübsch gemacht, Merle. Und schicke Kleidung. Gibt es was zu feiern?“ Sie lächelte. „Für den Moment. Einfach so. Für uns.“ Sie gab mir den Becher, während ich ihr neues Oberteil bestaunte und den neu gefilzten, kurzen Rock begutachtete. Fein gearbeitet. Wann hatte sie denn die Zeit dazu gehabt? „Klein Highlander und ich haben heute frische Beeren gefunden. Schmecken richtig lecker. Probier mal. Ich habe einen Saft daraus gemacht.“ Neugierig nahm ich den Becher entgegen. „Hmmm, riechen tut es gut.“ Fruchtig, erfrischend und doch würzig. Die Farbe war, nun ja, rötlich, bräunlich. Ungewöhnlich. Minzblätter schwammen an der Oberfläche. „Wie nennen wir den? Merles Cocktail Spezial?“, kommentierte ich und nahm einen Schluck. „Oh ja, der schmeckt ja wirklich lecker.“ Ich nickte ihr zu und nahm gerne nochmals einen Schluck. Merle freute sich sichtlich und setzte sich neben uns auf den Boden. Klein Highlander genoss die zusätzliche Hand, die ihn kraulte.

Wohlig lehnte ich mich in meinem Sessel zurück und blickte zu den Sternen hoch, die langsam und allmählich durch den späten Abendhimmel drangen. Es fühlte sich einfach gut an, hier zu sitzen, die Natur zu genießen und zwei besondere, vertraute Wesen neben sich zu haben. Ich lächelte den beiden zu. „Schön, dass es euch gibt“, flüsterte ich und führte erneut den Becher zum Mund.

Der nächste Schluck schmeckte noch besser als der erste. „Das ist das beste Getränk der Welt!“ Ich war begeistert. Damit müsste man eine eigene Marke entwickeln. Ich dachte an die flüssigen Gummibären aus Salzburg, die einem Unternehmer zu Weltruhm verhalfen. Ihm und seinem thailändischen Kollegen. Das könnten Merle und ich auch erreichen. Draußen in der realen Welt. Weit weg. Meine Gedanken flogen dorthin. Verloren sich schnell im wohlig wattigen Gefühl, das sich in mir ausbreitete. „Trink leer, ich habe noch mehr.“ Merles Stimme klang warm, weich und nah. Ich strengte mich an, klar zu sehen. Sie saß plötzlich auf meinem Schoß, streichelte meinen Kopf, kraulte mir die Haare. So, wie ich es am Nachmittag mit Sven gemacht hatte. „Was tust du da?“ Ich nahm ihre Hand in die meine, versuchte, sie anzuschauen. Konnte ein Kichern nicht unterdrücken. Es fühlte sich verdammt gut an das alles. Sie nahm meine Hand und legte sie um ihre Hüften. Dann fuhr sie fort, mich zu streicheln. Liebkoste mich, begann mich zu küssen. „Merle, bitte, das ist nicht gut, das dürfen wir nicht.“ Ich versuchte, sie aufzuhalten. Doch es fühlte sich alles so gut und so richtig an. Hatte ich das nicht gerade eben schon gedacht? Ich kicherte schon wieder. „Merle, war da was mit den Beeren?“ Mit einem sanften „Schhhhh…“ wurde mein letzter Widerstand gebrochen und ich schmolz dahin. Ihr Streicheln eroberte meinen gesamten Oberkörper. Ich tat dasselbe bei ihr. Folgte ihren Konturen, eroberte jeden Zentimeter ihrer Haut. Dieses besondere Wesen entführte mich in eine andere Welt. Dorthin, wo nur noch Sinnlichkeit, Begierde und Leidenschaft herrschten. Ich schwebte mit ihr dahin, wir erklommen Regionen der Lust, die ich noch nie erlebt zu haben schien. „Was machst du mit mir?“, flüsterte ich und verlor danach jede Kontrolle und jedes Zeitgefühl. Wir gaben uns an Ort und Stelle unserer Zweisamkeit hin und entledigten uns jeglicher Hemmung, die es noch hätte geben können. Fantastische Bilder tauchten vor meinen Augen auf. Ich flog durch sie hindurch. Leicht und schwerelos. Schien zu halluzinieren. Mir war, als hätte ich dieses Liebesglück zeitgleich mit meiner Jugendliebe, mit Kevin und mit Sven - in einer Person … Merle. Der Strudel der Sinnlichkeit und Lust zog uns mit sich fort.

Es geschah in dieser besonderen Nacht, in der ich ihre Liebe kennenlernte, die so viel ursprünglicher und wertfreier war, als alles, was ich bisher kannte.

***

Der Morgen dämmerte bereits, als ich wieder wach wurde. Oder passte besser die Aussage: „… als ich wieder zu mir kam“?

Merle lag nackt in meinem Arm. Ihr Gesicht mir zugewandt. Aufmerksam beobachtete sie mich. „Hast du gar nicht geschlafen?“ Ich spürte, wie die Augen immer wieder meiner Kontrolle entglitten. Langsam kamen einzelne Gedächtnisfetzen zurück. „Sag mal, du hast mir Drogen gegeben, oder?“ Sie nickte. „So was ähnliches. Einen Saft, der glücklich macht.“ Merle lächelte und streichelte meine Wangen. „Hat es dir gefallen?“ Sie drückte sich an mich. Die Hitze ihres Körpers sprang auf mich über. Es tat mir gut.
Ich fröstelte dennoch ein wenig. So nackt auf dem blanken Waldboden. „Wollen wir hochgehen?“ Ich sehnte mich nach meinem warmen Schlafsack. Zu meiner Überraschung nickte sie und zog mich an der Hand mit sich zum Aufstieg.

„Du hast keine Angst mehr vor der Höhe?“ Ich hatte gerade eben nicht darüber nachgedacht. Sie schüttelte den Kopf und antwortete: „Nicht mehr. Ich habe gelernt.“ Mit diesen Worten kletterte sie vor mir die Leiter hoch. Ich folgte. Ehrlich gesagt konnte ich meinen Blick nicht mehr von ihrer Schönheit abwenden. Ihr Körper war makellos, perfekt.

Schnell schlupften wir unter meinen Schlafsack. Die ersten Vögel begannen bereits mit ihrem Morgenkonzert, als wir uns eng aneinander kuschelten. Merle begann von neuem, meinen Körper zu erkunden. Meine Härchen stellten sich an Armen und Beinen aufrecht. Dennoch versuchte ich, mich von ihr zu lösen. Irritiert hielt sie inne und blickte mich erwartungsvoll an.

„Das mit uns ist toxisch!“ Ich bemühte mich, sie anzuschauen, wandte mich aber rasch wieder ab. Ihr Anblick war betörend. Mein ganzer Vorsatz, standhaft zu bleiben, war kurz davor, in den Tiefen ihrer Augen unterzugehen. Ich ballte meine Fäuste und presste sie fest zusammen, dass es schmerzte. „Merle, das darf nicht sein.“ Ich kämpfte mit meiner inneren Verzweiflung. Am liebsten hätte ich diesen Innbegriff von Schönheit, zu der ich mich mit jeder Faser meines Seins hingezogen fühlte, in den Arm genommen. Ich wollte sie spüren, vom Kopf bis zu den Füßen. Doch mein Verstand verbot mir dies. Versuchte, mir alle möglichen rationalen Argumente einzutrichtern, damit ich ja stillhielt. Doch die junge Frau lag schweigend neben mir.

Ihr Gesichtsausdruck war unergründlich für mich. Fragend? Erstaunt? Flehend? Ich konnte es nicht sagen. Meine Hand begann schon wieder, sie zärtlich zu berühren, sanft zu streicheln. Doch ein Befehl meines Verstandes ließ mich stoppen. „Das darf nicht sein“, schimpfte es in mir. Merle war die verbotene Frucht, die mir das Verderben brachte. „Was für ein Unsinn“, brüllte eine andere Stimme aus meinem tiefsten Inneren. „Du bist genauso ihr Verderben. Sie könnte deine Tochter sein. Wo soll das hinführen?“ Ja, ich wusste um die Argumente. Dieses Wesen schien so jung zu sein. Ich konnte ihr Alter zwar nur einschätzen, aber, dass sie deutlich jünger war, konnte niemand bezweifeln. Was wäre denn, wenn ich einmal siebzig Jahre und älter werden würde? Dann, wenn ich auf dem Weg zur Greisin wäre und sie noch immer in der Blüte ihres Lebens stünde? Würde sie sich verpflichtet fühlen, mich weiter zu lieben? Ich schüttelte den Kopf. Dann die Gedanken an Sven. Ein schlechtes Gewissen plagte mich. Hatte ich nicht eine Art von Beziehung mit ihm? Irgendwie schon - oder?

Merle fasste nach meiner Hand. Ich ließ es geschehen. Sie führte mich über ihren Körper hinweg. Forderte mich auf, an Stellen sanft zu reiben, wo es ihr gefiel. Die Erregung stieg in mir hoch, gleichsam einem süßlichen Nebel, der mich wieder betäuben wollte, mir den Verstand eintrübte. Merle führte mich weiter. Langsam, ohne zu drängen. Sie wollte mir Zeit geben. Spürte sie, was in mir vor sich ging?

Plötzlich fiel mir mein Mann ein. Wie das mit ihm klären? Nun ja, er wäre wahrscheinlich froh und würde seine Affäre zur Beziehung machen. Aber, mein Assistent? Er war so loyal und besonders. Ich mochte und schätzte ihn sehr. Wie es ihm wohl ging. Was war mit dem Unfall? Dann der Gedankenflash mit Sven! Was war mit ihm? Er war bestimmt gerade einsam in seiner Hütte und grübelte über uns nach.

Merle zog mich an sich. Sie zwang mich, sie anzuschauen, während sie leise sprach: „Warum machst du dir eigentlich immer solche Gedanken?“ In ihrer Stimme schwang Verwunderung mit. Sie versuchte, in meinem Gesicht die Antworten zu finden. Verlegen versteckte ich mich in ihrer Armbeuge. Ich fühlte mich nackt und schutzlos. „Schau mich nicht wie ein Tierforscher an“, gab ich stotternd von mir und versuchte ein Lächeln.

Doch Merle ließ sich nicht ablenken. „Ich meine das ernst, Julia! Nimm den Moment und schütze ihn vor den Ängsten der Zukunft. Das Jetzt gehört uns.“ Mit diesen Worten umarmte sie mich und küsste meine Stirn. Zögerlich umfasste ich ihre Hüften und zog sie an mich. Unsere Körper berührten sich erneut. Ihre Wärme erfüllte den meinen. Wellenartig durchströmte sie mich. Ich zitterte. Merle legte ihre Arme um meinen Nacken und flüsterte in mein Ohr: „Ich will dich.“ Ich erwiderte ihren Kuss und vergrub meinen Kopf in ihren duftenden Haaren. „Frühling. Sie duftet nach Frühling“, schoss es mir noch durch den Kopf, bevor ich mich endgültig in ihren Liebkosungen verlor.

***

Ich hätte es hören müssen. Dieses leicht schabende Geräusch, wenn jemand die Leiter zum Baumhaus hochstieg. Doch an diesem Morgen schlief ich den Schlaf, in den man verfällt, wenn man „viele kleine Tode durchlebt hat“, wie die Franzosen die schönste Sache der Welt bezeichneten. Erst, als das Baumhaus leicht zu schwanken begann, als jemand von der Leiter auf die Plattform stieg, kam ich langsam zu mir. Wer wollte mich besuchen? Ich blinzelte gegen das Licht an, das durch die Tür fiel. Schattenhaft erkannte ich eine Person. Erst, als sie einen erstickten Laut von sich gab, wurde es mir klar - Sven. Er hatte sich meine Worte überlegt. Wollte doch kommen. Jetzt aber sah er uns. Am Boden liegend. Arm in Arm…

Wie reagiert eine Person, die sich gerade entschlossen hatte, sich doch zu öffnen? Die es darauf ankommen lassen wollte, das Wagnis mit mir einzugehen. Endlich mal einem Menschen zu vertrauen, den man auch ein wenig gernzuhaben schien.

Geschockt sank er nieder, wäre beinahe rückwärts aus dem Haus gefallen. Hinunter in die Tiefe. Gerade noch konnte er sich festhalten und gegen den Türrahmen lehnen. „Ihr, was macht ihr da?“ Er blickte uns mit stierem Blick an. Ich richtete mich rasch auf. Merle, die ebenfalls aufgewacht war, umschlang mich von hinten und blickte um mich herum. „Guten Morgen Sven.“ Sie lächelte ihm unbefangen zu. Doch Eiseskälte kam ihr entgegen. „Hurt ihr schon die ganze Zeit hier oben herum?“ Er zischte die Worte hervor: „Während wir – du und ich...?“ Er sprach nicht mehr weiter. Stockte und begann sich zu kratzen.

Eine Abfolge von Gefühlsreaktionen zog über sein Gesicht. Trauer, Tränen, Wut, Verzweiflung. Ich war sprachlos. Versuchte nicht einmal, irgendwelche Worte der Entschuldigung zu finden. Beobachtete nur, wie seine Gesichtszüge mehr und mehr zur Maske wurden. Versteinerten. „Schon gut. Hab verstanden. Ist wie immer.“ Mit diesen Worten erhob er sich und verschwand in der Tiefe.

Erschreckt sprang ich auf und eilte zum Eingang. „Sven, bitte warte. Lass uns reden. Bitte.“ Ich flehte. Doch er hatte bereits mit dem Seil den Boden erreicht und eilte in großen

Schritten davon. Man konnte beinahe sehen, wie die Pflanzen um ihn herum mit seiner Eiseskälte überzogen wurden. Ich sackte auf dem Boden zusammen. Was passierte jetzt? Was sollte ich jetzt tun? Sven beruhigen? Aber wie? Ich war erst einmal ratlos. Nochmals: Was sollte ich tun? Erst einmal gar nichts. Merle tröstete mich in meiner Ratlosigkeit, indem sie mich ablenkte, mit mir über die Wiesen und durch die Wälder streunte, um für den Winter Vorräte zu sammeln. Das half über das Unglücklichsein hinweg. Vordergründig. Am Ende wusste ich, dass ich was tun musste. Nur wann und wie?

Einen ganzen Tag brauchte ich, bis ich mich endlich traute, den Weg zu Svens Wohnung zu beschreiten. Ich schlich mich an. In geduckter Haltung. Mit der rechten Hand umklammerte ich fest die Blumen, die ich ihm am Bach gepflückt hatte. Ich wollte erst prüfen, wie es ihm ging. Wollte sehen, was Sven machte. Dachte ich. In Wirklichkeit hatte ich tierisch Schiss vor der Begegnung mit ihm. Die Tiere im Wald schwiegen. Es schien, als ob selbst die Vögel den Atem anhielten, während ich mich anpirschte. Von Sven war nichts zu sehen. Ich schlich weiter voran, wollte nicht wie die letzten Male schmerzhaft überrascht werden. Irgendwo musste er doch sein. Unter mir knackste es. Ein Ast, der mir im Weg stand. Erschrocken hielt ich inne. Doch das bewahrte mich nicht vor dem kräftigen Schlag, der mich mit voller Wucht von schräg oben traf. Einer Furie gleich stand er vor mir. Holte erneut zum Schlag aus und schleuderte den Stecken gegen meinen Hintern. Schmerzvoll schrie ich auf und bereitete mich auf den nächsten Einschlag vor. Doch der kam nicht. Stattdessen schoss Klein Highlander durch die Luft und schnappte sich den Stecken. Sven verlor sein

Gleichgewicht und flog mitsamt wütendem Tier von dem Felsen herunter. „Au, Mistvieh!“, schrie er auf. Mit seinen Füßen versuchte er, nach meinem Freund zu treten. Doch Klein Highlander wich geschickt aus und biss ihn in die Wade. Nicht fest, aber doch so, dass Sven vor Schmerzen aufschrie. „Klein Highlander, komm her“, schimpfte ich. Doch der kleine Kerl blieb in gebührendem Abstand vor Sven stehen und knurrte ihn an, wie ich das noch nie von ihm gehört hatte. „Das ist eine Bestie!“ Sven sprang hoch und rammte seine Füße in den Boden. Hände in die Hüften gestemmt. „Was willst du?“ Er blaffte mich an. Mein Puls schoss unvermittelt nach oben. Pochte gegen meinen Hals. Ich brachte beinahe kein Wort heraus: „Ich, ähm, ich, also ich wollte - schauen, wie es dir geht.“ Weiter kam ich nicht mehr. Sven hatte bereits seinen Stock ergriffen und mir in die Brust gestoßen. Mit dem rechten Fuß versetzte er Klein Highlander einen Tritt, dass dieser wimmernd zur Seite gestoßen wurde. „Verdammt, was tust du da. Das arme Tier hat dir nichts getan.“ Jetzt stieg die Wut in mir hoch. Ich schlug seinen Stock weg und stellte mich schützend vor Klein Highlander, der aber von selbst das Weite suchte. Wütend stürzte er sich auf mich. Schlug auf mich ein. Sterne tanzten vor meinen Augen, als er einen Volltreffer landete. Ich schlug zurück. Angestaute Wut kam von sehr tief aus mir heraus. Entlud sich mit jedem Schlag, den ich konterte.
Wir schenkten uns nichts. Ein Hieb folgte auf den anderen. Paradiesvögel flogen erschreckt auf, kreischten wild, versetzten das Tal in Aufruhr. Inzwischen wälzten wir uns auf dem Boden. Stöhnten verzweifelt, erschöpft. Die Schläge wurden weniger und schwächer. Nach wenigen Minuten ließen wir voneinander ab. Ich lehnte mich an einen Baum und

versuchte, Luft zu bekommen. Mein rechtes Auge war bereits kräftig angeschwollen. Es war schwer, mein Gegenüber in voller Schärfe zu erkennen. Klein Highlander lugte vorsichtig hinter einem Strauch hervor. Sein Blick schien fragen zu wollen: „Friede?" Ich hätte ihm keine Antwort geben können. Mit dem noch fitten Auge versuchte ich, Svens Stimmung zu ergründen. Er saß im Schneidersitz vor mir, Hand an die Rippen haltend. „Idiotin", zischte er. Ich versuchte, eine Annäherung zu schaffen: „Entschuldige", flüsterte ich. Doch er reagierte nicht. Langsam wurde mein Atem ruhiger. Auch die Tiere des Waldes schienen sich zu beruhigen. Ruhe kehrte wieder ein. „Was ist? Warum starrst du mich so an?" Svens Augen funkelten. Mordslust wäre mir beinahe über die Lippen gekommen, als ich das sah. Ich wollte ihn dennoch berühren. Doch ich beherrschte mich. Das hätte die Dinge noch mehr verkompliziert. Er besaß eine Anziehungskraft auf mich. Warum auch nicht. Bis zur Ankunft von Merle war die Welt noch eine andere. Wir waren quasi ein Paar. In diesem einsamen Tal, in dem es nur uns gab. Was wäre gewesen, wenn Merle nicht aufgetaucht wäre? Hätten wir eine Familie gegründet, Sven und ich? Wer weiß, vielleicht hätte er seinen Wahn aufgegeben, aus dem Tal entkommen zu müssen. Wir begannen zu reden. Zögerlich. Sachlich. Kalt und gefasst. Sven wollte mir glaubhaft machen, dass alles okay wäre. Fragend blickte ich ihn an. Doch er winkte ab: „Ja, wirklich. Alles gut. Ich hatte nur Angst vorhin. Du hast mich erschreckt." Erneut machte ich den Versuch, mich ihm zu nähern. Doch er winkte energisch ab: „Geh jetzt, Julia. Ich brauche etwas Ruhe. Wünsche dir alles Gute." Ich glaubte ihm das nicht. Machte erneut einen Schritt auf ihn zu. Svens Augen wurden zu Schlitzen.

Er zischte bedrohlich, wenngleich unter Schmerzen. „Wage es ja nicht. Bleib weg.“ Er erkannte, dass ich seinen Worten nicht Folge leisten wollte. Noch immer war es mir ein Anliegen, ihn zu trösten. Bis zu dem Moment, als er seine Wortsalven - einem Maschinengewehr gleich - auf mich abfeuerte: „Was glaubst du kleines Würmchen denn? Du Winzling! Werd` erst einmal groß - erwachsen.“ Er lachte hysterisch auf: „Ich habe doch keine Lust, mich mit einer Frau einzulassen, die innerlich noch in der Pubertät daherkommt. Deine Unsicherheit stinkt zum Himmel. Immer ist sie wie eine Wolke um dich herum.“ Irritiert verharrte ich an Ort und Stelle. Auf diese Angriffe war ich nicht vorbereitet. Doch er war noch nicht zu Ende: „Der Sex mit dir war ja beinahe pädophil! Ich wusste nie, ob ich mit einer Frau oder einem kleinen Mädchen schlafe.“ Mir wurde schwarz vor Augen. Innere Wut bahnte sich den Weg nach oben. Was erlaubte er sich? Sein höhnisches Lachen hallte wie ein nicht enden wollendes Echo in meinem Schädel. Dieses Lachen. Das Lachen meiner Mutter, meiner Schwestern und dieser Trixi. Das Rauschen meines Blutes in den Adern vermischte sich mit diesem Lärm. Ich zitterte. Meine Hände ballten sich zu Fäusten. Ich wollte ihn dafür bestrafen. Mich auf ihn stürzen. Ihm wehtun. Jaulend schoss ich nach vorne, packte ihn an der Gurgel, drückte zu. Erschrocken blickte er mich mit weit geöffneten Augen an. „Ja, das hast du nicht erwartet, dass das unreife Mädchen auch anders kann.“ Seine Angst machte mich mächtig. Ich drückte stärker zu. Riss das Knie nach oben und rammte es ihm in den Bauch. Er krümmte sich. Doch ich hatte kein Erbarmen. Was wäre nur geschehen, hätte ich nicht den Blick kurz über meine Schulter geworfen und die Blicke von Klein Highlander und Merle entdeckt. Erschrocken und befremdet wirkten sie auf mich. Merle hielt ihre Hand vor den Mund, als ob sie einen Schrei unterdrücken wollte. Dieser Anblick ließ mich sofort innehalten. Er versetzte mir einen Stich in die Brust. „Julia, was hast du getan?“ Die Stimme in mir geißelte mich. Ich taumelte zurück. Keuchte. Hielt mich an einem Baum fest. Sah, wie Sven am Boden lag und nach Luft rang. Er röchelte in kurzen Stößen. Fassungslos blickte ich zu ihm. Stierte auf meine Hände. Hatten sie das gerade getan?

Kopflos rannte ich los, in die Nacht hinein. Drehte mich nicht mehr um. Äste schlugen mir ins Gesicht. Doch ich rannte weiter. Wollte fliehen. Vor dem, was ich gerade getan hatte. Erst die massive Felswand hielt mich auf. Ich war an der Stelle angekommen, die mir damals den Eingang in dieses wunderliche Tal bot. Ich kletterte auf einen circa vier Meter hohen Felsen, der wie eine Billardkugel am Fuß der Wand lag. Mit starrem Gesicht, einer Maske gleich, kauerte ich mich auf ihm hin und fing an zu wimmern und zu weinen. Es kam einfach nur noch aus mir herausgeschossen.

Warum nur hatte er das getan? Hatte er das absichtlich und vorsätzlich gemacht? Er kannte meine Geschichte doch nicht. Oder hatte ich ihm das mal erzählt? Ich fühlte mich klein. Saß zusammengekauert auf dem Felsen. Wie ein aufrechtstehendes Ei, das leicht hin und her schwankte. Ein lauer Windhauch zog über mich hinweg. Umschmeichelte mich. Trug würzige Frische in meine Nase. Mit dem Duft kamen die Erinnerungen. Versetzten mich in meinen wiegenden Bewegungen zurück in die Zeit, als ich ein kleines Mädchen war. Plötzlich war ich in den Wiesen hinter unserem Haus. Hörte das Rauschen der Bäume, wenn der Wind mit ihnen sein sanftes Spiel trieb. Unvermittelt wurde ich ruhig und entspannt. Fühlte mich in Sicherheit. Dies war mein Ort, geheim, verborgen. In den Ästen einer alten Tanne, von der aus ich alles um mich herum überwachen konnte.

Ich löste meine angespannte Haltung und streckte die Beine aus. Mit den Händen stützte ich mich ab und hob den Kopf in Richtung des Himmels. Hinter dem Rand unseres Kessels tauchte der Mond auf, schob sich schräg in das Himmelszelt über mir. Der Ausschnitt, den das Tal mit seiner Umgrenzung bot, war mir inzwischen sehr vertraut. Er bildete meinen Kosmos. Und bisher war alles gut und gab mir Geborgenheit. Wie in Trance schwebte ich mit den wiegenden Bewegungen dahin, verlor mich in Raum und Zeit.

Da gab es tatsächlich einmal diese junge, unbeschwerte Julia. Ich sah sie in diesem Moment auf dem Felsen direkt vor mir. Wie eine Projektion schwebte sie in der Luft. Tanzte an jenem frühlingshaften Tag im März durch die Wiesen. Freundete mich mit den unzähligen Insekten an, die zum Leben erwacht waren, spielte mit unserem Hund und kletterte auf hohe Bäume. Je höher, desto besser. Weit, weit weg von all den Sorgen, die ihr Mutter und Schwestern bereiteten.
Mein Gedankenflug wurde vehement unterbrochen. Ein Vogel der Nacht schickte seinen klagenden, sehnsüchtigen Ruf durch das Tal. Weit entfernt erfolgte die Antwort. Kurze Pause. Dann die Wiederholung des Rituals. Würden sie sich in dieser Nacht finden? Ich lauschte kurz den Rufen und verlor mich wieder in meinen Bildern. Dachte darüber nach, was mir mein Leben bisher gebracht hatte. Wo stand ich? Was hatte ich erreicht? Was hatte ich aktuell in diesem Moment? Was war ich jetzt? Ein Häuflein Elend, das auf einem Stein saß. Meine Gedanken rasten zu meinem Beruf und

meiner Familie: Was machten sie gerade, wie ging es in meinen Unternehmen weiter, die ich geleitet hatte? Welchen Sinn hatte meine Arbeit überhaupt gebracht? Für meine Unternehmen, für die Menschen, die Gesellschaft und für mich?

Aha, jetzt kam also die Sinnfrage. Erstaunlich. Bis zum heutigen Tag hatte ich - mit einzelnen Ausnahmen – in diesem Hochtal recht zufrieden in den Tag hineingelebt und mich um die Herausforderungen des Alltags gekümmert. Um mein neues Heim, um etwas Bequemlichkeit, um Essen und um ein wenig Vorsorge für den Winter, der irgendwie nicht kam. Jetzt aber begann ich zu reflektieren: War ich ein erfolgreicher Mensch oder galt ich als gescheitert? Im Prinzip hatte ich im Moment nichts! Nur mich und die Kleidung am Leib. Was hatte ich aus der Vergangenheit bis hierher mitgenommen? Nichts! Doch der Senn aus dem Kleinwalsertal hatte sicherlich auch nicht viel. Würde er sich jemals diese Frage stellen? Wonach strebten wir in unserem Leben? Warum? Bisher ging es mir immer nur um beruflichen Erfolg, Ruhm, Erfüllen der Familien- und Nachwuchspflichten, Reichtum. Jetzt aber spürte ich, dass das vergänglich war. Zu kurz gedacht. Es musste mehr geben. Doch was? Ging es um den Einklang mit der Natur und das Leben in Harmonie? Beispielsweise in diesem Tal, welches Sven als Gefängnis bezeichnete? Konnte das Tal böse sein, wenn man aus diesem Einklang ausscherte?

Ich blieb bis spät in der Nacht auf der Anhöhe. Spürte gar nicht, wie die Zeit vergangen war. Im Hochtal war Ruhe eingekehrt. Das Highland schlummerte. Das wollte ich auch tun. Aber erst musste ich die gut drei Kilometer durch den dunklen Wald schaffen, solange der Mond noch etwas Licht gab. Auf halbem Weg tauchte Klein Highlander auf und begrüßte mich, zurückhaltend und prüfend. Vermutlich hatte ihn die Handgreiflichkeit mit Sven genauso geschockt wie mich selbst. Ich war ausfällig geworden. Hatte die Kontrolle verloren und hätte Sven beinahe sehr wehgetan. Das war nicht gut!

Als ich zu Hause ankam, kuschelte ich mich stumm an Merle heran. Sie hatte das Bettlager am Fuß des Baumes ausgebreitet. Diese eigenartige Erscheinung schien auf mich gewartet zu haben. Zärtlich berührte sie mich. Ich ließ es gerne geschehen. „Merle, ich spüre so viel Nähe und Geborgenheit, wenn ich mit dir zusammen bin. Ich muss mich nicht verstellen und kann so sein, wie ich bin. Wie kommt das?" Ich schaute sie durch meinen Tränenschleier hindurch an. „Irgendwie ist es so selbstverständlich, dass du hier bist. Dabei weiß ich gar nicht, woher du überhaupt kommst." In Gedanken fügte ich hinzu: „Vor allem, was du bist." Doch das behielt ich für mich. Vieles nahm ich bisher in diesem Hochtal als gegeben an. Auch das Erscheinen von Merle. Hatte es nie hinterfragt. War mir nicht so wichtig erschienen. Selbst jetzt war das alles eher halbherzig daher gesagt und gedacht. Sie lächelte mich an und strich mir eine Strähne aus dem Gesicht: „Was bedrückt dich denn so? Willst du es mir erzählen?" Ich nickte und schüttete mein Herz aus. Sie hörte aufmerksam zu, unterbrach mich nicht. „Dann ist da auch die Geschichte mit dir, Sven und mir." Ich hielt kurz inne, um darüber nachzudenken. „Ja, das ist schon komisch. Wir liegen hier und ich möchte nichts anderes mehr spüren, als deine Wärme. Doch bevor du gekommen bist, sah es ganz danach aus, dass Sven und ich ein Paar geworden wären."

Wer weiß, vielleicht war das auch nur mein Gefühl gewesen. Merle beugte sich über mich und küsste meine Augenlider. „Meinst du, sie ist jetzt einsam und unglücklich?“ Erstaunt öffnete ich die Augen. Ihre Stimme klang eher forschend-neugierig als mitfühlend. „Aber ja doch. Da bin ich mir sicher.“ Sicher auch eifersüchtig. Ich war mir darüber noch nicht im Klaren. Merle lächelte sanft, strich mir behutsam über den Kopf, während sie flüsterte: „Lass uns ein wenig schlafen. Es wird bald Tag.“ Tatsächlich, die ersten Singvögel hatten bereits mit ihren Morgenliedern begonnen. Klein Highlander würde sicherlich bald von seinem allnächtlichen Ausflug zurückkehren. Ich lächelte noch kurz beim Gedanken an meinen Freund, dann fielen mir die Augen zu.

SCHLACHTBANK

Die Tür war einen Spalt weit offen. Stimmen drangen in sein Zimmer. Wortfetzen. Zunächst kümmerte er sich nicht darum. Als aber mehrfach der Name Julia Maier fiel, spitzte er die Ohren. „Aber sicher Herr Kommissar, wir liefern Ihnen alle Unterlagen die Sie benötigen." Er packte ein paar Akten und stellte sich ans Stehpult direkt neben der Tür, um besser hören zu können. „Vielen Dank. Ihre Kooperationsbereitschaft wissen wir sehr zu schätzen." Die Stimme des Polizeibeamten klang in seinen Ohren sachlich distanziert. Wieder die Stimme seines obersten Chefs: „Na, das ist doch selbstverständlich. Wenn wir zusammen die Chance haben, die Tür zum organisierten Verbrechen zu öffnen, um Licht in die Sache zu bringen, dann tun wir das doch gerne." Eine andere Stimme mischte sich ein. Die des Hausanwalts: „Kaum zu glauben, dass eine unserer Mitarbeiterinnen … ich meine, diese Maier - sie war so unauffällig, was diese Sachen betrifft. Tssss." Er machte eine künstliche Pause und fuhr fort: „Unglaublich, wie sie sich über die Jahre solch ein Imperium aufbauen konnte. Vor unseren Augen!" Ihm stockte das Herz. Julia? Julia soll das getan haben? Er wusste es besser. „Ja, das fragen wir uns auch." Eine Frauenstimme sprach das aus. Freundlich - und doch klang hier etwas mit, was ihn aufhorchen ließ. „Wie konnte das über eine so lange Zeit unbemerkt geschehen?" Räuspern. „Ja, also, wissen Sie …" Es war wieder der Anwalt. Vermutlich lief ihm gerade der Schweiß in Bächen die Stirn hinunter. „Juristisch gesehen …" Er wurde unterbrochen. Mit lauter, klarer Stimme warf sich der oberste Chef dazwischen: „Da stimmen wir

Ihnen unbedingt zu, Frau Kommissarin. Absolut. Jaja, so ist das, wenn man den falschen Menschen ein Leben lang vertraut, sie fördert und fordert. Damit sie einem in den Rücken fallen und das eigene Lebenswerk zerstören." Heuchler! Er wäre am liebsten reingesprungen und hätte ihm den Hals umgedreht. Wahrscheinlich stand das Arschgesicht gerade mitten im Raum und wischte sich die nicht vorhandenen Tränen aus den Augen.

„Das können wir später einmal klären. Wichtig ist, dass wir sie finden. Es sind schon Menschen zu Schaden gekommen! Wir müssen verhindern, dass im organisierten Verbrechen ein Flächenbrand entsteht." – „Aber natürlich. Wir stehen Ihnen immer zu Diensten." Vermutlich machte der Anwalt gerade einen Kratzbuckel bei seinen heuchlerischen Worten. Nun wagte er doch einen vorsichtigen Blick durch den Türspalt. Die beiden Kommissare machten sich gerade auf, zu gehen. „Und Sie sind überzeugt, dass Julia Maier eine Einzeltäterin im Haus ist?" Die Beamtin ließ nicht locker. „Unbedingt. Aber ja doch! Sie war immer eine Einzelgängerin. Niemand wollte etwas mit ihr zu tun haben. Vielleicht noch ihr Assistent … Hm. Eventuell weiß er mehr. Beide sollen sich ja sehr nahegestanden haben. Er ist im Haus. Sollen wir ihn rufen?" Der Kommissar winkte ab. „Nein, alles gut. Es ist schon sehr spät. Wir können das ein anderes Mal klären. Wir müssen eh nochmals kommen und alle Unterlagen mitnehmen, die Frau Maier betreffen. Ist das möglich?" Die beiden Herren in ihren schicken Anzügen nickten eifrig, wie japanische Spielfiguren, die nach vorne und zurück wippten. „Aber sicher doch. Was immer Sie benötigen. Wir stehen für vollste Transparenz." Der Kommissar lächelte mit eiserner Miene. „Aber natürlich. Das wissen wir doch. Dafür stehen Sie." Damit verließ er mit seiner Kollegin den Raum. Im Hinausgehen rief der Chef den Beamten hinterher: „Grüßen Sie bitte Herrn Oberstaatsanwalt und den Polizeipräsidenten. Ich freue mich auf ein baldiges Wiedersehen." – „Was für schmierige Schleimbeutel", schoss es ihm durch den Kopf. Für einige Momente herrschte Stille. „Sie sind ins Auto eingestiegen", ließ der Anwalt verlauten. Er drehte sich zu seinem Chef um: „Was machen wir jetzt?" Der Angesprochene blickte ihn wütend an. „Idiot. Kannst du nicht vorher nachdenken, bevor du dummes Zeug herausquatscht?" – „Entschuldige. Noch ist nichts passiert." Er schenkte dem Chef und sich einen Gin ein. „Wir müssen gleich ein paar Leute zusammentrommeln und die Unterlagen von Maier sichten." Der Anwalt nickte: „Lass uns ein paar nette Papiere mit reinstecken. Ich habe da ein paar Sachen vorbereitet, um die falsche Fährte zu Maier zu untermauern." Er blickte kurz in Richtung der Tür, hinter der er noch immer lauschte. Ihm war kurz, dass er auf sie zugehen wollte. Schnell versteckte er sich hinter einer Regalwand. „Es kann gut sein, dass wir noch ein, zwei Leute ans Messer liefern müssen. Dann wirkt alles glaubhafter." Ihm stockte der Atem. Das konnte nur er selbst sein. Wer noch? „Mach, was du für nötig erachtest. Aber geh vorsichtig vor. Ich kümmere mich in der Zwischenzeit darum, dass die Gelder in Sicherheit kommen." Gläser klirrten. Die Verbrecher schienen auf ihren Erfolg anzustoßen. Er ballte in seinem Versteck die Fäuste und flüsterte: „Freut euch da mal nicht zu früh." Er war auch noch mit im Spiel!

FROST

Zum ersten Mal hatte ich am nächsten Morgen den Eindruck, dass es kälter geworden war. Ich fröstelte ein wenig und kroch tiefer in den Schlafsack hinein. Meine Hände tasteten nach Merle. Doch sie griffen ins Leere. Irritiert schlug ich die Augen auf und blickte um mich. Bis auf Klein Highlander, der wie ein Sphinx vor mir saß und aufmerksam meinen Schlaf beobachtet zu haben schien, war der Raum leer. „Merle?“ Ich setzte mich auf und blickte durch die Luke nach oben zur Aussichtsplattform hoch. Auch da war sie nicht. Ich robbte zum Ausgang und blickte nach unten. Klein Highlander nahm dies zum Anlass, um mit mir zu spielen. Er sprang auf meinen Rücken und tanzte darauf herum. „Lass das“, bat ich ihn mit steigender Unruhe. Merle war nirgends zu entdecken. Vermutlich war sie auf der Toilette. Ich versuchte, mich zu beruhigen und kletterte die Leiter hinunter. Alles tat mir irgendwie weh. Ich fühlte mich, als ob ich einen Kater hatte. Dass Gefühlsausbrüche so anstrengend sein konnten und solch eine Nachwirkung hatten, hatte ich bis dato nicht gewusst! Gänsehaut machte sich auf meinem Körper breit. Fröstelnd rieb ich mir die Arme und suchte schnell nach Pullover und warmer Hose. „Kommt jetzt der Winter?“ Ich hauchte meinen Atem aus und wollte prüfen, ob er gefriert. Doch noch gab es keine rauchigen Fäden. Noch war es offenbar nicht so weit. Mein tierischer Freund tänzelte ungeduldig um mich herum. Rannte zur Küche, kratzte an der Tür und kam zurück, um an mir hochzuspringen. „Ist ja schon gut. Ich kümmere mich.“ Die Fürsorge fürs Frühstück lenkte ein wenig ab. Merle würde sicherlich bald zurück sein.

Stumm setzten wir uns um die Feuerstelle und nahmen unser Frühstück zu uns. Meine Gedanken kreisten um den Winter. War ich genügend vorbereitet? Die Unsicherheit war da. Ich wusste nicht, wie kalt es werden konnte und vor allem, wie lange ein Winter hoch oben in den Bergen dauern würde. Der Plan war, lieber auf der sicheren Seite zu sein und genügend Vorräte anzusammeln. Das aber erforderte viel Arbeit.

Mein Blick wanderte in Richtung Baumhaus. Ich dachte darüber nach, ob es im Winter nicht besser wäre, sich mehr in die Erde einzugraben, wie Sven es getan hatte. Dann wäre ich den eisigen Winden nicht zu sehr ausgesetzt. „Was meinst du Klein Highlander, sollen wir in der Küche eine Vertiefung graben und uns eine Winterhöhle bauen? Wir könnten die Wände noch etwas verstärken und besser abdichten.“ Ich zeigte in Richtung der Südseite: „Dort könnten wir noch eine Art von Vorraum bauen, sodass die Kälte nicht sofort reinkommt, wenn wir die Tür öffnen. Eine Idee?“ Mein Freund grunzte faul. Vermutlich machte er sich keine solchen Gedanken wie ich. Wer weiß, vielleicht verfiel er in einer gemütlichen Ecke in einen Winterschlaf, aus dem er erst wieder aufwachte, wenn es warm wurde. Dick genug war er ja, um von seinem Speck zu zehren. Ich zwickte eine seiner Speckröllchen: „Ist das deine Art dich vorzubereiten?“ Ich lächelte und packte fester zu. Mit einem Satz sprang Klein Highlander über meinen Kopf hinweg und packte mich im Nacken. Wild tobten wir umher und genossen das Spiel, bis wir erschöpft und vollkommen verdreckt aus der kalten Feuerasche auftauchten.

Auf dem Weg zum Wasser suchte ich ein wenig nach Merle, versuchte, Spuren von ihr zu entdecken. Doch sie schien wie vom Erdboden verschwunden zu sein. Offen gesagt, war ich auch ein wenig froh, für ein paar Momente aus dem Spannungsfeld heraus zu sein. Es tat gut, den Gedanken etwas Ablenkung zu schenken und nicht an unserem Beziehungsdreieck haften zu bleiben. Auch als Merle am Nachmittag immer noch nicht auftauchte, ging ich weiterhin nicht auf Suche. Im Gegenteil. Meine Stimmung kippte urplötzlich, wie ein Gewittersturm in diesen Bergen. Ich igelte mich ein. Fühlte mich verlassen. Beinahe verraten. Hatte Merle mein Vertrauen missbraucht, um dann mit Sven über mich zu spotten? Ich versuchte, mir in meiner Einsamkeit wieder einen Schutzpanzer zu bauen. Fühlte mich wie das Schalentier, das sich gehäutet hatte und jederzeit von einem Raubvogel verschlungen werden konnte. Ich musste schnell sein, sonst würde mir meine Verletzlichkeit zum Verhängnis werden!

Grimmig rammte ich wenig später in der Wohnküche meinen selbst gebauten Spaten in den Boden. Mir fiel gar nicht auf, dass ich den Erdaushub dazu benutzte, um einen Wall um mein Anwesen aufzuwerfen. Eimer um Eimer wuchs er in die Höhe. Der Boden war erstaunlich weich und tiefgründig. Ich kam gut voran. Klein Highlander tauchte im Laufe des Tages auf, kam zurück von seinem rituellen Rundgang durch das Tal. Irritiert beobachtete er mein Tun, zeigte mir eindeutig, was er davon hielt, indem er am Wall sein Bein hob und dagegen urinierte. Ich ließ ihn gewähren.

Er war nicht mein Gegner, sondern mein Freund. Während ich den ganzen Tag über wie ein Berserker an unserem neuen Winterquartier und am Schutzwall werkelte, war Klein Highlander mal bei mir, mal verschwand er wieder. Ich stellte mir keine Fragen dazu.

Erschöpft sank ich spät am Abend auf dem Schemel nieder und begutachtete mein Werk. In wenigen Tagen wäre die Hälfte meines Küchenbereiches und der von Merles Wohnfläche kräftig tiefer gelegt. Dann würde ich diesen Bereich mit Dämmmaterial auskleiden und wohnlich machen. Wichtig war, dass es nicht die Feuchtigkeit aufsog und modrig wurde. Lehm wäre sicherlich gut, den ich mit Feuer aushärten konnte. Der Wall war auf einer Seite schon so hoch gediehen, dass ich im Sitzen nicht mehr richtig drüberschauen konnte. Erste Holzrohre waren bereits hineingerammt und mit Bändern verflochten. Eine wehrhafte Trutzburg entstand.

Merle tauchte am nächsten Tag auf. War kurz bei mir, spendete Trost und verschwand wieder. Wohin? Ich ließ es geschehen. War beinahe willenlos. Nahm den Trost an und fühlte mich dennoch wie eine Verdurstende inmitten eines Salzmeeres. Würde ich davon mehr kosten, würde ich zugrunde gehen. Trotzig gab ich vor, dass mich ihr Vorgehen nicht störte. Ich stürzte mich noch mehr in meine Arbeit. In die Tiefe graben, verschanzen, einigeln.

Abends saß ich meist einsam am Lagerfeuer - Klein Highlander war deutlich öfter und länger weg als sonst - und genoss meinen vergorenen, alkoholisierten Saft, der eine deutliche Wirkung zeigte. Nicht so, wie in früheren Alkoholexzessen, aber für die Verhältnisse im Highland schon beachtlich.

Ich warf weiteres Holz in das Feuer, dass die Funken weit in die Höhe stoben. Nachdenklich beobachtete ich, wie die rote Glut unverzüglich auf die neue Nahrung übersprang. Gierige Flammen leckten bereits an den abstehenden Ästen und Fasern. In Kürze würde das Holz verschwunden sein. Dann war es nur noch Asche und reine Energie, die sich in Hitze aufgelöst hatte. Und dann? Was passierte mit dieser Energie? Diese unmöglichen Fragen tauchten wieder auf. Unbeantwortbar für mich. Die Suche des Menschen nach der Sinnhaftigkeit unseres Seins. Die ewige Warum-Frage. Eigentlich langweilt sie uns, wenn wir das aus Sicht der Ewigkeit sehen. Jeder Mensch, jede Generation hinterfragt dies so. Und doch ist sie immer dieselbe, die eine starke Bedeutung trägt. Warum sind wir hier? Was ist der Sinn unseres Daseins? Bisher war das für mich immer sehr klar. Ich strebte nach Macht, Anerkennung, Geld und Erfolg. Dafür setzte ich alle Kraft und Energie ein. Was suchte ich jetzt? Glück, Harmonie, Zufriedenheit. „Damit ich mit mir im Reinen bin", stammelte ich. Was auch immer das bedeuten mochte. Altes Mädel, was nun? Lass endlich die Weisheit in dein Leben!
Ich begann zu halluzinieren. Hörte die Stimme meiner Therapeutin:
„Eine Frau Maier sucht immer Anerkennung.
Pausenlos.
Tut alles dafür. Kämpft.
Ist ehrgeizig.
Spielt oftmals die Alberne. Will die Menschen positiv stimmen. Will sie zum Lachen bringen. Sie dürfen keine Gelegenheit erhalten, Kritik zu üben. Denn das stürzt sie regelmäßig in den Abgrund.

Der Selbstwert ist klein. Wie ein sehr kleiner Kern in einer großen Nussschale. Diese harte Schale hat sie als Schutz um sich herum aufgebaut. Und alles in dicke Ummantelungen, damit niemand an den Kern gelangt.
So aber kann dieser Kern nie wachsen, bleibt ewig klein. Kann gar verderben, sodass gar nichts mehr übrig bleibt ..."

Ich hörte meine eigene innere Stimme fragen: „Kann die Zeit im Hochtal helfen, den Kern freizulegen und zum Wachsen zu bringen?" Ich wollte ihn freilegen, aber nur so, dass er einen Schonraum hatte, in dem ihn niemand attackieren konnte. Aber wie sollte das gehen?

„Wahrlich nicht so." Erstaunt erhob ich in meinem Tagtraum den Kopf, in die Richtung, aus der die Stimme kam. Sven blickte mich an und schüttelte dabei den Kopf. Sein Gesicht sprühte Ironie, beinahe Verachtung. „Du fliehst vor der Welt, Frau! Vor den vielen Eindrücken und Impulsen. Du fliehst vor der verlorenen Jugend. Aber, viel schlimmer noch, du fliehst vor dem Alt werden oder dich alt fühlen!" Er lachte höhnisch auf. Hielt die Hand von Merle. Streichelte sie. Küsste die junge Frau auf die Stirn. Ich verstand die Botschaft. Wie konnte ich alte Narzisstin auf die Idee kommen, dass Merle und ich … Sven ließ nicht locker: „Du suchst die Einsamkeit, hast aber Angst davor, wenn du ehrlich bist. Ich bringe es auf den Punkt, ein für alle Mal: Du fliehst vor deinen Problemen!"

Wütend stampfte ich auf den Boden und brüllte: „Lasst mich doch alle in Ruhe! Ich will allein sein! Stört mich nicht." Energisch wischte meine Hand durch die Luft. Wollte die bösen Geister vertreiben. Ich blickte Klein Highlander an, der erschrocken zur Seite gesprungen war und murmelte: „Du und die anderen Viecher, ihr seid die besseren Freunde. Die mich verstehen, die mich annehmen, mich akzeptieren.“ Ich kraulte seinen Nacken. Einsam verbrachte ich die Nacht.

STREIT

Es kam der Tag, an dem ich Merle verfolgte, als sie wieder von mir wegging. Sie machte keine Anstalten, ihren Weg geheim zu halten. Wenig groß war das Erstaunen, als ich sah, was ihr Ziel war. Die Verletzung aber dennoch gravierend. Meine Halluzinationen waren Realität. Nur schwerlich konnte ich mich im Zaum halten, als ich aus meinem Versteck heraus mit ansehen musste, was sich vor meinen Augen abspielte. Überraschende Wendung. Die Beiden waren nun beieinander. „Die Kleine bestimmt jetzt die Richtung?" Ich war richtig sauer. Verärgert trat ich aus dem Gebüsch hervor und machte ein paar Schritte auf die beiden zu. Sie hatten es sich gerade vor ihrem Bau gemütlich gemacht und hielten sich innig umarmt, während sie ihre Gesichter der Sonne entgegenstreckten. Beide waren weder erstaunt noch verängstigt, als sie mich sahen. Merle lächelte mir zu. Doch ich deutete das nicht als Einladung, sondern als Verspottung! Sie lächelten zu unverbindlich. „Hallo Julia, setz dich zu uns." Sven zeigte auf einen kleinen Schemel etwas abseits. Unschlüssig stand ich da, beobachtete die Szene, spürte die Stiche, die meine Brust durchbohrten. „Was … ihr …!" Ich stammelte. Brachte keinen Satz heraus. Blinde Eifersucht packte mich. Merle ahmte mich nach, wiederholte mein Stammeln und kicherte. Sie klopfte auf ihren Schenkel und nickte mir zu. „Komm", sprach sie sanft. So, als ob man ein kleines Hündchen zu sich rief.

Der eine Arm umschlang Sven, mit dem anderen forderte sie mich auf, zu ihr zu kommen. Wollte sie mich verarschen? Am liebsten hätte ich sie angebrüllt. Wollte beide von ihrem

Sitz stoßen, damit ich dieses bescheuerte, zufriedene Grinsen in ihren Gesichtern nicht mehr sehen musste. Doch ich konnte mich zurückhalten. Der Schmerz lähmte mich in meiner Aggression. Stattdessen rannte ich durch den Wald. Zurück zu meiner neu gebauten Bodenmulde und verbarg mich dort im Dunkeln. Traurigkeit machte sich breit. Geschah es, weil ich Begehrlichkeiten hatte? Weil ich meinte, mich in diese Frau ohne Alter verliebt zu haben? Merle in ihrer Unbefangenheit machte sich offenbar nichts daraus. Sie sah die Trennung nicht wie ich. Erlebte meinen und wahrscheinlich den Konflikt von Sven nicht. Nahm ihn nicht wahr. Tiefe Eifersucht quälte mich. Diese junge, schlanke Frau mit ihrem perfekten Körper, dem Quell ewiger Jugend, fand mich nicht mehr attraktiv? Galt nun mein Rivale als ihr Favorit? Die Eifersucht fraß mich beinahe auf. Kälte zog durch den Boden in meine Knochen hinein.
Die schönen Tage schienen zu Ende.

Es brauchte einige Stunden, bis ich wieder die Kraft fand, mich aus der Versenkung herauszubewegen. Die Gelenke starr vor Kälte. Klein Highlander war verschwunden. Wahrscheinlich bei den Beiden. Ich schnappte mir einen Behälter mit frisch angesetztem Beerensaft und kletterte über meine Baumhütte hinaus auf den höchsten Wipfel meines Baumes. Es kümmerte mich nicht, dass die Äste durch die Feuchtigkeit des aufziehenden Abends glitschig geworden waren. Sollte ich doch ruhig von dort in die Tiefe stürzen. Mir egal. Es kümmerte ohnehin niemanden! Der Saft aus den vergorenen Beeren vernebelte meine Sinne. Doch ich fand darin keinen Trost. Das Gehirn wollte nicht aufhören, mich mit

Fantasien zu füttern. Mit Bildern von deren Glück dort drüben. Von ihrer Gemeinschaft und der vertrauten Nähe. Zu allem Unglück meinte ich, aus der Ferne ihr Lachen zu hören. Vielleicht trieb der Wind auch seine Späße mit mir. Ich wusste es nicht. Es spielte aber auch keine Rolle. Sie hielten mich zum Narren. Mit Sicherheit. Verhöhnten mich. Ich konnte es spüren. Wie damals. Wie zu meiner Zeit als Kind, als meine Mutter und meine Schwestern … Ich streckte mich und stierte durch den Baumwipfel hindurch. Doch die bereits fortgeschrittene Dämmerung machte es schwer, dort drüben am Hang irgendetwas zu erspähen. Die Wolken über mir hingen tief am Himmel, schienen blutrot durchtränkt im Schein der untergehenden Sonne. Das war kein gutes Zeichen. Ein Unwetter kündigte sich an. Wieder dieses Lachen im Tal. Lachte das gesamte Hochtal über mich? „Sie verhöhnen dich“, rief eine Stimme in mir. Mit ihr kam diese unbändige Wut in meinem Bauch hoch. Meine Eingeweide zogen sich zusammen. Ich kochte. „Hörst du es denn nicht? Riefen sie nicht gerade deinen Namen? Sie lachen über dich. Verspotten dich. Du bist für sie eine Null.“ Ich ballte meine Hände zu Fäusten. Berührten sie sich gerade innig? Küssten sie sich, wurden vom Strudel der Lust und Leidenschaft hinweggerissen? „Durchatmen“, raunte mir mein Verstand zu. Und ich wollte ihm folgen. Atmete ein, lange aus, sprang aber dann doch auf, wäre beinahe in die Tiefe gestürzt und mühte mich von Ast zu Ast den Baum hinunter. Erst zögerlich, dann doch entschieden und energisch stampfte ich zurück zu den beiden Verrätern. Ich sah beinahe nichts mehr. Marschierte aber weiter. Dabei war es nicht die aufkommende Nacht, die mich blind werden ließ. Es war die düstere Wut, schwarze Magma, die in mir brodelte. Sie nahm mir jede Sicht. Mein Verstand wollte aussetzen, doch ich kämpfte mich zurück. Jetzt war es Zeit, sie zur Rede zu stellen. Ich wollte Klarheit und vor allem wollte ich mich von diesem Dämon befreien.

Einem Tornado gleich schoss ich durch die Tür von Svens Hütte. Riss alles mit mir, was links und rechts im Weg stand. Die Liebenden saßen da und hatten wohl eine gute Zeit miteinander. Ich brüllte, wollte mich auf sie stürzen. In mir kämpften die Dämonen. Schlugen sich mit meinem Verstand. Ich stolperte, zögerte. Doch am Ende gewann die dunkle Seite und setzte an, zu verletzen, zu zerstören. Die Kraft, die mein linker Arm dabei mit dem Knüppel erzeugte, war gigantisch. Alles auf der Seite zerfiel zu Staub unter meinen zerstörerischen Schlägen. Ich kam in Rage. Blutrausch schoss mir in die Sinne. Meine Augen mussten wie die eines Irren gewesen sein. Denn der Gesichtsausdruck der Beiden zeugte von großer Angst. Nur wenige Zentimeter vor ihnen hielt ich inne und verharrte, mit dem dicken Knüppel in der Luft. Bereit, weiter zuzuschlagen. Keine Zelle in meinem Gehirn tat ihren Dienst. Alles war außer Kraft gesetzt. Nur noch die steinzeitliche, brachiale Gewalt hatte Vorrang.

„Du Steinzeit-Rambo!“ Sven brüllte mich an. Er hatte sich wieder gefangen. „Was willst du hier? Hast du vor, ein Blutbad anzurichten?“ Seine Augen funkelten wild. Bedrohlich hob er einen Holzprügel hoch.

Ich holte zum Schlag aus, taumelte aber zurück. Getroffen von seinem harten Fußtritt, der meinen Unterleib traf.
Erste Zellen des Verstands wollten sich wieder aktivieren. Doch dann kam das entscheidende Unwort: „Versagerin!“ Verächtlich herausgeschleudert aus Svens Mund. Es ließ den Damm erneut brechen und endgültig der zerstörerischen

Kraft in mir freien Lauf. Ein erster Schlag ging nieder. Verfehlte ihn nur knapp. Schlug eine tiefe Kerbe in das Holz, auf dem sie saßen. Der Prügel ging wieder in die Höhe, die Sehnen spannten sich an. Die Muskeln härteten sich. Alles war bereit zum nächsten Schlag. Ich sah schon den Knüppel auf sie niederschmettern, hörte Svens entsetzten Schrei, sah seine Arme, die er abwehrend nach oben hielt. Doch urplötzlich klappte ich zusammen und wurde ohnmächtig. Merles Griff in meinen Nacken, fest und entschieden, setzte mich außer Gefecht.

***

„Ihr habt beide einen kompletten Schaden!“ Es war das erste Mal, dass ich Merle so reden hörte. Sie, die sonst so wortkarg war. Meist nur durch Gesten sprach. Sie schimpfte in einem Slang, den normalerweise nur Sven und ich benutzten.

„Ihr benehmt euch, als ob ich eine Ware wäre, die jemandem gehört.“ Sie funkelte uns an. Ich rieb mir unter Schmerzen die Stelle, an der sie mich im Genick gepackt und damit Schachmatt gesetzt hatte. Woher hatte sie nur die Kraft? Woher kannte sie solche Techniken? Behutsam wandte ich meinen Kopf, um zu schauen, wo sich Sven befand. Zur Sicherheit wollte ich das wissen, nicht dass mir schon wieder irgendetwas auf den Kopf knallte. Doch dieser lag einige Meter von mir weg ebenfalls auf dem Boden und wirkte recht benommen. Hatte Merle auch ihn in die Zange genommen? „Warum habt ihr solche Besitzansprüche? Was soll das? Ich gehöre niemandem! Verstanden?“ Sie war tatsächlich so etwas wie wütend. Ich konnte es am Zittern ihrer

Stimme hören. Ihre Augen funkelten. Wie kleine Schulkinder lauschten Sven und ich ihrer Standpauke: „Schaut euch um. Erhebt irgendetwas hier im Tal irgendeinen Besitzanspruch? Etwa die Vögel oder andere Lebewesen?"
Ich richtete mich auf und antwortete mit schwacher Stimme: „Nun ja, die Bäume schon - irgendwie. Sie verteidigen ihren Platz schon gegen andere Pflanzen." - „Klugscheißer!", zischte Sven, blickte dabei aber ängstlich in Richtung Merle. „Selbst die Bäume teilen ihre Welt mit allen anderen Wesen und Tieren! Sie bieten ihnen sogar Schutz und Platz. Selbst einem spätpubertierenden Mädchen, das glaubt, erwachsen zu sein!" Ich traute mich nicht mehr, irgendetwas zu antworten. Im Prinzip hatte sie ja recht. Wir dachten über die Worte nach. Eine bedrückende Stille setzte ein. Scham kroch in mir hoch. Was war nur mit mir passiert? Die selbst gepanschten Getränke konnten nicht die alleinige Ursache für meinen Amoklauf im Paradies gewesen sein. Unsicher blickte ich zu Merle, die auffordernd nickte. Doch ich schaffte es nicht, irgendetwas zu sagen. Der Klos im Hals steckte fest. Beinahe hätte ich zwei Menschen schwer verletzt. Gar getötet. Ich konnte mir nicht vorstellen, dass die Beiden mir verzeihen würden. Sven schien es nicht besser zu gehen. Starr blickte er vor sich hin. Offenbar in Gedanken. Aus der hinteren Ecke des kleinen Raums drang das Winseln von Klein Highlander zu uns. Seine Haltung war der Inbegriff von Angst. „Entschuldige bitte", flüsterten wir endlich, beinahe zeitgleich. Ein zögerliches Lächeln wollte sich auf unseren Gesichtern andeuten. Meines jedoch war eher ein Versuch, mein unsagbar schlechtes Gewissen zu vertuschen. Ich war noch zu sehr schockiert über mein eigenes Tun. Merle nickte grimmig und ging weg.

PLATONS KINDER

„Sie hat es wirklich geschafft, uns wieder zusammenzubringen.“ Sven legte seinen Kopf leicht schräg und ließ die vergangenen Tage in Gedanken Revue passieren. Ich nickte stumm. Noch immer war ich voller Scham über das, was passiert war. Svens Wohnung war verwüstet. Wir beide hatten einige blaue Flecke am Körper und im Gesicht. Sichtbare Zeichen einer schlimmen Auseinandersetzung. Sven reichte mir seinen Rucksack und Kleidungsstücke zur Tür heraus. Ich nahm alles entgegen und legte es zu den anderen Sachen, die wir mitnehmen wollten. Wir hatten uns geeinigt zusammenzuziehen. Alle drei. Genau genommen hatte Merle uns eher dazu genötigt. Mein Zuhause schien dafür geeignet, uns dreien eine Heimat zu bieten. Einfach war das nicht! Drei sehr eigenwillige Charaktere. Eigentlich vier, wenn man Klein Highlander dazu zählte.

„Ja, das hat sie“, erwiderte ich und nickte. Ich band alle gepackten Bündel an eine lange Stange, um diese dann zu zweit anzuheben und alles zu meiner Wohnung zu tragen. Während ich unter der schweren Last die ersten Schritte tat, begann ich meine Frage, die mir schon seit zwei Tagen auf der Zunge lag, endlich zu stellen: „Meinst du, wir sollten uns nochmals unterhalten?“ Er blickte mich an. „Wozu denn? Zu dem, was passiert ist?“

Ich nickte. Noch immer war es mir unangenehm. Besser gesagt, war mir das alles recht ungeheuer mit mir. „Wenn ich ehrlich bin, dann habe ich ziemliche Angst vor diesem Teil in mir. Ich bin da - wie es scheint - unberechenbar. Was, wenn es wieder aus mir herausbricht?“

Sven schien nachdenklich. „Ja, ich denke, da solltest du mal reinen Tisch machen. Denke, wenn du Licht ins Dunkel bringst, dann baut sich kein Druck mehr auf.“ Schweigend gingen wir den Rest des Weges zu unserem nun gemeinsamen Domizil. Nachdem wir die Sachen abgelegt hatten, reichte ich Sven einen Becher Wasser. „Wir müssen noch für den Winter den Schlafbereich abdichten. Das wird unsere nächste Aufgabe sein. Ich weiß nicht, wie lange es einigermaßen erträglich bleibt, was die Temperaturen angeht.“

Hinter uns knackte es. Merle kam von ihrer Tour zurück und legte uns weitere Büschel langfaserigen Grases hin. „Was schaut ihr so nachdenklich? Macht ihr euch schon wieder zu viele Gedanken über die Zukunft? Was kümmert ihr euch denn immer nur um euer kurzes Leben? Lohnt sich denn der Aufwand? Wäre es nicht sinnvoll, gleich euer gesamtes Dasein zu überdenken? Egal, hier ist Gras für euer Flechtwerk.“ Sie nahm mir meinen Becher aus der Hand und trank das Wasser in einem Zug aus. Lächelnd reichte sie ihn zurück. „Was meint sie denn jetzt schon wieder?“ Sven runzelte die Stirn, während er von mir zu Merle hinschaute. Doch ich zuckte nur mit den Schultern. „Keine Ahnung. Unsere Dame hat wieder philosophische Anwandlungen, vermute ich.“ Mit diesen Worten wartete ich auf eine Erklärung von Merle. Doch die hatte sich bereits wieder umgedreht, machte eine einladende Handbewegung in Richtung Klein Highlander und verschwand mit ihm in den Büschen. „Sie ist schon manchmal sehr komisch, oder?“

„Ja, aber auch sehr reizvoll und anziehend.“ Svens Gesichtsausdruck wurde sanft. „Hast du durch sie entdeckt, dass du lesbisch bist? Oder Bisexuell?“ Ich blickte ihn verunsichert an.

Was sollte ich darauf antworten? „Vermutlich hat sie bewusst diese Seite in mir aktiviert. Schon möglich." Ich nickte, um das Gesagte zu bekräftigen. „Dich habe ich aber auch ziemlich lieb. Irgendwie mochte ich dich schon im Camp." Ich ließ zu, dass er mich zu sich auf die Sitzbank zog und in den Arm nahm. „Gezeigt hast du mir das dort aber nicht wirklich." Ich ließ nun ebenfalls alles los, was ich in den Händen hielt und hielt seine Arme fest: „Weißt du, man sagt bei den Handwerkern, wenn zwei Verbindungssysteme von Beginn an zu perfekt ineinanderpassen, beginnen sie zu schnell auszuleiern. Wenn man aber erst etwas feilen, anpassen und gut ineinander pressen muss, dann hält das schon länger. Wer weiß, vielleicht ist es bei uns auch so gewesen." Kurz wurde sein Blick nachdenklich, als ich das sagte. Es dauerte ein wenig, bis er antwortete: „Meinst du noch immer, dass wir ein gutes Paar wären? Was, wenn ich nur in deinen männlichen Astralkörper verliebt bin? Nicht aber in die Frau hier?" Sven lächelte vielsagend bei seinen Worten. Zur Antwort legte ich meinen Kopf an seine Schulter und wir begannen, leicht hin und her zu wiegen. Ich versuchte locker zu klingen, als ich die Erkenntnis daraus zog: „Da scheinen wir ja für die nächste Zeit ein echtes Experiment mit uns dreien zu haben. Merle, du und ich. Wir miteinander." Konnten wir uns alle gegenseitig lieben? Merle sicher. Aber Sven und ich?

Die Gefühle wechselten, schäumten auf, wie ein frisch gezapftes Bier, das nach langem Stehen schal wurde. Mir wurde bei diesem Bild klar: Man musste sie genießen, solange sie noch frisch waren, die Gefühle.

Um dorthin zu gelangen schien es aber noch ein weiter Weg zu sein. Ich musste die Strenge verlieren, mit der ich mein

Leben organisierte. Ich musste mich von Konventionen lösen und befreien! Es durfte keine Grenzen oder Einengungen in meinem Leben geben. So konnte ich mich öffnen für die Dinge, die wirklich wichtig waren.

***

„Was machst du eigentlich, wenn sie wieder zurückkommt?" Er stellte das Glas ab und erhob sich von der Bank, nachdem sie das gesagt hatte. Sehnsüchtig blickte sie ihm nach. Das war taktisch unklug. Die Stimmung sollte doch romantisch bleiben - besser gesagt - werden. Sie würde sehr gerne mit ihm… also, ohne vorher zu lange rummachen zu müssen. Doch er hatte den Einwurf von ihr aufgenommen. „Ich gehe davon aus, dass ihr dafür Vorsorge trefft, dass sie gar nicht erst die Schwelle unserer Haustür erreicht." Er tippte mit dem spitzen Zeigefinger auf ihre Brust: „Sonst könnte es Schwierigkeiten geben. Auch für uns beide. Das ist dir doch sicherlich klar!" Dieser eiskalte, knallharte Kerl reizte sie. Ja, er erregte sie. Hatte er denn gar kein Herz? Kein Mitgefühl für die Mutter seiner Kinder? Er bohrte den Finger stärker in ihre Brust. Beinahe hätte sie vor Schmerz aufgeschrien. Die Gedanken flogen zurück in jene Nacht, kürzlich, als er seine Dominanz über sie zum Ausdruck brachte. Doch sie hatte sich gut gewehrt, was ihm ebenfalls gefallen hatte. Sie verlor schon wieder beinahe die Besinnung, bei den Gedanken daran. „Rede!" Sein Ton wurde herrisch. Ein geborener Alpha. Somit war es auch okay, dass er über sie, die oberste Chefin aller Unternehmen der Holding und der dahinter Versteckten, herrschte. Einmal durfte auch sie Untertan sein. Gerne bei ihm. „Sag!" Er ließ nicht locker.

„Ja, alles ist vorbereitet. Wir lauern quasi. Sie wird kommen. Jetzt, wo der Winter Einzug gehalten hat, muss sie raus aus ihrem Loch.“ Wäre für sie alle gut, wenn sie es täte. Dann wäre die Mafia endlich mit einem Opfer versorgt, das sie zerfleischen konnte. Und sie hätte endlich freie Bahn. „Im Frühjahr werde ich sie spätestens für tot erklären lassen. Wer weiß, vielleicht haben sie schon die Bären und Wölfe gefressen.“ Ein trauernder Ehemann sah anders aus, stellte sie mit einem Schmunzeln fest. „Daran habe ich ja noch gar nicht gedacht.“ Sie schien nicht glücklich beim Gedanken, dass ihr Opfer tot sein könnte. Das würde alles ändern. „Kann man das denn überhaupt so früh? Jemanden für tot erklären lassen?“ Mehr brachte sie dazu nicht heraus. „Egal, komm jetzt.“ Er packte sie am Kragen und zerrte sie ins Schlafzimmer. Was tat man nicht alles für die Erfüllung der eigenen Träume. Die Planungen dafür liefen.

***

„Weißt du, was mir wirklich Sorgen macht?“ Nein, das wusste ich nicht und mein Schweigen signalisierte ihm das. So fuhr er fort: „Ich habe Angst davor, dass wir in ein Alter kommen, in dem wir immer mehr unseren körperlichen Verfall verwalten.“ Dieser emotionale Ausbruch von Sven verwunderte mich.

„Wie alt bist du?“, wollte ich von ihm wissen. Denn das hätte eventuell von mir kommen müssen. Ich war älter.

"Das tut nichts zur Sache, Julia. Der Tag wird kommen und dann kümmern wir uns um unsere Gebrechen. Sind froh, wenn wir ein wenig zu Fuß gehen können.“ Ich zog eine Schnute, was ich immer tat, wenn ich nachdachte.

Was konnte man darauf entgegnen?
Zum Glück gab es YouTube und TikTok. Sie halfen mir bei der Antwort: „Sven, ich habe Clips von Menschen gesehen, die über neunzig Jahre alt waren und noch Saltos schlugen oder am Barren turnten. Das hängt wohl am Ende von uns selbst ab."

„Ja, aber wie viele sind es? Wie viele müssen schon mit siebzig oder achtzig einen Stammplatz beim Hausarzt buchen oder sind bereits gestorben?"
„Siehst du, dann sind es noch ein paar Jährchen bis dahin, Sven."

Er ließ aber nicht locker: „Es geht doch schon viel früher los." Ich wurde beinahe etwas wütend: „Was schert sich denn ein Mann darum? Ihr habt es doch besser als wir!" Ich zermanschte eine gekochte Knolle in meinen Händen, während ich das sprach. „Wenn wir ehrlich sind, sind wir Frauen nur wenige Jahre unseres Lebens so hübsch, danach wird die Haut faltig, die Augen bekommen Ringe, wir setzen Speck an und so weiter. Dann geht die Hauptenergie in den Erhalt der eigenen Fassade und Infrastruktur." Er musste lachen über diesen Vergleich. Konterte aber sogleich: „Das müssen auch schon pubertierende Teenies. Sie hören im Prinzip nur nicht mehr damit auf." Ich lächelte. „Touché, das stimmt. Aber, im Prinzip weißt du, was ich meine. Wenn einmal der Horizont überschritten ist, geht es abwärts." Er knurrte unwillig, gab aber nicht klein bei: „Dafür gibt es so viele unglückliche junge Menschen, die unheilbare Krankheiten haben, am Dialysegerät hängen oder schlimme körperliche Verletzungen erleiden. Sie leben noch immer, haben noch immer ihren Lebenswillen und lachen auch. Denn sie haben sich eingerichtet. Sicherlich nicht glücklich, aber sie lernen, damit umzugehen.“ Betroffen schwieg ich. Sven strich mit der Hand unentwegt über unsere geflochtene Matte hinweg, bevor er nachzusetzte: „Wir können nichts gegen das Alt werden machen, aber es kann verdammt viel Spaß machen, währenddessen zu leben, statt sich dauernd Sorgen zu machen. Und wenn wir etwas auf uns aufpassen, bleiben wir lange fit.“ Er fixierte mich mit seinem Blick, als wollte er mich röntgen. „Julia?“ – „Ja?“ – „Sag mir, fühlst du dich jung, agil und attraktiv wie früher?“ Verdammt, er hatte mich an meinem wunden Punkt erreicht. Nein, das tat ich nicht! Ich hatte bis vor kurzem an meine ewige Jugend geglaubt. War der festen Überzeugung, dass noch immer junge Kerle auf mich fliegen würden. „Nein“, flüsterte ich. „Ich würde es gerne. Manchmal würde ich gerne wieder die Jugend zurückhaben.“ – „Wieder all das Gekämpfe, das Bemühen, die Unsicherheiten, die Ungewissheiten?“ Ich erhob mich und stellte mich vor ihn. „Was soll das? Willst du mich auf den Arm nehmen? Jetzt redest du plötzlich so! Spielst du mit mir?“ Er erfasste meine Hand und hielt sie fest: „Nein, ich übe mich mit dir nur in Dialektik meine Liebe.“ Er zog mich zu sich. „Ich denke, wir sollten uns bewusst werden, wie gut es uns im Moment geht. Genau in diesem Alter. Mit all dem Gold des älter Werdens, den Erfahrungen. Ungezwungen und frei. Nicht nachdenken!“ Ich nickte zögerlich. Er hatte mich ganz schön an den Wickel gekriegt mit seinem Trick! „Dabei haben wir ja noch gar nicht über die Seele gesprochen“, setzte ich erneut an. „Die soll ja unsterblich sein. Also alterslos. Wäre das nicht eine Idee, dass wir …“ – „Pscht …“ Er drückte mir den Finger auf den Mund. „Lass gut sein. Zu viel der geistigen Kost. Ich habe richtig Hunger.“ Merle kam zurück, stellte sich hinter uns und tätschelte uns beiden auf die Schulter. „Unsere Nanny", kam es unvermittelt aus mir heraus. Sie zwickte mich ins Ohr und flüsterte: „Na, dann warte mal auf heute Nacht!" Mir wurde siedend heiß.

Bis spät in den Abend hatten wir es uns unten am Feuer gemütlich gemacht. Das Abendessen war wieder einmal lecker, ungewöhnlich und reichlich sättigend. Woher Merle immer wieder neues Essen hervorzauberte, war mir ein Rätsel. Ich war der Meinung gewesen, dass ich schon alles kannte, was die Natur in Highland hervorbrachte. Dem war offenbar nicht so. Zum Abenddinner offenbarte sie uns einen Bund spargelähnlicher grüner Stangen, die fruchtig nussig schmeckten. Dazu durften wir Knollen, Wurzeln und verschiedene Gräser kochen beziehungsweise zu einem würzigen Salat verarbeiten. Wir hatten uns geeinigt, kein Fleisch zu essen. Ich konnte das nicht, seit wir unsere tierischen Freunde um uns herum hatten. Unsere Aussprache an diesem Abend, in vertrauter Atmosphäre, tat gut. Zum ersten Mal in meinem Leben konnte ich offen und ohne Angst, jemand würde meine intime Beichte missbrauchen, über meine Schwierigkeiten und – ja, man sollte es beim Namen nennen – Komplexe reden. Beide Freunde hörten mir aufmerksam zu, ließen mir Luft und Zeit, waren geduldig mit mir, als es nur so aus mir heraussprudelte. Der Damm war gebrochen.

Wir wagten es, uns gegenseitig zu vertrauen, trauten uns aus unserem Schneckenhaus - und wurden belohnt. Einzig Merle war nur Zuhörerin, gab mal hier mal dort vereinzelt Anregungen in der ihr eigenen Art: knapp und immer etwas kryptisch. Mehr nicht. Weder Sven noch mir fiel das auf. Wir waren zu sehr in unsere Gefühlswelten vertieft und brauchten den Raum, um uns auszubreiten.

Ich wusste nicht mehr, wann wir ins Bett gegangen waren. Auch nicht mehr so richtig wie. Zu erschöpft waren wir von all den aufregenden Gesprächen, den Gefühlswallungen und dem Zuhören. Im Prinzip hatten wir unser gesamtes Leben an einem Abend durchwandert. Eine Herkulesarbeit.

Als ich nach langem und tiefem Schlaf wieder wach wurde, musste ich mir erst einmal klar werden, wo ich war. Angst überkam mich, wieder allein zu sein. Doch das tiefe und ruhige Atmen in nächster Nähe beruhigte mich. Sven lag in meinem Arm. Merle hatte sich von hinten an ihn geschmiegt. Erleichtert entspannte ich mich wieder etwas und fuhr Beiden sanft übers Haar. Draußen war es bereits hell geworden. Die Vögel zwitscherten in hellsten Tönen ihr Morgenkonzert. Wie jeden Morgen. Tag für Tag. Und doch war es immer wieder neu, besonders, beruhigend. Ich genoss es, ihrem Gesang zu lauschen und einzelne Stimmen herauszuhören. Inzwischen war ich recht gut darin. Zu meinen Füßen regte sich etwas. Klein Highlander hatte den Kopf gehoben und blickte mich auffordernd an. „Hey, du Mümmeltier-Hund oder was auch immer." Ich lächelte ihn an. So glücklich konnte an diesem Morgen nur EIN Mensch sein - und das war ich. „Träumst du schon wieder mit offenen Augen?" Sven lächelte mich an. Sein Gesicht war tiefenentspannt und strahlte Zufriedenheit aus. „Hörst du die Vögel? Ist das nicht das schönste Rockkonzert der Welt?" – „Verrückte Nuss!" Er kniff mich in die Nase: „Aber ja, das ist es wirklich." Ich lauschte mit ihm zusammen der Musik. Einzelne Rufe der anderen Bewohner des Tals mischten sich darunter. „Ein Wildschwein", riet Sven, beim etwas disharmonischen

Klang inmitten des Konzerts. „Ein Fuchs“, vermutete ich. „Ein Lilli-Reh“, warf dagegen Merle ein, die gerade die Augen geöffnet hatte. „Ein was?“, fragten Sven und ich zugleich. „Na, die kleine Tierart, die am ehesten den Tieren entspricht, die ihr Rehe nennt. Nur etwas anders.“ Sven zwinkerte mir zu und lächelte. Er wollte damit wohl sagen: „Sie mal wieder mit ihrem unerschöpflichen Wissen.“ – Was machen wir denn heute?“ Merle setzte sich auf und gähnte, streckte sich und blickte aus der Öffnung unseres Baumhauses. „Ich würde am liebsten mit euch beiden im Bett bleiben“, gestand ich. „So schön, so kuschelig, so warm, so weich.“ – „Weich, wer, was. Denkst du, wir sind zu dick?“ Sven kniff mich in die Seite. Packte mich an sehr empfindlichen Stellen und drohte zuzudrücken, sollte meine Antwort nicht richtig ausfallen. „Überleg dir gut, was du tust. Wenn du da Schaden anrichtest, dann wird auch dir was fehlen. “, scherzte ich. Küsste ihn dabei auf die Stirn und genoss es, dass er mich weiterhin kraulte, knetete und forderte. Merle gesellte sich zu uns. Klein Highlander jaulte enttäuscht auf und schlurfte zum Ausgang. Er hatte wohl gehofft, dass ihm jemand ein Frühstück machte. Das musste wohl warten.

Ein lauter Knall ließ uns zusammenschrecken. Sein Echo hallte von einer Felswand zur anderen und wurde von ihr zurückgeworfen. „Was war das?“ Ich löste mich aus der Umarmung und stand auf. Schnell waren wir in den Baumwipfel geklettert und hatten den höchsten Aussichtspunkt eingenommen. Sven saß etwas tiefer als Merle und ich. „Seht ihr was?“, wollte er wissen. Wir schüttelten beide den Kopf, bis ich meinte, etwas wahrgenommen zu haben. Nur ein leichtes Blitzen zwar, aber doch ungewöhnlich.

Ich zeigte in die Richtung, wo ich es gesehen hatte. Nicht weit von meinem Einstieg entfernt, der mich damals ins Tal geführt hatte. „Da scheint ein Mensch zu sein. Etwas in seiner Hand glitzert.“ Wir stiegen wieder hinunter und machten uns auf den Weg zu der Stelle. Sven war aufgeregt, ich irritiert und Merle schien nicht erfreut zu sein. Ihre fest zusammengepressten Lippen und die tiefe Falte in ihrer Stirn zeugten davon. „Ist was schiefgelaufen?“, entwich es mir unwillkürlich. „Das kann man wohl so sagen“, gab sie zur Antwort und marschierte los. „Bleibt direkt hinter mir. Sagt kein Wort und verhaltet euch still.“ – „Aber“ Sven kam nicht mehr dazu weiterzusprechen. Merles Handbewegung ließ ihn sofort verstummen.
Wir brauchten gut zwanzig Minuten, bis wir an die Stelle kamen, die wir aus der Ferne ausgemacht hatten. Zwischen dem Geröll am Fuß der Felswand vernahmen wir ein Stöhnen. Schnell eilten wir zu der Figur, die mit weit von sich getreckten Gliedern in unnatürlich verbogener Lage in die Felsspalten hineingedrückt war. „Das ist ein Mensch“, stotterte Sven. „Er lebt noch. Schnell helfen wir ihm.“ Doch Merle hielt ihn zurück und beobachtete misstrauisch das Terrain um uns herum. „Es waren zwei. Sie müssen bewaffnet sein. Vorsicht!“ Während sie stehenblieb und die Gegend bewachte, begaben wir uns zu dem verwundeten Mann, der gerade wieder zu sich kam. „Er muss von ganz oben hier runtergestürzt sein“, vermutete ich.
Der Mann stöhnte, bewegte sich aber nicht. „Bleiben Sie liegen, Sie haben sich verletzt“, versuchte Sven ihn zu beruhigen. Ganz leise flüsterte er in meine Richtung. „Ich glaube, er hat sich das Rückgrat oder das Genick gebrochen.“
Ich nickte und beugte mich über ihn, um mehr erkennen zu

können. Unsere Augen trafen sich. Bei uns beiden weiteten sich die Pupillen. Blicke des Erkennens. Ich wusste nur nicht woher. Doch ihm war es offensichtlich klar. Er machte einen Ruck, wollte sich vor mir in Sicherheit bringen. Das hätte er nicht tun sollen. Ein hässliches Knackgeräusch ließ ihn auf der Stelle verharren und den Blick erstarren. Er war tot. Wir waren geschockt. Erst jetzt bemerkten wir die Waffe in seiner Hand. „Hatte er geschossen?“, wollte ich wissen. Doch Sven, der die Pistole in die Hand genommen hatte, prüfte das Magazin und schüttelte den Kopf. „Nein, er war es nicht. Also der andere.“ Er warf mir einen unergründlichen Blick zu. „Er hat dich erkannt. Woher?“ Ich wusste es nicht. So sehr ich versuchte, gedanklich in der Welt von früher zu kramen. „War es einer der Männer, denen du vor einiger Zeit begegnet bist?“, wollte ich von Sven wissen. Doch der schüttelte ebenfalls den Kopf. „Nein, zum Glück nicht, sonst wäre ich zum Raubtier geworden.“ Wir blickten die Felswand hoch. Keine Öffnung zu entdecken.

„Wir müssen den zweiten Eindringling finden!“ Merles Stimme klang kalt und befehlend. „Er rennt den Bach hinunter zum anderen Ende des Tals. Halten wir ihn auf.“

Ich konnte nachempfinden, was sie damit meinte. Auch ich hatte das Gefühl, dass hier jemand unberechtigter Weise ins Tal gelangt war und nicht hierhergehörte. Doch Sven hielt uns zurück: „Macht ihr jetzt eine Hetzjagd? Er darf sich genauso frei in diesem Tal aufhalten wie wir. Kommen und gehen, wann immer er will. Im Gegenteil, vielleicht kennt er ja einen Weg hinaus und kann ihn uns zeigen.“

Er wollte also noch immer gehen! Merle lenkte ein und erwiderte, während sie bereits losmarschierte: „Na gut, dann lasst uns nachschauen, ob es ihm gut geht. Zumindest ist ein

Schuss abgefeuert worden.“ Ich folgte ihr. Sven blickte erst zu dem Verstorbenen und stolperte dann hinterher. „Wer kann das sein Merle, was meinst du?“ Ich versuchte noch immer in meinen Erinnerungen zu kramen, kam aber zu keinem Ergebnis. „Es müssen Menschen sein, die dich suchen, Julia.“ Sie drückte einen Ast zur Seite und ließ Sven vorbeilaufen. Mit lautem Klatschen knallte er zurück, als sie ihn losließ. Ich blickte erstaunt den beinahe armdicken Ast an. „Sie haben eine Verbindung zu dir, sonst hätten sie hier nicht hereinkommen können.“ Wieder eine dieser rätselhaften Aussagen von Merle. „Willst dich nicht mehr an deine Lover erinnern?“ Sven versuchte der ungewöhnlichen Situation etwas die Schärfe zu nehmen, was aber nicht gelang. Ein Mensch lag tot hinter und ein anderer tauchte einige dutzend Meter vor uns auf. Er stand auf einer Lichtung, direkt am Bach. Beide Hände nach vorne gestreckt, eine Pistole im Anschlag. Er drehte sich unentwegt um die eigene Achse. „Verschwindet, lasst mich in Ruhe. Ich schieße.“ Er schien erschöpft, konnte seiner Stimme keine Kraft mehr geben, auch keinen Nachdruck verleihen. Der Fremde machte sich bereit, wieder in den Wald zu fliehen, stolperte und fiel rückwärts ins Wasser. Laut schrie er auf und starrte in die Luft vor sich. „Lasst mich, ihr Monster.“ Immer wieder stieß er diesen Satz aus. Merle trat schnell aus unserer Deckung hervor und bewegte ihre Arme, als ob sie einen Schwarm Mücken verscheuchen wollte. „Ist gut. Ist gut. Bleiben Sie liegen. Wir kommen.“

Er blickte zu ihr. Sah in ihr eine Fata Morgana, so zumindest schien es sein Gesichtsausdruck sagen zu wollen. „Mia Donna“, flüsterte er und bekreuzigte sich. Ich zuckte zusammen bei diesen Worten. Da war wieder ein dumpfes Erinnern. Ich verdrängte die Gedanken jedoch und eilte Merle zu Hilfe. Der Mann lag noch immer auf dem Rücken, streckte wie ein Käfer die Hände in die Luft. Ich packte seinen Arm und hob ihn mit Merles Hilfe hoch. „Was hast du hier verloren?“, zischte sie ihn an. „Du gehörst nicht hierher. Das ist ein Fehler!“ Der Mann versuchte sich zu befreien, was ihm aber nicht gelang. Wir hielten seine Armgelenke fest. „Merle, Julia, lasst ihn. Ihr tut ihm ja weh.“ Sven trat hinzu. Besorgt blickte er in das Gesicht des Mannes, der vollkommen erschöpft zu sein schien. „Nehmen wir ihn mit zu uns. Er braucht Ruhe und was zu essen. Wie heißen Sie?“ Er nickte ihm zu, versuchte, ihm ein Lächeln zu schenken. „Pedro.“ Sprach dieser. Setzte aber mit Blick auf mich nach: „Das müsste sie doch wissen!“ Ich schwieg weiterhin dazu. Tat, als hätte ich das nicht gehört. Langsam lichteten sich die Schleier. Wie konnte es sein, dass ausgerechnet dieser hier auftauchte? Das war doch damals viele tausende von Kilometern weg. Dort in Thailand. Sie waren die Jungs fürs Grobe. Man schickte sie mir hinterher, wenn es im Job was zu tun gab. Eine graue Ahnung schlich sich bei mir ein. Hatten sie hier was zu tun? War ich der Auftrag? Merle sprach vorhin von einer starken Verbindung. Sie war tatsächlich gegeben. Dieser Mann hier und sein Kompagnon hatten mir damals geholfen, den Schlamassel wieder zu bereinigen, den ich in der unglücklichen Nacht angestellt hatte. Ich konnte mich zwar nicht mehr an die Details erinnern. Sie hatten mir aber am Tag danach berichtet. So langsam kamen Erinnerungen zurück.

Wir schleppten ihn zu unserem Haus. Weder Merle noch ich wollten den Klammergriff um seinen Arm loslassen.

Sven konnte sagen, was er wollte. Keine Chance. Im Gegenteil. Ich holte einen Strick und band die Arme und Füße des Mannes zusammen. Klein Highlander legte sich mit einem markanten Knurren vor ihn. Dass der Mann nicht protestierte, zeigte mir, dass er Schlechtes im Schilde führte und eine Gefangennahme mit einzukalkulieren war. Ihn beschäftigte aber auch etwas anderes. „Was waren das für Monsterwesen?", wollte er wissen. Irritiert blickten Sven und ich zu ihm hin. „Die schwarzen Schatten! Sie haben uns angegriffen, kaum, dass wir aus dem Felsen herausgestiegen sind." Er nickte in Richtung der Felswand. „Mein Kumpel ist vor Schreck abgestürzt." Sven schien sich an etwas zu erinnern: „Die Schatten. Tatsächlich! Ich habe auch immer wieder mal gemeint, so etwas zu sehen. Immer, wenn ich nach dem Ausgang gesucht habe …" Nachdenklich hielt er inne.
„Hast du deshalb geschossen?", wollte ich wissen. „Ungewöhnlich für einen Profi, oder?" Er spuckte auf den Boden. „Ungewöhnlich? Diese Dinger wollten uns ermorden. Sie hätten mich auch umgebracht, wenn ihr nicht aufgetaucht wärt." Er blickte dabei vor allem mit großem Interesse Merle an. „Bist du von hier? Gehörst du zu ihnen?", wollte er von ihr wissen. „Sie haben dir gehorcht." Doch Merle schüttelte nur ruckartig den Kopf. „Das fantasierst du nur. Ich habe nichts gesehen. Du etwa, Julia?" Ich hatte tatsächlich nichts wahrgenommen. Lediglich einen etwas verwirrten Mann, der unsichtbare Angreifer abwehren wollte. „Was geschieht nun?" Sven führte besagtem Pedro eine hölzerne Kelle zum Mund, damit er etwas Suppe essen konnte.
Niemand antwortete.
„Wisst ihr, dass wir schon seit Monaten nach euch suchen? Jeden Zentimeter haben wir abgegrast. Auch als schon der

Winter eingebrochen war." Erstaunt blickten Sven und ich auf: „Monate? Winter? Welches Datum haben wir denn?" Merle hinderte ihn daran zu antworten. Ihre Stimme war eisigkalt und scharf, als sie ihn fragte: „Warum habt ihr sie nicht in Ruhe gelassen? Ihr hättet doch sagen können, sie ist tot oder nicht auffindbar." Ich ahnte die Antwort. So langsam stiegen Erinnerungsfetzen in mir aus tiefster Versenkung auf, die ich zu einem Strang flocht, der Sinn machte. „Weil es um viel Geld geht, weil man ein Opfer braucht. Richtig?" Der Mann grinste. „Viel Geld, auch für uns. Dann hätten wir ausgesorgt gehabt. Verstehst du doch sicherlich, Donna Julia." Er lachte höhnisch auf: „Kaiserin Julia haben wir dich immer genannt. Kennst du das schöne Märchen vom Kaiser und seinen neuen Kleidern? Genauso warst du." Zu Sven und Merle gewandt fuhr er fort: „Ist sie es heute immer noch? Eitel, hochnäsig, in sich selbst verliebt?" Ich wäre ihm am liebsten an die Gurgel gesprungen. Doch der warnende Blick von meinen Begleitern hielt mich auf. Mit einem Fluch auf den Lippen lehnte ich mich in meinem Stuhl zurück. „Na Klein Highlander, welchen Knochen hast du dir ausgesucht, wenn wir den Herrn hier gevierteilt und ausgeweidet haben?" Mein tierischer Freund schien zu verstehen. Seine Augen fixierten die Waden und die Schienbeine des Mannes. „Gute Idee." Merle nickte und schien sich bereits Gedanken zur praktischen Umsetzung zu machen. Pedro lachte etwas hysterisch. Noch hielt er es für einen Witz. Als aber nicht einmal Sven etwas zu seiner Verteidigung sagte, einfach, weil er gerade zur Toilette musste, wurde er unruhig. „Wir müssen das doch nicht machen." Er schenkte mir einen verschwörerischen Blick. „Du kennst das doch. Eine Hand wäscht die andere. Ich gebe, damit du gibst."

Ja, das kannte ich. Mein ganzes Geschäftsleben hatte daraus bestanden. „Was gibst du mir denn?“ Ich mühte mich, gelangweilt zu wirken. „Muss schon viel sein, um dich nicht den Tieren zum Fraß vorzuwerfen. Der Winter kommt. Sie brauchen viele Fettreserven am Körper.“ Ich zeigte auf Klein Highlander. „Sie liegen mir mehr am Herzen als du. Verstehst du sicherlich auch, oder?“ Er wusste nicht so recht, ob er mir meine Geschichte abkaufen sollte. Doch er kannte mich aus meinem alten Leben und wusste, dass ich Ernst machte, wenn es darauf ankam. „Ich gebe dir Informationen zu damals.“ Ich schenkte ihm meine ganze Aufmerksamkeit. Mit „damals“ konnte er nur die schlimme Nacht in Thailand meinen. Was wusste er aber mehr, als das, was man mir schon in den Tagen danach gesagt hatte und was ich mit eigenen Augen hatte am nächsten Morgen sehen können? „Ich weiß, was ich getan habe. Was muss ich dazu mehr wissen?“ Ich warf einen Stecken ins Feuer und verfolgte das vertraute Spiel. „Schenkst du mir mein Leben, wenn ich dir sage, dass du keine Mörderin bist?“ Mörderin? Ich war nur immer von schlimmer Körperverletzung ausgegangen. Mein Mund wurde trocken. „Mörderin? Du meinst, die Frauen sind tot?“ Er nickte. „Ja. Sie sind tot.“ Mir wurde etwas schwindelig. Unruhig blickte ich Merle und Sven an. Wollte ich haben, dass sie jetzt mithörten? Ja! Keine Geheimnisse mehr. Ich wollte jetzt alles auf den Tisch packen. „All in!“, sagte ich zu ihm. „Sag, was du weißt und ich lege ein gutes Wort bei Merle für dich ein.“ Aus den Augenwinkeln heraus sah ich ihr Nicken. Sie murmelte dabei: „Mal schauen. Dadurch könnte das Band zwischen euch gelöst werden.“ Leiser sprach sie weiter: „Er dürfte nämlich nicht hier sein.“ Ich hörte, was sie sagte. „Siehst du, wir halten Wort. Somit kannst du loslegen." Schweiß lief mir den Rücken herunter, trotz der Kälte, die an den Abenden bereits herrschte. „Donna Julia, sie wissen wirklich nicht, dass damals alles inszeniert war, um Sie in Abhängigkeit zu bekommen? Sie sollten noch tiefer in den Abgrund der Mafia-Welt gestoßen werden, wie ihr sie nennt. Zum Wohle der verbrecherischen Geschäfte Ihrer Chefs. Hatten Sie nie vorher mitbekommen, dass ihre Unternehmungen nur Scheingeschäfte zur Deckung der Verbrechen waren? Seniora Julia, Sie waren die ganze Zeit eine Marionette gewesen. Eine Marionette Ihrer Chefs und zahlreicher grauer Eminenzen im Hintergrund." Rauschen erfüllte meinen Kopf, ließ mir das Zuhören beinahe unmöglich werden. Seine Offenbarung riss Schleier von meinen Erinnerungen, öffnete Türen in meinem Unterbewusstsein, sodass alles glasklar vor mir lag. Er hatte recht. Aus der Ferne hörte ich ihn sagen: „Ihr Ehrgeiz war die beste Waffe, die sie einsetzen konnten. Ein willfähriges Spielzeug, welches vor lauter Narzissmus nicht mitbekommen hatte, was mit ihm geschah." Svens Hand klatschte in sein Gesicht. „Rede nicht so über eine gute Freundin!" Pedro verstummte. Merle trat nun auch an ihn heran: „Wie kommt es, dass du als einfacher Handlanger der Bosse so Bescheid weißt? Das ist ungewöhnlich." Sie durchbohrte ihn mit ihrem Blick. Er wich zurück. Beinahe ängstlich. Konnte sich aber nicht von ihrem Blick abwenden. „Du hast ein Geheimnis mein Freund, das du uns aber nicht verraten wirst. Stimmt`s?" Er ging nicht auf ihre Fragen ein. Doch Merle kümmerte sich nicht mehr darum. Sie drehte sich weg und sprach im Vorbeigehen zu mir: „Er ist eine größere Gefahr für dich und uns, als du denkst, Julia. Wir müssen was tun."

Ich erkannte: Die Vergangenheit holte einen immer wieder ein. Man konnte vor der alten Welt nicht fliehen. Sie kam immer mit in die neue Zeit. Man musste sich ihr irgendwann stellen. „Wollt ihr nicht die ganze Geschichte hören?“ Jener Pedro war irritiert. Doch ich schüttelte den Kopf. Es brauchte keine Erklärungen mehr. Ich konnte mir alles selbst zusammenreimen. Mit dem Vorfall in Thailand wollte man mir Leichen in den Keller schieben. Mich abhängig machen und mit in die Mafia-Strukturen reinziehen. Mein nervlicher Blackout hat meine Bosse mehr in die Krise gestürzt, als gedacht. Sie hatten noch mehr Schweinereien mit mir vorgehabt, als bis dahin geschehen. Und ich hatte es nicht einmal bewusst registriert. Dummkopf! Plötzlich erschien mir mein Nervenzusammenbruch, Burnout oder was auch immer das gewesen war, wie ein rettender Glücksfall. Was für eine Ironie.

***

„Wohin geht ihr?“ Mühsam und noch halb im Schlaf kletterte ich den Baum hinunter. „Einen letzten Dienst erweisen.“ Merle schaute nur kurz zu mir auf, während sie unseren Gefangenen vom Pflog löste, an dem er angebunden die Nacht verbracht hatte. „Und das heißt?“ Ich legte mir eine Decke um die Schultern, um ein wenig gegen die Kälte des Morgens ankämpfen zu können. „Das heißt, dass dieser Mann hier hilft, seinen Freund zu bergen und zu begraben. Das ist er ihm schuldig.“ Sven kam ebenfalls die Leiter heruntergestiegen und stellte sich zu mir. Seine Äußerung war mehr eine zögerliche Frage, denn Feststellung: „Danach schenken wir ihm die Freiheit?!“ Merle entgegnete nichts, nahm den Mann beim Arm und ging mit ihm fort. Sven rief noch hinterher: „Er kann in meiner Wohnung bleiben. Denke, mit etwas Geschick wird er sie winterfest bekommen. Musst halt echte Arbeit verrichten mein Freund. Pistolen und Listigkeiten helfen dir dabei nicht. Da musst du schon mit den eigenen Händen was schaffen.“ Unbehagen machte sich in mir breit, bei dem Gedanken, dass er mit uns über den Winter im Hochtal wohnen sollte. Sven selbst schien hingegen den Gedanken aufgegeben zu haben, über Pedro einen Weg zurück in seine Freiheit zu finden. Merle nickte kurz und verschwand mit ihrem Gefangenen im Gebüsch. Klein Highlander, der gerade erst von seinen Streifzügen zurück war, folgte ihnen. „Kaffee?“ Ich legte die Decke zur Hälfte auch um Sven und drückte ihn fest an mich. „Ja, sehr gerne. Ganz schön kalt geworden. Wollen wir ihn oben trinken? Ich glaube, ich will noch ein wenig im warmen Bett bleiben.“ Ich nickte und legte ihm die Decke ganz um die Schultern. „Geh schon mal vor. Ich bringe Kaffee und was zum Knabbern nach oben.“ Wir lachten beide, als wir uns dann doch wieder auf dem Klo trafen und unsere Blasen entleerten. Danach machte ich mich in der Küche ans Aufbrühen des Getreidekaffees. Während das Wasser zu kochen begann, blickte ich mich in dem Raum um. Er war inzwischen sehr massiv geworden. Starke Wände, mit Lehm hervorragend isoliert. Schöne Fenster, die mit einem Einsatz gegen kaltes Wetter und Schnee geschlossen werden konnten. Die Küchenzeile selbst mochte trotz ihrer Schlichtheit jeder Garküche in Indonesien Konkurrenz machen. Einfach von der bambusartigen Bauweise gesehen. Wir hatten es wirklich schick inzwischen. Im direkt anschließenden Nachbarraum sollte in kalten Wintertagen dann unser Schlafdomizil sein. Durch die direkte Verbindung zur Feuerstelle in der Mitte der Küche würden wir auch heizen können. Ich musste beim Anblick der Vertiefung über mich staunen. Wie konnte ich nur auf den Gedanken kommen, dass das im Winter wichtig wäre? Ich glaube, ich hatte da Hasen, Füchse und andere Bodentiere im Sinn, die im Winter ihre Winterhöhlen bauten.

„Wie hast du denn geschlafen?" Ich gab Sven den Becher mit dem warmen Getränk und reichte ihm ein paar selbstgebackene Kekse. Er zögerte etwas, bevor er antwortete: „Eigentlich gut. Und doch waren da die komischen Träume." Ich nahm einen tiefen Schluck aus meinem Becher und lehnte mich gegen die Wand. „Was für Träume?", wollte ich wissen, während ich einen seiner Füße griff und massierte. Ich betrachtete dabei sein Gesicht. Es war sanfter geworden in den letzten Wochen. Ebenmäßiger. Die Sonne und die viele Frischluft taten ihm offenbar gut. Natürlich auch die entspanntere Stimmung unter uns. Ja, Sven sah gesund und entspannt aus. Bis auf die Falten auf der Stirn, die er gerade beim Antworten hatte: „Ich träumte von diesen Schatten, die sich im Tal ausbreiteten, dunklen Nebeln glichen sie. Sie wirkten bedrohlich auf mich. Beängstigend. Dann war es, als ob Wesen direkt aus den Felsen heraustraten und …" Er stoppte kurz in seiner Erzählung, mühte sich wohl, die richtigen Worte zu finden. „Es war, als ob die Wesen wie Wächter sind, die nur die ins Tal lassen, die das Recht haben. Andere aber verfolgen sie. Das taten sie im Traum. Sie töteten in diesem die Eindringlinge. Beseitigten sie einfach.

Hey, ich sag dir, das war wirklich gruselig." Ich hörte aufmerksam zu. Svens innere Distanz zum Leben im Tal schien noch immer aktiv zu sein. Für mich war das ein Signal seines

Unterbewusstseins, dass er nicht hier sein wollte. Während ich sanft weiter seinen Fuß massierte und gerne auch den zweiten auf meinem Schoß aufnahm, dachte ich darüber nach, wie es mit mir war. Nach wie vor fühlte ich mich hier wohl. Wollte nicht weg. Er erahnte meine Gedanken: „Sag, warum willst du hierbleiben, Julia? Hast du Angst vor Männern wie Pedro?“ Erstaunt zog ich meine Augenbrauen nach oben und scannte ihn intensiv: „Kannst du inzwischen Gedanken lesen?“ Ich lachte etwas ungelenk auf. „Nein, sie sind nicht der Grund. Davon habe ich ja erst heute Nacht erfahren. Es ist eher mein Mann, meine Familie – und ja, der Job im Ganzen. Sagen wir, mein Leben in der Welt da draußen.“ Ich trank einen Schluck, um etwas Zeit zu gewinnen, verschluckte mich kurz und sprach weiter: „Wenn ich wieder von hier weggehe, muss ich mich mit so vielen Sachen auseinandersetzen, vor denen ich eigentlich geflohen bin. Muss mich den Problemen stellen - und dazu habe ich ehrlich gesagt keinen Bock!“ Er presste mir seinen großen Zeh in den Bauch: „Keine bösen Worte bitte! Wir sind ja schließlich im Paradies.“ Ich verstand seine Ironie, ging aber zunächst nicht darauf ein. „Hier fühle ich mich wohl und geborgen. So einfach ist das.“ Er zögerte mit seiner Antwort, sprach dann aber mit flüsternder Stimme: „Um den Preis deiner Freiheit. Du bist nur in den dir gesteckten Grenzen frei, meine Liebe. Und es ist so lange ein Paradies, wie du dich nicht dagegen stellst. Aber wehe, du tust es, dann …“ Er ließ den Rest unausgesprochen. Ich konnte aber von selbst den Satz schließen. Dann kann es einem sehr schlecht gehen. „Hast du noch was erlebt, was ich nicht weiß?“, wollte ich schließlich von ihm wissen. Er nickte: „Ja. Sagen wir mal so, Merle hat mich gelehrt, mich gut zu benehmen. Sie hat mir gewisse Grenzen aufgezeigt.“ Mehr bekam ich nicht mehr aus ihm heraus. Wir stierten zur Tür hinaus. Uns war bisher gar nicht bewusst gewesen, dass uns an diesem Morgen keinerlei Gesang der Vögel begleitete. Kein Tier des Tals war zu hören. Es lag Totenstille über Highland. Komisch und irritierend. Ich stellte meine Tasse zur Seite und schmiegte mich eng an Sven heran. Er umfasste mich ebenfalls und wir schliefen nochmals tief und fest ein.

***

Merle kam am Nachmittag allein zurück. Die Frage nach Pedro beantwortete sie nicht. Das Einzige, was wir aus ihr heraus bekamen war ein „ist alles ok. Glaubt mir.“ Entsprechend war unsere Vermutung, dass sie den Mann zu Svens verlassener Hütte gebracht hatte. Doch als wir nach einigen Tagen bei ihm vorbeischauen wollten, war niemand da. Die Wohnung war unberührt, seit dem Auszug von Sven. Merle zuckte nur mit den Schultern: „Ich bin kein Babysitter. Er wird schon irgendwo sein.“ Pedro aber blieb verschollen. Ich stellte mich vor sie hin: „Merle, hast du uns was zu sagen? Was ist mit Pedro passiert?“ Ich wollte nicht weichen, bis sie mir eine Antwort gegeben hatte. Doch der Zorn in ihrem Gesicht ließ mich erschreckt zur Seite weichen. Sie zischte mich an: „Was sollen immer diese Fragen?“ Sie war wirklich wütend. „Du weißt doch selbst, wie gefährlich er war. Für dich, für unser Tal und für die Ordnung hier.“
Sie ging auf Abstand zu Sven und mir. „Jeder bekommt, was er verdient. Das muss reichen.“ Gerade, als ich etwas erwidern wollte, sprach sie weiter: „Ihr beide solltet euch besser um euch Gedanken machen. Merkt ihr nicht, wie ihr euch

immer mehr von diesem paradiesischen Leben hier wegbewegt?“ Ich wollte protestieren. Doch sie gebot mir mit der Hand Einhalt. „Ja, auch du, Julia. Du bist schon weiter weg, als du denkst. Das ist nicht gut. Das Tal wird sich gegen euch stellen!“

Warum sagte sie das? Stumm drehte ich mich von ihnen weg und marschierte los, ohne mich noch einmal umzudrehen. Was sie gesagt hatte, erzeugte in mir einen schmerzvollen Stich. Wenn man das von ihr Gesagte weiter führte, dann bedeutete dies den Verlust der Gemeinschaft, die wir gerade aufgebaut hatten. Meine Gedanken rasten hin und her. Sicherlich spürte sie, dass ich immer wieder an meine Kinder dachte, an die Welt da draußen, an meine offenen Baustellen. Pedro hatte in mir einen Mechanismus ausgelöst. Er hatte mir gezeigt, dass ich nicht vor meinen Problemen weglaufen konnte. Ich musste erkennen, dass dieses Leben hier nur ein Einlullen war. Ich packte mich selbst in Watte, um mich vor meinen Themen zu schützen. Im Prinzip war dies ein Kokon, in den ich mich eingewoben hatte. Ein Wohlfühlbereich, den ich in vollen Zügen genoss - auf der Flucht vor meinen Schwierigkeiten. Um wahrlich weiterzukommen, musste ich mich den dunklen Schatten in mir und um mich herum stellen. Auf der anderen Seite: Es hatte keinen zeitlichen Drang. Ich mochte das Leben in Highland und ich mochte die Dreisamkeit mit Merle und Sven. Klein Highlander gehörte natürlich auch dazu.

***

Zurück im Baumhaus lenkte uns in der folgenden Zeit die tägliche Arbeit ab. Die Routine brachte uns auf andere Gedanken. Niemand fragte mehr nach Pedro. Er und sein Begleiter wurden zu grauen Schatten in unseren Erinnerungen. Wir hatten sie nicht gerufen und vermissten sie auch nicht. Dafür sorgten Klein Highlander, unser Eichhörnchen und die Tiere des Hochtals. Sie zogen unsere Aufmerksamkeit auf sich mit ihren Aktionen am Wasser, mit ihrem Gesang in den Bäumen oder ihren gewagten Flugmanövern über unsere Köpfe hinweg. Sven präsentierte stolz die neuen Matten, die er als Unterlage für unsere Betten geflochten hatte und Merle kochte täglich die opulentesten Abendessen, die wir je im Tal genossen hatten. Besonders das Dessert mit Beeren in schillernden topasfarbenen Schattierungen erregte unsere Aufmerksamkeit und umtanzte unsere Sinne. „Dieses Tal ist voller berauschender Dinge“, stotterte ich eines Abends mühsam heraus. Alles schien so zu sein, als ob es nie Streitereien, Eindringlinge oder den Wunsch nach einem Ausgang aus Highland gegeben hätte. Ich nutzte die lockere Stimmung, um mein Geschenk an die Beiden aus der Tasche herauszuholen: Zwei wunderbar - so war ich überzeugt - geflochtene, feingliedrige Halsketten, mit Kristallen und Edelsteinen, die ich in der Höhle entdeckt hatte. Es kostete mich Wochen, diese zu umfassen beziehungsweise zu durchbohren. Zahlreiche meiner Werkzeuge waren dabei zu Bruch gegangen. Doch es hatte sich gelohnt. Die strahlenden Augen von Merle und Sven mir gegenüber waren Lohn genug. Stolz legte ich die kleinen Kunstwerke um ihre Hälse und schloss sie mit einem eigens gefertigten Verschluss. „Wundervoll“, flüsterte ich und war stolz. Wir nahmen uns gegenseitig in

die Arme. Warme Decken, die ich in den vergangenen Monaten gewoben und gestrickt hatte, spendeten uns Wärme, sodass wir noch lange am Feuer sitzen konnten und dem verzehrenden Tanz der Feuerzungen zuschauten. Es fiel mir schwer, nach dem Genuss der Beeren, die Sinne wachzuhalten, geschweige denn nachzudenken. Doch war mir, als ob eine Stimme in meinem Kopf zu mir sprach. Oder war es Merles Stimme? Sprach sie zu mir? Ich wusste es nicht genau: „Es geht darum, den Besitzanspruch aufzugeben. Bleibt eigenständig. Vertraut euch. Seid füreinander da. Erkennt die Nuancen und Zwischenschattierungen einer Beziehung. Lernt im Zusammenleben eine vollkommen neue Welt.“ Ich machte mir keine großen Gedanken um diese Stimme. Egal, ob sie von Merle stammte oder woher auch immer. Inzwischen waren wir solche Phänomene in Highland gewohnt. In diesem Fall hätte es mich aber stutzig machen sollen! Was dann geschah, konnte ich nicht mehr sagen. Liebten wir uns alle am Feuer? Oder schliefen wir gemeinsam ein, nachdem wir einen unvergleichlichen Abend genossen hatten?
Geblieben ist ein Wohlgefühl, das sich fest in mein Empfinden eingeprägt hatte. Bis heute.

FAMILIEN-GLÜCK

„Musst du jetzt schon zu Hause rumhuren, obwohl noch nichts geklärt ist? Was sagen die Nachbarn?“ Genervt zog er die seidene Kapuze seines Bademantels ins Gesicht. Seine Mutter musste er an diesem Morgen nicht zwingend sehen. „Lass mich in Ruhe“, zischte er und versuchte, sich mit dem frisch gebrühten Kaffee an ihr vorbei zu zwängen. Sie packte ihn aber fest an den Händen. Erstaunlich fest. „Au, du tust mir weh!“ Er spielte den Wehleidigen. Doch seine Mutter ließ nicht locker. Ihre Augen waren zu Schlitzen verengt, als sie ihn anfauchte: „Mach mir ja keine Schande. Nicht schon wieder.“ Ihr Atem verriet ihm, dass sie schon am frühen Morgen getrunken hatte. Wie er nur diesen alkoholgeschwängerten Atem hasste. Schon damals, als sie ihn als jungen Knaben besuchen kam. Seine Augen funkelten. Irgendwann würde es aus ihm herausbrechen, dann würde er ihr alles heimzahlen. „Verpiss dich“, sprach er ungalant mit Eiseskälte in der Stimme. „Ich mache mein Ding und lass mir nicht von dir reinreden.“ Er entwand sich ihrem Griff. „Das werden wir sehen. Kläre das längst überfällige Problem mit Julia, dann ist der Weg frei. Ich werde dir sogar die Hochzeit zahlen.“ Er spie auf den Boden. Das Gewicht der Verachtung, die darin mit aus ihm herausschoss, drohte, die teuren Bodenfliesen zu durchschlagen. „Auf dein Geld scheiße ich! Auf deinem Grab tanze ich! Nimm dich vor mir in Acht gute Frau!“ Ihre freie Hand schoss durch die Luft und knallte ihm auf die Nase, dass es knackte. Blut schoss heraus. Ein Schrei im Gang ließ sie innehalten. „Seid ihr Irre?“ Ihre Tochter stand vor ihnen. „Dreht ihr jetzt alle ab?“ Mit diesen Worten stürmte sie in ihr Zimmer und schlug die Tür hinter sich zu. Schnell war sie verriegelt. Da war ja das verlogene Familienleben noch besser auszuhalten als die abgedrehte Mutter, Julia, noch im Haus weilte. Nur wenige Monate her, aber es wirkte auf sie wie Jahre. Unten schlug die Haustür. Offenbar hatte ihre Großmutter das Haus verlassen. Eine Tasse knallte gegen die Wand. Man konnte hören, wie sie zerbarst und ihre Teile auf dem Boden aufschlugen. Dann herrschte Stille. „Irrenhaus“, zischte die Tochter nur und begann, ihre Sachen zu packen. Sie wollte nicht warten, bis der Vater eine Neue Flamme ins Haus schleifte.

Interessant war, wie wenig man in der Familie und in der Siedlung Julia vermisste. Es schien, dass mit ihr ein störender Pickel verschwunden war und dadurch ein hässlicher Fleck in der bürgerlichen Kulisse. War sie denn wirklich so ein Kotzbrocken gewesen? Früher hätte sie das sofort unterschrieben. Sie selbst hatte ihre Mutter als Zombie bezeichnet. Gefühlskalt, egozentrisch und nur auf beruflichen Erfolg ausgerichtet.

Erst der nette Herr, den sie am Max-Eyth-See kennengelernt hatte, brachte ihr eine andere Julia Maier näher. Kevin, der Assistent seiner Mutter. Er musste ihr eines Tages am See aufgelauert haben, um zu erfahren, ob sie was von Julia wusste. Ein sympathischer und attraktiver Mensch, bei dem selbst die Narbe auf der Stirn nicht störte. „Eine Erinnerung an einen schlimmen Autounfall. Gar nicht weit von hier.“ Er zeigte dabei in Richtung der Neckarbrücke, als er das erzählte. Zwischen den Beiden entwickelte sich eine Freundschaft. Gerade kam wieder eine Nachricht von ihm aufs Handy: „Lust auf einen Kaffee?“, stand dort geschrieben. Die Tochter nickte und tippte „gerne“ ein. Dann zog sie sich einen Hoody über und verschwand durch das Dachfenster übers Garagendach. Kevin hatte mit Sicherheit wieder Infos zu der Frau namens Julia, die durch seine Erzählungen in einem neuen Licht erschien. Ja, Julia interessierte sie plötzlich.

FLUCHT

Zuerst dachten wir, Merle wäre mit Klein Highlander losgezogen, um einen frühen Morgenspaziergang zu machen und um uns nach dieser wunderbaren Nacht mit neuen Früchten fürs Frühstück zu überraschen. Sven und ich lagen an der Feuerstelle unter freiem Himmel. Gefrorener Tau hatte sich über die Decken gelegt. Vor Kälte zitterten wir beide am ganzen Körper. Selbst die komplette Garnitur an Kleidung, die wir beide anhatten, konnte uns nicht genügend wärmen. „Es ist verdammt kalt geworden", kommentierte Sven. Ich nickte: „Wollen wir reingehen und unser Winterlager einweihen?" Die Aussicht auf ein warmes Nest, mit wollenen Decken ausgestattet, war verlockend. Und wenn wir Glück hatten, dann war noch etwas Glut in meinem Spezialofen. „Gerne." Sven lächelte mich an und strich mir mit zittrigen Fingern über die Wange. „Vielleicht ist Merle bis dahin auch wieder da." Wir packten unsere Sachen und huschten ins Bodenhaus neben der Küche. Dichteten alles gut gegen den frostigen Wind ab und schliefen sofort ein. Mit vollen Blasen und einem großen Hunger wachten wir erst am Nachmittag auf. Von Merle keine Spur. Weit und breit. Auch Klein Highlander war verschwunden. Während ich in der Küche etwas zu Essen bereitete, glitt mein Blick durch das Fenster hinaus über das sichtbare Tal hinweg. Dunkle, schwere Wolken lagen einem massiven Deckel gleich auf diesem.

Kein Sonnenstrahl zeigte sich weit und breit.

Nur vereinzelt vernahm man den Ruf eines Tieres, hörte das

Kreischen eines Vogels. „Unheimliche Stimmung mal wieder.“ Sven gesellte sich zu mir und schaute in dieselbe Richtung. „Ja, in letzter Zeit geschieht das immer wieder.“ Er klaute sich einen Löffel vom vegetarischen Chili, welches ich gerade aufkochte. „Was glaubst du, wo Merle ist? Meinst du, sie ist noch immer sauer auf uns?“ Überrascht zog ich die Augenbrauen hoch und hakte nach: „Warum sollte sie denn sauer sein? Wir hatten doch einen wunderschönen Abend zusammen. Da war doch alles in Ordnung?“ Ich packte den Topf und stellte ihn auf den Tisch, wo bereits drei Teller und Becher standen. „Julia!“ Sven blickte mich ernst an: „Merle ist nicht dumm. Sie hat längst mitbekommen, dass wir von hier wegwollen. Bei mir war es schon lange klar. Bei dir hat sie es vor dir gewusst.“ Er kostete vom dampfenden Essen: „Da hast du einfach etwas länger gebraucht, bis du kapiert hast, was in dir so vor sich geht.“ Ich brach ein Stück vom Fladenbrot ab und tunkte es in das Chili. Nachdenklich kaute ich auf dem saftigen Stück herum. So richtig wollte mir das noch nicht in den Sinn kommen, warum Merle deshalb sauer sein sollte. „Na, weil sie nicht will, dass wir gehen. Darum. Ist ganz einfach.“ – „Aber warum?“ Ich wollte mich noch nicht damit zufriedengeben. Jetzt zog Sven die Schultern hoch: „Ich kann es nicht sagen, Julia. Aber Merle ist schon ein eigenartiges Wesen. So gerne ich sie habe. Sie hat Geheimnisse und verbirgt was vor uns. Wir kennen nur den Teil von Merle, seit sie mit uns zusammenlebt.“ Ich schwieg. Das war schon ganz schön kompliziert, was Sven mit einfachen Worten ausdrückte. „Du meinst, sie ist ein Wesen? Eine feenartige Erscheinung? Eine Elfe?“ Ich wollte das eigentlich witzig formulieren und darüber lachen. Doch ich brachte es ernster aus mir heraus, als gewollt.

Sven schien ebenfalls darüber nachzudenken. Wurde man so, wenn man zu lange in der Wildnis lebte? Mystisch, meine ich. Mein Verstand lenkte mich wieder auf die zwischenmenschlichen Bahnen. „Meinst du, sie kommt nicht mit unserer Dreierbeziehung klar?“, wollte ich wissen. Sven nahm einen kräftigen Schluck aus dem Becher und lächelte. „Glaub mir Julia, sie ist diejenige, die am ehesten damit klarkommt. Ich denke, es waren eher wir beide, die damit Probleme hatten.“ Da musste ich ihm recht geben. Wir fielen immer wieder in unsere Besitzansprüche zurück. Wer sich zurückgesetzt fühlte, reagierte schnell beleidigt und wollte sich zurückziehen oder wurde zickig. Doch Merle war in solchen Momenten unberechenbar. Wurde wütend. Sie wollte niemandem gehören und ihr Leben leben. Der Nachmittag schritt voran und Merle war noch immer nicht zurück. „Wir sollten sie suchen gehen“, schlug Sven vor. Ich stimmte zu, hatte aber noch immer das starke Gefühl, dass sie uns aus freiem Willen verlassen hatte. „Vielleicht ist es ihre Unbeschwertheit, die sie weitergetrieben hat. Merle erinnert mich an einen Schmetterling, der von Blüte zu Blüte fliegt. Wer weiß, wo sie gerade gelandet ist.“ Ich spürte leichte Eifersucht in mir hochsteigen. Sollte sie andere Menschen getroffen haben? Schnell schüttelte ich den Gedanken ab und kümmerte mich um den Abwasch.

Eine halbe Stunde später waren wir abmarschbereit. „Lass uns zuerst an ihren Lieblingsorten nachschauen. Am Wasser, drüben auf der Anhöhe und bei den Kräuterwiesen“, schlug Sven vor. Doch die Suche war erfolglos. Von Merle und Klein Highlander keine Spur. Dabei hatten wir bis zum Abend wahrhaftig jeden Winkel dieses Tals abgesucht. Uns plagte nun doch die Sorge, dass sie sich verletzt haben könnte und irgendwo lag, unfähig, sich zu bewegen. Selbst in die Höhle wagten wir uns noch einmal hinein. So weit wie nie zuvor, bis wir meinten, es ginge nicht mehr weiter. Von Merle keine Spur. Wir suchten dort so lange, bis wir unsere Angst vor dem tiefen Grollen des Berges nicht mehr unterdrücken konnten. Was wäre, wenn wir während eines Erdbebens hier in dieser Höhle wären und verschüttet wurden? Urplötzlich aufkeimende Panik trieb uns wieder hinaus. Merle aber blieb wie vom Erdboden verschluckt.

Zurück blieben Erinnerungen, die Sven und mich unterschiedlich prägten und berührten. Alle möglichen Gedanken schossen durch unsere Köpfe. Was konnte passiert sein? Die richtigen Antworten wollten sich nicht einstellen.

Erschöpft sanken wir beide viele Stunden später auf den Boden unseres Lagerplatzes. Das kleine Eichhörnchen tauchte im Baum über uns auf und schaute aufmerksam herunter. „Verdammt aber auch." Ich fluchte und stierte in die erloschene Feuerstelle. Resigniert musste ich feststellen: „Langsam kann ich mich nicht gegen den Verdacht wehren, dass am Ende ein Fluch auf uns lastet." Schon wieder wurden wir auf dem Weg zu uns verlassen. Sven nickte, ging aber nicht darauf ein. Stattdessen hing er einem anderen Gedanken nach: „Merle war eine Art Lehrerin für uns gewesen, geht's dir nicht auch so?" Er hielt meine Hand fest. Ich streichelte die seine, als ich antwortete: „Da ist was dran. Wobei ich glaube, bei mir war sie eher Erzieherin. Ich hoffe, es hat was bewirkt." Beide mussten wir schmunzeln. Doch das vertrieb die Traurigkeit nur kurz. Ich konnte erahnen, dass Sven dasselbe Gefühl hatte wie ich. Das Empfinden von Verlust. Ja, ich fühlte mich nackt und hilflos. Wie eine Schnecke, die aus ihrem Haus gekrochen war. Auch wegen dieser unergründlichen, jungen Frau. Andere hätten in den großen Städten Unsummen an Geld für Coaches, Trainer und Therapeuten ausgegeben, um an diese Stelle zu gelangen, an der wir nun standen. „Und was nun?“ Die Frage kam im Flüsterton über seine Lippen. Unsere Blicke wanderten in die Ferne über den Rand des Hochtals hinweg. Die Wälder schienen inzwischen mit Farbeimern übergossen worden zu sein. Spätherbstlich ihre Farbenpracht. Schwere Schleier zogen durch ihre Wipfel. Die Luft roch nach Kälte und Schnee. Es war wohl bald so weit. „Ich weiß es nicht, Sven. Der Moment zu Gehen wird sicherlich kommen.“ Wir wussten nur beide nicht, wie das gelingen konnte.

***

Die Tage gestalteten sich fortan monoton und träge. Uns fehlte die Motivation. Wir vermissten Merle. Fühlten uns mehr und mehr fremd in diesem Tal, das uns zunehmend weniger Nahrung schenkte. Wir mussten bereits unsere Vorräte angreifen. Tiere, die uns bisher friedlich begegnet waren, fauchten uns mittlerweile morgens am Wasser an. Wollten uns vertreiben. Ja, mir schien sogar, dass aus sanften Tieren, die einem kleinen Panther ähnelten, plötzlich Raubtiere erwuchsen, die uns angreifen wollten. Machte das der drohende Winter aus den Bewohnern des Hochtals? Vermutlich hatten sie dieselben Sorgen wie wir: wie über den Winter kommen und nicht verhungern und nicht erfrieren? Alles wurde unwirtlicher. Das Tal wandte sich gegen uns wie mir schien. Die Umwelt von Highland wandelte sich von paradiesisch in lebensgefährlich, bedrohlich, toxisch.

Wir zogen uns in unser Revier zurück und begannen, brusthohe Weidenzäune um den Wohnbereich zu ziehen. Sicher war sicher.

So hockten wir an jenem Tag, es musste der zehnte nach Merles Verschwinden gewesen sein, in unserer Wohnküche und versuchten, unsere schlechte Stimmung ein wenig mit einem warmen Tee zu verbessern. Der Ofen spendete behagliche Wärme. Fast hätte man sich auf einer Hütte in einem der großen Skiorte der Alpen wähnen können. Die ersten Schneeflocken schwebten sanft und beinahe schwerelos vom Himmel herunter. Wie in Zeitlupe bewegten sie sich auf uns zu. Das Eichhörnchen, unser einziger verbliebener Freund, machte sich einen Spaß daraus, zu ihnen hochzuspringen und sie mit seiner Zunge einzufangen. Aufgeregt sprang es auf einem Ast herum. Machte einen Satz auf meine Schulter, als wir vor die Hütte traten, gab quiekende Geräusche von sich und machte einen Satz in Richtung Hüttendach, um weitere Schneeflocken einfangen zu können. Sven stellte sich neben mich und hob den Kopf in Richtung Himmel. „Nun endlich kommt dein Schneefall, den du schon so lange erwartet hast. Hochland kennt also doch einen Winter." Wir hatten schon zu hoffen gewagt, dass wir ohne ihn davonkommen würden.

Doch es war, wie erwähnt, vorgesorgt! Die Vorratsboxen waren voll. Warme Kleidung gab es in dreifacher Ausführung für jede und jeden von uns. Die Wände unserer Hütte waren gut isoliert. „Lass uns das Beste daraus machen. Genießen wir unseren letzten und einzigen Winter in Hochland. Im Frühjahr ziehen wir los." Ich lächelte ihn an. Mein Begleiter neben mir jauchzte auf. Ja, endlich von hier verschwinden, das war sein großer Traum.

„Frau Holle lässt es also schneien.“ Sven blickte noch immer in den Himmel und hing seinen Worten nach. „Du meinst Frau Holle aus dem Märchen? Die alte Frau, die Kissen ausschüttelt, damit es schneit?“ Ich versuchte, mich an alte Kindheitsgeschichten zu erinnern. Sven nickte. „Ja, zum einen dieses Märchen. Merle hat einmal ihren Namen erwähnt. Aber sie sagte, ihre Frau Holle ist eine ganz andere als unsere. Ihre würde Perchta heißen.“ – „Aha.“ Mehr fiel mir dazu nicht ein.

Der Schneefall wurde stärker, die Flocken größer, schwerer. Legten sich auf das Dach unseres Küchengebäudes. Schnell war dieses komplett bedeckt. Die nächste halbe Stunde mühte ich mich intensiv damit ab, dass das Feuer nicht ausging. Das Holz war feucht und wollte sich nicht mit der letzten Glut in der Feuerstelle anfreunden. Als ich mich nur kurze Zeit später wieder rauswagte, um weiteres Feuerholz aus einem Verschlag zu holen, bemerkte ich, dass der Schnee bereits knöchelhoch auf dem Boden lag. Sorgenvoll blickte ich gen Horizont. Der war düster und bepackt mit schweren Schneewolken. Wir dichteten alle noch offenen Stellen am Haus ab und zogen uns endgültig in unsere ′Höhle′ zurück. Gegen Abend setzte starker Wind ein. Pfiff ums Haus herum. Rüttelte und schüttelte an unserer Zuflucht. Schien die Wände wegreißen zu wollen. Ängstlich blickten wir um uns. Es wurde dunkel. Die Schneemassen türmten sich über uns auf.

Stunde um Stunde zwang ich mich, nach draußen zu schauen, doch die weiße Naturgewalt schob sich mehr und mehr gegen die Tür. Schwer rauszukommen. „Der Schnee muss bereits mehr als einen dreiviertel Meter auf dem Boden liegen“, mutmaßte ich. Dort, wo der Wind das schwere Weiß auftürmte, war schon gut ein Meter und mehr erreicht. „Das sieht nicht gut aus“, murmelte ich. Sven sah mich mit unruhigem Blick an. „Meinst du, wir sind hier nicht sicher?“ Ich hob die Schultern. „Keine Ahnung. Es wird sich in den nächsten Stunden zeigen.“ Wir legten uns ungefähr gegen zehn Uhr in der Nacht in unser Lager, machten aber beide kein Auge zu. Die Angst ließ den Schweiß herausbrechen.

Ein hässliches Krachen riss uns Stunden später aus unserem Dämmerzustand. Es knallte mächtig vor dem Haus und über uns. Etwas war auf unser Dach geflogen, hatte die gesamte Hütte erschüttert. „Was war das?“ Blitzartig waren wir aufgesprungen und ans Fenster geeilt. Es ließ sich nicht öffnen. Ebenso die Tür. Wir drückten mit aller Macht dagegen. Keine Chance. „Wir sind hier eingeschlossen“, stellte ich resigniert fest. Sven packte eine Holzstange und begann sie in einen kleinen Ritz zwischen Tür und Hauswand hineinzuschieben. Danach versuchten wir, einen Hebel anzusetzen, um den Holzverschlag aufzuwuchten. Es gelang nur wenige Zentimeter. Diese aber reichten aus, um uns das Bild der Zerstörung erkennen zu lassen. „Das Baumhaus“, stotterte ich nur. Mein Kindheitstraum, meine traute Heimstatt der vergangenen Monate, mein Nest, das mir so viel Geborgenheit geschenkt hatte und uns allen wunderbare Momente unseres Lebens. Es lag vollkommen zertrümmert um uns herum. Begraben unter Ästen von der Dicke eines Baumstammes. Ein kleiner Teil meines Bauwerks hing noch im Baum, ein Teil drückte auf das Dach unserer Hütte.
„Der Schnee. Er war zu schwer für den Baum und unser Baumhaus.“ Fassungslos betrachteten wir das Desaster um uns herum. Der Wind trieb Schwaden des feindlichen Weiß in den Küchenraum. Nur mit äußerster Kraft konnten wir

den Spalt wieder etwas schließen. Ich holte Decken und Holz, um die undichte Stelle notdürftig abzuschotten. Zitternd standen wir uns gegenüber und rieben die Arme. Kalt war es geworden. Der Ofen war offenbar ausgegangen. Wir mussten aufpassen, dass wir nicht unterkühlten. „Lass uns in unsere Schlafgrube gehen. Wir müssen uns wärmen und dann Morgen schauen, wie es weitergeht." Hoffentlich hatte der Schneesturm bis dahin nachgelassen. Wir kletterten in die Vertiefung hinunter und hüllten uns mit allen Decken ein, die wir greifen konnten. Fest aneinandergeklammert lauschten wir dem Sturm, hörten das Knacken über uns im Dach und in den Wänden. Es war, als ob eine wilde Bestie an unserer Hütte rüttelte, auf der Suche nach Beute. „Es will uns töten", sprach Sven mit ausdrucksloser Stimme. Ich wollte, konnte aber irgendwie nicht widersprechen. Das Tal hatte sich wahrlich gegen uns gewandt. Wann wir dann doch in einen tiefen Erschöpfungsschlaf fielen, konnte ich nicht mehr sagen. Albträume begleiteten uns durch die Nacht. Jene Perchta, von der Sven gesprochen hatte, tauchte darin auf. Als jähzorniges, altes Weib, das mit ihren Händen die Schneeberge gegen unser Haus schleuderte. Ihre Stimme war kraftvoll, bedrohlich, als sie mir zurief: „Ihr habt hier nichts mehr verloren." Und wieder entlud sich ein Sturm über uns, deckte das Tal und unsere Hütte mit Massen an Schnee zu. Plötzlich schossen ihre knorrigen, fleckigen Hände durch das Schneegestöber auf mich zu, packten mich und pressten alle Luft aus mir heraus. Mit letzter Kraft versuchte ich zu schreien, brachte aber nur ein Stöhnen hervor. Schweißgebadet und mit rasendem Herzschlag wachte ich auf. Ich wollte mich aufrichten, schaffte es aber nur bis zum Rand unserer Grube. Dann schlug ich mit dem Kopf gegen

etwas Hartes. Ich wurde wieder zurückgeschleudert, fiel auf Sven, der mit einem wütenden Aufschrei auf mich einboxte und von sich drückte. „Bist du des Wahnsinns!“, brüllte er mich an. Doch ich war sprachlos, in Anbetracht der Ahnung, die mich überkam. Erst jetzt fiel mir auf, wie stockfinster es um uns herum war - und vor allem so ruhig. Wir waren - verschüttet! Unter unserer eingestürzten Hütte. Und vermutlich unter Massen an Schnee. Blankes Entsetzen packte mich. Unser Bett war zu unserem Sarg geworden. „Julia, sag mir nicht, dass es das ist, was ich befürchte!“ Sven sprach aus dem Dunkeln zu mir. Ich hörte, wie seine Hände auf dem Holz über ihm umhertasteten. Ein großer Teil des Daches musste uns begraben haben. „Sie treibt ihr Spielchen mit uns“, schoss es mir durch den Kopf. Wut packte mich. Meine Faust schoss nach oben, wurde vom Deckel unseres Gefängnisses schmerzvoll abgefangen. Ich fluchte, aber mein Widerstand war geweckt. „Tot sind wir noch nicht. Somit haben wir eine Chance. Lass uns kämpfen!“ Ich war selbst erstaunt über meine Worte. Doch sie beruhigten Sven in keinster Weise. Er zitterte wie Espenlaub. Mir schwante Schlimmes: „Hast du Klaustrophobie?“ Ich sah sein Nicken nicht, brauchte aber auch keine Antwort. Sein Wimmern war Zeichen genug. Sanft zog ich ihn an mich und hielt meinen Mitgefangenen in den Armen. „Schhh, Schhhh …“, flüsterte ich. So, wie ich es damals nächtelang mit meinen Kindern gemacht hatte, um sie zu beruhigen. Es zeigte leichte Wirkung und ich machte weiter. Währenddessen schossen mir alle möglichen Gedanken durch den Kopf.
Klar und präzise. Es war im Nachhinein eine weise Entscheidung gewesen, diese Vertiefung vorzunehmen und zu isolieren. Die gut achtzig Zentimeter verschafften uns etwas

Raum. Ohne sie wären wir vermutlich jetzt unter Massen aus Holz und Schnee zerquetscht. Ich versuchte mit den Füßen und der freien Hand die circa zwei mal zwei Meter große Vertiefung zu erkunden, während ich noch immer bemüht war, Sven zu beruhigen. Nichts Besonderes zu entdecken, wie ich enttäuscht feststellen musste. An einer Ecke war es kalt und nass. Schnee musste durch eine Ritze hindurchgesickert sein. An der Stelle befand sich ein selbst gezimmertes Treppchen mit vier Stufen. Ich konnte es eventuell nutzen, um den Raum abzustützen, so dass wir etwas Sicherheit hatten, sollte das Dach auseinanderbrechen und ganz in die Grube sacken. Der Schnee war fest und nasskalt. Nicht pulvrig. Die Erkenntnis, die ich davon ableitete, war, dass er nicht durch einen Ritz hindurch gesickert, sondern durch eine größere Öffnung nach unten gefallen war. Ich musste das nachher gleich prüfen, sobald Sven sich ein wenig beruhigt hatte. „Atme langsam tief ein und aus. Tief ein und aus …“, gab ich ihm Anweisung. Ich verriet ihm nicht, dass ich selbst eine Kandidatin für solche Attacken war und nur aus der Situation heraus die Stärkere zu spielen hatte. Er folgte mir artig und ich spürte an seinen Gliedern, dass er ein wenig entkrampfte. „Sven, ich bringe uns hier raus. Versprochen.“ Meine Gehirnzellen arbeiteten weiter auf Hochtouren. Adrenalin schoss mir durch die Adern. Nein! Ich hatte keinen Bock, hier tatenlos an Sauerstoffmangel zu verrecken. Ich würde so lange kämpfen, bis es keine Hoffnung mehr gab! Die Nähe Svens tat mir gut. Wir waren beide nicht allein. Das half ungemein. „Wie kann ich dir helfen?“, wollte er mit brüchiger Stimme wissen. Ich war beeindruckt. Diese tapfere Person kämpfte sich langsam aus ihrer Panikattacke heraus. „Kann ich noch nicht genau sagen. Lass mich kurz die

Lage analysieren, okay?“ Mit diesen Worten löste ich mich von ihm und robbte auf allen Vieren dort hin, wo ich den Schnee ertastet hatte. Es war nicht wenig, was an dieser Stelle nach unten gekommen war. Über mir fühlte ich mit klammen Fingern, dass die Dachkonstruktion tatsächlich brüchig und aufgerissen war. Schnell packte ich die Leiter, stellte sie wie einen Stützpfeiler aufrecht in die Mitte der Grube und zerrte, ohne weiter nachzudenken, an dem Holz über mir. Einzelne Platten und Teile brachen ab. Schnee stürze über mir herunter, dass es mir beinahe den Atem nahm. „Du Wahnsinnige, was machst du da drüben?“ Svens Stimme in der Dunkelheit klang wieder panisch. Doch ich zerrte weiter wie ein Berserker und wollte jetzt hier raus. „All in!“ Der Spieler in mir hatte Oberhand. Entweder Sieg oder komplette Niederlage. „Sven, ich brauche jetzt deine Hilfe. Komm bitte zu mir!“ Ich streckte meine Hand in seine Richtung, in der Hoffnung, er käme auf mich zu und ich könnte ihn führen. Das Rascheln seiner Bewegungen näherte sich. Ich bekam ihn zu fassen und zog ihn vorsichtig zu mir. Zeit, meinen Plan zu verraten: „Ich werde jetzt einen Tunnel nach oben graben. Du musst bitte den Schnee rüber schaufeln in die hintere Ecke und so stark wie möglich zusammenpressen, damit wir nicht zu viel Platz verlieren.“ Wenn er es geschickt anstellte, konnte der Schnee auch als Stütze dienen. Wer weiß, wie viel Gewicht über uns lastete. „Aber hast du denn eine Ahnung, ob das reicht? Was, wenn der Raum hier vollgestopft ist mit Schnee und wir sind noch nicht oben?“ – „Dann ist es aus“, setzte ich in Gedanken an seine Frage an. Doch das sagte ich nicht. Stattdessen erklärte ich ihm: „Ich gehe davon aus, dass es keine Lawine war, die uns begraben hat, sondern reiner Schneefall. Der ist zwar nass und schwer, aber ich glaube, nicht hochverdichtet. Somit müsste das mit der Röhre klappen.“ Wäre die Situation nicht so lebensbedrohlich gewesen, hätte ich beinahe lachen können. Hier war wieder die Julia am Werk, die in ihren großartigen Präsentationen Menschen beliebiger Anzahl überzeugte, von dem, was sie sich vorstellte, was sein könnte. Aber, die finale Überzeugung hatte ich immer erst dann gehabt, nachdem alles realisiert worden war … Aufschneiderin eben.

Vorsichtig stocherte ich mit einem aus dem Dach herausgebrochenen Holzrohr im Schnee über mir und verursachte so einen gewaltigen Schneesturz in unsere Kammer. Wir brauchten ein paar Minuten, bis alles nach hinten geräumt war. Das erste Ergebnis über mir aber war ermutigend. Mehr als ein halber Meter Schnee war in einer Wölbung von ungefähr fünfzig Zentimeter Breite nach unten gesackt. Ich klopfte die Seiten fest und verbreiterte damit auch den Durchschnitt des beginnenden Tunnels. Vorsichtig stellte ich mich in gebückter Haltung auf und fuhr in gleicher Weise schräg nach oben fort. Es war mühevolle Kleinstarbeit, den Schnee nach unten zu packen und dann in die hintere Ecke zu verbringen. Immer wieder stieß ich mit Sven zusammen oder trat ihm auf die Hände. Aber er meckerte nicht. Die Beschäftigung und die kleinen Fortschritte lenkten uns ab. Ermutigten. Keiner sprach ein Wort und die Minuten verstrichen. Schweiß rann mir trotz der Kälte den Rücken hinunter. Immer wieder musste ich die Richtung des Tunnels etwas abändern, weil mir ein Gegenstand in den Weg kam, den ich nicht wegräumen konnte. Immer wieder stoppten wir mit unserer Arbeit und lauschten dem tiefen Grollen, welches das Tal erfüllte und uns durch Mark und

Bein ging. „Ich vermute, das sind Lawinenabgänge bei den steilen Felswänden“, rief Sven von unten hoch. Wir konnten nur hoffen, dass es sich auf die Felsen unterhalb der hohen Wände am Nordteil des Hochtals beschränkte. „Habe einen Bärenhunger“, schoss es mir unvermittelt heraus. „Spinnerin!“ Sven lachte. Ich wertete das als ein gutes Zeichen, dass er Hoffnung hatte. Und tatsächlich: Ich weiß nicht, wann und wie. Aber irgendwann schimmerte es hell über mir. Ich rief Sven zu mir nach oben und gemeinsam durchstießen wir die letzten circa zwanzig Zentimeter über uns und rangen nach frischer Luft. Mühsam schob ich Sven an mir vorbei und folgte ihm an die Oberfläche. Es war heller Tag. Wir mussten mit den Augen blinzeln, bis sie sich an das Tageslicht gewöhnt hatten. Der Schneesturm hatte nachgelassen, nicht aber der Schneefall. Noch immer sanken dicke Flocken vom Himmel auf uns nieder. Wir robbten zur zweiten Hälfte unseres Daches, das gegen einen Baum gedrückt worden war und setzten uns auf die schräge Konstruktion. „Mein Gott, was für eine Verwüstung.“ Wir konnten es beide nicht fassen, was sich da vor uns auftat. Alles, was wir uns aufgebaut und in mühevoller Kleinarbeit gestaltet hatten, lag in Trümmern um uns herum oder war unter den Schneemassen vergraben. Ich schätzte, dass es an einigen Stellen gut zwei, drei Meter sein mussten, die der Schneesturm aufgeworfen hatte. Schwerer Schnee. „Schau mal.“ Sven zeigte mit ausgestreckter Hand rings um uns: „Offenbar hat es unsere Lichtung am Stärksten getroffen. Ich habe den Eindruck, um uns herum ist extrem viel Schnee.“ Ich kniff die Augen zusammen. Ganz konnte ich es nicht abschätzen. Aber, es mochte was dran sein, an dem, was er da sah. „Was machen wir denn jetzt, wir beiden Wiederauferstandenen." Ich klopfte auf seinen Schenkel und fand das witzig. Doch Sven konnte dem nichts abgewinnen: „Weiter ums Überleben kämpfen. Ganz einfach." Unwillkürlich ging mein Blick dorthin, wo die Küche und unsere Heimstatt waren. Nichts mehr da. „Es geht darum, nicht zu erfrieren, Julia. Die Nacht ist schneller da, als wir wollen. Wir brauchen warme Sachen. Wenigstens die Decken von unten." – „Was?" Ungläubig schaute ich ihn an. „Da bringen mich keine zehn Pferde mehr runter." Doch er hatte recht. Wir mussten das tun. Schweren Herzens opferte ich mich und begab mich wieder in unser Verließ. Stück für Stück förderte ich einzelne Decken nach oben, bis es hinter uns einen dumpfen Rumpler tat und das Dach über der Grube endgültig einstürzte. „Glück gehabt meine Liebe." Svens Kaltschnäuzigkeit war zurück.

Die Vorratskammern hatten wir in den Hang hineingegraben. Groß genug, dass die Lebensmittelkisten hineinpassten und gekühlt waren. Diese suchten wir nun unter dem Schnee und holten einzelne Behältnisse hervor. „Lass uns so viel nehmen, wie wir tragen können", empfahl Sven und legte einiges an Essen in eine der Decken und knüpfte diese zu einem Bündel zusammen. Durch den Knoten schob er eine der hohlen bambusartigen Stangen. Ein zweites Bündel war geknotet und ebenfalls drauf geschoben. „Du vorne, ich hinten", befahl er. Doch ich dachte nicht daran, die schwere Stange auf die Schulter zu wuchten. „Erst muss ich wissen, wo wir hingehen. Zu deiner Hütte?" Ich konnte mir aber nicht vorstellen, dass diese in einem besseren Zustand gewesen wäre. „Nein, zu den Höhlen." Ich rieb mir nachdenklich die Stirn. Das wären mehrere Kilometer durch den Schnee gewesen. „Nicht machbar. Zu weit.“ Doch Sven bestand darauf. „Es ist unsere einzige Chance, Julia. Hier erfrieren wir oder werden von einer Lawine mitgerissen.“ Dagegen konnte ich nichts einwenden. Vor allem hatte ich keinerlei Alternative. Kurz hatte ich mal daran gedacht, dort hinzugehen, wo meine Zeit in diesem Hochtal begonnen hatte. In der Hoffnung, dass es auch wieder einen Weg nach draußen geben könnte. Doch das war zu gefährlich und zu unrealistisch.

„Lass mich noch schnell was probieren“, bat ich und machte mich bereits am Dach zu schaffen. Nach gut einer Stunde hatte ich aus den Stangen und Geflecht eine Art von Schneeschuh gebaut. Vier an der Zahl. Lang und breit. Wir konnten beinahe nicht gehen, so breit. Doch die Konstruktionen hielten an unseren Schuhen und der Schnee trug uns einigermaßen. „Die lange Strecke zu den Höhlen schaffe ich damit aber nicht - oder ich habe Morgen einen unfassbar fiesen Muskelkater im Hintern“, schimpfte Sven. Dennoch froh, dass wir uns überhaupt fortbewegen konnten.

Erstaunlicherweise war im weitläufigen Wald und unten am Bachlauf deutlich weniger Schnee. Auch die Pfade, die die Tiere für ihre Wildwechsel nutzten, waren weniger bedeckt und bereits von einigen Tieren begangen worden. Svens Beobachtung stimmte: Der Wintersturm hatte den Schnee vor allem gegen unsere Talseite gedrückt. Wir konnten irgendwann die Schneeschuhe ablegen und uns durch den nur noch kniehohen Schnee bewegen. Die Erschöpfung machte sich dennoch in uns breit. Mühsam hoben wir ein Bein ums andere und stapften in Richtung des unteren Talbereichs. Mir schmerzten die Schenkel. Pausen wollten wir aber keine machen. Die Angst vor einem neuen Schneesturm war zu groß. „Hast du irgendwelche Tiere gesehen?“

Ich starrte bei meiner Frage auf die zahlreichen Tierspuren auf unserem Pfad, die in dieselbe Richtung zeigten. „Nein“, stotterte Sven, schwer atmend. „Vermutlich haben sie sich in ihre Bauten zurückgezogen oder suchten Schutz in der Höhle.“

Und tatsächlich. Als wir endlich durch den oberen Zugang ins Innere der Höhle schlupften, wähnten wir uns in der Arche Noah wieder. Überall Tiere. Sie lagen auf den Felsen, auf dem Boden, schlummerten und waren einmütig am Warten. Auf einen besseren Tag. „Alles, was keinen Winterschlaf macht, ist offenbar hier.“ Wir waren beide vollkommen perplex beim Anblick. „Sie müssen dieses Verhalten über viele Generationen hinweg gelernt haben“, vermutete ich. Zu unserer Erleichterung gab es keine Anfeindungen. Man duldete uns. Wir taten es den Tieren gleich und lagerten auf einer Art Felssims, einige Meter über dem Bachlauf, der die Höhle querte. Sicherheitsmaßnahme gegen Hochwasser.

Ich bekam Wehmut beim Anblick der Tiere. Vermisste schon jetzt ihre Gesellschaft. Durch einen Spalt sah ich ins Freie. Ins Tal hinein. Alles war mir so vertraut. War Heimat. Plötzlich meinte ich in meinen Erinnerungen den fröhlichen Gesang der Vögel zu hören, das freche, fordernde Lied der Amseln. In meine Nase drang der Duft der Bergblumen, die hier so gut wie das ganze Jahr in der Blüte zu stehen schienen. Tief atmete ich ein. Genoss die Erinnerungen und das wohlige Gefühl, das sich in mir ausbreitete. Der strenge Wintereinbruch rückte in weite Ferne, verschwand hinter dem Schleier des Verdrängens. Wieder rannte ich barfuß über die Wiesen. Sprang über den Bach hier in Hochland. Küsste zwei mir vertraute Menschen, die am Bach saßen und die Füße darin badeten. Alles war so schön, so harmonisch, so friedlich. „Julia? Eine Stimme drang zu mir durch. Julia!“ Jemand rüttelte an mir. „Ja“, ich krächzte. „Was ist los?“ Es war Sven, der mich noch immer an der Schulter festhielt. „Du bist eingeschlafen, aber so, dass du nicht mehr geatmet hast! Man, habe ich einen Schreck bekommen! Was war los? Ich habe schon geglaubt, du stirbst.“ Irritiert setzte ich mich auf. War da in meinem Traum nicht schon wieder sie gewesen, diese alte Frau?“ Ich schüttelte mich, wie ich es immer gerne tat, um die Gedanken zu verscheuchen. „Alles gut“, flüsterte ich. „Bin nur sehr müde.“ Ich drückte seine Hand und streichelte meinen Bauch: „Hunger.“ – „Nimmersatt“, stichelte er und breitete eine der Decken mit Brot und anderen eingelegten Essenssachen aus. Die Tiere ließen uns in Ruhe, als wir aßen. Niemand wollte etwas von uns annehmen oder bettelte.

Vorsichtig eröffnete ich das Gespräch über unsere nächste Zukunft: „Ich habe mir vorhin gedacht, ob wir nicht doch über den Winter hierbleiben wollen und dann im Frühjahr über die Felsen fliehen.“ Sven stieß einen Seufzer aus. „Julia, hast du gerade selbst ´fliehen´ gesagt? Man flieht nur, wenn man gefangen ist oder vor einer Bedrohung wegrennt.“ Er blickte zur Höhle hinaus: „Du hast es jetzt erkannt. Wir sind gefangen und werden bedroht.“ Seine wenigen Worte hatten in Windeseile meine warmen Gefühle erkalten und die Bilder der vergangenen paradiesischen Tage wie Seifenblasen platzen lassen. „Julia, das hier ist die Realität. Schneestürme, wie ich sie meinen Lebtag nicht erlebt habe. Verdammt, wir wären beinahe umgekommen. Nichts haben wir mehr. Außer ein paar Decken und etwas zu Essen.“ Ein Kampf tobte in mir. „Wir könnten ja wieder etwas aufbauen. Besser geschützt. Und wenn der Frühling kommt, dann wird es wieder schön und warm." Er funkelte mich an. Beinahe verächtlich: „Du hast Schiss. Ziehst den Schwanz ein, vor dem was kommt!" – „Nein, tu ich nicht. Warum soll ich aber so etwas Schönes eintauschen, wenn auf der anderen Seite der Felsen die graue, kalte Welt wartet. Mit großen, unschönen Problemen." „Das Paradies funktioniert nur so lange, wie wir uns unterordnen. So lange, wie wir bereit sind, uns einzubinden." Er schüttelte den Kopf. „Nein, meins ist das nicht! Ich bin ich!" Ich dachte über seine Worte nach. Bemerkte gar nicht, dass einzelne Tiere dabei waren, die Höhle zu verlassen. Sven traf in diesem Moment gerade Bereiche in mir, die ich bisher nicht wahrgenommen hatte. Sie gerieten in Schwingung, wie eine Saite, die angeschlagen wurde. Ich musste zugeben, dass ich in der Vergangenheit immer wieder einmal das Gefühl hatte, dass eine Entscheidung, ein Gedanke oder ein Gefühl gar nicht die meinen waren. Ich schwamm in etwas mit und fühlte mich wohl, aber auch - irgendwie - sagen wir eingebunden. Merle war diejenige, die es immer wieder mit ihrer Wut und Verärgerung deutlich machte, wenn wir uns aus dieser Einbindung, aus dem Gefüge herausbewegen wollten. War das nun gut oder schlecht? Sven schien meine Gedanken erraten zu haben. Er legte seine Hand auf meinen Arm, als er sprach: „Julia, dass hier etwas nicht stimmt, ist jetzt klar. Das wissen wir beide. Denk an den Traum, von dem du mir vorhin beim Wandern erzählt hast: ´Ihr gehört hier nicht her´, hat sie gesagt!" SIE – wer sollte das schon sein. „Sven, lass uns wieder wie normal und sachlich denkende Menschen handeln, okay? Das ist mir alles zu - wie soll ich sagen - mystisch." Doch mein Begleiter war mit seiner Aufmerksamkeit nicht mehr bei mir. Er starrte ins Freie: „Es hat aufgehört zu schneien.

Die Sonne scheint. Sieh mal." Erfreut nahm ich die positive Entwicklung auf. Warmluft drückte ins Tal und in die Höhle. Vermutlich Föhn aus Italien. „Ja und die Tiere haben das vorhin schon mitbekommen. Sie sind inzwischen alle raus. Erstaunlich, was die für einen Instinkt haben." Ich blickte um mich. Alles war leer. „Es wird Schmelzwasser kommen", bewertete Sven die Situation. „Wir müssen raus aus der Höhle!" Eilig packten wir unsere Sachen zusammen und kletterten den Felsen hinunter. Man konnte tatsächlich schon erkennen, dass der Bach begann anzuschwellen. Nur leicht zunächst. Aber, das konnte sich rasch ändern. Föhnwetter war unberechenbar. Wir bekamen bereits nasse Füße, als wir in Richtung Höhlenspalt marschierten, um nach draußen zu gelangen. „Ihr gehört nicht mehr hierher", hallte es immer wieder durch meinen Kopf. Ich hielt inne und zögerte. Sollten wir wieder ins Tal zurückgehen? „Sven, wollen wir …" Ich kam nicht mehr weiter. Überall im Tal grollte es. Schnee stürzte von den Hängen in Richtung der Talmitte. Riss Bäume mit sich. Auch über uns hörten wir das Tosen des herabstürzenden Schnees. Nacht umhüllte uns von einem Moment auf den anderen. „Verdammte Scheiße", hörte ich Sven nur noch fluchen. Dann war der Ausgang vollends verstopft. „Ich grabe uns frei", besänftigte ich ihn. Schon tastete ich mich langsam nach vorne, wo ich den Ausgang vermutete. Das Gurgeln hinter und unter uns wurde stärker. Ich erreichte den Spalt, der ins Freie führen musste. Mit den bloßen Händen begann ich zu graben, zu kratzen. Doch es ließen sich nur kleine Stückchen herausbrechen. Der Schnee war hart wie Beton. „Wir schaffen das schon", rief ich in die Nacht. Hoffend, dass Sven direkt hinter mir war.

Zuversichtlich zog ich mein Pfadfindermesser aus der Tasche und arbeitete mit dem Sägeaufsatz weiter. Zentimeter um Zentimeter. Das würde viele Stunden dauern befürchtete ich. Doch ich gab nicht auf. „Sven, komm zu mir hoch und hilf mir." Ich wollte ihn bei mir wissen und ihm eine Aufgabe geben. Doch er rief mit resignierter Stimme zurück. „Vergiss es, Julia. Lass gut sein. Das Wasser steigt sprunghaft an. Ich höre es nicht nur, sondern spüre es an den Füßen." „Komm zu mir hoch", schimpfte ich und griff in die Nacht. Fand nichts, ging einige Schritte in Richtung seiner Stimme und griff wieder in die Dunkelheit, bis ich ihn an der Jacke zu fassen bekam und zu mir hochzog. „Wir gehen jetzt so weit in die Höhe wie möglich. Erinnerst du dich noch ein wenig an die Beschaffenheit der Höhle?" Sven schien sich mir zuzuwenden und nahm meine Hand, um sie in eine andere Richtung zu führen. „Da rüber. Dort muss eine Art Felssims sein. Auf ihm sind wir ein paar Meter über dem Bach." Wir wussten, es war nicht ungefährlich, in der Dunkelheit zu klettern. Doch welche Wahl hatten wir?

„Sie wollen uns nicht mehr haben!" Ich konnte meine Enttäuschung nicht verbergen. Wieder einmal fühlte ich mich verstoßen, ausgestoßen. Man vertrieb uns aus unserem Tal. Das Gefühl von Verlust stellte sich schmerzvoll ein. „Jetzt werden sie uns ertränken und wie Müll ausspucken. Wirst sehen, das wird kommen." Ich war den Tränen nahe. Tränen der Wut und Enttäuschung. Sie überprägten noch die Angst vor dem, was kommen würde. „Red` kein dummes Zeug daher. Wir schaffen das. Aber nicht, wenn du rumjammerst!" Sven schimpfte mich. Jetzt war er derjenige, der der Stärkere war. Er stützte mich und umgekehrt. Ein gutes Team, auch in der Not. Doch ich war realistisch und gab mich keiner Illusion hin. „Sven, das Wasser steigt bedrohlich an. Wir werden hier ertrinken. Ich sehe keine Chance mehr zu entkommen.“ Wir hatten in der Vergangenheit oft genug den Fuß in diesen düsteren Bereich des Tals gewagt und nie auch nur eine Andeutung entdecken können, dass es irgendwie weitergehen konnte. Kein kleiner Spalt, kein Durchlass - nichts. Wir hielten uns gegenseitig fest an den Armen. Die Dunkelheit ließ das Rauschen des anschwellenden Baches deutlich lauter wirken, als es vielleicht war. Keine Ahnung. Wir zermarterten unsere Hirne, um an eine Lösung zu kommen. „Der Sims wird für uns zur Falle, Julia. Wenn wir überhaupt noch was finden wollen, dann drüben, wo der Bach im Dunkel verschwindet.“ Der Begriff Bach passte nur nicht mehr zu dem Tosen, das sich inzwischen eingestellt hatte. Vor allem war das Gurgeln und Rauschen sehr nahe bei uns. „Dazu müssen wir runterklettern und durch das Wasser waten.“ Ich analysierte unsere Chancen und kam auf einen sehr niedrigen Prozentwert. „Julia. Wir machen das jetzt. Lieber sterbe ich beim letzten Versuch zu entkommen, als dass ich mich hier auf diesem Felsvorsprung ersäufen lasse.“ Er hatte recht. Auch wenn es irrsinnig war. Bevor ich noch irgendetwas über eine Strategie sagen konnte, um rüber zum inneren Ende der Höhle zu gelangen, entglitt Sven auch schon meiner Hand und schien hinunterzuklettern. „Sven!“ Ich versuchte, ihm zu folgen. Rutschte aus, fiel mit einem lauten Schrei hinunter, riss ihn mit und landete gemeinsam mit dem Fluchenden im Wasser. „Verdammt.“ Ich rieb mir die Stirn, die gegen einen Stein geschlagen war. Sterne tanzten vor meinen Augen. „Gib mir deine Hand und bleib direkt hinter mir.“ Das tat ich, während wir durch das hüfthohe Wasser wateten. Meter um Meter. Die Richtung gab das eiskalte Wasser vor, das uns zwischen den Beinen hindurchschoss. Mutiger Kerl, dachte ich für mich. Traute mich aber nicht, es ihm zu sagen. Wir kamen gut voran und ich war guter Hoffnung. Unvermittelt jedoch traf uns die Wasserwand von hinten, welche durch das sprunghaft ansteigende Schmelzwasser wie eine Meeresbrandung heranschoss. Sie warf mich auf Sven, bevor sie uns beide mit sich riss. Wir wurden gegen Felsen und Kanten geschleudert. Tauchten kurz auf, um etwas Luft zu schnappen. Danach riss uns der Sog in die Tiefe. Ich verlor Svens Hand. Strampelte nach oben, wollte dem Sog entkommen. Doch der Kampf war vergebens und eine innere Eingebung sagte mir, mich nicht zu wehren. So wenig wie möglich Energie verlieren. Hin und her wurde ich geschleudert, versuchte, die Luft anzuhalten, bis mir die Brust schmerzte. Doch ich wollte nicht den Mund öffnen. Atemreflexe setzten ein. Doch ich widerstand. Die Sekunden wurden zur Unendlichkeit. Die Überzeugung reifte heran, dass das Ende nahte. Irgendwann würden sie unsere Leichen entdecken und unsere Angehörigen hätten dann zumindest die Gewissheit, was mit uns geschehen war. Ich gab mich meinem Schicksal hin. Wehrte mich nicht mehr. Selbst, als ich nicht mehr konnte und den Mund öffnete, um zu atmen, störte mich alles nicht. Ich verlor das Bewusstsein, bekam nicht mit, wie der unterirdische Fluss in eine große Höhle hineinstürzte und sich in einen See ergoss. Auch, dass mich ein kräftiges Tier an meinem Kragen packte und aus dem Wasser zog. Alles blieb mir in meiner Bewusstlosigkeit verborgen.

Erst, als mich starke Hustenreize schüttelten, kam ich wieder ins Leben zurück. Die Lunge brannte fürchterlich.

Ich hatte Würgereize und übergab mich. Neben mir lag Sven. Leblos. Ich konnte einzelne Dinge durch den Schleier, der über meiner Wahrnehmung lag, erkennen. Es musste irgendwo Licht einfallen. Etwas leckte mich unentwegt. Ich versuchte es abzuwehren und drehte mich hin. „Klein Highlander“, flüsterte ich matt, „wo kommst du denn her?“ Ich hob meine Hand, um ihn zu streicheln. Kurz ließ er es geschehen, ging aber dann auf Distanz und nickte mir zu. So, wie er es immer getan hatte, wenn wir uns in Highland begegneten. Jetzt aber war es ein Abschied. Soviel verstand ich. Ich nickte zurück und beobachtete, wie das Tier behände hinter Felsen verschwand. War das auch ein indirekter Gruß von Merle? Ihre Art zu helfen? Ich hoffte es ein wenig. „Danke“, flüsterte ich ins Dunkel und kümmerte mich um Sven. Er lag noch immer leblos am Boden. Musste viel Wasser geschluckt haben. Ich nahm alle Kraft zusammen und versuchte, mich an die Kurse beim DLRG zu erinnern. Etwas ungelenk begann ich mit einer Mund-zu-Mund-Beatmung. Ich meinte, diese fünfmal machen zu müssen. Setzte noch zwei Atmer dazu. Doch er reagierte nicht. „Herzdruckmassage beginnen. Nach dreißigmal Herzdruckmassage erfolgen zwei Beatmungen.“ Es kam mir wieder in Erinnerung, was unser Trainer uns eingebläut hatte. Vermutlich eine längst veraltete Technik, doch was konnte ich sonst tun? Fest drückte ich auf seine Brust. Die Angst, ihn zu verlieren, ließ mich nicht daran denken, ob irgendwelche Rippen brechen konnten. Ich drückte fest im Rhythmus. Schnell setzte ich wieder zur nächsten Beatmung an. Gerade, als ich seine Nase zukniff und seinen Mund berührte, traf mich eine Ohrfeige. Deutlich fester, als ich erwartet hätte in dieser Situation. Doch niemals empfand ich bei einer Ohrfeige ein größeres Glücksgefühl, als in diesem Moment. Selbst damals nicht, als wir unseren Klassenkameraden im Park die Mund-zu-Mund-Beatmung beibrachten. Sven hustete, krampfte sich und hustete weiter. Ich hielt dabei seinen Kopf, damit er nicht aufschlug. Er lebte! Wir lebten! Wie konnte das sein? Das Glücksgefühl überprägte alle rationalen Versuche, die vergangenen schlimmen Momente und unsere Überlebenschancen zu verstehen.

Wir hatten überlebt. Das war das Wichtigste. Das Tal hatte uns wahrhaftig ausgespuckt.

Wir ließen uns genügend Zeit, um wieder zu Kräften zu kommen. Dann aber hielt uns nichts mehr zurück und wir taumelten den langen Weg zum Ausgang der Höhle mit ihrem unterirdischen See.

Sonnenschein begrüßte uns. Und Schnee! Es war im Schatten winterlich kalt. Aber nicht frostig. Das war gut. „Lass uns in Bewegung bleiben und in der Sonne gehen, um die nassen Kleider etwas zu trocknen", empfahl ich und stolperte mit ihm einen schmalen Gebirgspfad hinunter. Wir kamen nur langsam voran. Doch die Bewegung und die Sonne wärmten ein wenig. Unsicher blickten wir umher. War das ein Teil Highlands? Oder waren wir draußen, in der realen Welt? Wir hielten uns an den Händen und drückten sie fest. Glücklich, gemeinsam überlebt zu haben.

„Irgendwie kommt mir die Gegend bekannt vor", brachte ich schließlich nach einigen Stunden hervor. „Wir sind nicht weit von unserem Camp weg. Kann das sein?" Sven hob den Kopf und betrachtete ebenfalls die Gegend. „Da kann was dran sein. Ich meine, da hinten der eine Berg dort.

Das war doch der, den wir immer morgens bei Sonnenaufgang bewundert haben." Wir lenkten unseren Marsch in die Richtung, wo wir glaubten, dass das Kleinwalsertal sein musste. „Dann sind wir damals nach dem Chaos im Camp wohl beide mehr im Kreis umhergewandert, als auf einer Linie in Richtung Süden." Ich musste darüber lachen. Ein mächtiger Hirsch beobachtete uns aus einiger Entfernung. Sein Geweih ragte stolz zwischen den Bäumen in die Höhe. Ich wollte in ihm jenen Hirsch erkennen, der mir damals an der Quelle begegnet war, auch wenn es unwahrscheinlich sein mochte. Was aber tatsächlich stimmte, war unser Gefühl in Sachen Camp. Wir waren nicht mehr weit von ihm entfernt. Vielleicht drei, vier Stunden Marsch, dann durften wir dort sein. Auch wenn die Zelte sicherlich abgebaut worden waren, dürfte im Haus des Senners eine Möglichkeit zu finden sein, unterzuschlupfen. Unsere große Hoffnung, um in der Nacht nicht zu erfrieren. Wir husteten beide schon gefährlich und brauchten dringend Wärme und trockene Kleidung. „Ich glaube, meine Körpertemperatur ist bereits unter den Gefrierpunkt geraten." Sven bewegte sich so steif wie ein Roboter aus den 70er Jahren des letzten Jahrhunderts. Mir ging es genauso.

So trotteten wir mechanisch vor uns hin. Eher stolpernd, als wandernd. Das Gehirn hatte sich dem Überlebenskampf untergeordnet. Wir dachten nichts mehr, sprachen nichts mehr - über viele Stunden hinweg. Bis sie tatsächlich vor uns auftauchte, einer Fata Morgana gleich, in der winterweißen Wüste. Die Almhütte unseres Senners. Dort musste sich eine Notunterkunft befinden. Wir hatten sie uns einmal angeschaut, während der Tage im Camp, das tatsächlich abgebaut war. Auf diese legten wir nun alle Hoffnung. Denn dass der

Senn da sein würde, konnten wir im Winter nicht hoffen. Seine Tiere waren im Herbst ins Tal getrieben worden und ein Senn ging mit ihnen mit.

Doch weit gefehlt! Erstaunt blieben wir stehen, als wir oberhalb der Alm aus den Felsen herauswanderten und uns einen Weg über die schneebedeckte Wiese pflügen wollten. Ein dünner Strich zog vom Schornstein der Hütte kerzengerade `gen Himmel. Vor dem Haus war Schnee geschippt worden. Tisch und Gartenbank waren freigeräumt. Trampelpfade im Schnee zeigten, dass hier Menschen lebten. Schnell gingen wir weiter und blieben vor der Tür stehen. Sven klopfte. Erst zögerlich, dann fester. Wir lauschten an der Tür. „Dann seid ihr also wieder zurück!" Die Stimme schräg hinter uns ließ uns erschrecken. Der Senn schien beinahe lautlos herangepirscht zu sein. Behutsam legte er einen Hasen ab, den er auf der Jagd erlegt haben musste. „Na dann, kommt rein."

Ich freute mich tatsächlich, diesen Mann wieder anzutreffen. Über ihn hatte ich viel nachgedacht in den Bergen. Wortlos zeigte er auf die Bank direkt neben dem Kachelofen. „Zieht euch aus, sonst werdet ihr ernsthaft krank." Artig taten wir, wie uns geheißen und nahmen dankbar die Decken entgegen, die er uns hinhielt. „Nur sehr wenige kommen zurück. Sie muss euch gemocht haben." Wir waren vor Erschöpfung zunächst nicht in der Lage, auf seine Anmerkungen einzugehen, nahmen stattdessen dankbar die Holzbretter entgegen, auf denen er Käse, Wurst, Brot und getrocknete Kräuter aufgetürmt hatte. Senf, Pfeffer und Salz folgten. Wir schlangen gierig in uns rein, was nur möglich war. Der Tee gab wieder die innere Wärme zurück.

Dankbar nickte ich dem Mann zu und sprach endlich auch

mal ein Wort: „Es ist so schön, dass du hier bist. Aber warum eigentlich? Überwinterst du immer hier oben?“ Er nickte. „Unten vermisst mich niemand. Hier fühle ich mich wohl.“ Sven betrachtete ihn neugierig. „Wie heißt du eigentlich? Ehrlich gesagt waren wir letztes Mal so mit uns selbst beschäftigt, dass wir dich gar nicht beachtet haben. Entschuldige bitte.“ Er lächelte etwas verlegen, wie mir schien. „Macht nichts. Das tun sie alle. Für sie bin ich Luft. Ihr und sie: Alle sehen nur sich. Und dieser Schnösel da, der gefällt sich, wenn ihn alle anhimmeln. Ist eben ein Geschäftsmodell.“ Ich schmunzelte. Da war wohl was dran. „Und dein Name?“, wollte nun auch ich wissen. „Ach, nennt mich einfach Louis.“ Taten wir gerne. Egal, ob es sein richtiger Name war oder nicht. Ein eigenartiger, aber sympathischer Kerl. Wir lehnten uns an den warmen Kachelofen und sogen die Wärme in uns auf. Jede Faser unserer Körper schrie danach. „Hast du denn gewusst, wo wir waren?“ Sven stellte seine Frage direkt. Offenbar einer Ahnung folgend. Er nickte: „Sie hatte euch ausgewählt, seinerzeit. Sie hatte euch zu sich geführt.“ Louis schmunzelte und zwinkerte uns zu. Ich nickte zur Antwort und betrachtete ihn aufmerksam. Wie immer im Leben scheinen wir Menschen zu unterschätzen, sie zu schnell nach ihrem äußeren Erscheinungsbild zu beurteilen. „Aber warum? Warum soll sie uns zu sich gelockt haben?“ Ich konnte mir keinen Reim darauf machen. Er zuckte mit den Schultern. „Das dürft ihr nicht mich fragen. Ich beobachte nur.“ Er stopfte sich seine Pfeife und hob sie fragend in unsere Richtung. „Ja sicher“, antwortete Sven. „Ist doch dein Haus.“ Ich nickte ebenfalls und schon erfüllte wohlriechender Pfeifentabak den Raum. „Eigene Mischung.“ Er lächelte und genoss sein Pfeifchen sichtlich. „Und wer bist du wirklich? Sowas Ähnliches, wie ein Wächter?" Ich konnte nicht anders, als den Gedanken weiterzuspinnen. Ja, so musste es sein. Sie alle waren irgendwie miteinander im Bunde. Er schwieg auf diese Frage, aber das leichte Zucken um seine Mundwinkel schien ein Lächeln andeuten zu wollen. Ich nahm es als Zustimmung auf. „Ehrlich gesagt, hätte ich nicht gedacht, dass sie euch wieder gehen lässt. Das ist ungewöhnlich. Aber, wie schon gesagt, vielleicht mag sie euch ja." Ich dachte an Merle. An die Momente mit ihr. An ihren Blick, wenn sie mich studierte, wie eine fremde Spezies. Was hatte sie in mir gesehen? Warum hatte sie uns verlassen? War sie diejenige, die uns auch hat „gehen lassen"? Oder war es die alte Frau? Ich mühte mich zu verstehen, was, beziehungsweise wer mit „Sie" gemeint war. Meine Gedanken gingen zurück in den vergangenen Sommer. Eines wurde mir dabei klar. Hier saßen mit Sven und mir zwei grundverschiedene Menschen, im Vergleich zu den beiden Personen, die wir vor Monaten waren. „Es war, weil wir weitergehen müssen, Louis!" Sven war es, der diese Folgerung verlauten ließ. „Wir haben dort sehr viel erfahren dürfen. Sehr viel verstehen wir besser. Aber, das ist noch lange nicht alles. Sowohl Julia als auch ich haben das für uns verstanden." Er wuschelte mir durch die Haare. „Wenngleich diese Frau hier ganz schön lange gebraucht hat und es sich auf halbem Weg ihrer Reise bequem machen wollte." Ich boxte mit meinem Kopf gegen seine Hand, wie es ein kleiner Stier wohl machen würde. Widersprechen aber wollte ich nicht. Was meine weitere Reise sein sollte? Dazu musste ich mir wohl noch Gedanken machen. Offenbar gab es materielle Ziele und geistige Ziele, die Menschen so haben konnten …

Wir gönnten uns ein paar Tage bei Louis, der ein vorzüglicher Gastgeber war. Ruhig und doch bereit für ein Gespräch, wann immer wir wollten. Auch bei ihm waren Menschen vorbei gekommen, die nach uns gesucht hatten. Louis hatte sie nach Lust und Laune in alle möglichen Richtungen geschickt. Dass zwei davon bei uns angekommen waren, wollte er zunächst nicht glauben.

Der Tag des Abschieds war gekommen. Er fiel uns nicht leicht und irgendwie doch. Wir mussten nicht sagen, dass wir gerne wieder kommen und ihn besuchen wollten. Das wäre Heuchelei gewesen. Ein Mensch, eine Begegnung, nur wenig Zeit, die wir gemeinsam verbringen durften und doch hatte Louis mir durch seine Existenz viel gegeben. Danke.

Jetzt galt es, den Weg in die Zivilisation zu finden. Ein wenig Taschengeld von Louis sollte helfen, um aus dem Kleinwalsertal nach Oberstdorf zu gelangen und von dort mit der Regionalbahn nach Stuttgart. Auf unsere Fahrzeuge und unsere Wertsachen durften wir unten auf dem Wanderparkplatz von Baad nicht hoffen. Unglaublich. Ein dreiviertel Jahr war vergangen, seit wir hier in die Berge gestiegen waren. Damals zwei nervliche Wracks. Mein Begleiter und ich drückten uns fest, als wir in Baad die kleine Holzbrücke über die Breitach überquerten und auf den Walserbus blickten, der gerade angekommen war. „Freunde für immer?" – „Freunde für immer!" Es war uns ernst damit. Sven und mich verband eine tiefe und enge Beziehung. Liebe aber war es nicht. Das wussten wir beide.

IN LAUERSTELLUNG

„Sie sind aufgetaucht."

„Man hat sie gesichtet."

„Unsere Kollegen haben gerade eine Mail geschrieben, dass die beiden im Kleinwalsertal angekommen sind!"

Helle Aufregung in Stuttgart, in Berlin, im südlichen Italien. Hektische Aktivitäten entstanden. Polizei, Mafia, Familie, ehemalige Firmenchefs. Sie alle richteten ihre Fühler aus.

Schwer zu sagen, welche Gruppe die Schlimmere für mich hätte sein können. Vermutlich die meines Mannes. Er hätte mir mit Sicherheit rücklings während der Umarmung zur Begrüßung das Messer in den Rücken gerammt. Ohne Zweifel hätte mein Schwiegervater mit einem grimmigen Lächeln nachgeholfen.

„Schnappen wir sie uns."

„Verhindern wir, dass sie geschnappt werden. Schalten wir sie vorher aus."

„Macht euch bereit, sie ans Messer zu liefern, sobald sie über die Türschwelle tritt."

„Jetzt kommen wir an unser Geld. Danach wird sie den Fischen zum Fraß vorgeworfen."

Besser hätte meine Rückkehr in die Zivilisation nicht geschehen können. Wahrhaftig.

ANKUNFT UND GEFAHR

Der Zug ratterte gemächlich über die Schwäbische Alb. Noch ging es den Albabstieg bei Geislingen hinunter. Nicht mehr lange und dann wäre auch diese Strecke Geschichte. Ich betrachtete die Welt um mich herum mit komplett anderen Augen. Alles war so bunt, lebendig, laut. Ich nahm Menschen wahr, die ich zuvor in meinem Leben nicht wahrgenommen hätte. Alte Menschen, die mit ihren Taschen mühevoll versuchten, rechtzeitig aus dem Zug zu gelangen. Mehrfach hatte ich geholfen, dass ihnen das gelang. Ein Ehepaar, das sich stritt. Der Grund schien alltäglich, nichtig. Jugendliche, die mit ihren Kopfhörern in den Sitzen der Bahn hingen. Lässig, cool und doch unsicher in all ihren Bewegungen. Das ganze Leben stand noch vor ihnen. Wie würden sie es gestalten? Welchen Weg würden sie an der Kreuzung ihres Lebens nehmen? Welches würden meine Kreuzungen sein, wo würde ich abbiegen? Wo Sven? Unser Zug fuhr in Göppingen ein. Der nasskalte, regnerische Tag verwandelte den kleinen Bahnhof in eine graue Kulisse. Warm verpackte Gestalten stiegen zu. Der Zug füllte sich. Stuttgart zog die Menschen an.

Zunächst beachtete ich die Person nicht, die mit tief ins Gesicht gezogener Kapuze durch die Gänge schlenderte. Jeden Fahrgast inspizierte sie, um dann weiterzugehen. Zunächst lief sie auch an uns vorbei, drehte aber nach ein paar Schritten um und setzte sich uns gegenüber. „Endlich“, gab sie erleichtert von sich.

Erst jetzt schenkte ich ihr meine verstärkte Aufmerksamkeit

und erstarrte, wie von einem Stromschlag getroffen: „Kevin!“, stieß ich hervor.

Er lächelte mich etwas unsicher an und richtete seinen Blick auf Sven. Dieser reagierte blitzschnell und streckte ihm dic Hand hin. „Du bist also Kevin, von dem Julia immer erzählte und dessen Namen sie in den Nächten rief. Freut mich! Ich bin Sven.“ Hatte ich das wirklich getan? Erstaunt blickte ich meinen Nachbarn an. Ich wurde tiefrot im Gesicht. Wie damals, als die Mädchen in der Schule … doch den Beiden schien das zu gefallen. Mein Herz pochte. Schlug mir gegen die Brust. Niemals hätte ich gedacht, dass ich ihn jemals wiedersehen würde. „Du lebst! Was für ein Geschenk!“ Ich schluckte heftig. Tränen rannen mir die Wangen herunter. Er hatte den Unfall überlebt. „Aber, wie hast du herausbekommen, dass wir hier sind?“ Er wandte sich von Sven ab und antwortete: „Ich habe da so meine Quellen. Im Moment ist das komplett unwichtig, Julia. Wichtig ist, dass wir in Plochingen aussteigen und sofort verschwinden. In Stuttgart wirst du nicht lange überleben.“ Er schluckte kurz und fuhr schnell fort. Auch er war aufgeregt. „Dort hat sich eine Schlangengrube gebildet. Du fährst direkt mitten in sie hinein.“ Er blickte um sich. „Vermutlich sind ihre Handlanger schon hier.“ Aus einer Umhängetasche zog er einen Windbreaker heraus. „Zieh den an und pack die Kapuze so tief wie möglich ins Gesicht. Kritisch prüfte er meine Kleidung und schien zufrieden. Eine alte Jogginghose von Louis und eine alte, abgetragene Wolljacke. Das war nicht mein früherer Style, auf den die Leute womöglich achten würden. Die Geschichte, die er uns in den kommenden Minuten berichtete, klang abenteuerlich und verrückt.

Das Manuskript eines neuen „Soko-Stuttgart“-Filmes womöglich. Doch Kevins Mimik ließ keinen Zweifel zu. „Julia, du musst fliehen! Es ist ein Komplott!“ – „Ist meine Familie auch darin verwickelt?“ – „Nicht deine Kinder. Besonders deine Tochter ist auf unserer Seite. Sie ist unsere Verbündete.“ Ich schaute meinen ehemaligen Assistenten fassungslos an. Alles, was der Mensch an Gefühlen haben mochte, flog in einem wilden Wirbelsturm in meinem Bauch umher. Mittendrin die Schmetterlinge, die ich beim Anblick dieses Mannes in mir spürte. Unser Zug hatte bereits den Bahnhof Uhingen verlassen. Kevin wirkte nervös, als er weiter sprach: „Ich habe Tickets gekauft. Von Plochingen aus schlagen wir uns über Tübingen nach Freiburg durch. Dann geht's ab nach Frankreich - in den Süden.“ Ich versuchte, ihn zu unterbrechen. Das alles ging mir zu schnell. „Ich kann nicht. Meine Kinder…“ Der Kopf schwirrte mir. „Julia. Keine Zeit zum Reden! Geh jetzt mit diesem Mann. Er weiß, was zu tun ist. Tot bringst du niemandem etwas. Ihr könnt später in die Details gehen.“ Svens klare und energische Stimme holte mich auf den Boden zurück. „Und du? Kommst du mit uns?“ Ich hoffte sehr auf ein Ja. Doch mein Begleiter schüttelte den Kopf: „Wir werden uns hier trennen, Julia. Es ist gut so.“ Er kämpfte tatsächlich mit den Tränen, lächelte aber dann umgehend. „In Stuttgart wartet jemand auf mich. Ich habe von Oberstdorf aus schon angerufen. Sie ist da und wird mich abholen.“ – „Oh, ist es sie, die…?“ Er nickte bei seiner Antwort: „Ja, es ist sie. Wir wollen endlich unseren Traum Wirklichkeit werden lassen. Und ich der Frau meines Lebens sagen, was ich für sie empfinde.“ Verlustgefühle und Freude. Da waren sie wieder, diese ungleichen Geschwister. Ich drückte meinen Freund fest an mich: „Alles, alles Gute für dich und vielen Dank für alles!“ Wir würden uns wiedersehen und den Kontakt halten. Da war ich mir sicher. Jetzt begannen wir tatsächlich zu flennen. Hemmungslos. „Behandle sie gut, sie ist ein zeitloses Kind, eine Romantikerin, eine Träumerin. Vor allem ein sanfter Mensch, der meint, ein harter Kerl sein zu müssen. Rundum, ein gelungenes Exemplar.“ Er lächelte. Klopfte Kevin auf die Schulter. Drückte mich eng an sich und verschwand in den Gängen des Zuges.

EPILOG

In Plochingen wechselten wir die Züge. Kevin hatte für alles gesorgt. Aus einem Schließfach holte er eine Tasche hervor und gab mir diese: „Zieh dich nachher im Zug um. Unsere Koffer warten in Freiburg auf uns.“ Ich schaute ihn an. Konnte es nicht glauben. Sah seinen Blick, seine Zuneigung. „Warum tust du das für mich, Kevin?“ Ich hatte das doch nicht verdient, nach allem. Doch er drückte fest meine Hände und sagte nur knapp: „Weil ich weiß, warum du das damals getan hast. Eigentlich war das saudoof! Du wolltest mir meine Entscheidung abnehmen. Da werden wir noch ein Hühnchen miteinander rupfen! Wichtig aber ist, was wir füreinander empfinden.“ Oh ja, das taten wir. Ich spürte es aus tiefstem Inneren.

Wir stiegen in Freiburg um in einen TGV. Er brachte uns nach Frankreich. Kevin zauberte gefälschte Pässe hervor. Herr und Frau Meinhardt. Ich war beeindruckt und sofort einverstanden. Zwei große, mintfarbene Koffer standen vor uns. Kevin hatte für jeden einen gepackt und über einen Transportdienst nach Freiburg bringen lassen. „Wovon sollen wir eigentlich leben?“ Mir war nicht wirklich bange bei der Frage. Ich hatte in der Wildnis und mit nichts in den Händen zu leben gelernt. Doch wollte ich nicht auf Kevins Kosten leben und von seinem Ersparten zehren. „Keine Sorge. Ich habe für uns vorgesorgt. Gewisse Herren und Damen wollten dir gemeine Dinge anhängen, um sich zu bereichern. Das habe ich ein wenig boykottieren und nutzen können.“ Ich ahnte etwas.

„Du hast deren Schmier- und Mafiagelder umgeleitet? Auf ein Konto deiner Wahl?“ Erstaunt blickte er mich an. „Woher weißt du das? Aber ja, das habe ich.“ Ich erzählte ihm vom Erscheinen Pedros und seines Kumpanen im Hochtal. Aus seinen Erzählungen und meinen eigenen Erfahrungen aus der Vergangenheit konnte ich mir so einiges zusammenreimen. „Vermute, da geht es um nette Summen und die, die du abgezweigt hast, fällt denen nicht auf.“ Kevin nickte etwas überrascht, aufgrund meines Wissens. „So ist es tatsächlich. Die Jungs haben ganz schön am großen Rad gedreht. Mir wurde ganz unwohl, als ich entdeckte, wie viel sie sich wirklich ergaunert haben. Das wird ihnen nicht gut bekommen, jetzt, wo du ihnen als Bauernopfer verloren gegangen bist.“ Unsere Zugfahrt endete am Mittelmeer. Spät in der Nacht checkten wir unter unserem neuen Familiennamen - Meinhardt - in einem guten Hotel direkt am Hafen der Stadt ein. „Werden wir mit dem Boot weiterfahren?“, fragte ich voller Interesse, als wir mit einem bauchigen Glas tiefroten Weines auf dem Balkon unseres Zimmers standen und auf die schönen Boote unter uns blickten. „Warte es ab. Kleine Überraschung.“ Ich stellte das Glas ab und nahm ihn in den Arm. Fest und tief blickte ich in seine Augen. Tiefgründige Augen. Solcherart, dass man darin versank und sich verlor. Gedanken an Merle kamen in mir hoch. „Was ist?“, wollte Kevin wissen. Zärtlich küsste ich ihn und flüsterte: „Du hast mich gerade an jemanden erinnert. Und ich glaube, du bist so ein weiser Mensch wie sie.“ Ich würde diesem Mann noch viel erzählen müssen. Wie würde Kevin die Abenteuer, die wir im Hochtal erlebt hatten, aufnehmen? Wie würde er die Beziehungsgeflechte mit Sven und Merle akzeptieren? Verschweigen wollte ich es ihm nicht. Es gehörte zu mir und meinem Leben. Eine frische Brise wehte vom Meer zu uns hoch. Ich meinte, ein Flüstern zu hören, das mit dem Wind an mein Ohr drang. Plötzlich wurde mir kalt. Ich fröstelte. Eilig zog ich Kevin mit mir ins Zimmer hinein, wo ich ihn auf meine Arme nahm und zum Bett trug. „Was tust du?", wollte er verdutzt wissen. „Na, den Bräutigam über die Türschwelle tragen. Zumindest über die zum Schlafzimmer." Fast wäre ich unter der Last zusammengesunken. Doch es klappte gerade noch so, dass ich uns mit letzter Kraft aufs Bett warf. Spät in der Nacht lagen wir erschöpft auf unserem zerwühlten Bett und legten uns gegenseitig die Hände auf unsere Körper. Wir glühten und hatten die dünne Bettdecke weggeschoben. „Julia, du wirkst auf mich um Jahre verjüngt. Die Zeit in den Bergen hat dir das greisenhafte genommen, das schon früh um dich herum aufgetaucht war. Das freut mich." Stumm drehte ich mich zu ihm hin und lies meinen Blick über ihn gleiten: „Und du bist zeitlos schön. Ich freue mich so sehr, mit dir alt werden zu dürfen. Wir werden uns über jede Falte freuen, die kommt. Denn sie zeigt, dass wir die Zeit miteinander genossen und genutzt haben." Er lächelte und drückte als Antwort fest meine Hand. Nach wenigen Wimpernschlägen schliefen wir tief und fest ein. „Und hätte ich Flügel, ich flöge durch die Zeit, zu dir..." Mein Gedicht aus Jugendjahren.

***

Es war kein Boot, das am nächsten Morgen auf uns wartete. Stattdessen brachte uns ein Taxi zu einem kleinen Sportflughafen vor den Toren der Stadt. Dort stiegen wir in einen Mini Jet, der für maximal acht Passagiere Platz hatte.

Er sollte uns in den Norden Portugals, in die Nähe von Porto bringen. Ein langer Weg über die Pyrenäen für so eine kleine Maschine. Doch Kevin hatte sich dabei etwas gedacht. Er wollte Spuren verwischen. Bezahlt wurde in Cash.

Fest hielten wir uns in den Armen, als wollten wir einander nie mehr verlieren und schauten verträumt aus dem Fenster des kleinen Flugzeugs. Das Pilotenduo war der Ansicht, ein frisch vermähltes Ehepaar in die Flitterwochen zu befördern, welches vermutlich durchgebrannt war. Eine schöne Geschichte.

Beim Anblick der Berge tauchten wieder die Namen Frau Holle, Perchta und Hohbachspinnerin in meinem Kopf auf. Sie hatten für mich eine Bedeutung bekommen, weit über das Märchen hinaus. „Sag mal, kennst du die echte Geschichte von Frau Holle?“, wollte ich von Kevin wissen. Er schüttelte den Kopf und holte sein Smartphone hervor. „Google wird es wissen, falls wir hier oben Empfang haben.“ Dann hielt er mir das Display hin. Misses Wikipedia war schlau: „Frau Holle verkörpert eine weibliche Erd- und Himmelsgöttin, die über die Elemente, das Wetter und die Jahreszeiten regiert. Die Menschen verehrten sie unter verschiedenen Namen, wie etwa Holle oder Hold, aber auch Hel. Man nannte sie zudem Bercht, Berta oder Perchta. Diese Namen stehen für glänzen, leuchten - so wie die Gletscher und Schneefelder.“ Interessiert las ich weiter: „Nach dem Volksglauben unserer Urahnen lebte Frau Holle sowohl auf dem Berg als auch im Untergrund. Wie alle Muttergöttinnen war sie für Leben und Tod zuständig. Sie wandelte nach dem Glauben der Menschen in vorchristlicher Zeit gerne ihre Gestalt. Einmal war sie jung und schön, dann auch wieder alt und hässlich. Sie beschenkte die Menschen genauso, wie sie diese auf die Probe stellte. Sie unterstützte jene, die ihren Gesetzen folgten." Und sie bestrafte diejenigen, die sich gegen sie stellten, hätte ich gerne hinzugefügt. Warum der Text in der Vergangenheitsform geschrieben war, verstand ich nicht. Für mich war klar, dass auch in unserer Zeit einige Menschen weiterhin daran glaubten. Nicht nur Louis. Ich schüttelte den Kopf. „Was ist?" Kevin wandte sich mir zu. „Ach weißt du, ich bin mir von Minute zu Minute unsicherer, wo wir wirklich die ganzen Monate verbracht haben. Ein Rätsel." Ich sann meinen Worten nach. Versuchte, zu verhindern, dass sich mehr und mehr ein trüber Schleier über meine Vergangenheit legte. „Ist doch egal, was war, wo ihr wart", flüsterte mir Kevin zu. „Zeit, um das hinter dir zu lassen und um zu leben. Vor allem, um weiterzugehen. Marschier weiter! Es gibt noch viel zu entdecken." Erstaunt blickte ich ihn an. „Gerne", strahlte ich.

Die Unerträglichkeit des Lebens wich einer Unbeschwertheit des Seins und dem Vertrauen auf ein ursprünglichstes Gefühl, das half, unsere Zukunft neu zu gestalten. Ich würde wissen, wie wir inmitten der Welt da draußen unsere Räume finden, um uns zu finden und bei uns zu sein. Um zu verstehen, was der Begriff „Ursprung" wirklich bedeutete. Kevin blickte aus dem Fenster und sprach: „Ein weiser Mensch sagte mal vor vielen Jahren zu mir: ´Das Leben im Hier und Jetzt ist Bestandteil des Ganzen. Durchwandern wir es unbeschwert und unbekümmert. Lassen wir uns aber niemals festkleben oder einbinden. Sonst kommen wir nie wieder da raus.´ Julia, ich möchte das." Ja, das wollte ich auch.
Verstehen. Über alle Grenzen hinweg. Auch über die eines

paradiesischen Tals hoch in den Bergen hinweg. „Suchst du den Ursprung? Dann finde das Licht in dir." Ein schöner Spruch von Merle, wie ich fand. Daran wollte ich mich gerne halten.

Was würde als nächstes auf unserer Liste stehen? Ich blickte Kevin neugierig an: „Strandbar?" Er konterte: „Oliven anbauen und viele Esel halten!" Ich spielte den Ball zurück: „Kleine Bergpension für Einzeltouristen?" – „Oder ein Segelboot, mit dem wir um die Welt reisen." Auch nicht schlecht! Das gefiel mir. Die Zukunft konnte kommen. Irgendwann würde ich auch die Möglichkeit finden, wieder mit meinen Kindern zusammen sein zu können.

***

Im fernen Deutschland war Regen und Tristesse angesagt. Sven hatte aus sicherer Distanz das Chaos auf dem Bahngleis im Stuttgarter Hauptbahnhof verfolgt, als sein Zug eingefahren war. Julia musste ein wichtiger Mensch sein, wenn sich so viele Menschen für sie interessierten. Ja, gar auf dem Bahngleis gerieten die einzelnen Gruppen wegen ihr in Streit. Die Polizei musste einschreiten. Etwas abseits vom Geschehen standen die Kriminalbeamten und beobachteten stumm das Treiben. Niemand hatte das Bedürfnis, aktiv zu werden. Im Gegenteil: eine Kommissarin tippte ihre Kollegen an und zeigte in Richtung Innenstadt: „Wollen wir einen Kaffee trinken gehen? Stoßen wir auf diese Julia Maier an. Auf dass sie ein langes und erfülltes Leben hat." Ein junger Kollege blickte unsicher umher: „Aber, was machen wir mit denen hier? Hier stehen bestimmt 200 Jahre Gefängnis am

Gleis." Die Kriminalbeamtin zog ihn am Anzugsärmel mit sich fort: „Lass nur, das klärt sich von selbst. Wir halten uns da mal raus."

Sven lächelte verschmitzt, freute sich für Julia und Kevin - aber auch für sich. Denn er erkannte am Ende des Bahnsteigs eine Person, die auf ihn gewartet zu haben schien. Aufgeregt und vor Nervosität zitternd ging er auf diese zu. Hätte er jetzt Blumen dabei haben sollen? Sven zitterten die Knie. Julia hätte ihm bestimmt Mut zugesprochen. Und irgendwie hörte er auch ihre Stimme, die ihm Ruhe spendete. „Danke Julia", flüsterte er und ging auf die Liebe seines Lebens zu. Es brauchte weder Blumen noch Worte. Es konnte niemals zu spät sein, den eigenen Weg zu suchen und zu gehen.

"Dieses Gefühl, so sein zu dürfen wie ich bin." Er erinnerte sich an Julias Worte aus ihrer Zeit in den Bergen. Und das wollte er ab sofort!

ENDE

DER AUTOR
PAUL STEINBECK

… Jahrgang 1967, ist Historiker, Kulturgeograf, Kommunikationsexperte und Schriftsteller. Er veröffentlichte bereits mehrere Romane. Paul Steinbeck ist Oberschwabe und lebt in der Region Stuttgart.

"Schreiben ist für mich eine wunderbare Reise in die Welten meiner Heldinnen und Helden. Die LeserInnen sollen die Szenen erleben, fühlen und beinahe schon den Duft der Wiesen und Bergwälder riechen können. Sie sollen mitgerissen werden, hinein in Geschichten, die Sie neue Welten erleben lassen und auch zum Nachdenken bringen. Für mich ist es jedes Mal eine echte Freiheit, die ich fern des Alltags erleben darf."

PAUL STEINBECK IN DEN SOCIAL MEDIA

Blog: paulsteinbeckschreibt.blog

Instagram: instagram.com/paul.steinbeck/

Facebook: facebook.com/PaulSteinbeck-Schreibt

Homepage: paul-steinbeck.de

Buchladen: https://sparkys-edition.shop

BIBLIOGRAFIE

Der Flug des Zitronenfalters
Die große Wende 2098

Ein Roman, der das Bild einer Zukunft zeichnet, die schon längst begonnen hat … Im Jahr 2098 leben die Menschen in einer Ära des Friedens, nachdem Jahrzehnte zuvor die uns bekannte Weltordnung mit dem Versiegen der Ölvorräte in Krieg und Chaos untergegangen ist und mit ihr die Errungenschaften der modernen Gesellschaft. Die Überlebenden haben es sich in ihren kleinen Gemeinden gemütlich gemacht, vergessen ist die nahe Vergangenheit. Man geht seinem Tagewerk nach und lebt nach dem Rhythmus der Natur. Allzu große Abenteuerlust und die menschliche Neugier schienen überwunden zu sein.

In dieser regionalen Idylle des ehemals Süddeutschen Raumes stolpert der junge und unbeschwerte Lokalredakteur Paul Reimer über die Casanova-Akten und öffnet damit unfreiwillig die Büchse der Pandora. Denn hinter den engen Grenzen dieser beschaulichen Welt lauert eine alles kontrollierende Macht, die seit Jahrhunderten die Geschicke der Menschheit beeinflusst. Unfreiwillig reißt Paul die Mauern der Unwissenheit ein und wird so zum Anführer einer Rebellion, die der Menschheit den Weg in eine selbstbestimmte Zukunft ebnet, gleich dem Schmetterling, der mit seinem Flügelschlag einen Orkan auslösen kann.

Neben Paul und seiner Tochter Mimi bevölkern diesen dichtgewebten Roman eine Fülle süddeutscher Originale, die diesen Landstrich nicht nur dem Herzen des heimischen Lesers näherbringt.
(ISBN: 978-3-949768-01-9)

Der Tresor im ewigen Eis
Der Flug des Zitronenfalters 2109

Ausgerechnet im Jahr zehn nach der großen Revolution, in der die Menschen ihre Freiheit erlangten, tauchen die alten Machthaber aus ihrer Versenkung auf. Eine schadhafte Veränderung der Genstruktur sämtlichen Getreides durch Überzüchtung bringt die Menschen in große Not und die bestehende Regierung in arge Bedrängnis. Die Schatten der Vergangenheit, jene alten Machthaber, finden mit zunehmender Sorge um die Zukunft erneut Anhänger und Unterstützer für ihr krankes Gedankengut. Droht die mit viel Mut und Blut erkämpfte Freiheit im Strudel der Not und Bedrängnis unterzugehen? Paul und seine Gefolgsleute müssen im Jahr 2109 alle Kräfte aufbringen, um dagegen anzukämpfen. Ein großes Wagnis, das sie ans Ende der Welt führt, soll die Rettung bringen. Voller Spannung erzählt Paul Steinbeck eine

Geschichte über gesellschaftliche Veränderungen, ins Wanken geratende Machtgefüge, das Leben in schwierigen Zeiten und die Liebe. Die gekonnte Verbindung von authentischen Geschichten mit Fiktion und das Einbetten dieser in historische Kontexte sind das Markenzeichen von Paul Steinbeck. Der Leser kann in seinen Büchern immer wieder Analogien und historische Anlehnungen entdecken. Und so stellt sich mit „Der Tresor im ewigen Eis" die Frage: Wird unsere Zukunft die ewige Wiederholung des Kampfes um Macht und Gier sein oder siegt am Ende der Mensch als soziales Wesen?
(ISBN: 978-3-949768-00-2)

Apokalypse 2146
Der Flug des Zitronenfalters 3

Was ist schlimmer?
Der plötzliche Verlust des eigenen Mentors und Idols, der mit dem Tod Paul Reimers eintritt? Oder die Trennung der geliebten Ehefrau, während zeitgleich nach mehr als 36 Jahren die alte Jugendliebe plötzlich wieder auftaucht? Oder am Ende doch der Schock, dass Intelligenzen aus dem Weltall den zahlreichen Radiosignalen der Menschen gefolgt sind und sie die Erde besuchen? Zu einer Zeit, in der die Welt im Umbruch steht und eine Cyberintelligenz die Kontrolle über die Welt übernehmen will. Das Jahr 2146 scheint für Jörg und die Menschheit mehr als bescheiden zu verlaufen. Und als ein intergalaktischer Krieg die Welt und die Menschheit zu zerstören droht, scheinen alle Dämme zu brechen. (ISBN: (IBSN: 978-3-9696-6414-8)

Geheimcode WorldSkills
Steven Plodowski ermittelt 1

Die Welt bereitet sich auf die Weltmeisterschaften der Berufe vor. Die Besten ihres Landes werden in wenigen Wochen bei der größten Veranstaltung ihrer Art in Kolumbien antreten. Doch ausgerechnet im Betrieb des deutschen Meisters geschieht ein grausamer Mord. Der Tote ist niemand Geringeres als der Bundestrainer selbst. Kommissar Plodowski taucht im oberschwäbischen Ravensburg in eine Welt der internationalen Mafia und Industriespionage ein, die unglücklicherweise kollidiert mit den Weltmeisterschaften der Berufe und den Vorbereitungen für die Veranstaltung in Kolumbien. Mittendrin Julian, einer der besten Polymechaniker Deutschlands. Die Ermittler sehen in ihm einen der Hauptverdächtigen. Für Plodowski entwickelt sich aus einem Mordfall eine dramatische, wirtschaftspolitische Affäre, die ihn selbst in große Gefahr bringt – und sein Leben verändert. (ISBN: 978-3-9810-604-5-4)

Die Rache der Schwabenkinder
Steven Plodowski ermittelt 2

„Man erkennt die Abstammung. Man erkennt sie! Das Unglück ist also auch auf dich übergesprungen.“ Da war es wieder, dieses Dunkel vor seinen Augen. Diese Wut. Beinahe 400 Jahre machten sich in den Alpenregionen Jahr für Jahr Heerscharen junger Menschen auf, um ins nördliche Voralpenland zu gelangen. Viel Unrecht geschah, viel Leid musste erlitten werden. Eine Gruppe von Nachfahren will sich rächen. Oberschwaben wird von einer Welle der Gewalt überzogen. Kommissar Steven Plodowski stemmt sich mit seinen Kollegen der Gewalt entgegen und gerät dabei in Lebensgefahr. Ein Kriminalroman voller Spannung und Leidenschaft, im Herzen Oberschwabens.
(ISBN: 978-3-9810604-8-5)

Schwäbisches Gold
Steven Plodowski ermittelt 3

Die Idylle Oberschwabens wird von einer gewaltigen Explosion erschüttert. Eine mächtige Rauchwolke steigt jenseits des Achtales in die Höhe. Es gibt Tote und Schwerverletzte im Altdorfer Wald. War es ein Attentat auf den Kiesbaron und sein Vorhaben? Waren es die Waldbesetzer oder internationale Waffenschieber? Steven und sein Team übernehmen die Ermittlungen und stechen dabei in ein Wespennest. Wurde der Kiesabbau illegal begonnen? Wurde mit dem Landrat gemauschelt? Die Zahl der Verdächtigen wächst. Stevens Existenz als Kommissar ist bedroht, als er die mafiösen Strukturen inmitten der Schönheit Oberschwabens aufdeckt. Doch er stemmt sich dagegen, trotz der Gefahr, Andrea-Domenica, die Liebe seines Lebens zu verlieren.
280 Seiten. (ISBN: 978-3-9810604-6-1)

Lilly und Mia in gefährlicher Mission

Was würdest du tun, wenn dein Leben aus den Fugen gerät? Wenn dein Zuhause bedroht ist und böse Menschen deine lieben Tiere stehlen wollen? Würdest du kämpfen, auch wenn du dich unvorhersehbaren Gefahren aussetzt? Lilly und Mia sind Schwestern. Sie leben auf dem Argentaler Hof im Allgäu und müssen damit klarkommen, dass sie im Leben schon mehr als einmal neu anfangen mussten. Neue Freunde, neue Schule, neues Umfeld. Die Tiere auf dem Hof und die wunderbare Landschaft des Allgäus helfen ihnen, besser in ihrem neuen Zuhause anzukommen. Doch dieses ist bedroht. Ihre Eltern stecken in ernsthaften, finanziellen Schwierigkeiten. In ihrer Not fallen ihre Eltern auf die Täuschung von Tierdieben rein. Mia und Lilly erkennen den Betrug. Wer kann die Tiere befreien? Die Zeit läuft gegen ihren Plan. Sie beginnen zu kämpfen und bringen sich selbst in Gefahr.
(IBSN: 978-3-9810-604-4-7)